U0069735

台灣新文學史論叢刊 12

台灣現代派小說研究

朱立立◎著

目　錄

序

劉登翰

臺灣的現代主義風潮，自上個世紀五十年代初期由詩與繪畫發端，恣肆橫溢，迅速波及到小說、戲劇、音樂、舞蹈等多個文學藝術門類。儘管初期還帶有某些模仿和生澀的痕跡，特別其與傳統的格格不入，曾經遭到來自社會不同方面的批評乃至阻撓，被指斥為「背棄傳統」、「脫離現實」等等。但恰是這些批評，幫助現代主義的弄潮兒們從自己成功或不成功的實踐中，深刻省思，以本土的「中國方式」和現實的「精神投射」，重新為現代主義在中國塑型和定義，使這股最初颸起於西方的藝術風潮，找到它在中國的現實土壤，甚至成為一個時期臺灣文學的主要代表，波蕩起伏地延續到今日，並以其叛逆的現代精神，涵化在多種藝術思潮之中。半個世紀以後，我們回眸這股衆說紛紜，至今仍還褒貶不一的風潮，越加感到它對臺灣文學發展的意義。事實證明，五六十年代，這是當代臺灣文學進程中問題和爭論最多，因而也最生機勃勃、最富於創造力和湧現出最多重要作家與作品的一個時期。

如果把臺灣的現代主義文學放在20世紀中國文學發展的更大背景上來看，它的價值便更進一步凸現出來。現代主義曾是五四新文化運動向西方尋求啟蒙的文學火種之一。不過，在當時危機重重的歷史環境中，現代主義始終未能進入以啟蒙民衆、救亡國家為主要職責的文學的主流，只以其偏鋒的新穎和銳敏，蜿蜒在藝術與現實的夾縫之中。逮至50年代，更在日益加劇的極左思潮的籠罩下，被判為「頹廢没落的資產階級藝術」，遭到嚴厲的譴責和批判，而幾欲消亡。恰是這時，它蜿蜒的流脈在臺灣突破重圍的異軍崛起，不僅豐富和完整了現代主義在中國發展的歷史，而且和80年代以後現代主義重新在中國大陸復蘇一道，見證了這一藝術的頑強生命力。

因此，當朱立立告訴我，她決定選擇臺灣的現代主義小說，作為自己博士論文的研究題目時，我十分贊同。近二三十年來，臺灣的現代主義文學——從詩到小說和戲劇，雖然倍受海內外臺灣文學研究者的關注，論文也層出不窮。但現代主義文學在臺灣所呈現的獨異的「中國方式」和作為一種精神歷程的內涵，仍然還有許多未及深入和發現的空間，值得我們去探尋。

為了避免重複別人的研究，朱立立選擇了一條並不輕鬆的道路。她把五六十年代臺灣現代主義的風行，作為裹挾在中國歷史進程巨大跌宕之中的臺灣知識者的精神私史來探尋，以黑格爾的精神現象學，以及泰勒等人的認同理論，作為打開知識者心靈世界神秘之窗的鑰匙。這樣，作者不僅找到了自己探索臺灣現代主義小說的獨特思路，而且把反映戰後西方社會知識份子和青年群體精神危機的某些現代主義哲學與文學（其中最為典型並影響深廣的是存在主義），和臺灣特定歷史背景下知識者的精神焦慮與憂患對接起來，使其對現代主義的解讀，落腳在臺灣的現實土壤上。這個解讀，不僅破解了現代主義是脱離臺灣社會現實的誤會，而且從精神層面上，揭示了現代主義文學的深刻本質。同樣，作者還從黑格爾關於人的自我意識包含分裂意識和苦惱意識——即黑格爾意義上自我精神的悲劇意識與喜劇意識的論析中得到啟發，把臺灣末世情緒籠罩下認同存在主義悲劇的自我迷失與異化的現代派，和作為對末世情緒精神反彈的追求內在自我自由與個性的浪漫性，看成是戰後臺灣知識者的兩個精神向度，同構地進行對比觀照。作者的這一分析，不僅在理論意義上對理清現代主義與浪漫主義的區別與聯繫有一定價值，而且在揭示戰後臺灣知識者精神奧秘的豐富性，具有重要意義。再之，作者還從精神現象的哲學意義上，來看待臺灣現代派作家表述自己認同焦慮與危機的困難的書寫方式，即「以隱喻晦澀的形式書寫了一代中國知識份子苦悶掙扎的精神世界，一個具有世紀末情結的世界，一個以藝術形式表達反叛意識與革命性的語言世界。」在作者的分析中，語言和文體，所謂純粹的形式，都已經不再「純粹」，而「有意味」地成為表現這一代知識者「困難存在」的一種「困難的媒介」。臺灣現代派作家某些語言和文體的「怪異」與「荒誕」，正是為了表徵他們精神內在的「怪異」與「荒誕」。所有這一切，都讓我們看到，作者從精神史的角度，透過現代派小說文本解讀而對臺灣一代知識者的精神剖析，擺脫了一般作家作品論的論述模式，具有較強的理論穿透力。

我曾經讀過朱立立以往的一些文章。她是一個相當感性並具有較高悟性的研究者。她的優勢本來在於對文本的體悟和解讀，這是她的長處，也是她的不足。攻博三年，她努力從理論上提高自己，從這部專著中她對理論不無艱難的把握，可以看到她可喜的進步。相對說來，可能由於論文本身的體例與架構等原因，她充滿悟性與感性的文本分析優勢，反倒不容易顯示出來。此中可能還有另外一個原因，為了避開重蹈前人研究的足跡，她儘量選擇一些前人討論較少的文本作為分析的對象。如討論王文興，一般評說較多的是《家變》，而她用更多篇幅剖析了王文興自稱「認真讀過的不會超過十人」的《背海的人》；而過去臺灣現代派小說研究者較少論及的李永平、王尚義等作家作品，她都納入了分析的視域。這些努力顯示出作者獨具的視野，也表現出作者勇於探索的精神。

現在這本書就擺在讀者面前。不能說作者已經完滿地完成了自己的研究任務。按照最初的設想，本書還有兩個頗有意思的論題：身體書寫和宗教意識，由於時間和篇幅等等原因，未及納入。在一些具體的論述中，也尚有可以斟酌之處。但以我有限的閱讀，我以為這是大陸臺灣文學研究中對臺灣現代派小說比較系統、全面且具有理論分析深度的一種。我願意推薦給對此有興趣的朋友。

博士、碩士論文歷來是我所喜歡閱讀的。儘管常常可以發現其中的某些不成熟之處，但恰恰是這種「不成熟」所具有的銳氣和敏感，是許多「成熟」的文章所讀不到的。碩博論文是一個學者出發的基點。許多著名學者，他們的成名作和他們後來研究的最初基石，往往是他們學術生命開始的碩博論文；當然，也有一些人在碩博論文完成之後，即由於主觀或客觀的原因，作為學術生命的開始也成了學術生命的結束。我希望於朱立立的當然是前者。臺灣文學研究是門看似熱鬧實卻冷僻，且又障礙著諸多非文學因素的學問，沒有清醒的熱情和冷靜的恆心，是很難進行到底的。但臺灣文學對於豐富和完整中國文學的歷史經驗和全景描述，又是必不可少的。為它付出熱情與恆心，是值得的。這也是我對朱立立及許多進入這一領域的年青朋友的期待與祝願。

匆匆，是為序。

2003 年歲首

引　言

一

臺灣現代派小說孕育在臺灣複雜而特殊的現代歷史中，書寫了中國現代主義文學史上的重要一頁。臺灣現代派小說曾經以其心理表現的敏銳新穎及藝術上的銳意創新引人注目，也因其偏於內傾化精英化的表述方式以及先鋒出格的美學實驗而屢遭指責。作為在臺灣文學史上產生過較大成就和持久影響的一種小說流脈，作為世界性現代主義文學家族中有著特殊生命形態和價值的一支，臺灣現代派小說的精神內涵和藝術探求，仍然存在深入研究的必要性。

結束了五十年被殖民屈辱歷史的臺灣，二戰後又陷入新的困窘。現代派小說就是戰後臺灣文化危機的產物，這種危機是一種被迫從傳統社會中抽離所造成的精神上的流離失所，也源於一種文化價值的迷失和自我身分的認同焦慮。戰後臺灣文化思潮幾經流變，五十年代，政治保守主義主宰一切，五四以來的左翼進步人文傳統被人為割斷，本土聲音受到嚴厲打壓，主流文化價值取向帶有高壓政治的意識形態色彩。六十年代，西化派紛紛崛起，現代派文學「一方面是伴隨西方政治經濟湧入臺灣的文化產物，另一方面又是臺灣社會經濟變遷對文學發展的一種現代意識的呼喚。」[1] 現代派敘事一定程度上暴露了西方和東洋文化殖民語境裡的自我價值困惑，後發展現代化區域普遍產生的傳統與現代、本土與西化的矛盾衝突，不可避免地投射在其中；另一層面上看，現代派文學激烈而真實地顯現了臺灣的中國人因國族分離帶來的漂泊無根感。思想學術以及文學藝術領域的現代主義思潮，帶來了開放的敘述風尚和陌生化的形式元素，也傳達出自身文化傳統失範時向外尋求突圍的強烈意向。臺灣戰後文學經歷了政治化時期虛妄狂熱的戰鬥文學，五十年代感傷懷舊的懷鄉文學，以及部分軍中作家的歷史小說和靈異小說，人們內在地需要一種具有文學自律意識的、也更貼近心靈真實的文學敘事，現代派小說的興起正是這種語境下新一代作者小說革新意識的反映。對於根基並不深厚的臺灣新文學而言，現代派的小說觀念與書寫方式顯得新異而陌生，富有挑戰性；這種革命性或挑戰性不限於形式，也不限於文學的內部。戰後混亂、迷惘、壓抑的時代情緒需要沈澱和宣洩，現代主義文學藝術，與存在主義等思潮相互交錯匯聚，與浪漫精神合流，正真實地顯現了五六十年代抵禦官方專制話語的叛逆性亞文化思想情緒。

從嚴格意義上說，現代主義等外來文化資源進入臺灣，尤其是進入以知識份子為主流的小說創作之後，已不再是純粹意義上的外來文化，而是在多年的現代化潮流中逐漸融進了本土文化之中。現代派小說家創造了一批已經被典律化的漢語文學文本，《臺北人》、《家變》、《我愛黑眼珠》等已經成為20世紀臺灣文學乃至中國文學的經典。[2] 現代主義風潮過後，出現了規模更

---

1 劉登翰等主編《臺灣文學史》上卷，海峽文藝出版社1991年，第37頁。

2 這裡提及的幾部作品（集）都被列入臺灣《聯合報》1999年評選出的五十年來「三十部臺灣文學經典」之中；《亞洲周刊》評選出「二十世紀中文小說一百強」，《臺北人》與《家變》榜上有名。

大或更成熟的現代派文本，如長篇小說《背海的人》、《孽子》、《海冬青》等。五六十年代以來，現代派群落產生了為漢語讀者廣為接受的溫和現代派作家白先勇，也出現了受到海內外學院好評卻難以被大衆接受的激烈現代派作家王文興，以及女作家歐陽子、陳若曦、施淑青等。戰後不同世代的不少臺灣作家都沈迷過現代派小說敘述，如被文學史遺忘的兼具現代意識與浪漫氣質的外省作家王尚義，生於臺灣的零餘者、「隱遁的小角色」七等生，「流浪的中國人」聶華苓、叢甦、馬森，後來向現代主義反戈一擊的傑出小說家陳映真，未曾受到漢語文學界應有關注的偏執現代主義者李永平，一直銳意創新、與現代主義藕斷絲連的鄉土作家王禎和、宋澤萊……正是這些個性迥異的作家用他們各自的方式，選擇了現代主義這種發源自西方的藝術形式為參照物，構築出特殊歷史文化語境中動態的臺灣現代主義精神。

我把臺灣的現代主義文學理解為一種動態的開放的精神現象，也理解為個體認同危機與文化認同焦慮的一種複雜呈現方式，一種戰後臺灣知識者精神私史的文學敘事。在我看來，現代派小說的湧現說明了這樣一個事實：一部分現代知識份子企圖在傳統文化解體的情況下，吸收西方現代文化資源，取他山之石再造自己的藝術殿堂，並且通過小說世界的營造，來尋求精神突圍，建構自我認同。我選擇精神史這個研究視角，意圖借助現代派小說的文本解讀，探析歷史與現實曖昧糾纏中的臺灣現代派小說的精神世界，一窺戰後臺灣社會體制和知識場域中知識人獨特的精神形態和存在價值。

黑格爾的《精神現象學》是一部人類尋求自我精神本質的歷史，對於人類尋求自我精神根源的衝動有著深刻論述。在這種精神哲學看來，人的自我意識包含了苦惱意識與分裂意識：「苦惱意識……自在自為地存在著的自身確信的悲劇的命運。在它的這種確信中，他是喪失了一切本質性〔一切價值和意義〕，甚至是喪失了自己關於本質性的這種自身知識的意識，——換言之，它是喪失了實體和自我〔主體〕的意識；苦惱意識是痛苦，這痛苦可以用這樣一句冷酷的話來表達，即上帝已經死了。」[3] 苦惱意識是人類精神生活中的一種悲劇意識，它表明異化世界潛在著，使人與其本質之間發生了抽象的偏離，它的一個主要特徵就是個體性的失敗。而到了分裂意識那裡，「異化世界則是直接的現實存在，人與赤裸裸的對象世界相對抗。這是一個人與其本質現實分裂的世界，人直接感受到現實社會的陌生、僵硬與冷酷。……分裂意識是一種喜劇意識，它對世界嬉笑怒罵，對它自己嬉笑怒罵的態度本身亦嬉笑怒罵，它用卑鄙下流來對抗罪惡骯髒。……通過對世界和自己的諷刺和批判，它的個體意識不但没有失去，反而更加明顯了。」[4]分裂意識是一種喜劇意識，在它的衝擊下，現實世界的一切道德良心、政治體制、世俗倫常都土崩瓦解了，在否定性活動中，可以體驗到嘲弄世界和自我嘲弄的快感。它通過對教化世界的揚棄達到一個新世界，但喜劇意識與苦惱意識相通，也是本質喪失的異化形式的意識形態，好比消極的漫畫，以醜惡反抗醜惡，其底蘊仍是悲哀的。拉摩的侄兒正是這種分裂意識的代表。

黑格爾言說的是人類普遍的精神史，臺灣現代派小說則演繹著具體真實的精神悲喜劇，既充滿深重的苦惱意識即自我精神的悲劇意識，也不乏強烈的自我分裂意識即喜劇意識。現代派創作總體上保持了陰鬱破碎的悲劇風格，自我的迷失、異化與超越是現代派苦惱意識的重心所在；現代派存在主義式的現代悲劇認

---

3 黑格爾著，賀麟、王玖興譯：《精神現象學》下卷，商務印書館 1979 年 4 月，230-231 頁

4 高全喜：《自我意識論——〈精神現象學〉主體思想研究》學林出版社 1990 年 9 月版，153 頁

同，現代派與浪漫性之間的複雜關係，存在主義的接受與存在焦慮主題的不斷浮現，表現內在精神困境的詭異出格的語言文體探索，以及與自我認同危機息息相關的身體敘述和宗教追尋，都在在言說了現代派作家悲劇意識的複雜性。現代派小說的悲劇性要遠遠高於喜劇性，這在客觀上賡續了「現代中國文學感時憂國的精神」，[5] 也是由戰後臺灣知識人對歷史、文化與個人命運的痛苦認知所決定了的。相對而言，現代派小說自我分裂意識即喜劇意識的表現層面，較少有人留意。但喜劇意識的自覺滲透，使臺灣現代派小說哀感晦暗的精神世界增加了反諷和批判的力度，這在王文興、王禎和等人的小說中表現得特別鮮明。在這些黑色喜劇性較強的作品裡，我們甚至感受到後現代主義氣息的嘲謔與自我解構。不過，即便是這些作品，仍然可以感受到其濃濃的悲劇底蘊。現代派小說總體上的悲劇性傾向，真實流露了臺灣知識人情感、人性、文化與歷史的迷失感與混亂，也就是認同的多重危機。

認同危機是戰後成長的一代臺灣人共有的問題，現代派小說家敏感體驗並在敘述中顯現了這種內在危機。這裡說的認同，既有愛里克森心理學意義上的自我認同內涵，也與查爾斯．泰勒意義上對主體性的理解相關：「就是內在感、自由、個性和被嵌入本性的存在，」「就是在家的感覺。」[6] 即一種自我的根源感。從現代派小說家筆端，你可以感覺到他們在多重認同危機中的自我追尋有多麼艱難。拔根之苦、失根之痛和尋根之難，根源的真實與虛幻、根源感的本真與自欺，總是現代派作家此生拂之不去

5　夏志清原著，劉紹銘編譯：《中國現代小說史》，臺北傳記文學出版社 1985 年版，第 533 頁

6　[加拿大]查爾斯．泰勒著，韓震等譯：《自我的根源：現代認同的形成》序言，譯林出版社 2000 年 9 月版，第 1 頁

的生命難題，也是我在閱讀和思考現代派作品時反復為其感到痛苦不安的地方。對於那些突然被棄置於故土之外永難回歸的外省籍作家，我以為，怎樣的沈痛與頹喪也是可以想像的。那樣的無所歸屬的感覺最終聚長成一種命運，一種永恆的懷想與渴念。而本省籍作家，雖精神體驗與前者並不全然相同，他們在生存上面臨的艱難也許更為直接，他們同樣也面臨認同的困境和自我根源缺失之迷茫。黎湘萍對本省籍作家陳映真的讀解，就頗為深切地揭示了這種具有典型性的「臺灣的憂鬱」。

另一方面，臺灣現代派小説面臨的自我根源問題，也與臺灣以至世界性的現代轉型密切相關。在安東尼・吉登斯看來，「現代性以前所未有的方式，把我們拋離了所有類型的社會秩序的軌道，」[7] 泰勒則認為，在去魅 [8] 的現代社會裡，「明顯可理解的宇宙意義秩序已經成為不可能。」[9] 舍勒也指出：現代社會的轉型，「不僅是人的實際生存的轉變，更是人的生存尺規的轉變。」[10] 現代人已經意識到，現代性的斷裂使人對生存處境和自我本源充滿困惑，陷入價值的迷失，也就特別需要重建一種可靠的根源感。臺灣現代派作家處身在傳統與現代、本土與西化、個體與民族等多重矛盾中，自然也深刻感受到這種斷裂，他們的小説實踐也隨之呈現出矛盾而複雜的精神形態。需要強調的是，雖然體悟

---

7 〔英〕安東尼・吉登斯著，田禾譯：《現代性的後果》，譯林出版社 2000 年，第 4 頁

8 去魅，這個概念原本是席勒提出的，後被韋伯引用說明世界的理性化，即世界的去魔化（Entzauberung），指「世界從具有『魔力』的、神聖的或理念的場域，」被單純看作一個中性的工具化領域。參見泰勒著作第 788 頁，同前。

9 泰勒，同前，第 805 頁

10 引自劉小楓《現代性社會理論緒論》，上海三聯書店 1998 年 1 月，第 19 頁

到尋根和建構現代認同的艱難，但他們仍然努力經由藝術理想的追求來實現自我價值，來尋找精神棲居之地。這方面，泰勒對於現代人「自我感和道德視界之間、認同與善之間的聯繫」的考察，以及對於浪漫和現代主義認同構成的討論，對本論題的討論有所啟發，比如他認為現代主義從兩個方面繼承了浪漫的表現主義，「既反抗分解的工具性的思考與行為方式，又尋求可以恢復生活的深度、豐富性和意義的根源。」[11] 臺灣現代派小說家中，白先勇、馬森、王尚義、七等生等人都兼具浪漫氣質與現代主義精神，就頗能體現泰勒所謂的現代認同的根本特徵，即反抗世俗化工具化和對自我根源的不懈追尋。

以文學來紓解認同危機建構自我認同，在作品中呈現作家以及時代的精神現象，這並非現代派文學的專利，從某種程度看，甚至是所有文學共有的特徵。只不過，現代派作品更突出人的主觀性和內省性，更強調表現人的內面世界，因此也更適合運用精神史的方法進行研究。同時，這也是我比較感興趣的觀察視角。

文藝復興以來，個人經驗取代了集體的傳統成為現實的仲裁者，小說不再對神話、歷史、傳說傾注熱情，而是從神與英雄的世界回到了人世生活。與史詩那種共用經驗和民族記憶的集體性書寫相比，個體已從集體的完整性裡脫穎而出，小說無法再持續人類童年時期的言說方式，開始表達個人的知覺和個體的經驗。在本雅明看來，小說注定是孤獨的藝術。但是在盧卡契的眼中，這種個體性書寫依然必須保持一種形式的完整性和思想的總體性，小說應該具有建構現代烏托邦的倫理功能。在這個意義上，盧卡契稱小說為史詩的替代，是現代社會的史詩。19 世紀偉大的現實主義為盧卡契的這種論述提供了依據。然而，19、20 世紀之交湧現的現代主義潮流，盧卡契卻無法歸納於他所謂的總體性名

11　泰勒著，同前，第 780 頁

下。盧卡契認為，現代主義文學過於關心孤寂的人心靈深處的意識活動，「把孤寂視為普遍的人類處境，是現代主義的理論與實踐所獨具的。」[12]因此他批評現代派文學中的人物「是一種非歷史的動物。」[13]他指責現代主義思想的頹廢虛無，更批評現代主義形式的破碎，在這一點上他與阿多諾形成了對立關係。盧卡契認為，社會的不完整性不能成為小說結構破碎語言破碎的理由，小說應當承擔社會價值整合與人類精神救贖的功能；而阿多諾則指出，假如這個社會和人心本身就已經破碎不堪，那麼小說所表現出的總體性豈不是一種虛妄？

正是從這裡出發，阿多諾肯定了現代主義的正當性與批判性力量。在他看來，現代主義光怪陸離的衰敗、陰暗無序的苦難背後，是常人無法洞察到的憂傷的烏托邦，這種烏托邦深深地隱藏在災難和絕望的密碼裡。阿多諾對現代主義最有力的辯護是：現代派小說殘損破碎的形式本身，正與難以整合的現代社會與現代人心靈世界同構，在此意義上，阿多諾賦予了現代派小說形式實驗一種哲學的意義。

現實主義是大衆的藝術，以充分反映社會真相與民間疾苦為己任，它擁有一種建立在文學鏡像本質預設基礎上的自信：現實主義能夠客觀地總體地把握現實世界；而現代主義則是小衆的藝術，是典型的知識份子話語形式，是20世紀社會悲劇與文化危機在現代人主觀心靈世界的投影。它不再擁有現實主義那種完整客觀地把握現實的總體化自信，相反，它的哲學是建立在相對主義和主觀主義基礎上的現代懷疑論。如果說現實主義的最大功能在於有效地整合時代的徵象，揭示社會現實，以時代的書記員自

---

12 盧卡契《現代主義的意識形態》，袁可嘉等編選《現代主義文學研究》上卷，第136頁

13 同上，第146頁

詡，自信地塑型歷史；那麼現代派文學則繪影出失落信仰後現代人心靈的虛弱和恐懼，它不再對總體化的社會觀照抱持信心，而是一如阿多諾所言，以破碎化、主觀化的感性方式表現個體主觀的精神世界，以此折射一個失去了整合視界的現代社會。對資本主義的價值觀和技術理性的現代化，現代派文學表示了極大的質疑和批判，它因此揚棄了十九世紀現實主義的敘述成規，將聚焦點對準個體孤獨寒冷而昏暗無序的內心。這樣的內心聚焦，既可能因更細微地洞悉了一種主觀化的真實，因而被廣義的現實主義主動收編；也可能因對外在真實的不再信任，而被指責為「把世界看成一團不可知的神秘的混亂」。[14]

臺灣現代派小說也基本屬於這種主觀內向型的現代知識份子話語形式，它同樣體現了現代主義反思批判的特有方式和藝術效果。它以破碎化語言、扭曲文體、雜化文字、意識流等眩目的敘述形式，再現缺乏價值統合力而人心渙散的戰後臺灣社會，形塑知識份子破碎流離的精神世界。不同的傳統與歷史生長出並不全然相同的現代主義內涵，而相近的是傳統價值失範後人心的普遍荒蕪：西方基督教没落背景下的整合視界崩潰，是西方現代主義懷疑論的基礎；而臺灣現代派小說是兩岸分離、儒教倫理失範背景下戰後臺灣人心靈碎片的投影。蔡源煌就曾準確地道出臺灣五六十年代青年的普遍心態：「事實上，『自我』概念的摸索也顯示出當時年輕人的主要關切。」[15]自我的迷惘與追尋，也正是臺灣現代派小說最為常見的主題。現代派小說較多書寫個人的孤寂，個體生命的脆弱無助，部分作品也有將個人悲劇普遍化、人

---

14 雅・艾里斯別格《現實主義和現代主義》，見袁可嘉編選《現代主義文學研究》上卷，第 254 頁

15 蔡源煌《〈異鄉人〉的人我觀》《從〈藍與黑〉到〈暗夜〉》，第 129 頁

類化的傾向，流露出懷疑、絕望和虛無的心態。但不能因此斷定臺灣現代派文學必然脫離具體的歷史時空，塑造的必然是盧卡契所謂「非歷史的人」。白先勇的小說人物與主題充分顯示了家國興亡的歷史感，王文興的《家變》被認為「是中國傳統文化日漸崩潰的象徵，禮運大同理想的破滅。」[16] 臺灣現代派小說家其實是在困難地表達著戰後臺灣知識人認識世界與追尋自我的憂鬱心聲，他們通過文學形式的革命，轉移和化解內心的迷惘、困頓，並且以此探索精神突圍的可能。不能否認，臺灣現代派小說文本往往潛流著晦暗的精神苦悶，和驅之不去的感傷彷徨。返觀這些如困獸之鬥的精神苦悶，人們可以更為深切地返觀他們置身的時代和處境。他們的藝術追求，也含有群體性的對戰爭苦難的怨憤與對命運的不甘。顯然，他們希望藝術能夠幫助他們擺脫存在的困境，並獲得個人自我的以及民族文化的精神救贖。從這樣的精神形態，我們可以認為，臺灣現代派小說學習並借鑒了他人的藝術形式，卻是在言說和表達自己切身的生命經驗。

我相信，現代派小說的精神世界，以及戰後臺灣知識份子的認同建構與自我追尋，這是一個有意義的命題。所謂精神世界，並不意味著封閉的主觀自我。真正的個體精神體驗是深遂的也是開放的，與歷史、與社會現實、與其他文本之間，都存在著複雜的交錯與互動關係。對思潮脈動以及歷史語境的適當關注和理解，就成了在觀照現代派精神現象時無法迴避的內容。戰後兩岸政治的分離，給兩岸知識份子帶來了不同的生存體驗和命運遭際，本論題的深入探討，可以從文學這一角為認識戰後臺灣知識份子的精神現象打開一扇小小窗口，也為思考二十世紀中國知識份子精神史提供一方不應遺忘的視域。與同時期大陸中國知識份

16 劉紹銘《十年來的臺灣小說：1965-1975——兼論王文興的《家變》》，《中外文學》第 4 卷第 12 期，民國 65 年 5 月

子經受的身心煉獄隔海相對，臺灣現代派作家群也經歷了另一種形態的精神煉獄。這群作家中既有外省籍戰後第二代，也有本省籍作家，既有學院派知識精英，也有貧民階層的小知識份子，是一個富有包容力的知識群落。在戒嚴體制下的壓抑時代裡，在寄身之所妾身未明的飄搖動盪歲月裡，在農業社會向現代工業化商業化社會轉型過程中，在舊的價值觀念崩潰奇裡斯瑪[17]權威喪失的頹廢虛無氛圍裡……特殊的歷史遭遇和生命體驗使現代派作家群成了一群困難的人：認同的焦慮與表徵的困難是他們無法迴避的兩大困局。他們的精神世界充滿自我認同危機，他們把精神突圍的可能性寄託在相對清潔純粹的文學理想之中，文學成為他們消解痛苦的心靈棲居之地，創作也就形成了他們與虛無抗戰的一種方式，成為他們找尋自我和建構身分認同的重要路徑，也成為建立新的文化價值觀的一種形式。在這一過程中，「『五四運動』給予我們創新求變的激勵，而臺灣歷史的特殊發展也迫使我們著手建立一套合乎臺灣現實的新價值觀。」[18]他們以隱喻和晦澀的形式，書寫了一群特殊的中國知識人苦悶掙扎的精神世界，一個具有世紀末情結的文學世界，一個以藝術形式表達反叛意識和革命性的語言世界。人們較多地關注了現代派新異技法的運用或對偏狹題材的偏執興趣，而對現代派作家如何經由藝術探險來建構自我認同的精神課題則少有深入的追問。實際上，現代派的小說創作具有醒目的精神特徵，認同建構的困難和自我追尋的艱

17　奇裡斯瑪，（charisma）是韋伯社會學的一個重要概念。臺灣學者譯為「奇魅」，形容一種統治類型：「它顯示個人或群體對某種特定價值的皈依，」這就形成了一種服從於奇魅人格的統治形態。因此奇魅型領袖的魅力成為維繫這種統治的關鍵。參見陳曉林著《學術巨人與理性困境——韋伯、巴伯、哈伯瑪斯》臺北：時報出版公司 1987 年 6 月版

18　白先勇《〈現代文學〉創立的時代背景及其精神風貌》，自《第六隻手指》，第 177 頁

苦持久，使他們的創作成了一條曲折艱險的尋道之路。他們以藝術上的世界主義理想和僧侶主義意志，建構了一種充滿矛盾和張力的臺灣知識者的精神私史。

二

本書的主要內容和具體思路如下。

我沒有去面面俱到地涉獵現代派小說的所有作者和作品，在論述對象的選擇上，既涉及了已經得到較多評述的名家名作，也注重學界或者讀者群關注較少、在我看來卻獨具個性的作家和文本，如王尚義、李永平以及王文興的《背海的人》等。我將選擇幾個各自獨立又密切相關的問題層面或角度進行考察。

1. 存在主義作為一種亞文化思潮，內在於臺灣青年知識份子的精神處境；作為一種文化思想，它也體現在現代派小說的精神肌理中。這個角度雖被人們一再提起，卻未曾得到充分論述。本文試圖在梳理文化思潮和詮釋具體文本之間達到一種認識的均衡，獲得一些富有新意的思路和說法。這部分將論述幾個問題：第一、存在主義哲學與文學的關係。存在主義是一種感性的境遇哲學，一種境遇的倫理學。存在主義總是把人物放置到某種極端的處境裡，上演內心掙扎與自我抉擇的戲劇。正是它對情緒與知覺的現象學分析，打通了哲學與文學之間曾經涇渭分明的界限。這也是存在主義成為現代派文學基本主題和感受世界的基本方式的深層原因。當文學描寫了人被拋入某種人無法控制的處境，或者揭示出人被某種歷史力量所操縱、所決定的狀態時；當文學描寫了人在極端處境中作出選擇以反抗命運時；當文學表現出命運的荒謬、人的孤絕和孤獨地反抗荒謬的生命激情時，人們就把這樣的文學稱為存在主義文學，或者說它具有濃厚的存在主義意味；第二、臺灣戰後文化背景下的存在主義思潮。60 年代臺灣文學和知識界對存在主義的興趣，從一開始就帶有反觀自我處境的朦朧意識，以後這種自發性意識變得越來越自覺明晰：認同或質疑存在主義學說，都包含著對自我境遇的某種確認和辨析的渴求。筆者初步梳理了臺灣知識界譯介存在主義的具體情況，並分析知識界對它的各種理解。這種梳理限於主客觀條件還相當粗疏，存在局限，但是這樣的梳理對於我的論題的開展是十分必要的。存在主義通過王尚義等人的著作在青年知識群體中廣為流行，從某種程度上說，已構成戰後臺灣青年壓抑中潛存著反叛精神的一種亞文化思潮；第三、現代派小說與存在的勇氣。與西方存在主義對人類存在普遍困境的哲學性關注比較，臺灣現代派小說雖也關心這樣的問題，但他們似乎更多地還是經由存在主義，獲取一種反觀自我切身困境的視野和勇氣。在現代文學社那裡，存在主義表達的是現代人心靈的普遍焦慮和困境，它的悲觀和矛盾，體己地抒發了臺灣一代放逐者的心聲，而它力圖反抗荒謬存在的特徵也真實地貼近了戰後臺灣知識份子的困境和心象；因此，如郭松棻所言：存在主義「掙扎的傷痕亦即是我們普遍的傷痕」。

考察現代派小說的文學形構、人物塑造及主題模式與存在主義的關聯，指出現代派作品與存在主義的相似或一致固然是題中應有之意，但這種指認並不因此忽略受影響者精神世界的有機性與流動性。我不想給人留下這樣的錯誤印象，即存在主義是影響現代派小說的唯一重要的文化經驗。我的論述必然關心存在主義對現代派小說內在精神和表述方式的意義，但同時也表明，現代派作家不是消極的接受者，他們擁有自己基本的一種建構自我的態度。每個作家獨特的精神與表述系統的建設，都是一個複雜的工程。我的做法是：站在作家主體建構的立場上，看存在主義在自我認同建構中的影響和作用，立足點是作品本身的真實形態和作家建構自我的內在需求，而避免將臺灣現代派簡單地描繪成存在主義的消極接受者。

在個案研究中，選取白先勇、王文興、七等生的作品作研究對象，探討現代派作家作品與存在主義的關係。從存在主義時間觀來看白先勇的悲劇哲學，從存在的焦慮角度看白先勇的民族國家論述，從白先勇小說中時間的多重性考察臺灣文學現代性的複調特徵，都是值得深入的話題。這部分，我想提醒自己，來自中國民間佛教的人生無常感才是白先勇骨子裡沈澱得很深的底蘊，而存在主義的時間焦慮是一種強化劑，它更強烈地促成了白先勇闡釋個體及人類生命悲劇意識的時間哲學。王文興代表作《家變》裡的范曄是個與環境格格不入的自私的孤獨者，他身上的叛逆性直指中國落後醜陋的傳統家庭倫理，然而他的叛逆也暴露出孤立地接受西方現代個人主義觀念有多麼恐怖荒唐。作者冷漠客觀的敘述、雙線並置的結構都很好地顯現出人物荒誕誇張卻真實入骨的精神衝突。長篇力作《背海的人》，則一改現代派悲風血雨的陰鬱絕望，塑造出富有喜劇性分裂意識的没落狂徒「爺」的獨異形象，這個形象兼具外省流浪漢、底層知識份子、流氓/盲流、罪犯、逃亡者等複雜身分為一體，解讀一個存在主義荒謬的反英雄的精神私史，讓人在梅尼普式的滑稽狂歡氛圍中得到心靈的震撼；人物置身的「深坑澳」、「近整處」也頗有現代荒原與卡夫卡的城堡意味，象徵性極為深邃。七等生的自我認同焦慮和其藝術行為密不可分，他的自我追尋既帶有浪漫主義者總體性理想觀念，又烙上了現代主義的絶望與悲觀的印記，因此烏托邦的兩難性在他身上成為根本的悖論。他的小說常將孤獨的個人置於存在的極端性境遇中進行殘酷抉擇，表現絶望中的自由和存在主義的境遇倫理。七等生的小說世界極不和諧，溫情脈脈與冷酷無情、情人與殺手、罪人和聖徒往往荒謬地混為一體，可以窺見作者自我認同的繁複昏亂，而存在主義對他的影響或許最為激烈，而且富有戲劇性；但東方哲學的浸染以及回歸土地的意識，使他得以從激烈悲壯的個人悲劇想像裡稍稍脫身。但他很難徹底抹去存在主義留下的質問和傷痕。因為，那也是他個人生活的真實投影。

2. 浪漫精神與現代派小說之間的關係，這個命題對於特定歷史文化語境的意義在於：微妙地顯現了五六十年代臺灣青年知識人沈淪與超越並具的矛盾心象。現代派作家主觀上極力迴避的浪漫性，在部分現代派作家那裡卻固執地顯露出來，這表明，現代派的精神維度不是單極的，浪漫與現代之間的順承和衝突，形成了現代派作家精神世界的一種風景。這部分，重要的是認識臺灣現代派不同的精神面相，目的不在於泛泛地論證浪漫主義與現代主義的理論聯繫與區別，而在於探詢60年代思潮交疊混成格局裡的現代派多重面具的深層意義。在回溯60年代現代主義氛圍中的浪漫潮流時，我發現，深受存在主義影響的年輕早逝的作家王尚義被人們過早地遺忘了，其實他是觀照那個時代悲劇的很好的個案，我希望能引起這個領域中人們必要的關注。

浪漫性與臺灣現代派的關係錯綜複雜，對此的辨析有益於深入細膩地理解現代派小說的精神脈絡，更貼切地感受現代派小說的社會歷史語境與作家創作心態的微妙。《文學雜誌》倡導一種客觀、均衡、冷靜、古典氣質的現代美學，聽任情感流溢不事節制的浪漫敘事被視為需要戒除的弊端，被不客氣地視為「末流」。而《現代文學》則主張拯救浪漫主義，急切地呼籲浪漫主義的回歸：「現代的世界，依我們的看法，最缺乏的是浪漫主義的精神。」[19] 這一變化意味深長，它表明青年知識群體從壓抑、頹廢與悽惶病態的時代氛圍中精神突圍的渴望。現代主義者對待浪漫主義的取捨一直是個討論中的難題，部分現代派在藝術上摒棄浪漫派的做法，但是現代主義又與浪漫主義有著一脈相承的聯

19 《現代文學一年》，《現代文學》第5期

繫。與此相關，在美學上臺灣現代派小説家群體存在著古典現代派和浪漫現代派兩種傾向：王文興、歐陽子偏向古典、嚴謹的藝術精神，排斥浪漫性，堅決拒絕「壓抑性的意義總體性」；七等生、王尚義、李永平、馬森等現代派作家則具有不可否認的浪漫氣質，作品中表達了浪漫主義自我追尋的熱情和總體性理想的堅持[20]。在我看來，60 年代的臺灣現代派思潮無異於一場青年造反運動，具有青年人不可扼制的生命激情、叛逆心態與創造衝動，以及現代與浪漫合一的精神氣質。當然，這是一種被壓抑的浪漫性，一種末世時代病中的浪漫情懷，一種以存在主義為底蘊的感傷行旅。

王尚義是這個年代的個典型個案。他始終掙扎於生命激情與時代的壓抑和苦悶之間，他渴望著貝多芬式的浪漫激情，憧憬浮士德那種不懈找尋自我的浪漫精神，同時接受了存在主義、現代主義思潮的熏染，現代派的冷峻與浪漫激情之間的衝突形成了他無法調和的生命狀態；馬森的《夜遊》在異域的冒險與精神漫遊中迷失並尋找自我，李永平的《海冬青》感傷的夢遊絲絲縷縷敘述著家國之痛，他們的作品呈現浪漫時代的總體性情志與現代主義碎片化思維之間的矛盾；七等生以隱遁的生存方式走向心靈，企圖重建自我認同的根源，一種超驗的浪漫本體論。然而，作為

20 查爾斯·泰勒認為，浪漫主義和現代主義最本質的區別在於：前者堅持一種「理性與感覺之間的充分調和的理想，一種幸福的中原柱——感官欲望和對意義的追求在其中都得到了完美的統一。」即意義的總體性的堅守。而現代主義的感受性則具有一種「解放的潛能」，它牽涉到「對象化的、必須的意義的否定。」是「對作為意義的總體性的藝術作品的起訴」，其特徵就是「對一件藝術作品的教規性、統一的反抗是與對自我的統一的占統治地位的觀念的反抗相連接的。」在此，我採用了泰勒的意見來看待浪漫主義和現代主義二者的根本區別。參見泰勒《自我的根源：現代認同的形成》第 752 頁。

一個現代派作家，他並不能信任這種虛幻的浪漫性，因此，他的小說總是編織著人格分裂的惡夢故事：柔弱怯懦的夢遊人轉瞬間變成實施暴力者，浪漫隱遁者與危險的罪人有時竟難分彼此；他一邊編織又一邊解構著現代社會的浪漫想像，也許，這是碎片般的多重人格才可能產生的神奇幻境。

可以說，浪漫性也構成了臺灣現代派小說不可或缺的一種精神向度，我們可以把它理解成壓抑時代裡的精神突圍渴望，也可以看成現代派困難重重的自我認同過程裡一種不得不然的選擇。浪漫精神的張揚顯示了現代派精神世界的矛盾性和豐富性，但浪漫性並不能製造出真正激動人心的總體性幻象，也無法如早期浪漫主義者那樣走向現實的前沿。現代派的浪漫性只是一種精神突圍願望的虛構性表達，卻無力從現實苦悶中真正得到浪漫的突破；浪漫主義對總體性理想的確信和樂觀以及敘述的傳奇性，早已失去了存在的現實基礎，現代派作家的浪漫情懷表明，在破碎時代裡執著於一體化理想具有消極烏托邦的性質[21]；也傳達了現代社會人對浪漫時代的一種普遍性鄉愁。

3. 形式試驗是現代主義的突出特徵。語言形式本身隱含著並不純粹的意味，「形式的意識形態」突出地體現在臺灣現代派小說的語言實驗中。如何理解臺灣現代派小說的語言探索？精神史的解讀方式顯然只是無數種詮釋方式中的一種，不求全面，只求有一點獨到的感受與理解。現代主義文學對語言和形式持有更高度的自覺和敏感，個性化的文體追求成為現代主義創作最為內在的美學動力。在臺灣現代派詰屈聱牙得驚人或古雅文化得過度的文字後面，呼之欲出的是臺灣知識份子的文化身分焦慮和個體存在的迷思。思想的困難與表徵的危機以及困局中的推陳出新是現

---

21 消極烏托邦，是指一種不確信的夢想。它缺少行動的真實依據，是沒有此岸的彼岸。

代主義的共同特徵，思想遠離了清晰可辨的大道，艱難爬行在荆棘叢生的盲腸小徑上，不再依附於總體性的個人思想的滲透使現代派小說主題總有些沈重而且朦朧難解，哲學形態的美學表徵令現代派文本深陷於灰色哲學思辨的晦澀性之中。語言表達的晦澀恰恰與知識份子的話語形式同構。作為知識份子話語的臺灣現代派小說，以一種困難的語言形式呈現了知識人存在與有所作為的困難。

臺灣現代派小說的語言追求大致存在著溫和與極端兩種類型。前者以白先勇、聶華苓、於梨華、歐陽子、叢甦、馬森、水晶等為代表，他們的小說語言匯入了一種漸成正典的現代白話文傳統；後者以王文興、李永平、王禎和等人為代表，致力於極端前衛的語言實驗，自創新格。本文的討論試圖回應以往的研究對這種語言實驗的批評，並從知識份子精神現象角度闡釋所謂「破中文好作品」現象。值得注意的是，臺灣現代派小說語言還存在著純化與雜化兩種取向，一方面是中文的極端純潔化，如李永平的中文烏托邦追求；另一面是語言的雜化實踐，如王禎和在《玫瑰玫瑰我愛你》和《美人圖》這些後期作品裡表現出的語言雜交現象。李永平的《海東青》，極端仿古又越古的文字承載著儒生式救世與自我救贖的理想，頹廢與耽美的感官情調鏈結的是現代知識份子的旁觀與批判意識，精緻古雅得有些淒冷的文字裡跳動著一顆熱烈不羈的浪漫靈魂。李永平的文字烏托邦無異於一場文化身分焦慮症的語言大發作。這種焦慮，指向個體、民族和國家，也指向了語言審美世界的終極。王禎和的雜化語言（尤其是後期作品）直接通向的是非雜化和反雜化的意識形態立場，戲謔、嘲弄與狂歡的語言形式積澱著作者強烈的後殖民批判傾向。如果說《海東青》的後殖民主義抗拒是一場可歌可歎的自我純潔化語言建設，那麼，王禎和的雜化書寫則以一種極端反諷的方式表達了後殖民主義情境下的民族主義思想。現代派小說語言還展示了漢語文學中的個體私語奇觀。王文興的自創文體與常規語言系統構成的文體規範間存在著明顯衝突，是一種私語式的語碼與次語碼輸入方式。本可以運用流利優雅的現代漢語進行創作的王文興，有意識違反現代漢語表達的常規，且把這種佈滿閱讀障礙的文體語言追求視為自己現代主義文學事業之重要組成。對於漢語文學的閱讀成規而言，王文興的現代主義文體顯然是一種有力的挑戰，它如何可能構築自己獨特的表意系統，並傳達自己獨特的美學理念和意識形態？這種文本的交流意義與審美價值究竟何在？這種自創一格的語言風格是遮蔽了內容還是更能有效地與內容融為一體？在我看來，王文興文體創造的動力來自失語的焦慮，失語症狀又直接與人的生存狀態和經驗感受相關，個人化的困窘語言隱喻著作者欲展示的人的存在狀態和精神困境。而面對七等生孤獨怪異的語言表述方式，我的理解是，拗口長句、書面語、以及歐化文體，是不少臺灣本省作家共有的語言特點，方言與普通話間的難以通融是一個原因，而殖民歷史和西化背景下本民族語言失範應該是更嚴重的因素，七等生的歐化語言也顯示出了這個問題。同時，語言、形式能體現主體的精神形態。作者邊緣化封閉性的自我體驗加強了他夢幻般的獨語語體，與衆不同的個性也支援了他背離日常工具化語言的個人表達。他的人物多活在思想灰暗而有些孤獨悲壯的戲劇幻象裡，真誠、投入、矛盾而痛苦。反抗暢達和通俗的言說方式，與作者所表現的極端孤獨體驗之間具有同一性；對孤獨體驗的偏執捍衛與對個體表述方式正當性的辯護之間具有同一性。七等生後期也開始轉變文風，運用通達純淨的白話文創作了書信體作品《兩種文體》，但他前期小說那種「麻痹」的語言形態，卻已經成為他獨一無二的問題文體。

在下文中，我想回溯並辨析兩岸有關臺灣現代派文學研究的一些基本情況。臺灣現代派文學的成長、調整與發展，伴隨著不斷的詮釋、論爭和批評過程，漢語文學批評界產生了不少值得尊重的現代派小説研究成果和現代派文學論述，這些成果也為我提供了論述的參照和思考的借鑒。任何論域的研究都包含著學術積累的過程，因此，有必要回溯並瞭解這些各異的論述與觀點，並有所回應。對於這一領域中難解的理論癥結，如現代主義在臺灣多年來受到質疑的本土身分與合法性問題，這個具有普遍性的難題，解決它超出了本論題及本人的能力範圍，但是我想把自己的困惑和思考，也呈現在對現代派小説的具體分析之中。

第一章　臺灣現代派文學研究綜述

一　大陸的臺灣現代派小說研究

劉登翰主編的《臺灣文學史》強調了在中西兩種語境下「現代意識」的重大差別：戰後西方現代主義思潮「本質上是對西方現代文明的危機意識，並由此衍化為對人類歷史發展失望的哲學焦慮」，而五四新文學運動的「走向現代」源起於國家興亡的憂患意識，與西方的美學現代主義相距甚遠。在描述中國現代主義思潮的歷史軌跡時，則以史家的敏銳眼光洞察了現代主義思潮在兩岸文學發展過程中的戲劇性迂迴更疊，從中窺見當代中國文學從分流走向整合的歷史趨勢。在這種論述格局中，臺灣現代主義文學構成了中國文學史不可分割的一部分。這一臺灣現代派文學論述的重要性體現在以下幾方面：首先，建構了有效詮釋兩岸三地文學的「分流與整合」模型，為20世紀中國文學的整體研究提供了一種可能、一種理論框架。整體研究是近20多年來新文學研究的基本理念與成就，陳思和的「新文學整體觀」，錢理群、陳平原、黃子平、孔範今的「20世紀中國文學」概念以及文學史重寫、劉登翰的「分流與整合」理念等各種豐富的具體成果，互為補充，皆意圖描繪出20世紀中國文學的完整地圖。在「分流與整合」的整體格局和宏觀視野中，臺灣現代主義文學的歷史位址清晰地顯現出來；其次、把臺灣現代主義文學放在當代文學與文化思潮的矛盾運動中給予考察，現代、本土與傳統三種文學思潮互相對峙，此消彼長，這種結構性分析是整體研究的一個範例；第三、特別強調了臺灣社會和文學特殊的歷史際遇，這種特殊際遇造就了包括現代派在內的臺灣文學在20世紀中國文學中的特殊地位和藝術形態。基於這一理解，他得出了以下的幾個判斷：「政治的鉗制和傳統的斷裂，使在中國新文學史上一直未能佔據要津的現代主義文學，意外獲得了一個充分發育的機會。」「經濟的快速發展和社會都市化程度的提高，使臺灣也面臨著如西方社會在工業化後所出現的種種矛盾和困惑……這一切都使最初只是從西方現代主義文學支借來感情和形式的現代主義文學潮流，逐漸找來了自己在臺灣的現實土壤和社會心理背景，而衍化成為相應與臺灣現代經濟發展的一種文化的衍生形態。」[22] 顯然，劉先生認為現代主義經過與傳統的碰撞以及批評論爭與反省，已經獲得了民族化的表現。他的論述在很長一段時間內仍然是考察戰後臺灣現代主義文學的重要出發點；而他關於臺灣現代派文學是「臺灣社會轉型後的某種精神文化象徵」[23] 的論斷，則將成為本文論述和思考的重心所在。

在《中國新文學整體觀》中，陳思和同樣從20世紀中國文學的整體格局出發，考察臺灣現代主義文學的文學史意義。他的論述有以下幾點值得人們關注：首先、他從中國文學與世界文學關係的層面來認識臺灣現代主義的歷史位置：「就在中國大陸與世界文學發生錯位的同時，另一片中國的土地上卻出現了中外文學關係的新局面。那就是台港地區的現代主義思潮的崛起。」[24] 其

---

22 劉登翰等主編《臺灣文學史》下卷，第88-89頁

23 同上

24 陳思和《中國新文學整體觀》上海文藝出版社2001年1月版，第386頁

次、五四文學形成了啟蒙的文學和文學的啟蒙兩大傳統，臺灣的現代主義是五四「文學的啟蒙」傳統的一種延續；第三、作為一種思潮的現代主義已不復存在，但其文學精神已成功融入了文學審美傳統，70 年代以後的新生代作家作品滲透了現代人的藝術情緒；[25] 第四、海峽兩岸文學，無論從 20 世紀中國文學發展史還是中外文學關係史的角度看，都將以一個整體的意義出現。陳思和的論述對研究臺灣現代主義文學最具啟發意義之處在於他對「世界性因素」的強調，「世界性的因素已經成為人類共同傳統與財富，世界的／民族的、外部的／內部的，這樣一些對立的概念正在消解。」[26] 在陳思和的論述中，顯然凸顯了從以往的「外來影響」論到「二十世紀中外文學關係」的轉換，它意味著研究角度、視域和觀念的轉換，即從傳統的以西方為中心的所謂影響研究，轉向考察「新文學的文本中多大程度容納了『世界性因素』。這種因素不僅表現了外來影響的成分，更主要的，是包括了一個中國人對世界的接受與反饋，並且在世界同類現象的參照下，研究其自己的形態特點。」[27]

的確，如陳思和所預言，海峽兩岸的文學已經越來越明顯地以整體的意義出現，「分流與整合」理念也被越來越多的研究者所接受和延展。朱壽桐的《中國現代主義文學史》、丁帆的《中國大陸與臺灣鄉土小說比較史論》都是兩岸文學整合比較研究的成果。前者把台港現代主義文學定位為中國現代主義文學史的一個重要階段即「『偏隅』發展期」；後者雖是一部專門討論鄉土文學的著作，但它對兩岸「共同的文化背景及異質話語的同構」關係的分析，以及對現代與鄉土結合生成的「現代主義的鄉土文

25　同上，第 396 頁
26　同上，第 413 頁
27　同上，第 414 頁

學」的認識等等，對於臺灣現代派小說研究也具有啟發作用。在整合研究的視域裡，大陸的臺灣現代派文學史研究取得了矚目的成果，一些論述框架和宏觀視野將成為日後研究的重要參照。不足的是，對日據時期臺灣文學中被壓抑的現代性討論得很少，這一時期臺灣文學的現代主義因素未曾得到清晰的描述。

在專題和具體個案研究上，近年來也出現了扎實而具份量的著作，如：朱雙一的《近二十年臺灣文學流脈》專論「戰後新世代」的文學現象，提出 80 年代以後「現代主義的隔代遺傳和新變」的觀點；黎湘萍的《臺灣的憂鬱》，討論對象雖是從現代主義出發卻成為現代派文學最尖銳的批判者的陳映真，但顯然涉及現代主義議題，他的論述中，關於臺灣小說的語言構成、敘述觀點的轉換和陳映真的「內向敘述」等，都是有價值的發現；袁良駿的《白先勇小說藝術論》和劉俊的《悲憫情懷——白先勇評傳》，前者偏重於分析白先勇小說的藝術特色，後者細膩地關注著白先勇的精神世界。張新穎的《棲居與遊牧之地》，論及王文興的小說主題、歐陽子的焦慮以及《文學雜誌》對西方現代主義的介紹；陸士清的《臺灣文學新論》和封祖盛的《臺灣現代派小說評析》也涉及一些現代派小說文本的評論。新近出版的由楊匡漢主編的《中國文化中的臺灣文學》一書，則立足於整合的視野，側重於研究現代派文學與中國人文傳統的關係，在體例安排與專題論述上頗見新意。

但是，臺灣現代派小說研究領域，在作家、文本、思潮、中外文學關係以及其他富有啟發性的專題研究上，都還存在著拓展與掘進的空間。個案研究仍然不夠深入充分，一定程度上也制約了整體觀照的說服力和透徹性。具體看，比如：白先勇研究相對充分，出現了數部研究專著和比較多的論文；而王文興、七等生等作家的研究則很不充分；王文興《家變》的評論較多，而他的《背海的人》評論則屈指可數；人們對現代主義高潮期的現代派小說相對比較熟悉，而對七八十年代以後的現代派作家作品則有些陌生（如李永平等）；即便是對60年代現代主義文學的認識，也存在某些遺漏；人們注意到現代主義與鄉土文學的對抗，卻多少忽略了文學思潮與文類之間的交叉滲透（如鄉土文學中的現代主義，科幻小說中的現代主義）。另外，研究方法和視角也仍顯得較為單一。這些都表明，臺灣現代派小說是應該進一步關注和研究的領域。

二　臺灣和海外的臺灣現代派文學（小說）研究觀察

1. 臺灣60年代現代主義文學？

90年代，激烈的本土化浪潮興起，後殖民批評話語高揚，現代派文學成為某種尷尬的存在，現代主義被一些人看作是「臺灣親西方的殖民地文化的表徵之一」。[28] 這種語境裡，臺灣出現的一篇文章《60年代現代主義文學？》，對60年代臺灣是否存在過人們普遍引為常識的現代主義文學表示質疑。[29] 質疑有兩點：一是現代主義在臺灣不只限於60年代，現代派作家並未在60年代以後就停止創作，相反，一些現代主義成熟之作正是出現在60年代之後，認為現代主義終結於70年代的看法是不對的；二是臺灣現代派文學並不等同於西方的現代主義文學。現代主義本源於深刻的西方現代社會危機，是西方歷史和文化發展的精神產物，它要叛逆的是西方資本主義的異化體制，要反抗的是啟蒙現代性

28　陳思和《中國新文學整體觀》第387頁

29　柯慶明《60年代現代主義文學？》載於張寶琴等編《四十年來中國文學》，第85-146頁

帶來的技術理性和人性異化。而60年代的臺灣既無布爾喬亞的平庸墮落可供顛覆震撼，也没有發達的技術理性可與之抗爭，根本缺乏與西方社會相對應的孕育現代主義的物質和精神背景，臺灣現代派文學與西方現代主義理應有所不同。該文致力於搜尋臺灣現代派與中國古典文學傳統間的關係，從各種文類中摭拾出衆多例證，以證實臺灣現代派的古典血統。

單純地看，這篇有關60年代現代主義的長篇大論不過是談論了現代派與古典文學的密切關聯，可是90年代中期的這個論述顯然不這麼單純。它對臺灣現代主義的回眸，實際上是從現代派與民族文學傳統的關係回應人們對臺灣現代派文學持久的批判與質疑——尤其是八九十年代以來後殖民論述崛起後一種越來越激烈偏頗的指責，[30] 而此文針對將臺灣現代主義視為西化典型和殖民主義附加物的偏見，其策略是：揭開現代派的古典底牌。

將臺灣現代派看成西方現代主義的影子，這種降格的認識歪曲了臺灣現代派文學的真實性，使臺灣現代派似乎只能扮演缺少原創價值的亞流的克隆角色；而原教旨主義的解讀從西方原生現代主義取得合法指標，來判斷臺灣現代派文學的真偽。以上兩種臺灣現代派文學的解讀方式異中有同，都忽略了文化傳遞中必然的變異和文化新質產生的契機。因此，60年代臺灣現代派文學不是西方現代派的贗品或仿造物，就成為臺灣現代派的辯護者所堅持的立場。但是，因擔心被指斥為西方後殖民文化的附庸，而迴避從西方現代文化中接受過啟蒙和影響的事實，也並不一定可取。重要的是從那些被認為臺灣現代派的作家和文本裡，從一個價值觀念混亂、缺失奇里斯瑪權威的時代氛圍裡，真實地看到的文化現象和文學精神，並從中辨析什麼是可貴的，什麼是值得同

30 對此，可以援用陳思和的說法：「這是有失公正的。」見《中國新文學整體觀》第387頁。

情的，什麼又是應該摒棄的。

杭之在《一葦集》裡，反省了臺灣的依賴性現代化存在的問題，並呼喚：「冷靜地去具體地掌握在我們的發展中所混入之文化要素及我們固有的、還在發生作用的文化要素，去具體追問『我們是什麼』這一歷史的自我認識。」[31]他的話令人深思。臺灣現代派小說正是包含著大量「混入之文化要素」，當然，也含有「我們固有的、還在發生作用的文化要素」。要真正冷靜具體地掌握這些內涵，瞭解我是誰、「我們是什麼」，其實並非易事。或許這也是困惑當今世界的一個普遍性文化難題。

2. 對現代派文學的質疑和批判

的確，在臺灣現代派小說論述中，批判、質疑乃至徹底否定現代派的聲音一直不絕於耳。

70 年代，鄉土文學的文學理念與創作實踐有力地挑戰了 60 年代的現代主義思潮，正如陳映真在回顧鄉土文學論戰時所說的：「1970 年『臺灣鄉土文學』的提起，是針對 1950 年以降支配臺灣文學 20 年之久的，模仿的、舶來的『現代主義』文藝思潮的批判和反論」。[32]在鄉土文學論戰中，人們從不同的文學立場和觀念不斷質疑臺灣現代派小說的合法性。概括地說，那一時期對現代派小說的批判主要集中在兩個方面：1. 現代派脫離了臺灣現實，所謂回到藝術、回到主觀自我，本質上是逃避現實；2. 現代派是全盤西化，脫離了民族文學的傳統。這也是人們否定臺灣現代派的兩大理由。此後，臺灣文學批評對現代派無論是貶還是褒，或是較客觀的研究，都難以迴避這兩個根本質疑，它直接牽涉到後生性現代主義的合法性問題。

31　杭之《一葦集》，三聯書店 1991 年版，第 206 頁

32　陳映真《現代主義文學的開發》，1967 年《文學季刊》3 月

葉石濤從現代派的失根和飄零心態批評其不能紮根於臺灣本土現實，不能算是真正的臺灣文學，只是一種過客的文學；陳映真有保留地肯定西方原生的現代主義，卻旗幟鮮明地否定臺灣的現代派。他認為西方的現代派是對資本主義社會中人的異化現實的反映和批判，「《果陀》是一齣對現代人的精神內容做了十分逼近的少數作品之一。」[33] 晚近的《資本主義與西洋文學》演講更詳細地表達了這一觀點，他甚至認識到：「現代主義的語言很晦澀，没有邏輯，思想跳躍，從原理上來説，這是文學家和藝術家，為反對資本主義既成俗套化的語言模式而有對於語言、邏輯的顛覆。」[34] 儘管他十分不滿西方現代派在精神上的絕望、無聊與頽靡，但仍認為「它忠實地反映了這個時代，是無罪的。」然而，陳映真對臺灣的現代派則卻好像缺乏這種理解與同情。在他看來，臺灣的現代派存在兩大致命的缺陷：其一、它在性格上是亞流的，因為它缺乏客觀基礎，戰後臺灣資本主義的發展並未達到發達資本主義的水平，不具有現代派的生存土壤。因此所謂臺灣現代派必然只是對西方的模仿，「不但是西方現代主義的末流，而且是這末流的第二次元的亞流。」其二、臺灣現代派是形式主義的蒼白的，「看不見任何思考底、知性底東西。」在他眼中，這種現代派是没有生命的，甚至連逃避現實都算不上。有意味的是，陳映真在60年代末已經從後殖民批評的角度批判臺灣現代派，第三世界文學中後生的現代主義現象，「先天的就是末期消費文明的亞流的惡遺傳」，其亞流性「表現在它的移植底、輸入底、被傾銷底諸性格上。」

陳映真的論敵陳芳明同樣從後殖民批評的角度界定臺灣現代

33 陳映真《回顧鄉土文學論戰》《文藝理論與批評》1994年，第2期

34 陳映真《資本主義與西洋文學》《聯合文學》第16卷，第4期，第150頁

派的性質，「現代主義在臺灣的傳播，無疑證明了帝國主義又一次有力的擴張……現代主義對臺灣作家的強烈影響，可以視為殖民文化支配的象徵。」[35] 矛盾的是，陳芳明一方面指陳臺灣現代派是帝國主義文化殖民的產物，是臺灣文化受殖民主義支配的象徵；另一方面又為它辯護，認為現代主義的洗禮前所未有地提升了臺灣文學的技巧與想像能力，認為以往人們誤解、曲解了白先勇、七等生和王文興，而僅僅從負面的角度評價臺灣現代派，「絕對無法辯識現代主義文學的精神風貌。」

彭瑞金的論述明顯是在回應陳映真對現代派的猛烈撻伐，他對現代派的根本評價與陳映真並沒有太大的分別：「西化派和現代主義文學也只是插在花瓶裡的一朵鮮花，不曾在土地上生根，終究要枯萎的。」[36] 這種看法與葉石濤更為相近。彭瑞金一方面指責臺灣的現代主義在接受西方現代派時忽略了其歷史環境背景，「只是乾啞著喉嚨嘶哄：荒謬、苦悶、迷失、頹廢、死亡，其實連誠實的反映自己的時代都沒有做到。」另一方面，又把「現代文學社」和現代派詩歌以及一般的現代主義者分離開，認為陳映真的指控針對現代派詩人或許恰切，但對於「現代文學社」的主要小說家「卻絕大部分不適合。」因為他們的創作雖然也標榜現代主義，但這只是「存心把現代主義當個幌子。」「並未認真執行現代主義的移植工程，他們只不過利用歐美文學跑龍套而已，在師法若干西方文學的形式表達技巧後，仍發展了屬於自己的文學。」[37] 彭瑞金在剝離了形式技巧與思想的關係後，就大大方方地把「現代文學社」的主要小說家收編到現實主義的麾

35　陳芳明《臺灣新文學史的建構與分期》，《聯合文學》第 15 卷，第 10 期，第 170 頁

36　彭瑞金《臺灣新文學運動 40 年》，第 114 頁

37　同上，第 112 頁

下，認為「他們是反映現實反映時代的寫實作家。」[38] 這種收編並非是彭瑞金的獨創。許多現實主義批評家在主動或被動承認現代派的合法性時，都採用了這一論述策略。法國的加洛蒂是其中的典型，他把現實主義無邊化，凡是優秀的現代派作家如卡夫卡等都屬於現實主義。[39] 應該注意的是：彭瑞金的收編還隱含著一種隱蔽的邏輯：現代主義是西方的，所謂臺灣的現代派要麼是怪胎，要麼是假現代真寫實。另一個有趣的現象是，在彭瑞金收編的名單裡，始終沒有王文興這個最頑固最極端的現代派。這肯定不是不小心的遺漏，因為這份名單在彭氏文中開列了多遍。就象他拒絕接納晦澀前衛的現代派詩人那樣，他也拒絕了王文興這樣的現代派小說家，這一拒絕顯示出現代主義與現實主義在美學上的對抗性，也顯示出彭氏的論述終究囿於現實主義的美學成規，未能對臺灣現代派小說藝術達到真切的理解。彭氏的論述否定了陳映真等人對現代派脫離現實的指控，認為現代派小說反映了屬於他們自己的「某個現實的角落」；但他最終還是自相矛盾地從狹隘的本土主義立場否定了現代派小說（包括被他認定為寫實派的作家）的合法地位和生命力。

3. 後發性現代主義的理論難題

呂正惠的《現代主義在臺灣》是一篇關於臺灣現代主義文學的重要論述，其重要性體現在：其一、它從文藝社會學的角度考察臺灣現代文學的歷史脈絡和現實背景，系統全面地討論了「臺灣現代文學與五四傳統」、「臺灣現代文學與本土傳統」、「現代主義與政治冷感」、「現代主義與臺灣的現代化」、「現代主義與開發中國家的知識份子」、「現代主義與現代化中青年人的

---

38 同上，第 108 頁

39 參見羅傑．加洛蒂《無邊的現實主義》，百花文藝出版社

自我認同問題」幾個相關的關鍵問題；其二、他從文化社會學和文學社會學的角度，分析臺灣現代派的複雜性，並把現代派看作特殊歷史際遇中的知識份子精神困惑與文化認同焦慮的表徵。這一基本認識有可能使人們改變以往那種對現代派流於浮表的批評；其三、他提出不能以西方的觀點來看待第三世界的現代主義文學問題，「我們應該發展出全面的第三世界的現代主義的社會學來探討第三世界在文學發展上的困境。」[40]這個觀點對我們認識西方以外的後發性現代主義現象尤其重要。

西方世界的現代主義思潮，總體上是西方社會文明危機和文化病變的產物，是一種充滿尖銳批判性和警世性的文化思潮，是「與一切傳統猝然決裂的運動」。[41]近期全球性的現代性反思過程中，一種普遍的傾向是將十九世紀末開始出現的美學現代主義放在「現代性」的框架中來看，如丹尼爾·貝爾將現代主義闡釋為由工業激進與知識專門化引起的意識危機，即資本主義文化衝突的產物，現代主義被看作是資產階級在文化上的逆子。貝爾洞察到資本主義的兩種動力（經濟衝動力和文化衝動力）之間的分裂、衝突和相互敵視，資產階級在經濟領域奉行積極進取的個人主義，而在道德與文化趣味上卻日趨平庸保守，對文化領域激烈的美學實驗性的個人主義提防又畏懼。經濟領域所要求的組織方式同現代文化所標榜的自我實現規範之間出現了斷裂。現代主義正是這種從資本主義精神中裂變出來的反對資產階級價值趣味的文化力量，它以極端個人化的形式實驗方式批判資產階級意識形態。「現代主義是一種對秩序尤其是對資產階級酷愛秩序心理的激烈反抗……至少在高級文化層，它正是資產階級自身不共戴天

40　呂正惠：《戰後臺灣文學經驗》，第35頁

41　〔英〕馬·布雷德伯里、詹·麥克法蘭編：《現代主義》，第4頁

的敵人。」[42]現代主義由此走向了資產階級價值觀的反面。本雅明、布萊希特則側重於把現代主義宣說成一種正面攻擊布爾喬亞體制的前衛政治運動，而阿多諾、霍克海默把現代主義當作一種與壟斷資本主義和文化工業[43]相抗衡的藝術活動。人們對現代意識的危機上溯至18世紀甚至文藝復興，一般認為，隨著人文主義的興起，一方面破除了教權皇權的真理神話，另一面卻又帶來了融合視界的消解和科技理性世界裡人的精神異化，因此，在文化工業和技術理性主導的異化世界中，西方的現代主義文學實際上具有美學救贖的欲望，曲折地投射了現代人的文化懷鄉渴求。從這個意義上說，現代主義承傳了浪漫主義以來的文化批判精神。

問題在於，丹尼爾·貝爾等人所代表的基於西方社會脈絡發展出的西方話語適合於詮釋第三世界的現代主義文學嗎？張誦聖曾經從貝爾的觀念出發，把臺灣的現代派小說界定為一種對中產階級保守平庸的美學趣味和藝術意識形態的反動。現在看來，不能說這是個虛設的假問題，但至少可以說它有些見外。呂正惠提出應該發展出全面的第三世界的現代主義的社會學來探討第三世界的現代派文學，是有建設性意義的。然而，他僅僅提出了建議，第三世界的現代主義的社會學是怎樣的？其理論基礎、分析工具與西方現代派理論有何區別？在他的論述裡語焉不詳。這肯定是一個巨大的理論難題。呂正惠承認存在第三世界的現代主義，但是他認為臺灣的一些現代詩相當像西方的現代派，卻並不可取，相對而言，臺灣的現代小說則「非常不像西方的現代小說」[44]，而這是值得肯定的。比如白先勇就很「不像」他曾經學習過的西方現代派小說，他本質上是個現實主義者；而王禎和的

42 丹尼爾·貝爾：《資本主義的文化矛盾，》第31頁

43 即物化、商品化、目的規劃化的文化取向。

44 呂正惠：《戰後臺灣文學經驗》第24頁

現代主義成分比白先勇多，但其作品真正有價值的卻是帶有自然主義傾向的現實主義內容；王文興的小說很像西方現代派作品，可是他「生錯了地方受錯了教育」，他的《家變》是最典型的現代派作品，因為這部小說突出地表現了一種西化意識。與彭瑞金的看法有些接近，呂正惠同樣從現實主義角度，拒絕了以王文興小說和現代詩為代表的這部分臺灣現代派文學，現實主義與現代主義在美學意識形態上的衝突在他那裡也清晰可辨。按呂正惠的邏輯，所謂「第三世界的現代主義」或「我們的」現代主義，卻在他的分辨中被完全消解了：一部分被歸入現實主義陣營而得到接納，另一部分極端份子則被排除在現代派真品之外，成為一種錯誤或者贗品，甚至只是一種出現在臺灣的西方現代派作品。如此一來，他所說的「第三世界的現代主義」就已經被消解殆盡，又如何可能？我們有理由向呂正惠提出這個疑問，但不能因為他在這一論述上的矛盾與自我拆解而輕視他對現代主義的意見，諸如現代派與政治的關係、與傳統（包括古典文學傳統、五四新文學傳統和臺灣本土傳統）的關係、與社會現代化的關係等等，至今仍是我們應當深入研究的重要命題。尤其是他把60年代的現代派思潮與現代化過程中青年知識份子的自我認同問題聯繫起來考察的視野，以及主張從臺灣特殊的歷史命運來理解現代派的觀點，對本人都具有啟發意義。

當然，他的一些判斷可能有些簡單化，比如說「臺灣現代主義是對五四精神的背離」[45]。戰後國民黨的文化政策確實禁止五四新文學尤其是左翼文學的傳播，這是不爭的事實。然而，這無法阻擋現代主義作家群對五四新文學作品的私下閱讀與接受。臺灣現代派與五四新文學並非他所斷言的只有某些表面的類似，而是有著十分密切複雜的內在關聯。對這一精神脈絡的梳理也十分

45　呂正惠，同上，第10頁

必要，它有助於人們理解20世紀中國文學的分流與整合的文學史規律。曾親自參與「現代文學」社的海外學者李歐梵的研究就把這條表面上斷了的線索重新連接了起來。

4. 臺灣現代派文學的歷史尋蹤

早先參予過臺灣現代派文學活動的海外學者李歐梵對臺灣現代主義的描述，顯示出一種自由主義的文學史眼光，他自然合理地把臺灣現代派文學安放在中國現代文學架構中，將流浪、漂泊的臺灣現代派文學與五四以來的中國現代文學接上了血脈，讓出發於60年代的臺灣現代主義文學以及由它延伸、漂流至海外的現代漢語文學，坦然回歸中國文學大家族。馬森曾經談到部分臺灣及海外華人作家的憂慮，這些作家擔心既無法被本土意識過強的臺灣文學論者接納，在大陸論者筆下又被劃歸「另類」，似乎只能漂浮在陸島之間或之外，精神上無處安身[46]。這樣的憂慮強烈地存在於白先勇、聶華苓等人的作品中，貫穿於他們的整個文學生命，它源於切身的歷史傷痛和文化鄉愁，放逐離散的痛苦分裂與悲哀、愛恨交織難以言喻的心靈掙扎。李歐梵的文學史論述為臺灣現代主義文學找到了精神源頭，他在陳述了李金髮、戴望舒的詩歌業績後，繼而觀察由紀弦從大陸帶去的現代主義星星火種如何燎原於五六十年代的臺灣，關於現代詩，李歐梵認為「在1953年創辦的《現代詩》雜誌，顯然又使1930年那點微末的遺緒復活起來。」[47]他又讓三十年代上海的《現代》「無軌列車」一路駛過去，一直抵達臺北五六十年代的《文學雜誌》和《現代

---

46 馬森〈「臺灣文學」的中國結和臺灣結〉，《當代臺灣文學評論大系：文學現象卷》第173-223頁

47 李歐梵《中國現代文學的現代主義》，《現代文學》復刊第14期，1981年1月

文學》。憑著敏感的歷史嗅覺，從王文興在《現代文學》第二期編後記的一段「旁若無人、意興湍飛的大話」裡聞出陳獨秀式「新青年」激進味道來。在這種有些感性的論述中，作者不僅是文學史家，也是一個歷史的親歷者，在台大外文系讀書時，他正好與白先勇、王文興、歐陽子、陳若曦同學，見證並介入了一個年輕文學人頗具野心、銳意創新的文學革新的「輝煌」時代。[48]

而白先勇在文革期間則明確意識到：「大陸文學，一片空白。因此，臺灣這一線文學香火，便更有興滅繼絶的時代意義了。」[49] 顯然，他清醒地意識到臺灣現代文學在中國新文學史上的位置和重要性。

5. 文學場域中的臺灣現代派文學論述

與李歐梵的研究理路不同，專門研究臺灣現代派小說的旅美學者張誦聖則把現代派小說放到臺灣文學場域的變遷中作結構性分析定位。她曾經以王文興的《家變》作為博士論文的專門論述對象，進行細讀；她的《現代主義與本土對抗：當代臺灣中文小說》和晚近在臺出版的《文學場域的變遷》都是討論臺灣現代派小說的重要著作。僅從被選入《二十世紀中國文學史論》（王曉明主編）而成為經典文論的《現代主義與臺灣現代派小說》一文就大體能看出張氏的基本觀點和研究理路。

在她看來，現代派是「具有自由主義傾向的或非政治性的。」[50] 她所說的自由主義明顯與胡適、雷震的政治自由主義不

48　李歐梵《中國現代文學的現代主義》，《當代臺灣文學評論大系 2：文學現象卷》第 121-155 頁

49　白先勇〈《現代文學》的回顧與前瞻〉臺灣《現代文學》雜誌復刊第 1 期

50　張誦聖《文學場域的變遷》第 16 頁，

同，它是非政治性的。因此在70年代的鄉土文學論戰中，現代派從意識形態的紛爭中超身而出，成為旁觀的「第三者」[51]這是她對現代主義的第一個定位。其次，她也將臺灣現代主義當作一種高層文化，或知識份子的精英文化，這一界定在理論界十分普遍。第三，她肯定了現代派作家引進西方文學符碼與美學原則的努力在中國文學史上有著「不可忽略的意義」，專重個體認知追尋的現代主義精神另拓展出一種漢語文學的可能，當然，她也指出現代派文學雖然精緻卻疏遠「多數中國人所組成的詮釋群體」這一尷尬事實。第四、她借用雷蒙德·威廉姆斯的概念，認為臺灣現代主義是一種另類文化，這種另類文化與主導文化（指占統治地位的體制內文化）和反對文化（指反抗體制的文學，如鄉土文學）共同構成六七十年代臺灣的文學場。應該說，這種結構及結構變遷的分析有助於人們在臺灣當代文學的整體格局中把握現代主義的文化指歸。而張氏對臺灣現代派小說經典文本的認定也具有參考意義，「白先勇的《孽子》、王文興的《背海的人》、王禎和的《玫瑰玫瑰我愛你》，以及李永平的《吉陵春秋》等，應該是我們討論現代派總成果的重心所在。」[52]這一看法很有見地，它一方面企圖把研究臺灣現代主義文學的重心從60年代轉移到七八十年代以降成熟的現代派小說文本上，說明現代主義思潮發生在60年代，卻在七八十年代以後真正開花結果；另一方面，也提示人們以往對現代派小說的研究存在著明顯不足，她在1988年如是說：「到目前為止，還只有學院派的少數論者對它們有肯

51　《文學場域的變遷》第16頁。必須指出，這個判斷與事實有些出入，現代派主將王文興當時發表《鄉土文學的功與過》等演講而深深「插足」這場論戰中，又如何旁觀？

52　同上，第20頁

定的評價。」今天情況雖然有所改觀[53]，卻並沒有根本的改變。據王文興先生自己的估計，認真讀過《背海的人》的讀者不會超過十個，而在大陸，李永平這個名字更是知者寥寥。這一領域的確還有許多未曾挖掘或挖掘很不充分的寶藏，這正是我選擇這一課題的一個重要原因。

不過，張誦聖的論述也存在兩個問題：第一、上文已指出張氏援用了貝爾的觀點，認為臺灣現代主義是對平庸的中產階級意識形態的超越，《家變》是典型的例證。然而，這一例證恰巧暴露了張氏援用「中產階級」概念的虛設性。說《家變》反抗平庸或許沒有疑問，現代主義美學本身就是以個人化的藝術創新挑戰遲鈍、平庸、僵化的審美趣味和藝術成規，而將《家變》的精神視為對平庸的中產階級意識的超越在我看來則不甚恰當，范曄生長的環境庸俗、卑瑣、愚昧、貧窮，然而這與所謂的中產階級意識無甚瓜葛，范曄日思夜想的或許正是如何跨入可羨慕的西方中產階級行列呢！第二、她的文學場分析還沒有完全進入結構內部或時代的文化思潮內部。文學場是借諸於皮埃爾・布迪厄的概念，所謂權力場是指各種政治經濟因素的關係空間，各種力量都在這個空間角鬥，因此「場」實際上是個充滿矛盾張力的結構性概念。文學生產自身構成了一個文學場，但它只是社會權力場內部的子場域，處於被統治的地位。在文學場內部，各種勢力同臺競技，爭奪文學生產的許可權與文學合法性的壟斷權。布迪厄的《藝術的法則》從社會學角度深刻地分析了資源和權力配置機制對文學生產的制約性。在他看來，作家藝術家的行為和思想的矛盾，只有放在權力場裡進行結構性研究才能得到解釋。張氏的文學場分析目前顯然尚未能達到這一目標。但即便存在著這些問題，不可否認張誦聖是迄今研究臺灣現代派小說用力最勤、成就

53　如白先勇的《孽子》在「同志文學」熱中得到了相當充分的關注。

最高的學者之一。

6. 其他學院派學者的論述

對追求藝術性的小衆化精英化的現代派小說的深度研究，的確如張誦聖所言，必須仰賴一些學院派批評家的努力。與非學院批評家比較而言，以顏元叔為代表的學院派批評家偏重於文本分析而較少宏觀的思潮論述，重學理批評而輕意識形態剖析。這既是其優點也是其短處。顏元叔開風氣之先，把臺灣現代派文學的批評引入學院的學術視域之中。他的《白先勇的語言》[54]、《筆觸·結構·主題——細讀於梨華》[55]和《苦讀細品談〈家變〉》[56]等文是學院研究現代派小說的起點。呂正惠晚近如是評價顏元叔當年對臺灣現代主義研究的貢獻：「60年代中期，現代文學在臺灣的發展已達高峰，無論在詩，還是在小說方面都有了可觀的成就。但是，這一成就，到底如何，優缺點何在，卻還未有人進行嚴肅的、全面的評估。顏元叔所想嘗試的，就是這樣的工作。」[57]從前行代學者顏元叔到歐陽子、張漢良、鄭恒雄，再到年輕一代學人易鵬、廖淑芳等，都一如既往地關注臺灣現代派小說的文體和語言。典型的成果有歐陽子的《王謝堂前的燕子》對白先勇作品《臺北人》的新批評式解讀，張漢良、鄭恒雄對王文興《背海的人》的語言分析[58]，以及廖淑芳的學位論文《七等生文體研究》等。的確，現代派小說的革命性與實驗性首先表現在

---

54 顏元叔：〈白先勇的語言〉，《現代文學》37期，1969年

55 《現代文學》38期，1969年

56 《中外文學》第一卷第十一期，1973年

57 呂正惠：〈戰後臺灣小說批評的起點〉，見陳義芝主編：《臺灣文學史綜論》第110頁

58 張漢良：〈王文興〈背海的人〉的語言信仰〉、鄭恒雄《文體的語言基礎》二文，參見《當代臺灣文學評論大系·小說批評卷》

語言文體的創造性和個人性上，這種形式革命並非是一種純粹的形式主義，它關涉到人們感知世界方式的變革。學院派的語言文體研究大多借助於新批評和西方現代語言學的理論與方法，顏元叔和歐陽子的新批評式的文本細讀功夫令人歎服，打開了人們通往現代派小說內部的通道，這種語言研究是知性的、審美鑒賞性的。張漢良的《王文興〈背海的人〉的語言信仰》則從語言分析上升到精神哲學的層面，達到形式分析與意識形態批評的微妙結合。他在論文結尾時總結說：「巴別塔（Babel Tower）傾塌之後，語言就紛雜無比，不再透明，未來的語言也不可能透明。身為開口說話的人類，我們永遠有衆聲喧嘩的困擾。王把語言當成一種信仰，追尋類比的語言。這種作法恰似天啟，而且也有神學的含意。」[59] 這個分析超越了純粹性審美鑒賞所達到的高度，從文本鑒賞跨入哲學意味的把握，而且這種把握又內在於語言分析之中。張漢良的批評方式或可稱之為一種「形式的意識形態」批評。當然學院派的語言研究也存在著局限，有時過度注重語言學理論的闡揚，文學反而僅僅成了語言學理論的具體例證或注解。

晚近臺灣的學院已經成為臺灣文學研究的重鎮，並且一改過去那種只重古典經典而輕視當代文學的傳統。這也是說六七十年代顏元叔的當代文學批評開風氣之先的一個原因。學院派對現代主義的研究已經從傳統的新批評單一模式轉向了多元的論述：劉紀惠用比較文學的方法開拓出跨藝術的研究理路，對現代詩、小說、電影、繪畫、雕塑作整合性考察。[60] 的確，現代主義是世界範圍的跨藝術思潮，各種藝術門類之間存在深度的關聯與影響，視覺現代性對臺灣現代派小說與詩歌的影響不可忽視。張錦忠以

59　張漢良：〈王文興〈背海的人〉的語言信仰〉，同上，第 543 頁

60　劉紀惠：〈超現實的視覺翻譯：重探臺灣現代詩「橫的移植」〉，《中外文學》第 24 卷第 8 期

易文·左哈爾的「複系統」理論討論《現代文學》的翻譯文學對臺灣文學尤其是小說的現代主義轉向的意義。翻譯文學也是一種獨立的文學創造，J·貝爾沙尼等著的《法國現代文學史》就列專章給予討論，把法國的翻譯文學納入到法國文學史中。可見，張錦忠的研究很有價值，可惜他忙於為翻譯文學正名，過於依賴「複系統」理論，而忽略了翻譯文體如何影響了臺灣現代派小說的語言形式這一更為重要的命題[61]。邱貴芬以後殖民批評企圖重新闡釋後發性現代主義的現代性問題，臺灣現代派因為發生時間落後於西方現代主義，總被批評為一種模仿、冒牌或克隆的現代派。這種影響的焦慮的確長期存在。為了回應以往人們對臺灣現代派的文學身分的長期懷疑，擺脱所謂模仿的焦慮，在《落後的時間與臺灣歷史敘述》一文中，邱氏借用李歐梵關於華人社會普遍存在的「雙重時間」概念「顛覆西方進展敘述的時間觀」。邱貴芬以現代主義時期李昂、施叔青、聶華苓等人作品中的多重時間性為證，提出所謂「另類時間的救贖」策略。她的表述可能有點玄奧，其實質正是影響的焦慮下一種自我性的證實，企圖印證臺灣現代派所敘述的也同樣是本土的歷史，而並非對原生現代主義的複製。林幸謙的《生命情結的反思》一書，側重於從精神分析學角度來詮釋白先勇的生命情結，認為「白先勇藉助現代主義的文學技巧，竭力於探索人類內心深處的痛苦、荒謬、虛無，以至民族裂變的夢魘與文化衰亡的哀傷——諸如此類人物心理矛盾統一的情結及其潛意識的心理掙扎。」[62]江寶釵的《論〈現代文學〉女性小說家》以女性視角和主題學方法討論《現代文學》時

61 張錦忠：〈翻譯、〈現代文學〉與臺灣文學複系統〉，見《中外文學》第 29 卷第 8 期

62 林幸謙：《生命情結的反思——白先勇小說主題思想之研究》，臺北麥田 1994 年版，第 304 頁

期女作家的小說；廖炳惠的《臺灣文學中的四種現代性》以王文興《背海的人》為例，討論臺灣文學現代性的複雜性：另類現代性、單一現代性、多元現代性與被壓抑的現代性交織成一體。與顏元叔、歐陽子所代表的新批評的文本研究相比，近期學院派的現代派小說論述出現了一些新的傾向。他們不再局限在孤立的文本內部，而更加關注與文本密切相關的文學思潮與現象，更注重回應人們對現代派文學提出的一系列疑問。

值得一提的是，2001 年《中外文學》的白先勇、王文興兩個專號集中展示了學院派的現代派作家與文本研究的新貌：柯慶明的《情欲與流離》、梅家玲的《白先勇小說的少年論述與臺北想像》從空間的流離與主體建構的新角度討論白先勇現代認同的形成，朱偉誠的《白先勇同志的家庭羅曼史與國族想像》探討《孽子》情欲/女性認同與國族想像的關係，將酷兒論述、精神分析學和身分批評相結合，頗有新意[63]；林秀玲的《南方澳與〈背海的人〉》一文用人類學田野作業的方式實地考察了王文興作品中的「深坑澳」，這份報告回應了人們以往對王文興脫離本土現實的批評，認為藝術上有世界主義傾向的王文興其實也具有地方性的另一面。饒博榮（Steven L. Riep）的《龍天樓情文兼茂，不是敗筆——王文興對官方歷史與反共文學的批判》討論現代主義的政治性，明顯有改變以往那種認定現代主義迴避/逃避政治的刻板習見的意義。[64]

綜上所述，臺灣及海外的臺灣現代派文學研究大體存在四種類型：一、批判與否定現代主義；二、為現代主義辯護；三、擱置意識形態與美學觀念上的爭執，而專重文本研究；四，現代主義在臺灣的歷史尋蹤與文學史定位。否定現代主義的傾向又大體

63　上述諸文出自《中外文學．白先勇專輯》第 30 卷第 2 期，2001 年 7 月

64　參見《中外文學》第 30 卷第 6 期，《王文興專輯》

包含了三種話語：現實主義話語、本土主義話語、後殖民主義話語。這三種觀念常常相互交織在一起，它們在政治意識形態上可能存在某種巨大分野和尖銳對抗，但無論是從現實主義美學出發否定現代主義，還是站在所謂的本土立場拒絕現代主義，抑或從後殖民主義角度認定現代主義是西方經濟文化殖民的產物，它們的共同點在於否定臺灣現代主義文學的合法性。而現代派的辯護者顯然必須回應否定者的種種理由，他們的回應往往是：通過論證臺灣現代派文學與中國傳統以及臺灣現實之間存在千絲萬縷的聯繫，來努力說明其屢遭質詢的本土性質或者中國性。「現代主義在臺灣」的話題引起的長久爭議的背後，隱藏著一個重要的理論難題，那就是後發性現代主義的合法化問題。[65]如何看待西方現代主義運動落潮後在臺灣興起的現代派文學？怎樣認識西方現代主義文學符碼輸入的價值、局限以及弊端？六十年代興起的臺灣現代派文學，果真向西方精英文化投懷送抱卻拋棄了傳統和本土文化？這些問題一直糾纏著人們對臺灣現代派文學的認識。也是討論臺灣現代派小說精神世界所必然會遭遇到的問題。

所謂「冒牌的現代派」、「偽現代派」、「生錯了地方，受錯了教育」等說法，都視後發的現代主義為原生性現代主義的摹本，似乎時間上的落後就必然地意味著臺灣現代派先天的殘缺。現實主義的美學成規與本土主義的偏至意識形態，都執念於尋找這種先天殘缺的現實根據；在後殖民批評語境裡，對臺灣現代派的批評，有時還被賦予了反抗文化帝國主義侵略的意義。呼籲文學關懷現實，維護民族文化的尊嚴和自主性，無疑都是必要的，但把現代主義看作西方的文學專利，恐怕有些原教旨主義意味。這種美學意識形態上的偏至，往往以「土壤論」作為最可靠的支

65 這一問題不僅局限在現代主義文學中，也不僅産生於文學領域，是後發的現代化地區人文知識生産所普遍遭遇的困惑。

援。然而，無論是被動或主動、殖民地或非殖民地，後發性現代化地區，其現實土壤、文化狀態都已經不可能如人們預設的那樣純粹，真實的現狀是：本土與西方、傳統與現代、現實與觀念，已然交織成你中有我我中有你的複雜互動的文化狀態，現代主義內在於其中，成為本土現實的一個構成元素，成為我們自己文化生態的一部分。如博埃默所言：「現代主義只是文學中全球性文化互滲過程的一個開端，這個過程持續至今，仍然興旺發達。」[66]

66　艾勒克・博埃默：《殖民與後殖民文學》，第148頁

第二章　存在的焦慮與勇氣

一　存在主義哲學與文學

「存在主義」這個名詞源於薩特的《存在主義是一種人道主義》，在另外一些哲學家那裡它被命名為存在哲學。它是起源於丹麥和德國而後風行於戰後法國及西方社會知識份子以及青年群體、一度具有廣泛影響力的一種哲學和文學思潮，它深刻反映出西方文明的危機和大戰給人類造成的精神危機。存在主義試圖為被神拋棄了的現代人重新給出個人存在的理由，許諾一種行動、選擇、承擔過程中的自由。陀思妥耶夫斯基這麼說：「如果上帝不存在，什麼事情都將是容許的。」薩特認為，這就是存在主義的起點，因為存在主義是一種「使人生成為可能的學說」。[67]

不過，作為一種反抗西方傳統哲學的潮流和傾向，存在主義其實是「每個時代的人都有的感受，在歷史上我們隨處都可以辨認出來，但只在現代它才凝固成一種堅定的抗議和主張。」[68] 作為一種哲學思想，存在主義有著複雜的淵源。如果我們認同 E．布埃耶的觀點，將存在哲學看作一種把形而上學經驗論與人的憂慮感相結合起來的哲學，那麼從經驗論的傳統可以上溯至謝林

67　讓．華爾著、翁紹軍譯：《存在哲學》，第 5 頁

68　〔美〕W.考夫曼編著，陳鼓應、孟祥森、劉崎譯：《存在主義》。

（他反對一切理性哲學而崇尚實證哲學），然後是康得（他強調存在不能從本質裡加以推斷出來），黑格爾與存在哲學的主張是根本對立的，但「在《精神現象學》裡，黑格爾企圖去研究人類精神的具體發展，這倒可以看作是存在哲學的先聲，也可以說是它的先驅。」[69]甚至還可上溯至亞里士多德對柏拉圖理念的批判；從宗教憂慮的傳統則可以上溯至十七世紀的帕斯卡爾，以及聖奧古斯丁甚至舊約全書。

發源於歐陸戰後流布於整個西方世界的存在主義，在不同國度不同時期的表現形式並不一致甚至充滿矛盾，衆多所謂的存在哲學家各有其獨立的思想學説，但正視人類此在生命狀態、回歸個人經驗，以個體生命具體存在的體驗和反省來對抗黑格爾式體系化理論，以「逃離拉普他」式的非理性主義來反叛歐洲傳統哲學決定論，抵抗抽象理性的強大話語，卻構成存在主義者的共同企圖。[70]存在主義的這一取向，繼浪漫主義、現代主義等現代性批判美學潮流之後塵，揭哲學現代性批判之先聲，為之後的解構主義、後現代主義思潮對現代性的批判反省奠定了基礎。在世俗化的現代社會裡，哲學很難如從前僅僅扮演凝思冥想的先知角色，20世紀的兩次大戰更將現代人送進惡夢之中。存在主義以自己獨有的方式表明：哲學不再保持不食人間煙火的形上思辨，哲學必須面對現實人生，必須為置身於荒繆世界中彷徨的現代人給出生存的理由和勇氣。從這個意義上説，存在主義是20世紀現代人在社會動盪與精神危機中探索出路的一種積極人生哲學。同時，存在主義的興盛與世界的動盪不安、人類生存處境的惡劣或者轉型期人的精神飄搖不定等有關。在社會和平安定、價值觀穩

69　《存在哲學》第9頁

70　參見威廉．巴雷特著，楊照明、艾平譯：《非理性的人—存在主義哲學研究》。

定的時代，存在主義就顯出它的偏激與片面，甚至過於消極。這種哲學思潮曾經廣泛深入地影響過二十世紀人類思想，無論西方還是東方社會。它就曾衝擊並滲透五六十年代臺灣青年文化和現代派文學，八十年代，它對中國大陸一代青年知識人也有過不容忽視的影響。

存在主義表達了何種哲學理念？雖然迄今漢語界的人們對它的一些基本教義如「他人即地獄」、「存在先於本質」早已耳熟能詳，但在這個命題的論域裡，最簡要的評述依然必要。

海德格爾公開聲稱哲學的終結，思想必須返回事物。因為傳統的哲學或形而上學在對宇宙、真理、共相和本質的思辯與玄想中遺忘了「在」，遮蔽了「在」。根據他苦心孤詣的語義學還原，「在」意指生命或生物的在場、浮現和顯象。所謂思想回到事物，就是追問、見證「存在」。而存在必定是存在者的存在，它只能通過存在者而展現或浮現出來。但並非任何存在者都能領會見證「存在」，惟有人這一特殊的「此在」才能真正領會「在」，顯現其踪跡。海德格爾繞口令式的說話玄奧晦澀，其意不外是指：人是自在自為的存在物，惟有人能夠領會自己的存在，並在自己的身上顯現諸神的踪跡即道成肉身。海德格爾企圖反抗傳統的形而上學，但最終仍然深陷其中。所不同的是他詳細描述了人的在世存在的基本樣態：存在首先意味著出世，我來到世間並居住於世間，在時間中展開各種可能性。這就是海德格爾所說的：「這種存在者的『本質』在於它去存在（Zu-Sein）」的涵義。[71] 此在的展開有三種方式：情緒、領會和沈淪。我來到世界是偶然，我也不知何往。我被拋到這個世界，而世界在我之前早已先驗地存在，人不得不置身其中。於是在反省之前，畏和怕的情緒襲來，這是此在與世界最初的照面或接觸。領會則是對情

71 海德格爾：《存在與時間》，第 52 頁

緒的反省，領會是一種籌劃，即投入各種可能性之中。所謂沈淪，指世俗的日常生存狀態，人總是深陷於衆人之中喪失本真自我。衆人是奇怪的平均數，通俗地講，個體被衆人所統治或從衆狀態即個體的沈淪：陳腐不堪的閒談、模棱兩可的議論、窺秘和好奇、瑣碎而時髦的報導等等。海德格爾把這種狀態稱為「非本真狀態」，個體對生命不再持有良知、決斷和敬畏。「算計的人越來越多，運思的人越來越少」，在他看來，這是一個諸神遠遁的貧乏時代，即被工具理性控制的純粹算計的時代。這種看法在尼采等思想家那裡已經有過闡釋，並非海德格爾的獨創，他只是換了一種表述方式。

薩特同樣反抗傳統形而上學對人的存在的忽視和遺忘，海德格爾辛苦的思想繞圈在薩特那裡被直截了當地表述為：「存在先於本質」。這一人們耳熟能詳的判詞簡潔精練地概括了存在主義的根本原則，徹底顛覆了從柏拉圖開始的本質主義哲學。這種本質主義在黑格爾的客觀唯心主義哲學中達到高潮。薩特的判詞顯然把人具體和感性的存在置於首位，認為不是形而上學或神學所預設的本質決定了人的存在，人只是自我造就的結果。人有選擇的自由卻又處於不能不選擇的境地，因為拒絕作出選擇同樣也是一種選擇。在「上帝死了」的時代裡，再也沒有神為人的選擇承擔責任，人必須自己作出選擇並且為自己的選擇和行動負責。沒有神和絕對理念為人提供意義和方向，於是絕望、虛無與焦慮始終伴隨著人的自由選擇行動，這就是無根基時代人的生存境遇。人如何在這種境遇生存又如何超越？薩特和海德格爾的回答不同。海德格爾走向了詩性和神學，在貧乏的時代裡，惟有通過荷爾德林、里爾克等超驗派詩人對「在」的看護、對神的踪跡的尋覓和對遠遁諸神的重新籲請，人才能重獲生命存在的意義；薩特則不走宗教拯救的老路，在他看來，人「在丟掉一切幻想、接受永遠超越自己的自由及其全部責任之後，人便能夠開始獲得真正的存在。」[72] 介入現實生活和政治和反抗荒謬的存在激情就成為一部分存在主義者的抉擇。這也就是薩特所說的「存在主義是一種人道主義」的真正含義。

以上對存在主義的概括並不完備，但即使是粗略的評述也可窺見存在主義的精神實質。需要追問的是：現代派文學為何對它產生如此濃厚的興趣，存在主義為何對文學產生如此深刻的影響？臺灣 60 年代的現代主義文學與存在主義思潮有著怎樣的關係？

文學與哲學的關係，從來都是一個意味深長的話題。在柏拉圖的《理想國》裡，第一次上演了哲學與文學激烈對抗的戲劇，這種對抗開啟了西方美學史的第一頁。人們不斷地談論兩者之間持久的角力，直至晚近，馬克·愛德蒙森還從這場古老的論爭出發為詩歌辯護。「哲學起源於一種試圖約束難以駕禦的能量，即文學能量的努力。」[73] 人們往往有意無意地忽視兩者之間親密合作的另一面，然而從德國的「詩化哲學」到當代的解構主義運動，這種親密關係卻越來越凸現出來。有兩種傾向突出地表明了這一點，一種是理查·羅蒂的「後哲學文化」所說的「擬文學哲學」即哲學的文學化；另一種則是詹姆遜在《文化轉向》中所指出的，現代主義文學的哲學化。在存在主義運動中，哲學的文學化與文學的哲學化同時發生，是一體的兩面。曾經爭吵不休的文學和哲學握手言和、親密合作，共同體驗、認識和測繪人的存在境遇。

存在主義是一種哲學，卻在文學國度開花結果，究其因還在

72 〔美〕羅德·霍頓、赫伯特·愛德華：《美國文學思想背景》人民文學出版社，1991 年版，第 538 頁

73 馬克·愛德蒙森：《文學對抗哲學》中央編譯出版社，1995 年版，第 11 頁

於存在主義哲學反對形而上學體系，注重體驗與感覺，是一種感性哲學，而且它關注人的生存境遇，而比起抽象枯燥的哲學論述，文學更能細膩生動真切深入地切入人生境遇。除此，存在主義與現代主義關係特別緊密也源於二者的共同背景，可以說，存在主義與現代主義文學都是在一個完整視界遭到毀滅之後的破碎時代的人類心象，它們天生「同病相憐」。在第一次世界大戰之前，「西方的沒落」的陰沈預言就已經在德國響起，在這個「大都市文明的早晨，精神創造力量的消失，生命本身成了問題。」文明「進入了冬季」，[74]而現代主義文學正是一戰前後深植於西方社會危機的產物，存在主義哲學同樣也孕育在戰爭與災難的陰影下。不難理解，存在主義哲學的不少主題早已經在現代派文學中一再預演，存在主義的興盛又使高潮過後的現代派文學重振旗鼓。存在主義式的觀物方式和思想觀念，在十九世紀就已經由一些敏感的作家預先表達出來了，如陀思妥耶夫斯基、尼采、克爾凱郭爾以及稍後的卡夫卡。他們把非常人、地下人、淪為蟲蛆的低微的人當作觀察分析的對象，從他們的觀物角度批判現實世界。如陀氏的《罪與罰》、《地下室手記》、《卡拉馬佐夫兄弟》等作品都是存在主義文學的先聲，陀氏塑造的著名人物「地下室人」強烈的個人主義抗議長期以來「佔據著存在主義叛逆的核心」；[75]克爾凱郭爾多以反體系、非經院哲學的方式書寫他關於存在的思考成果，他的《非此即彼》、《誘惑者日記》、《恐懼與顫慄》、《生活道路諸階段》等都是一些文學性較強的感性化作品，細膩呈現了作者個體生存的心理體驗。在這些作品裡，

74　史賓格勒著、陳曉林譯：《西方的沒落》，香港遠流出版公司 1986 年版，第 433 頁

75　黑澤爾·E·巴恩斯著，萬俊人等譯：《冷卻的太陽——一種存在主義的倫理學》第 3 頁

他對恐怖、焦慮等感覺進行了細緻入微的心理分析，而他的反僧侶主義的基督教信仰啟迪了當代有神論存在主義。里爾克、卡夫卡等人也被公認為是存在主義作家，他們對存在真實的不懈探求、對荒謬感的揭示都形象地詮釋了存在主義觀念，對身後的存在哲學家及文學家影響深刻。不少存在主義哲學家對文學情有獨鍾，海德格爾酷愛荷爾德林的詩歌，一生執迷於詩性的林中路，尼采、克爾凱郭爾、薩特、波伏瓦、加繆等人同時又是傑出的作家，他們創作了大量小說、劇本和文論，而那些文學作品能生動體現存在主義思想。加繆和薩特還以其表達「反叛荒誕的意志」的戲劇和小說成就獲得諾貝爾文學獎。對薩特而言，文學創作就是他自由的行動哲學的實踐，「如果說，作為哲學概念、經歷體驗、寫作首要原則的自由是薩特全部著作的核心，那麼就應該注意到，小說在其中佔有重要的位置，是主要的表現形式。」[76] 文學為傳播與詮釋存在主義起了不容忽視的作用。對人的被拋境遇的關注是存在主義在戰後人類精神廢墟上開花結果的內在因素，也是存在主義在現代文學世界能夠風行一時的重要原因。

現代人的生存需要穩固的自我根源，從反抗中世紀神本主義的文藝復興人文主義運動到 17 世紀理性主義「我思」主體的誕生，從啟蒙運動對人性、情欲的進一步確認到鮑姆加登和康德等人對人的感性的內在秩序的強調，這一自我根源逐漸得以建立起來。人們企圖在認識與信仰、理性與感性、個體與人類、生命本能的衝創能量與對之有效而不過度的控制之間達成某種平衡。然而，隨著啟蒙運動的極端發展，一方面，徹底去魅已是一種必然的結局，世俗化和工具理性取代了宗教生活和以信仰為核心的價

76 《薩特小說全集·序言》七星叢書，伽俐瑪出版社 1981 年，轉引自杜小真《一個絕望者的希望——薩特引論》，上海人民出版社 1988 年版，第 208 頁

值理性，這既意味著人的解放的歷史進步，也意味著宗教信仰對自我和人類生活的價值整合功能漸漸喪失，到尼采宣佈上帝之死，現代人的生存根基已被連根拔起；另一方面，個體生命能量的釋放既創造了資本主義上升時期偉大的藝術、思想和生產力，也同樣生產出無法規訓的「超人」式的生命意志與本能。世界大戰產生的人類災難把這種思想的紛亂徹底地暴露出來，自我的根源被摧毀殆盡。戰爭與災難直接把荒謬與虛無、以及人在歷史中的無能性可怕地顯現在人們面前。存在主義的關鍵字有：此在、境遇、被拋、煩、畏、沈淪、荒謬、焦慮、虛無、隔絕、異化、選擇、超越、介入、自由、責任等，存在主義哲學用這些概念對20世紀上半葉西方的精神狀況作了現象學的描述，描繪出那個時代迷惘、絕望的普遍情緒，一種無根時代的存在焦慮。這些感覺痛切地來源於兩次大戰對生命、人性和人類美好價值的摧殘，存在主義哲學集中凝視與感知那些可怕的經驗與感覺，讓夢魘與驚悚無限地擴展並敲擊著人類脆弱的神經。

存在主義總是把人物放置到極端處境裡，上演掙扎與抉擇的戲劇。這是一種十分感性的境遇哲學，一種境遇的倫理學。存在主義哲學執拗而廣泛地介入了無根的貧乏時代人們的精神生活，在反映人們不安的精神狀況的同時，存在主義也試圖超越這種處境。無論是加繆反抗荒謬的西西福斯式激情，還是薩特對政治的介入，抑或是海德格爾對神的祈望和籲請……都一再表現出所謂存在的勇氣。而在感受世界的基本方式上，存在主義也與現代派文學有相通之處，它對情緒與知覺的現象學分析，打通了哲學與文學之間曾經涇渭分明的界限，存在主義因此成為現代派文學的一種基本主題。當文學描寫了人被拋入某種人無法控制的處境，或者揭示出人被某種偶然力量所操縱時；當文學描寫人在這一處境中不得不作出選擇不得不反抗命運；當文學表現命運的荒謬、人的孤絕和人反抗荒謬的生命激情時，人們就把這種文學稱為存在主義文學，或者說它具有濃厚的存在主義意味。

在 20 世紀中國文學史中，簡略地看，人們對存在主義的關注有三個階段：(1)前半個世紀，從五四時期的魯迅到 40 年代錢鍾書的《圍城》，「存在主義和中國現代文學的關係，確實構成了一條雖然薄弱但卻從未間斷的線索。」[77] 如果說早期魯迅對個體主體性的強調與存在主義的某些觀念不謀而合，他作品中深刻表達出的個體孤絕體驗，與絕望抗戰的陰鬱的悲劇感，都令人聯想到尼采、易卜生以及克爾凱郭爾的孤獨的個人主義；[78] 那麼，40 年代錢鍾書的《圍城》則以喜劇的揶揄方式表現了個體被外力所操縱的命運的荒誕。《圍城》是一個失敗的個體性寓言。方鴻漸始於「拉摩的侄兒」式的嘻笑怒罵、肆意嘲諷，在喜劇的嘲弄中顯示了個體性的高揚，也否定了舊的世俗法則，但是隨著存在境域的展開卻終於一種個體失敗的悲劇；小說裡那座永遠不準時的掛鐘充滿人生的反諷，讓人想起《喧嘩與騷動》裡昆丁無法擺脫時間圍困的焦慮。(2)50-70 年代臺灣的現代主義時期，此時的存在主義形成了一次規模大影響廣的文化思潮，從某種角度看，它的流行記錄了臺灣知識份子和青年亞文化思潮與主流文化相對恃的歷史踪跡，這也是本文所要討論到的；(3)80 年代初的大陸文學新思潮時期，文革浩劫如一場惡夢，人們從中切身體會到人性異化的恐怖與歷史的荒誕感，這應是存在主義在新時期獲得共鳴並得以滋生的土壤。但歷史迅速地翻開了新的一頁，人們急於建設開放的新生活與新文學，存在主義並未形成一種主導性思潮，不

---

77 解志熙：《生的執著》，人民文學出版社，1999 年版，第 84 頁

78 魯迅在青年時期受尼采影響甚大，早在 1907 年寫的《文化偏至論》中，他就引述過尼采《查拉圖斯特拉如是說》中的論述，介紹尼采對舊文化的挑戰和對近代文明的抨擊；魯迅對契開迦爾即克爾凱郭爾也頗為欣賞，在這篇文章中稱其「憤發疾呼，謂惟發揮個性，為至高之道德，而顧瞻他事，胥無益焉。」

過其影響也十分明顯：80年代初薩特的自由與選擇思想曾經深深地影響了一代青年的自我意識；卡夫卡等表現的人的異化主題給予探索文學豐富的啟示；海德格爾對詩性生存的推崇在80年代後期也引起人們的濃厚興趣。今天，存在主義作為一種思潮已時過境遷，但正如保羅·富爾基埃所說：「如果說存在主義已經過時，這是因為它在很大程度上已經被人所吸收。它明顯地使我們生活於其中的環境發生了變化，以致當今有學問的人和他們在半個世紀以前相比，他們或多或少是存在主義者。」[79] 這個論斷對於從80年代文化氛圍中成長起來的我們而言應該也是合適的。

二　臺灣戰後文化背景下的存在主義思潮

1. 唐倩，存在主義的臺灣紅顏知己？

存在主義思潮自二十世紀50年代進入臺灣，70年代退潮，波及整個戰後臺灣知識界、青年群落，成為戰後臺灣思想史上最重要的外來思潮之一。[80] 存在主義似乎特別吻合了那一時期部分臺灣知識份子的內心世界：孤獨、恐懼、惶惑、焦慮，在荒誕的歷史境遇裡掙扎、漂泊、反抗、尋覓、選擇。

必須承認，像在巴黎、東京和紐約的命運一樣，存在主義在臺灣的流行也形成了一種知識份子和青年亞文化現象，既有嚴肅的思考和真實的體驗，也不乏追逐文化時尚的意味。親歷者李歐梵在幾十年後，仍對存在主義的流行時期那種感性風尚有著清晰

79　保羅·富爾基埃著，潘慶邦、郝瑨譯：《存在主義》，上海譯文出版社1988年，第133-134頁

80　參看黃俊傑《戰後臺灣的社會文化變遷：現象與解釋》，自《戰後臺灣的轉型及其發展》，臺北正中書局1995年8月，第40-41頁

的記憶：「我們似乎都很喜歡卡謬——如此喜歡以致這較浪漫的存在主義風格成為咖啡廳談話之『必要元件』（sine qua non）。我們執意（de rigueur）『失落』於精神性的『無意義』，不論我們是否真的瞭解到這詞的正確意義。我們之間，……沒有多少人讀過沙特，但我們都聽過這些花巧的字眼，如『存有』（『being』）與『虛無』（『nothingness』）；一些勇略的靈魂還偶而就著一杯苦澀的咖啡或冰茶進行一場深奧難解的言談。」[81] 頗為形象地描述了當時存在主義在臺灣青年知識群體中的流行文化色彩。痛苦、焦慮、不安、選擇等存在主義命題，也許只是時髦用語，懼怖、顫慄和噁心等概念在一般人那裡也難免似是而非。

陳映真的小說《唐倩的喜劇》[82] 對於這種現象進行了嚴厲批評和辛辣的嘲諷。在他看來，存在主義這類外來話語只不過是一些人可資炫耀的知識資本，從而喪失了辨識自我詮釋自我的能力。中國人嘴裡總掛著外來名詞，正意味著知識階層患了自我精神的萎縮症與貧血症。

這篇小說中，出現了一位令人難忘的女性形象：唐倩。她像一面忠實的鏡子映照出彼時臺灣知識界可笑的空虛淺薄。這位風姿綽約追逐新潮的女性依據時尚而選擇和淘汰自己的性愛伴侶，而被選擇的男性則辛苦不疊地追隨著西方話語，製造著新的理論時尚。新理論在此直接化作了強大的性資源，它讓其貌不揚的胖子老莫靠著存在主義的宣講輕鬆贏得唐倩的芳心，而當存在主義門庭冷落淡出時尚潮流後他也理所當然地被愛情所遺忘。看來，唐倩只是存在主義的一個並不忠實的情人。邏輯實證主義的代言人羅大頭取代了老莫的位置，隨後也同樣被人取代。小說諷刺了

81 李歐梵《在臺灣發現卡夫卡：一段個人回憶》，《中外文學》第三十卷第六期，第 185-186 頁

82 《陳映真文集．小說卷》第 165-189 頁

唐倩這樣的女性，她的愛情怎麼可以如此跟著理論走呢？但是作品的諷刺不止於此，它批評的是嚴重喪失自我的整個異化了的臺灣知識界。這種諷刺帶著陳映真式的痛切和銳利，也充滿反諷意味。[83] 在小說中，作者對存在主義以及實證主義之類的西方思潮顯然都抱持著懷疑的態度，更準確地說，作者所懷疑和抨擊的更是本土知識界毫無戒防地接受、一味追逐時尚的浮躁迷亂乃至虛無的心態，到後來，他的懷疑和警惕更加激烈地發展成持之以恆的新殖民主義批判。作為一種寓言，《唐倩的喜劇》的意義在臺灣文化界不斷引起呼應與回味，比較經典的是現代派作家七等生 70 年代的一次諧擬或改寫。在他的小說《期待白馬卻出現唐倩》裡，唐倩被進一步象徵化了，她成為一個缺乏自我的時代的象徵。雖然小說主人公：一個孤寂的隱遁者，告誡自己不會受到唐倩的誘惑而迷失本性，他不斷提示自己內心已被一個烏托邦式意象「白馬」所牢牢佔據。但詭異的是，唐倩在水一方的身姿依然如同幽靈，構成強勁的誘惑性力量。90 年代末更有人鄭重地宣稱：在臺灣的小說史上，有一位永恆的女性，她就是唐倩。[84] 人們可以從多種層面解讀這個作品，（比如從女性主義的角度進行性政治批評或許會有不錯的收穫），但在本土意識高漲的今天，這篇富有諷刺意義的小說越發清晰地喻示出缺失主體帶來的精神癱瘓的悲喜劇。它明確告知：知識與思想的被殖民既源自自我的缺失，也進一步塑造出依附性的奴化和異化人格。[85]

對於後發展或依賴型現代化地區的知識份子而言，重讀陳映

83　比如平時深不可測痛不欲生的老莫在做愛時「像個沈默的美食主義者」，而滿口邏輯實證、科學理性的羅大頭卻死於極不理性的妒忌。

84　龔鵬程：《唐倩的故事》，《聯合報副刊》1998 年 7 月 15 日

85　臺灣哲學界近期正在進行一場關於臺灣思想文化主體性的辯論。參見王英銘主編《臺灣之哲學革命——終結三重文化危機與二十世紀告別》臺北書鄉文化事業公司 1998 年版

真的《唐倩的喜劇》，無疑有著令人警醒的反思意義。臺灣地區曾有過半個世紀被日本殖民的屈辱歷史，戰後政治經濟軍事文化發展都有很強的依附性，對強勢地區（美、日）的文化入侵保持警惕與反省，就更加困難也更為必要。但是建構自我，並不意味著必然排斥他者，也不意味著外來思潮都是必須抵抗拒斥的文化侵略和殖民，[86] 也並不表明西方思想文化之於臺灣知識界，就一定只能是表演性的裝飾物。對於文化上絕對的保守封閉傾向，或如殘雪所說：「害怕外來文化的入侵，是一種根本沒有信心的表現。」[87]

拿深入影響過臺灣知識青年群落的存在主義而言，它的流行確與五六十年代臺灣社會整體價值觀的西化傾向有關，但是，五六十年代臺灣青年（集中地體現在文學界）對存在主義以及相關的現代派文學充滿濃厚興趣和共鳴，並非喪失自我依附西方價值這麼簡單的指責所能說清，在我看來，這其中確實隱含著臺灣知識人自我弱化的病灶，但指出這一點並不夠，而且也可能將複雜的歷史現象簡單化了。存在主義在臺灣戰後文學史和文化思想史上留下的痕跡，迄今未曾得到釐清，人們對此一直深感迷惑，「為什麼臺灣的讀者會那麼熱烈地接受存在主義哲學，多少有些令人不解，但這個哲學思想確曾迷醉了年輕一代。」[88]「我們感興趣的是，民國五十年代，它成為年輕人的口頭禪（比如說，王尚義《從異鄉人到失落的一代》一書的標題就算集口頭禪之大成

---

86 實際上目前盛行的後殖民批評話語也仍然來源於發達國家知識領域，雖然那些作者大多原籍在第三世界國家。關鍵在於外來話語是否能夠貼切自己的境遇，並闡釋和解決自我的問題。

87 殘雪語，見荒林：《誰是我們的自我——殘雪訪談》，北大在線・新青年・文學大講堂，2002 年 9 月 6 日，網址：http://newyouth.beida-online.com/index.htm

88 何欣：《六十年代的文學理論簡介》，《文訊月刊》1984 年 8 月第 13 期

了），究竟是什麼緣故；」[89] 那麼，有必要反省的是，究竟為何當時的臺灣知識青年如此迷戀存在主義這種外來文化思潮？

可以搜尋到的理由有如下幾個方面：首先，確實與臺灣的政治經濟文化環境直接相關。1950 至 1960 年代，臺灣的政治、經濟、軍事乃至文化全面依附於美國，一方面，這必然導致整個社會的歐美化和依賴性畸型發展；另一方面，卻也為偏於一隅的中國現代主義文學提供了充分發展的契機。孤島上的人們更容易接觸到風行於歐美的文化思潮，甚至可以說臺灣地區與歐美文化思潮有著一種同步同構性，美國流行存在主義，於是臺灣也風行存在主義。這一點從 5、60 年代臺灣雜誌引介存在主義大多來自美國可窺見一斑；這是存在主義進入臺灣文壇的文化契機和宏觀背景。

第二，「存在主義雖是外來之物，可是它與我們的文化之間也是有著同質素的地方——而這也說明了它為什麼在五十年代得以在此地生根繁衍。」[90] 臺灣學者蔡源煌對此作出了比較清楚的論證。而陳鼓應、傅偉勳以及兩岸不少學者的比較哲學研究成果，更是對這種看法的有力支持。

第三，更為重要的是，戰後臺灣特殊的歷史際遇，使存在主義思想成為知識份子尤其是青年知識份子的一種精神共鳴和心理需要。被拋、荒誕、虛無、焦慮這些語詞似乎是為他們量身定做，恰切地表達出他們對歷史和個體宿命的感受與理解。臺灣文學中所謂放逐、失根、失落的一代等等主題，都在存在主義話語中獲得了形而上的意義；或者說，存在主義那一套語彙、那種人

89　蔡源煌：〈《異鄉人》的人我觀〉，《從〈藍與黑〉到〈暗夜〉》，第 129 頁

90　蔡源煌：〈《異鄉人》的人我觀〉，《從〈藍與黑〉到〈暗夜〉》第 123 頁

生哲學，恰好能深刻地解釋失根一代的歷史命運和人生際遇。因此，不難理解，「存在主義哲學和精神分析學便在臺灣尤其是知識界中找到生存和流播的土壤和氣候。」[91]

另外，50 年代的臺灣當局在政治與文化上的專制體制，使得官方文學異化為「反攻大陸」的宣傳工具，文學不再是表達個體真實感受和體驗的美學方式。知識群體既不屑於配合體制內衝鋒陷陣的反共戰鬥文藝，又不滿於懷舊抒情遠離現實的軟性文學，也不能或無意與體制直接對抗，但時代的苦悶與個人的苦悶卻呼喚著一種反叛意識，存在主義的反抗荒謬的文化精神，無異於為荒涼虛弱的文化環境打了一劑強心針。不少知識份子有意認同存在主義的個人主體精神，以及一種超越境遇反抗荒誕的悲劇化生命激情。這種認同心理不僅存在於文學領域，存在主義思潮受到了青年群體的熱烈歡迎，在形成了一種通俗化了的知識時尚的同時，也帶上了敏感知識人的先鋒性與體制外的亞文化氣息。值得一提的是，《文學雜誌》與《現代文學》這兩個先後為臺灣現代派文學推波助瀾的知識人民間雜誌，對存在主義都表示出了比較熱誠的態度。

白先勇曾經對外省籍第二代作家的境遇和文學選擇做過如此剖析：「這些新一代的作者沒有機會接觸到較早時代的作品，因為魯迅、茅盾及其他左翼作家的作品全遭封禁，他們未能承受上一代的文學遺產，找不到可以比擬、模仿、競爭的對象。因此，寫作生涯變成了困苦又孤獨的奮鬥。與『五四』時代作家完全相反，這些作家為了避過政府的檢查，處處避免正面評議當前社會政治的問題，轉向個人內心的探索；他們在臺的依歸終向問題，與傳統文化隔絕的問題，精神上不安全的感受，在那小島上禁閉所造成的恐怖感，身為上一代罪孽的人質所造成的迷惘等。因此

91　劉登翰：《臺灣文學史．下卷》第 92 頁

不論在事實需要方面，或在本身意識的強烈驅使下，這些作者只好轉向內在、心靈方面的探索。」[92] 而存在主義作為一種將個體絕對化的感性哲學，孤絕的個體存在是其關注的焦點，這當然契合了臺灣無根一代的特殊處境和精神狀態。政治的壓抑和文學的異化，凸顯出那個時代個體的精神苦悶，這種苦悶是由本省籍與外省籍人所共同承擔的。因此，不難想像，以王尚義為代表的感傷孤憤的外省青年呼喚一種強力的浪漫文學，喜愛並沈溺於西西福斯式的荒謬激情，企圖從「失落的一代」的集體苦悶中突圍。從王尚義的著述看，存在主義在他的思想資源中佔有很大位置。[93] 王文興作品中一以貫之的孤獨個體反抗主題和存在的荒謬感，白先勇小說裡畸零離散的「臺北人」、「紐約客」以及「孽子」們，馬森、聶華苓、叢甦、水晶、歐陽子筆下孤絕無根的人物系列，都與存在主義精神有著內在的親和性。他們的語言和敘述風格各異，但他們都用文字凝塑了一種人在時間空間和虛無中流離失所的悲慘歷史境遇；而七等生這樣的本土作家也深為生活的苦難與屈辱所壓迫，存在主義的內省體悟與自我意識，是他的人生哲學裡引人注目的一部分。

不過，臺灣知識界對存在主義也並非一味苟同，如郭松棻在《現代文學》上的長文就對薩特作過非常中肯的批評。他的一句話令人回味：存在主義「掙扎的傷痕亦即我們普遍的傷痕」。這位深思好學者於60年代初在大學讀書時期的論述已經告訴我們，60年代臺灣知識界對存在主義的興趣，從一開始就帶有反觀自我處境的朦朧意識。認同或質疑存在主義學說，實際上都包含著對自我境遇確認和辨析的渴求。自我認同建構的需求，促使他們借

92　白先勇：〈流浪的中國人——臺灣小說的放逐主題〉，自白氏《第六隻手指》第81頁

93　參看王尚義的《從異鄉人到失落的一代》一書。

鑒包括存在主義在內的外來思想和文化資源。

2. 戰後臺灣的外來思潮

也許有必要先瞭解一些關於戰後文化背景下的臺灣外來思潮的大致情況。據郭繼生研究，「在 1945 年至 1950 年代，臺灣的社會並不穩定。文化上呈現兩個特色：一是摒棄日本殖民文化並回歸中國文化；一是 50 年代的『文化防衛期』。」[94] 外來思潮正是在戰後政治文化的保守與防衛狀態下湧入並發生影響的。所謂保守，也就是為了去除殖民文化回歸本國文化，敗退遷臺的國民黨當局大力倡導「三民主義」「人文主義」等主導思想；所謂防衛，指當局為了穩固自己的統治而禁錮和剷除左翼以及一切革命性的思潮。

臺灣學者黃俊傑認為，臺灣戰後思想史上三大外來思潮：即存在主義、自由主義和現代主義，[95] 與戰後臺灣的政治與經濟情勢都有著深刻的關聯，它們都受制於光復至五六十年代臺灣的政治、經濟和文化生態。在文化處於政治化工具化的基本狀態下，臺灣經濟的轉型為打開思想文化的空間帶來了契機。辛旗把 50 年代叫做臺灣的政治「惰性穩定期」，社會的基本趨向是「政治力」壓過「經濟力」和「社會力」。此後，臺灣社會進入「異化嬗變期」，權威政治體制被納入西方資本主義世界體系後，雖然

94　引自黃俊傑：《儒學與現代臺灣》中國社會科學出版社 2001 年 7 月版，第 28 頁

95　這種劃分與大陸文學界熟知的某些流行看法不盡相同，比如存在主義與現代主義的關係。在大陸文學研究界，存在主義文學常常被放在現代主義的旗下，作為現代主義文學的一個流派來處理；而作為一種哲學文化思潮，存在主義顯然又不應該被看作現代主義的次文化，而是被當成現代主義文學的哲學基礎。有時人們甚至還把存在主義視為一種較早期的後現代主義思潮。但是在臺灣，人們卻將這三種外來思潮並置看待。

傳統的儒家文化價值體系仍為主導，但是經濟制度中的西化因素避開了「政治力」的干擾，以經濟行為中的「公平交換原則」「多向選擇原則」、「理性評價原則」、「自由競爭原則」先完成了經濟領域中價值觀念的西化，並逐步地滲入社會組織及政治體制之中。[96] 在此情勢下，外來文化思潮的流入與引進是一種自然的現象。

此外，臺灣六十年代外來思潮的湧入，也有著六十年代世界性青年反文化運動的背景。白先勇在《秉燭夜遊》一文中就認為，當時的五月畫會、東方畫會的成立，創世紀、藍星詩社的興起，《文學雜誌》、《筆匯》、《現代文學》以及《文學季刊》的誕生，都顯示了「這一股世界性文化振盪」[97] 衝擊下「臺灣文化動盪不安的徵象」：「臺灣知識青年自然也遭受到這一股世界性文化振盪的衝擊。當時臺灣的文化根基薄弱，正徘徊於傳統與現代、東方與西方的十字路口。西方文藝思潮的入侵，正好給予迷惘彷徨中的臺灣知識青年，一種外來的刺激與啟蒙，於是一個新文化運動在臺灣展開。」存在主義正是這裡所說的戰後受西方文化思潮影響所產生的「新文化運動」的一部分。有意味的是，在提到西方思潮時，白先勇使用了「入侵」這個刺眼的辭彙，但同時卻坦然認為這是一種「外來的刺激與啟蒙」。這表明，白先勇深刻自覺到戰後臺灣文化思想界的貧血與被動境況；同時，也認識到正因為內在的文化貧困，才使得外來的文化輸入具有了一定的啟蒙作用。白先勇的看法不失為一種較為客觀的認識。確實，隨著外援（主要是美援）之下臺灣社會資本主義經濟的成長，外來文化思潮的流入不可避免；而在自身思想受到嚴重壓抑

96　辛旗：〈臺灣社會的三階段變遷論〉，詹火生編：《社會變遷與社會福利》，臺北：民主文教基金會 1991 年，第 3-11 頁

97　指 20 世紀 60 年代全球性的青年反文化運動。

以及文化資源極度匱乏的狀況之下，接受外來思潮，也就成了本土文化思想獲得創造力和生命力的一種可行途徑。

「近年來在臺灣研究日趨興盛的熱潮中，許多研究者注意到國外思潮在戰後臺灣思想界的發展，其中研究論著較多的是自由主義在臺灣這個課題。」[98] 臺灣的自由主義，從某種意義上說，是「五四精神」或「老北大傳統」的一種延伸，以胡適為精神導師，以殷海光、雷震、李敖等人為代表，形成了戰後臺灣西化派自由主義知識份子群落。體現自由主義思想的刊物主要有《自由中國》半月刊和《文星》，雖然這兩個雜誌先後被停刊，「但對臺灣成長的這一代知識份子的心靈的塑造已留下極為深遠的影響……《自由中國》的思想，一直到目前仍是臺灣推動自由民主思想運動的主要精神支柱。」[99] 而「就文學團體或機關報的影響力而言，六十年代或許可説是《文星》時代。」[100] 自由主義者雖然宣稱對政治保持著所謂不感興趣的興趣，然而西化派知識份子企圖在臺灣開闢自由主義發言空間，就注定與國民黨當局即便貌合時也仍然神離。實際上，早在三四十年代，蔣介石政權就以文化保守主義之態勢對自由主義表示了「深惡痛絕」，「將它和共產主義視為一類，斥為異端。」[101] 戰後臺灣自由主義者的主要訴求是西方式的憲政民主，《自由中國》開啟的自由主義傳統，主要以對抗國民黨的威權統治為其存在理由，這種政治觀念自然無法見容於當局，遭到威權主義不留情的扼殺是必然的結局。「雷震事件」與李敖入獄，殷海光自由主義理念破滅後的淒涼晚景，都

---

98 黃俊傑：《儒學與現代臺灣》，第 40 頁

99 同上，第 42 頁

100 蔡源煌〈《異鄉人》的人我觀〉，自《從〈藍與黑〉到〈暗夜〉》第 122 頁

101 沈衛威：《自由守望——胡適派文人引論》第 74 頁，上海文藝出版社 1997 年版

一再說明，在戒嚴體制和威權主宰下，臺灣自由主義知識份子的悲劇命運難以避免，「曾經是近於神話的理想之夢，被一個個近乎悲壯的故事所取代。」[102]總之，受到政治力量的嚴重扭曲和制約，是 70、80 年代以前臺灣自由主義的基本狀況。

在戰後臺灣，現代主義與存在主義是兩支相互交錯相互滲透的外來文化思潮。相對於自由主義，存在主義與現代主義風潮距離現實政治較遠。由於「二二八」以來的白色恐怖，本省人固然「在戰後文化界噤若寒蟬」，[103]而戒嚴體制下的外省人同樣不能自由發聲。文學因而無法真正觸及臺灣的政治與現實，部分寫作者「被迫從社會中疏離（或『異化』）出來，他們只有面對自己赤裸裸的存在，而不得不考慮到自己的『存在問題』。」[104]表達個人與社會之間巨大疏離感的西方現代主義文學，以及災難與恐怖中孕育出來的存在主義思想哲學，就成為臺灣一部分知識份子深為迷醉的自我鏡像了。外省子弟須承受父輩喪失原鄉之痛苦與政治上失敗的絕望情緒，更須承擔與此相關的價值世界的混亂虛空；他們多生於戰亂之中，少兒時代經歷了一場他們當時無法明白其歷史含義的逃亡式移民，這種逃亡或流亡成為不少外省人今生很難逃逸的命運。存在主義之所以能夠流行開來，並且在現代派文學中能得到積極的呼應和深入不懈的表現，既有現代派作家氣質、身世等個人因素，更是特殊的歷史與時代情境催動而成的。

現代主義主要發生在文學藝術界，影響力也主要集中在文藝界，它更偏向於藝術的唯美追求。早期的現代主義文學運動「可

102 同上，第 76 頁

103 陳昭英：《臺灣儒學的當代課題：本土性與現代性》，中國社會科學出版社 2001 年版，第 172 頁

104 呂正惠：〈現代主義在臺灣〉，自《戰後臺灣文學經驗》，第 16 頁

說是一個較為純粹的文化精英分子的前衛藝術運動。……一批有理想的年輕知識份子由於不滿當時俗陋的文化生態環境，以提倡由英美引進的現代主義文學來達到提升本國文化的目的。由是，這個運動自始便服膺於『精英式的美學觀念』，具有極顯著的『高層文化』傾向。」[105]有趣的是，張誦聖認為臺灣現代主義者是「具有自由主義傾向的或非政治性的」一群。[106]但顯然，這種較為溫和的自由主義趨向未曾外化為激烈的政治理念，更與直接的政治言行保持了疏離關係。現代派小說作者在政治態度上多比較謹慎，以台大外文系學生為主體的部分現代派作者的言論和實踐看，他們尚未脫學生的稚氣，或者說當時尚年輕的他們比較單純，他們的興趣更多地表現在純粹藝術形式上的變革和漢語文學新範型的探索上。不過，他們激烈前衛的藝術創新行為本身就蘊藏著衝破壓抑的反叛精神，客觀上帶有與現存體制相疏離的異端色彩。如果說一切藝術行為都帶有意識形態意味，那麼，誕生在五六十年代的臺灣現代主義思潮，顯然與現行文藝政策有相抵觸之處，「在國家戒嚴，政府威權鼎盛的冰封時期，現代主義文學以疏離孤絕之姿，與官方文藝政策外，發展並建立了一套對立於體制，且不妥協於現狀的書寫模式。」[107]

存在主義思潮既加盟現代派文學為現代主義推波助瀾，「成為現代主義文學的主流」，[108]也成為臺灣現代派文學的主要哲學背景之一。對於一般青年而言，「六十年代的年輕人文化，大體上言，是以存在主義為主幹。儘管在詩壇當時人們也已引入超現

105 張誦聖：《文學場域的變遷》第 8-9 頁，

106 同上，第 16 頁

107 梅家玲：〈性別論述與戰後臺灣小說發展〉，《中外文學》第 29 卷第 3 期，第 130 頁

108 王文興：〈存在主義文學的特色〉，《從〈藍與黑〉到〈暗夜〉》第 113 頁

實主義、『新現代主義』（引紀弦語）等概念，可是論影響則遠不如存在主義的普及。」[109] 蔡源煌認為，「存在主義思想、浪漫的自我追求和心靈探索成了六十年代年輕人關切的主要問題。」可以說，存在主義廣泛流行一時，與一種複雜的浪漫主義情緒合流，形成了青年亞文化運動的某些特徵，從而匯入六十年代全球性的反抗的文化大潮。

如白先勇所言，受外來思潮影響所發生的六十年代臺灣新文化運動，雖然其「理論和知識的根基，有其先天之不足，但是六十年代文化運動者，創新求變的精神，勇於懷疑、實驗的魄力，事實上繼承了『五四』新文化運動的優良傳統，在臺灣創造了一股新鋭之氣，成為臺灣文化現代化運動的先驅。」[110] 不難注意到，白先勇對待「五四」傳統的態度頗為矛盾，在臺灣以及部分海外華人知識份子那裡，這種矛盾或辯證的認識應是具有某種代表性的。一方面，與余英時、林毓生等人的觀點相近，白先勇也十分反感「五四」時期激進的反傳統主義；但另一面，「五四」精神對他又是極具吸引力的寶貴傳統，他將六十年代臺灣自由主義、現代主義與存在主義等文化思潮稱為「新文化運動」，與「五四」新文化運動並稱，並認為兩者之間具有承傳關係，在他看來，在臺灣六十年代新文化運動中，「五四」的自由開放與創新精神等優秀傳統得到了繼承發揚。白先勇的見解具有明確的民族文化認同意識，帶有歷史的眼光和洞見，客觀上也有許多依據。西化派知識份子的自由主義思想，是胡適等「五四」自由民主精神的發展與延伸，以殷海光為代表的自由主義者與以徐復觀為代表的新儒家之間的文化論戰，可以說是「五四」至三十年代「中西文化論戰」的發展與變奏。而現代主義同樣可以溯源到

---

109 蔡源煌：〈《異鄉人》的人我觀〉，同上，第 122 頁

110 白先勇：《第六隻手指》第 118 頁。

「五四」，以及三四十年代都市文學現代性的建構，這在李歐梵、陳思和、朱壽桐等的文學史著述中已得到充足論證。存在主義的臺灣傳播和影響，也讓人們回想起「五四」前後尼采、易卜生對中國知識份子思想的促動。浪漫主義的叛逆性與尼采超人式的孤獨感，曾深刻影響過魯迅等人的精神世界；而同樣的影響也發生在王尚義這樣的六十年代臺灣知識青年身上。這兩個時期的知識份子甚至喜歡同樣的讀物，比如廚川白村的《苦悶的象徵》。這個時期外來文化思潮的引進與傳播，表明臺灣知識份子與「五四」知識份子一樣，向外積極尋找思想資源，取他山之石，他們不滿現狀，不甘於在體制操控下做思想玩偶，表現出現代知識份子的獨立自由意識與自我意識，在一定程度上改變了戰後初期由政治鉗制等造成的思想禁錮的文化格局。

上文的簡要分析已經對存在主義流行的文化背景作出了部分描述和解釋，可以看出，這是個有待於進一步探索的複雜命題。辨析和梳理歷史情境中一代人的精神旨趣與心靈軌跡，真切感受和理解特定歷史境遇中臺灣知識份子的文化選擇，是一項有意義也有難度的工作。我特別關心的是：臺灣的現代派小說與存在主義究竟存在著怎樣的瓜葛，為什麼人們對這種源自西方的思想與感受方式有著並非隔靴搔癢的認同？在這些作家們處於認同危機之中的青年時期，他們對存在主義的興趣與認同，看上去遠遠僭越了對自己文化傳統的領會。而當他們日後回歸本國悠久的文化傳統，深深被中國傳統文學藝術精神所吸引，但他們青年時期接觸的存在主義元素已經進入他們的作品並且必然影響他們精神世界的建構。像王尚義書中顯示的那樣，存在主義幫助他們形塑騷動感傷的青春，並啟示他們理解所屬的時代與歷史際遇，給予過他們認識自我追尋自由的信念；當然，也可能使他們原有的困惑與痛苦更加深重。他們的漢語文學創作也或深或淺留下了存在主義的印跡。

晚近，臺灣現代派小說與中國傳統文化之間的關係越來越受到重視。人們知道白先勇向來喜愛古典文學，《紅樓夢》一直是他心目中最偉大的小說，古典詩詞白話小說都給予他豐厚的養分；但人們也許不大清楚，王文興這樣「一個令人厭惡，但又令人尊敬的西化派」[111]，也是一名中國傳統文化的高超精細的鑒賞家。這位在小說語言藝術上激進的創新者，多年來不僅任教於台大外文系，教授西方文學經典，也曾受聘於台大中文系，講授中國古典文學，他深深迷戀《聊齋志異》與詞的「惻艷」美，對中國古典文學、書法、繪畫、園林建築都有精湛的修養。[112]李永平的現代主義長篇《海冬青》，正以自己的創作實踐了王文興理論中的「惻艷」意境，從他極端純化的漢語裡可以一窺他對中國古典文化的入骨之愛；七等生對道佛禪學的意境與對耶穌精神的興趣一樣濃厚；而馬森一向喜好中國古代文化，曾經專研莊子，還著有《〈世說新語〉研究》……以歷史的眼光看，這群創作了令人側目的現代派作品的作家，他們實際上大多選擇了藝術上的世界主義；但並沒有因此而排斥和損害民族的優秀傳統，相反，他們的努力，給民族文化的發展帶來了活力和啟示。

3. 存在主義「掙扎的傷痕亦即我們普遍的傷痕」

現在，讓我們瞭解一下存在主義在臺灣傳播並產生影響的一些個案。從接觸新思潮最快也最敏感的高校看，存在主義大約自50年代被引進臺灣並產生影響。拿50年代中期就讀於台大哲學系的傅偉勳來說，他在台大時期已大體研究過實存主義，尤其諳熟雅斯貝斯的哲學思想，1957年他的大學畢業論文選了雅斯貝斯《哲學的世界定位》作為題目，這大約是臺灣首次論介雅斯貝斯

111　呂正惠：〈王文興的悲劇〉，見《小說與社會》第28頁

112　參見《中外文學》第30卷《王文興專輯》

哲學的長篇論文。隨後他在台大研究所深造，撰寫了碩士論文《雅斯貝斯的哲學研究》。60 年底，他赴夏威夷大學哲學系留學，仔細研讀了薩特和海德格爾的著作。正是在「存在主義（又稱實存主義）曾在臺灣學術文化界掀起一番熱潮」[113]之際，1964 年，傅偉勳先生在台大哲學系開設了「實存主義與現代歐洲文學」、「現象學的存在論」等有關存在主義的課程，據他回憶，當初講授上述兩門課程時，「『實存主義與現代歐洲文學』在第一堂就吸引了一百多位學生，多半來自外文系、歷史系及其他科系。」[114]在這門關涉存在主義與現代西方文學關係的課上，陀思妥耶夫斯基的《卡拉馬佐夫兄弟們》等歐洲文學名著中譯本被當作教學參考書。而「現象的存在論」則是一門專業性較強的哲學課程，以海德格爾的存在主義哲學名著《存在與時間》為主要教材。兩門課程的影響力也許局限於校園學院，不過，以此我們也知道，學院中的年輕哲學研究學者較早引進和介紹了存在主義，播下了存在主義思想的種子。一般認為，當時臺灣對存在主義發生興趣者多限於追逐思想時尚的知識青年，這固然不錯；但從傅先生的個案可見，哲學界對存在主義不僅有學術熱情，也有認真而持久的研究。也能揣想，存在主義哲學與文學的關係是一般青年最感興趣的熱點。值得注意的是，傅偉勳最初的存在主義旨趣，在此後的研究生涯裡與中國的禪佛傳統微妙地結合在了一起，如他的一本專著的題目所顯示的，他的研究路徑是：《從西方哲學到禪佛教》。

稍後，台大的陳鼓應也開始研究存在主義，他的研究路線與

---

113 傅偉勳：〈沙特的存在主義思想論評〉，原刊載於臺灣《中國論壇》第 198-199 期

114 傅偉勳：《從西方哲學到禪佛教》，北京三聯書店 1989 年 4 月版，第 21 頁

傅偉勳有些相似，從尼采到存在主義，而後進入莊子世界。他對自己之所以選擇尼采為研究對象，有過一段非常有價值的論述：「我從中學開始，在臺灣就經歷著五十年代的『白色恐怖』：殘餘的權勢集團在島內展開地毯式的捕殺活動；在文化上，獨尊儒術——孔儒的忠君觀念及其上下隸屬關係的『奴性道德』，為官方刻意宣揚著，袁世凱的祭孔儀式在臺北孔廟裡重演著。另方面，三十年代以來的文學作品幾乎全在嚴禁之列，五四以來的新文化傳統被攔腰切斷，保守主義的空氣達到令人窒息的地步。因而，尼采宣稱『上帝之死』及其『一切價值轉換』的呼聲，深深地激盪著我的思緒。」[115] 可以說，選擇尼采與存在主義為研究對象，對於陳鼓應這樣的學者而言，既是一個思想學術的命題，同時也是紓解精神苦悶的迫切需求。1962 年，他自費出版了在台大研究所期間撰寫的《悲劇哲學家尼采》，在自序裡，他說：「在經歷傳統哲學唯理的獨斷觀念重壓之後，尼采的精神不只是一種醒覺的訊號，尤其是在集體主義猖獗，生存意識糾結的今天，對於尼采的思想，我們有重新認識的必要。」[116] 尼采思想給予他一種「以艱苦卓越的精神，來開拓生命之路」的信念，以及「在飽嘗人世苦痛之中，積健為雄，且持雄奇悲壯的氣概，馳騁人世」的意志。顯然，陳鼓應賦予了尼采精神一種反抗專制追求自我的重要意義，而尼采正是存在主義哲學的一位先行者。陳鼓應還與孟祥森、劉崎等人一起，翻譯了考夫曼的《存在主義》一書，於 1972 年出版。這本書並不是存在主義哲學的研究專著，而是一本富有個性特色的存在主義作品與論述彙編，它收集了陀思妥耶夫斯基、薩特等九位作家和哲學家的文學作品或哲學論著，包括陀

---

115 陳鼓應：《悲劇哲學家尼采》，三聯書店 1987 年版，第 5 頁

116 陳鼓應：《悲劇哲學家尼采．寫在前面》，臺灣商務印書館 1967 年版，第 2 頁

氏的《地下室手記》節選，齊克果（大陸譯為克爾凱郭爾）的《最終的非科學性的隨筆》（Concluding Unscientific Postscript）和《那個個人》（That Individual），尼采的《查拉圖斯特拉如是說》、《衝創意志》[117]與《愉快的智慧》[118]，里爾克(Rainer Maria Rilke)的《馬爾特箚記》，卡夫卡的三個寓言，雅斯培的《關於我的哲學》，海德格的論文《何為形上學？》，以及薩特的小說《牆》、《存在與虛無》中的《自欺》部分、《反猶太者的畫像》的節譯和《存在主義是一種人文主義》的全文，還包括卡繆的《薛西弗斯的神話》。[119]陳鼓應等人對存在主義哲學與文學的激情推介，主觀上出自一種反抗體制的內在動力，客觀上則推動了存在主義在青年群體中的傳播與流行。

與陳鼓應等人對存在主義熱情引介相對應的，是另一些哲學教授對存在主義的批判性辨析。從六十年代至七十年代，學院中的一些教授也在積極地清理著存在主義的發展脈絡，辨析著存在主義的真偽。70年代初，當作為一種知識界亞文化思潮的存在主義已經淡出歷史舞臺，如果留意，人們會發覺關於它的論爭仍徘徊在學院哲學界的話語場，教授們對此前存在主義流行的現象正進行著學術的糾偏和專業的批評，有關存在主義哲學的研究專著多在這一階段問世。在研究存在主義哲學的重鎮臺大哲學系，鄔昆如寫了大量企圖澄清存在主義真相的文章，其中最有影響力的文章題目便是《存在主義真相》，此文初稿名為《存在主義的論斷》，刊載於1973年6月第十一期的《復興崗學報》，後修訂稿名為《存在主義真相》，由臺灣教育部社會教育司刊印單行本。

---

117 The Will to Power，大陸一般譯為「權力意志」。

118 The Gay Science，大陸譯為「快樂的科學」。

119 八十年代，這本小冊子登陸此岸，是大陸新時期存在主義熱潮中的熱門讀物。而陳鼓應於八十年代來到北大講授「尼采哲學與老莊哲學」，頗受歡迎。另：卡繆，大陸多譯為加繆；薛西弗斯大陸譯為西西弗斯。

他的《存在主義真象》[120]、《存在主義論文集》[121]等專著先後出版。鄔昆如的研究具有一定代表性。這些研究介紹性著述越來越全面地論及存在主義自丹麥到德國再到法國以及美日臺灣的流變過程，這種知識的辨析顯示出不同於大衆流行文化思潮的專業眼光。或許出於對真相的執著，這種批評表現出對臺灣流行的存在主義的不滿和校正的企圖；或許正好相反，他們認為流行的存在主義是淺薄片面和扭曲的混亂情緒，充滿誤讀誤解，需要認真清理，因此介紹原汁原味的存在主義才非常必要。他們認為，臺灣流行的存在主義不僅不符合原生的西方存在主義，而且吸取的正好是存在主義陰鬱悲觀的消極因素。但他們對於薩特的抨擊卻多少暴露出另一種意識形態操縱下的主觀，薩特後期努力將其哲學理念付諸積極的行動，可這種轉向在臺灣批評者眼中成為一種不可諒解的左的罪惡。此外，批評者認為存在主義是西方的產物，不適合臺灣的現實，比如胡秋原在《實存哲學與今日中國青年》一文中就指出，存在主義只是西方社會危機的產物，我們「以實存哲學為哲學，可謂東施捧心。……何至於我們哭也要學西洋人的哭相和哭聲呢？」[122]這種看法代表了一種普遍的樸素質詢，但如此絶對地區分我們與他們，顯然也暴露了一種謹慎保守的心態。

因此，哲學界與文學界都有人提出對存在主義進行廢棄處理或以我為本的改造，也就是順理成章的事了。以一篇論點平和、與上述主流觀點一脈相承的哲學論文為例，60 年代後期，《哲學

120 鄔昆如著，臺北幼獅文化事業公司民國六十四年初版

121 鄔昆如著，臺北，黎明文化有限公司民國七十年版

122 原刊於《中華雜誌》1969 年 9\10 月，參見胡秋原文集《西方文化危機與二十世紀思潮》第 539 頁，臺北，學術出版社 1981 年

論文集·第二輯·中國哲學會哲學年刊》第五期[123]收有吳康的一篇論文《論存在主義及其與中國哲學中人生觀之比較》，或許可以一窺這種觀點。該文認定存在主義是一種「非理性主義」（The existentialism is an irrationalism），是反對黑格爾極端理性主義的最激烈的思想，其形態為個人主義，行動上強調個人自由，生活觀為憂苦不安，趨向於虛無主義，是一種危機的哲學。文章的主要意圖在於：將存在主義與中國哲學之儒家人生觀進行對比，認為這是兩種差異極大的思想，前者是一種「時代病」之產物，雖有益於促進個人思想之自由，但卻於社會組織法則無補；而後者哀而不怨樂而不淫，中正和平積極進取，「為天地立心，為生民立命，為往聖繼絶學，為萬世開太平」的正統儒家哲學才是臺灣青年應該選擇的人生哲學。不難看出，從官方的政治需要以及傳統的社會立場看，這種論述具有其理論上的合理性；但是用儒學理想來抵拒民間化反主流的存在主義興趣，在當時大約也只能是一廂情願的正統呼籲。

在文學界，尹雪曼的《現代文學與新存在主義》[124]一書提出了「新存在主義」的概念，作者認為這是一種不同於現代主義也不同於存在主義的新的文學道路。它新在哪兒呢？「新存在主義不重視個人存在的『無奈』、『痛苦』、『荒謬』和更多的『空無』！新存在主義是一種以群體存在為主的思想」。[125]它的核心就是具有東方文化特點的人文主義和中庸主義，它對一切狂放極端、虛無幻滅的思想抱著強烈的敵意，它自標是一種「力的蘊蓄」的文化，一種中正平和、「泛愛衆，而親仁」的哲學。這本書對存在主義的理解基本借助于趙雅博等哲學學者的觀點，顯

123 中國哲學會主編，臺灣商務印書館民國五十七年初版

124 尹雪曼《現代文學與新存在主義》正中書局 1975 年初版，1983 年二版

125 同上，第 109 頁

然，哲學界將存在主義儒家化的傾向直接影響了尹雪曼，在這種視域裡，存在主義是一種已經對臺灣思想文化發生較大影響的思潮，完全排斥並不是智舉，必須做的是分辨這種外來思潮並將它改造融入本土文化。此外，當時臺灣的官方思想無法容忍後期薩特的政治傾向，對薩特的批判自然義不容辭。尹雪曼也以文藝家的身分參與了這種聲討，並且又提出了或許出自好意卻有些粗疏空洞的「新人文主義」。事實上它似乎並未對臺灣文學產生什麼影響。

總體說來，五六十年代風行於臺灣知識界的存在主義不能算是系統全面的哲學引進[126]。相對而言，文學界與出版界的翻譯傳播更偏重於感性接受，這種情況近似於大陸四十年代文學界對存在主義表現出的「敏感與熱忱」[127]。薩特、加繆、卡夫卡、海明威、里爾克、陀思妥耶夫斯基等滲透存在主義哲學思想的文學作品受到當時臺灣文學界相當的重視，存在主義的荒謬英雄以種種面目出現在臺灣現代派小說中。《文星》介紹過雅斯培、沙特、卡繆以及卡夫卡，第 76 期的封面是一張沙特的素描像，並標明「存在主義的文星」。也是在五六十年代，臺大外文系師生先後創辦的《文學雜誌》與《現代文學》這兩份文學雜誌，從文學的角度對存在主義表現出越來越濃厚的興趣。蔣年豐的研究表明：對於臺灣大多數風靡者而言，哲學體系對他們缺少誘惑，存在主義是透過文學氣氛被接受的。而最能反映出存在主義進入臺灣經驗的動態的，是臺大外文系的白先勇、王文興等人創辦的《現代文學》雜誌。《現代文學》代表了存在主義真正進入臺灣人心靈，新生代的作家們在文學內容與表達手法上吸取了大量存在主

126 如沙特的《存在與虛無》、海德格爾的《存在與時間》等存在主義哲學代表作均無翻譯，就說明了這一點。

127 解志熙《生的執著》第 57 頁

義的要素。[128]實際上，更早些的《文學雜誌》就已經開始零星介紹與存在主義思想有關的西方文學藝術，如《文學雜誌》第一卷第二期和第四期（民國45年10月、12月），分別刊登了存在主義色彩濃厚的里爾克詩作多首；第六卷第三期（民國48年5月）上，刊載了William Barrett著朱南度譯的《現代藝術與存在主義》一文。而加繆則多次被介紹推薦，第四卷第三期，登載了由Norman Podhoretz 著、朱乃長譯的《評卡繆的一部短篇小說集》一文；第八卷第二期（民國49年4月）上，又做了一個有關卡繆的專輯，收編了高格的《卡繆的荒謬論》、Chales Rolo 的《卡繆論》、Germaine Brée的《論卡繆的小說》等論文，刊出由南度翻譯的卡繆小說《叛教者》，和由朱乃長翻譯的《薛西弗斯的神話》（節譯）。《文學雜誌》對卡繆的熱情自有其因，這一年，47歲的卡繆在他獲諾貝爾文學獎後的第三年因車禍喪生，「卡繆專輯」，正表達了臺灣學院精英對這位存在主義「異鄉人」的悼念和敬意。而對加繆的緬懷，也許也暗示了臺灣知識份子對戰後臺灣社會荒謬性的某種自認。顯然，《文學雜誌》對存在主義的引進仍然多屬於零碎的介紹，這些文章往往與美國學界關係緊密，「卡繆專輯」裡的諸篇論文大多是美國學者所作，唯一一篇題目標明「存在主義」的文章，其作者巴雷特也是美國最早研究存在主義的學者。從刊載的譯文看，當時美國學者對加繆的關注主要集中在小說《異鄉人》[129]上，哲學著作《西西弗斯神話》、小說《鼠疫》、《叛教者》也受到一定的重視。當時臺灣文化人對存在主義這種新生事物的理解，顯然帶上了美國式的明快簡易

---

128 蔣年豐《戰後臺灣的存在主義思潮——以薩特為中心》，載宋光宇編《臺灣經驗二——社會文化篇》第1-26頁臺北東大圖書公司，1994年版

129 大陸譯為《局外人》

與通俗化色彩。相對而言，《現代文學》對存在主義文學的介紹和翻譯顯得更為頻繁豐富，第一期就刊出存心震一震文壇的「卡夫卡專輯」，收入 Philip Rahv 的《論卡夫卡及其短篇小說》、Idarry Slochower 的《卡夫卡和湯姆斯曼的運動神話》等論文，刊載了由張先緒翻譯的《判決》、歐陽子譯的《鄉村醫生》、石明譯的《絕食的藝術家》三篇卡夫卡小說，同期雜誌還發表了叢甦的現代派小說《盲獵》。白先勇認為：「叢甦的《盲獵》，無疑的，是臺灣中國作家受西方存在主義影響，產生的第一篇探討人類基本困境的小說。」[130] 第九期刊出了《沙特專輯》，登出鄭恒雄翻譯的薩特論文《存在主義是人文主義》，以及薩特的劇本《無路可通》，並刊出郭松棻的長篇評文《沙特存在主義的自我毀滅》[131]。即便在今天看來，郭文對薩特的辯證認識依然是相當到位的，對薩特存在主義的把握總體而言是精當的。文中他清醒地指出：「沙特的存在主義和尼采的超人哲學一樣，是上帝死後，人類的悲鳴。」宣稱「存在主義不是哲學，而是二十世紀的浪漫運動，……挾其『主觀之真理』之確信正面向歷史挑激，這便是存在主義的原始意義，其賦個體以無上的自由與珍寶，與十九世紀初葉英國文學上的浪漫運動無異，」這一看法建立在對存在主義的一種歷史認知基礎上。作者認為薩特的「嘔」（即噁心，Nausea）是一種發現，是言「上帝不仁以萬物為芻狗的現象」讓人陷入「噁心」；作者理解薩特的自由是一種「處境裡的自由」，是一種反抗行為，「在反抗裡體認個人的價值」，按薩特的話說就是「上帝不存在，人自己抉擇自己，塑造自己，負責自己，人注定是自由的」。不過他不贊成薩特「以偏蓋全」，視

130 白先勇《〈現代文學〉的回顧與前瞻》，見歐陽子編《現代文學小說選集》第一冊代序，爾雅出版社 1979 年五版，第 15 頁

131 《現代文學》第 9 期，第 2-27 頁

「極端處境」（Extreme Situation耶士培語）為人的普遍處境，認為薩特所謂「完全孤獨裡的完全責任」的「自由」必須置放在特定語境中（如納粹當道時期）來理解才有效，而不能普遍化。作者認為「文學創作是沙特藉以行動的主要形式與處所…以瘋狂的行動來強治他虛無的絕症，這是沙特唯一的生路」，這實際上就是說文學創作既是一種行動或「介入」的方式，也是存在主義者以語言來療治虛無的自我救贖之路。[132] 因此，不難理解薩特的存在主義文學和哲學給人悲觀虛無的印象，甚至有「自我毀滅」的傾向。這篇文章最有價值的地方或許還在於，作者較早意識到薩特「自我毀滅思想」的部分真實性，他設身處地進入薩特置身的極端處境，理解薩特哲學的矛盾性與矛盾中凸現出來的現代人精神掙扎的真實性。文章的結尾郭松棻這樣寫道：薩特「掙扎的傷痕亦即是我們普遍的傷痕」。[133] 這句話言簡意深，表明當時尚在臺大外文系讀書的年輕作者已經意識到：存在主義訴說的正是現代人心靈的普遍焦慮和困境。這裡的「我們」自然也包含作者以及當時的臺灣年輕人。它不僅提示人們應當注意到臺灣接受薩特及其存在主義影響的歷史語境，也提醒人們，不能想當然地認定存在主義這種外來思潮的異己性。在當時部分人的心目中，存在主義雖然不是一種通常意義上的樂觀哲學，但是它的悲觀和矛盾，卻很體己地抒發了臺灣充滿放逐感的知識者的心聲；而它力圖從個體的角度反抗荒謬的掙扎，更是真實地傳達出臺灣戰後知識份子生存經驗和精神追求。從王文興對存在主義的理解，從王尚義廣為流傳的《從異鄉人到失落的一代》一書中，從白先勇對

132 薩特自傳名為《文字生涯》或《詞語》，海德格爾從格奧爾格等詩人的詩歌中傾聽人與神的對話。無論是有神論，還是無神論者，存在哲學的確蘊含著從語言、詩性中尋求救贖的意念。

133 《現代文學》第9期，第27頁

小說內外「流浪的中國人」的描述裡，以及叢甦、馬森、七等生、張系國等人的創作與言論裡，我們將一次次感受到這一點。也許，對於一些追逐時尚的青年而言，存在主義只是外在的異己的語焉不詳的知識舶來品，不必諱言部分臺灣現代派作品存在著模仿甚至食洋不化的弊端；但在嚴肅思考與創作的現代派小說家那裡，存在主義哲學與他們的生命體驗和對存在境遇的認識大多能夠相互契合，而豐富多姿的存在主義文學更為他們提供了一種表現自我存在困境的思想與書寫方式。

在我看來，陳映真小說嘲弄的偽知識份子肯定是存在的，但不能否認，在作者漫畫化的有力的諷刺筆觸下，洞穿一部分真實的同時，可能也遮蔽了另外一部分真實的心靈困頓。顯然，人們悲觀迷惘的頹廢心態，禁閉於小島、震懾於專制的恐懼和孤獨，從存在主義那裡找到了宣洩的途徑和共鳴，而反抗荒謬的激情給予了人們安慰和力量。存在主義的風行，無疑凝聚起了人們虛無與抗爭並在的時代情緒。對於當時臺灣青年知識群體而言，存在主義暗和了他們內心的苦悶彷徨與反叛欲望，以在多少延續了一些北大自由主義風氣的臺灣大學為核心，尋找精神出路的年輕人就從存在主義那裡感受到一股叛逆的力量，「那時，文學院裡正彌漫著一股『存在主義』的焦慮，西方『存在主義』哲學的來龍去脈我們當初未必搞得清楚，但『存在主義』一些文學作品中對既有建制現行道德全盤否定的叛逆精神，以及作品中滲出來絲絲縷縷的虛無情緒卻正對了我們的胃口。加繆的《局外人》是我們必讀的課本，裡面那個『反英雄』麥索，正是我們的荒謬英雄。……我們不談政治，但心裡是不滿的。虛無其實也是一種抗議的姿態，就像魏晉亂世竹林七賢的詩酒佯狂一般。」[134] 從某種程度上說，存在主義的風起雲湧已經形成臺灣戰後的一種青年亞文化思潮，它溝通並匯聚起一個時代的青年文化精神，成為青年知識者抗拒體制的一個渠道，成為處於認同危機期的青年人宣洩和緩解認同焦慮的一種方式。

現代心理學認為：青年時期，人的認同危機具有一定的普遍性，作為自然人，他將面臨情感的選擇等問題；作為社會人，他將面臨在社會和群體中尋找自我位置和建構自我認同等過程，而自我的認同包括性別認同、社會認同、文化認同與價值認同多種層面，完成這些認同的過程對不少青年而言是痛苦的，認同的焦慮幾乎不可避免。愛里克森在《童年與社會》一書中，將人的生命周期按照自我認同的過程，分成八個發展階段，青春期是人生的關鍵時期，這期間人的心理狀態是：認同對角色混亂，「童年所體驗的認同的所有要素的經驗碎片，都需要再次有選擇地再生和歸納，組織統一，以求與意識形態、歷史要求和社會角色一致。……這期間同時存在著兩種可能性：自我發現和自我喪失。」[135]愛里克森把青年期的這種心理狀態叫做「認同危機」。白先勇曾經從歷史際遇層面，分析過戰後外省和本省青年的「認同危機」：「外省子弟的困境在於：大陸上的歷史功過，我們不負任何責任，因為我們都尚在童年，而大陸失敗後的後果，我們卻必須與我們的父兄輩共同擔當。事實上我們父兄輩在大陸建立的那個舊世界早已瓦解崩潰了，我們跟那個早已消失只存在記憶與傳說中的舊世界已經無法認同，我們一方面在父兄的庇蔭下得以成長，但另一面我們又必得掙脫父兄加在我們身上的那一套舊世界帶過來的價值觀以求人格與思想的獨立。艾力克（Erik Erickson）所謂的『認同危機』（identity crisis）我們那時是相當嚴重的。」[136]確實，包括王尚義在內，出生在大陸、童年生長在戰爭

---

134 白先勇〈不信青春喚不回〉，《第六隻手指》第 190-191 頁

135 引自邵迎建：《傳奇文學與流言人生——張愛玲的文學》北京三聯書店，1998 年，第 33-34 頁

136 白先勇《〈現代文學〉創立的時代背景及其精神風貌》，《第六隻手指》第 176 頁

陰影下、不幸流落到臺灣孤島的文化青年，在一個政治失敗的流亡政權專制統治之下，內心充滿被父輩罪孽所傷害的冤屈和不平，他們青春時期的認同危機因此格外激烈而難以解決。

同時，必須指出，這種認同危機也並非外省青年獨有，那是戰後所有在臺生活者都可能產生的：「本省同學亦有相同的問題，他們父兄的那個日據時代也早已一去不返，他們所受的中文教育與他們父兄所受的日式教育截然不同，他們也在掙扎著建立一個政治與文化的新認同。」[137] 作為一個親身經歷並形塑那個時代精神的過來人，白先勇幾十年後的回憶與反思是溫和而冷靜的，帶著相當明澈的歷史認識和同情心；相對而言，王尚義當時的那些情緒飽滿的敘述和議論就顯得不夠成熟，也很難擁有這種理性回顧前塵的從容不迫，而是在痛苦不安的嘶喊和激情四溢的思辨裡，呈現出一種青春躁動的狂烈與憂傷，卻也真實呈露了青年知識者思想和情感的歷史在場感。這讓人有一定的理由相信：存在主義曾經非常深入地風靡臺灣，一個原因是在這裡擁有合適的青年文化生態。

在這股蔓延流行於青年知識群落的思潮中，我想有必要重點談談王尚義的相關著作。《文學雜誌》與《現代文學》對存在主義的認知，凝聚了堅執純文學理念的學院中人的審美趣味和藝術志向；王尚義雖也出身於台大，但他更接近《文星》，其影響力更廣泛地體現在善感而迷惘的青少年亞文化群體中。因病而不幸早逝的醫科生王尚義生前對文學藝術投入了極大的熱情，他死後由李敖等人在「文星」出版的作品深受青年讀者的歡迎，而後他的多本作品集在不同出版社的出版都得到了良好的反應。以他的《從異鄉人到失落的一代》為例，初版於 1963 年，五年之間發行了六版。據稱，這本六十年代的流行著作，每篇文章的標題都成

137 白先勇，同上文，《第六隻手指》第 176-177 頁

了那個時代青年的「口頭禪」，實際上起到了配合或引領六十年代臺灣青年流行文化思潮的作用。在1969年大林版的前言裡，大林書店編輯部這樣評斷：「尚義的出現正反映了這個時代的動亂和不幸。……他從不游離現實，他努力要表現的，仍是它所處的這個社會的不平和不幸。」[138] 出自同時代人的這種切身理解部分地說明：王尚義確實試圖通過寫作來為他處身的時代把脈。書中的論述充滿年輕的王尚義理想主義的激情和浪漫主義化的叛逆性，也明顯可以看出自我認同的危機和存在主義思想的關聯。

《從異鄉人到失落的一代》一書中，從達達主義到海明威「迷惘的一代」，從斯坦貝克的《令人失望的冬天》到陀思妥耶夫斯基的的三大作品，從「異鄉人」到「失落的一代」，從現代文學的困境到卡繆的人道主義……王尚義的論述大多與現代文學以及現代人的精神狀況有關，而這一命題在他的論述中又與存在主義總是聯繫緊密。在《從「異鄉人」到「失落的一代」——卡繆、海明威與我們》一文裡，王尚義所理解的存在主義，是二十世紀文學中的浪漫主義，只是「表現得更極端、更猛烈、更富於現代的氣息」，[139] 如同這篇長文的題目顯示的那樣，他對存在主義充滿一種感同身受的理解與同情。在談到薩特時他認為：「沙特的思想是集體價值破碎後的雜亂、分歧、無所依從的思想象徵，因此充滿了掙扎、矛盾、苦痛；他因壓迫而感到自由，因孤獨而感到責任，因死亡而感到抉擇，沙特所代表的人生，是一種反抗、一種病痛、一種理性的麻痹和感覺的逃避。」[140] 而對卡繆，他更是理解之餘欣賞不已：「卡繆的作品不像沙特那樣充滿

138 王尚義：《從異鄉人到失落的一代》第 3 頁，

139 王尚義：〈從「異鄉人」到「失落的一代」——卡繆、海明威與我們〉，同上，第 93 頁

140 同上第 95 頁

著放縱、雕琢，他從不用浮誇的字句，他沈默、委婉、文辭優美而富於象徵的氣息，他以平淡的聲音說出人生的荒謬，卻能滲透穿刺我們的內心。」[141] 這種因自我認同焦慮而生出的鏡像意識，與郭松棻的觀點非常相近，即將對自我境遇的體驗帶進了對異域思想的透視裡，將他者的經驗和自我的生命需求相互參照互為鏡像並合而為一。在這樣充滿當代意識的文學批評文字裡，可以充分感知到，對於當時臺灣部分知識人和有思想的青年人，存在主義具有深切的體己性；所謂的他者話語，在明確而強烈的自己體驗和我們意識中，也就自然發出了「我們」自己的聲音。

從以上並不完全的梳理可以看出，存在主義在臺灣最早萌生於傅偉勳陳鼓應等學院專業知識份子的哲學研究興趣，但他們的興趣也帶有強烈的主觀認同意味和文學化感性接受成分。而存在主義獲得較為廣泛的感性化傳播，正是起始於文學界，尤其是《文星》和《現代文學》對存在主義作家的不斷介紹，以及王尚義《從異鄉人到失落的一代》裡關於存在主義文學的評論，在臺灣知識界特別是青年知識份子中產生了廣泛深刻的影響。現代派小說對存在主義的熱誠並非糾纏於哲學思想的來龍去脈，而更多地是以存在主義文學為一面照出內心真實的鏡子，反觀自我，企圖找尋思想的出路。哲學界較為全面的理論研究則要稍晚於文學界。人們首先從感性層面對存在主義產生了濃厚興趣，一種感同身受的體認。這種興趣和體認基於人們理解自身際遇的需要，「異鄉人」、「失落的一代」、「荒謬」、「噁心」成為60年代的流行話語，也表明這一點。歷史際遇與現實經驗交織而成的「流浪的中國人」情懷、「自我放逐」主題以及「失落的一代」意識，都可以從存在主義那裡獲得一種本體論意義上的詮釋。藉存在主義境遇哲學的思想提升，現實的時間之傷痕與具體的空間

141 同上第96頁

之哀愁，昇華為一種普遍的形而上的命運。人本質上有著「植根」的心理需求，失根必然產生精神焦慮或神經症人格。在50-60年代的臺灣文學中，「放逐」與「懷鄉」是一體的兩面，它是政治變局導致的空間隔絶事實的必然心理反映。對這種悲劇性歷史際遇以及他們切身感受到的現代人的存在焦慮，存在主義給出了一種不同於傳統鄉愁文學所能昭示的意義，因此具有重建自我根源的作用。卡夫卡、薩特、加繆書寫的存在的異化、存在的焦慮與勇氣，也正反映了臺灣青年知識份子內心的苦悶。所以，存在主義作品的翻譯和評論本身已成為一種自我意識的表達方式，其意趣顯然迥異於哲學界稍晚的理性清理。

實際上，哲學界也存在著兩種涇渭分明的趨向，一種是陳鼓應、傅偉勳等為代表的學者，他們從對存在主義產生自發的興趣到熱情的求索，而後從存在主義轉入研究中國哲學傳統尤其是佛學與莊禪哲學，他們有意讓存在主義與中國傳統文化進行互涉與對話；而另一些學者則從理性秩序的角度批判存在主義的非理性主義，否定其虛無悲觀傾向，把它看作一種西方社會的時代病，並企圖以儒學改造或廢棄存在主義。其中如鄔昆如、尹雪曼等一些學者的論述則表現出體制內的意識形態。鄔昆如所謂「存在主義的真相」，隱含著對文學界存在主義熱情的批評；尹雪曼拼湊出所謂「新存在主義」概念其意圖更加明顯，企圖用「中正平和的人文主義」取代存在主義。可以看到，對於存在主義的理解與判斷，體制內認可的主流哲學界的看法，與以現代派作者為代表的亞文化群體感受大相徑庭。兩者的分別，從一側面顯示出60年代現代派文學與主導意識形態之間的齟齬。主流哲學界指控薩特晚年的左傾與親共傾向，與其說是針對臺灣文學界存在主義熱的現象，不如說是出於維護官方意識形態的需要。因為，從臺灣現代文學對存在主義的興趣點看，加繆、卡夫卡、陀思妥耶夫斯基、海明威、勞倫斯等具有存在主義色彩的作家得到更多的共鳴和喜愛。薩特關於境遇中的自由選擇的理論也得到一定程度的同情，但是，現代派作者從未表示認同薩特的行動哲學和激進政治理念。上文所提到的作家中，只有王尚義的作品帶有某種模糊而悲壯浪漫的革命性，《狂流》的主人公就遠赴國外參加革命死在了異域。但王尚義是現代派陣營中的一個異數，骨子裡他更接近浪漫主義。基本上，臺灣現代派小說家服膺於自律和創新並重的文學理念，不主張文學「介入」社會和政治；疏離政治、藝術至上，是他們中多數人的文學立場。不過，規避政治、追求藝術自律並不等同於缺少社會人文關懷。現代派作家在藝術形式上的激進前衛與表現主題的邊緣頹廢，實際上已經構成了對主流意識形態的冷漠與抵拒。在晚近極端化的本土論述裡，現代派被完全劃入「外來政權」體制下的主導意識形態陣營，因此，今天的這一分辨有著特別的意義。撇開非學術因素，哲學界的參與無疑有利於認清存在主義的淵源和歷史，並理性思考外來文化與本土現實之間的錯綜關係。哲學界對存在主義的梳理辨析蘊含著共同的旨歸，即日趨理性地取捨，並將其合理地融攝進本土與傳統之中。因此，部分學者推崇雅斯貝爾斯的「超越」（transcendence）與「交流意志」（the will to communication），並有意於用儒家傳統融攝存在主義，不能不說是一種積極的取向；另一些學者從莊禪佛學裡尋找與存在主義相通之處，他們的文化解讀與哲學建構顯示出開放而靈活的觀照視域，也可以看到外來文化本土化的融會趨向。

在60年代官方儒學雖名義上佔據主流但西化卻大勢所趨的臺灣文化場域中，存在主義這種歐美流行性哲學文化思潮，進入臺灣後與本土青年的世紀末情緒相結合，與強權政治相疏離，與疲憊蒼白的官方儒學思想相對恃，形成了一股蔓延甚廣的亞文化思潮。現代派文學大量吸取了流行的存在主義思想理念，並接受了存在主義文學的熏陶，現代派小說創作融入了存在主義觀物方式和思想觀念，本身就形成臺灣存在主義亞文化思潮的一部分。

三　現代派小說的一種解讀方式

早先，臺灣現代派小說是以一種非常感性化的經驗方式遭遇存在主義的，這種感性經驗可以歸結為一個簡單的語詞：共鳴。叢甦早期作品《盲獵》的創作就是一個典型個案。《盲獵》這篇發表在《現代文學》創刊號上的小說，直接源於閱讀卡夫卡小說過程的強烈共鳴。作者在《後記》裡寫道：「讀完 Kafka 的一些故事後，我很感到一陣子不平靜，一種我不知道是什麼的焦急和困惑，於是在夜晚，Kafka 常走進我的夢裡，伴著我的焦急和困惑。於是，在今天晚上，以一個坐姿的時間，我匆匆忙忙地寫完了這個故事。」[142]這樣的創作動機的感性描述，形象地演示了臺灣現代派小說與存在主義文學相逢的最初情境。如前所述，這種發生在個人身上不平常的相逢並不是個別的，也不盡是情緒層面的感應，也包含了對自我境遇與存在主義之間共通性的理性認知。卡夫卡的夢魘般的寓言小說確實給60年代初期的臺灣文學帶來了震動，年輕而有主見的王文興甚至宣稱：「卡夫卡的小說登出後，我們的苦心也沒有白費，許多青年作家寄來了大膽的作品……我們預期中國的文藝復興為期不遠。」[143]雖然如今看來這樣的預期可能顯得有點理想化，也不乏幼稚可愛，但人們不難看到：西方現代派文學的引進，為當時的臺灣文學青年確實帶來了對民族文學復興的真摯期許。

因此，雖然臺灣文學界對於存在主義哲學的理解與接受並不全面，一般文學青年大多限於表面或片面的接觸，但是存在主義

142　《現代文學》創刊號第 47 頁

143　《現代文學》第二期第 124 頁，1960 年 5 月

與戰後臺灣文學之間的接觸，尤其是現代派文學與存在主義的聯繫，這一事實已經得到了普遍認肯。如果說臺灣現代派小說都是存在主義小說，顯然有些誇張；但是，存在主義曾深深影響和刺激過臺灣現代派的文學精神與藝術想像，卻已經是不爭之事實。[144]

白先勇、王文興、馬森、七等生、陳若曦（陳秀美）、叢甦、歐陽子等現代派小說家，無不接受過存在主義觀念的影響，王文興早期小說人物總是帶有存在主義反英雄的孤獨，而晚近才完成的現代派力作《背海的人》，其獨異的視景既有相當寫實鄉土的背景支援（如深坑澳這個奇特的地理景觀，就取自作者當兵時居住過的南方澳，臺灣學者林秀玲對此進行了實地考證）；又不限於一般的寫實，深坑澳就具有精神荒原以及人間地獄的象徵意味。作品的意境既有接近卡夫卡的荒謬世界之處，也與陀思妥耶夫斯基、紀德、尼采的精神遙遙相通，主人公「爺」更是個典型的卡夫卡式的困難的人。馬森為臺灣延伸至海外的現代派小說提供了一批浪遊的現代意義上的「孤絕者」，而聶華苓的桑青／桃紅、白先勇的吳漢魂和李彤、叢甦的「中國人」、張系國的「香蕉人」，李永平筆下生於南洋留學美國如今卻遊蕩在臺北街頭的靳五博士……他們實際上也都是形形色色的孤絕者。與西方存在主義者比較，他們所體驗的因無根感導致的存在焦慮雖然同樣沈重，但與那種因喪失基督教信仰根基所帶來的恐懼與焦慮，顯然又不完全相同。在所有的現代派小說家裡，接受存在主義影響最堅決也最深入的可算是七等生。他最負盛名的現代派作品常常滲透著存在主義關於自我選擇、自由意志一類思想命題，如

144 在 1986 年海峽文藝出版社的《臺灣現代派小說評析》一書中，編選評析者封祖盛幾乎在每篇作品的評文中都嚴肅地指出了那些小說受到存在主義的影響。而在《中國現代主義文學史》中，作者也認為存在主義深刻影響了現代派小說。

《我愛黑眼珠》裡主人公的自我抉擇與責任承擔，兼具古典悲劇英雄和現代反英雄氣質，《隱遁者》、《余索式怪誕》《長跑選手退休了》等小說總是呈現一種選擇的困難、境遇的荒誕。外省籍現代派作家常假存在主義抒發一己無根流浪之悲聲，與西方存在哲學的原有意趣已相距甚遠；而七等生對存在主義的借鑒則更加徹底而純粹，他的一些作品探討的完全是人的存在哲學問題：如自我的抉擇、自我與他人的關係、自由的意義與可能性等，而對於家國一類的具體問題則較少接觸，也許這過於濃厚的存在主義意味也是他的作品常遭指責的原因之一；七等生從存在主義的自我證明走向佛禪基督的宗教探問或者超越世俗情感的靈性沈溺，即便後期作品有明顯回抱土地的現實關懷傾向，也仍無改於他小說中特有的存在主義荒誕英雄式孤獨自省氣質。正如劉登翰先生所指出的那樣：「存在主義、精神分析和意識流小說、超現實主義詩歌，實際上是互為表裡地既作為哲學導向，也作為藝術體現，活躍於臺灣的現代主義文學之中。」[145] 也許對於我而言，重要的不僅是指出存在主義影響臺灣現代派小說這樣一個衆所周知的事實，更重要的是存在主義如何具體地進入小說家的修辭，如何轉化成一種叙述的視角，如何演變成一種戲劇的氛圍，如何滲透進小說人物的精神結構，如何刺激或制約了作家的想像空間，如何參與了人們的自我認同建構。

二十世紀現代派文學的主題主要有以下幾種：1. 人置身在世界中的異化感、疏離感與荒誕感；2. 人類存在的矛盾性、軟弱性和偶然性；3. 人被時間所框限，在空間裡流浪的悲劇；4. 孤獨、痛苦中的抉擇與行動，對自我選擇的責任的承擔。存在主義在思想旨趣上與現代主義多有重合之處，作為哲學觀念，它為現代派文學提供了具有普遍人類意義的哲學向度，因此現代派文學普遍

145 劉登翰等主編：《臺灣文學史・下卷》第 92 頁

帶有某種存在主義意味。作為文學思潮，它又成了廣義的現代派文學的一個部分。存在主義尤其關注特殊的臨界境遇下人的倫理選擇和存在意義，[146]這種思考又總是貼緊人的當下存在境況，同時力圖從個體的境遇上升至哲學性普遍境遇，尋求自由與超越之道。這一點，應是臺灣現代派小說受益於存在主義精神的主要方面；不過，與西方存在主義對人類存在普遍困境的哲學性關注比較，臺灣現代派小說雖也關心這樣的問題，但他們似乎更多地還是經由存在主義，獲取一種反觀自我切身困境的視野和勇氣。

具體地考察現代派小說的敘述角度、人物以及主題模式與存在主義的關聯，關心存在主義對現代派小說內在精神和表述方式的重要意義，固然是題中應有之意，但並不因此忽略現代派作家基本的建構自我的態度。每個作家自己獨特的精神與表述系統都是複雜的工程，其中必然充滿矛盾、流動、取捨、修正、辯證、變異與融攝等多重運作，才能趨於成熟定型。具體而言，臺灣現代派小說家年輕時接受的西化教育以及所處的複雜文化場域，驅使他們在巨大的認同危機裡，更多地求諸外來文化包括存在主義思想的啟蒙，但是，他們中的多數在日後不僅反顧中國古代與現代文化傳統，並不斷從中尋找精神源頭，佛教文化、莊禪、古典文學、五四文化精神……都吸引過他們留連反思的視線，並成為他們思想的動力和精神漫遊棲息之地。一種文化藝術上開放進取的世界主義者的形象或許更接近他們的真相。王文興正是這樣的代表，他說：「臺灣很多人批評我是個嚴重的西化主義者，這點我不否認。但他們不明白，我這個西化主義者，正以西方人的熱情對待中國文化。我簡直是個熾熱的漢學家。……我一直以同等

146 「臨界境遇」出自雅斯貝爾斯語，意味著「面臨罪惡、戰爭、不幸和死亡，我們的存在痛苦到極點，並在極度的痛苦中發現自己，」參見讓·華爾的《存在哲學》第 82 頁

的熱情對待日本文化。我對日本的美術和文學一樣佩服得五體投地。同理，我也服倒印度文化，我也服倒回教文明。非洲的原始藝術也在我熱衷之列。」[147]因此，強調存在主義與臺灣現代派小說的精神聯繫，其前提就是應瞭解這樣的歷史視景：現代派早期創作或許自發性地受到存在主義理念的衝擊與吸引，隨著存在主義風潮盛極而衰，自發或偏至的熱情進入理性取捨的沈澱過程，現代派小說家日趨成熟，存在主義的觀物方式和精神意趣逐漸融攝進入本身的文化經驗和生存經驗，在內在的文化整合中，具體的作家又各有其取捨融匯的方式。下面將選取白先勇、王文興與七等生三個代表性個案，進行具體分析。

四　白先勇：存在、時間與文化憂患

1.「臺灣自己的『存在主義』小說」

談論白先勇與存在主義的關聯，或許不是個特別容易的話題。因為，人們常常深切感受到的是白先勇小說與傳統中國千絲萬縷的關係，無論是語言、叙述、題材還是思想、精神，看到白先勇小說裡的傳統美學品格和中國文化精神似乎毫不費力，人們從來沒有因為他接受了大量的外來影響而覺得他的作品「見外」，尤其是把他與其他幾位現代派作家放在一起比較時，這種感覺更加明顯，有人甚至認為把他看作現代派可能是一種錯認誤讀。確實，白先勇對傳統文化的濡染之深是確鑿事實，古典文學藝術裡從宋詞、元曲到白話小說無不令他癡迷。《悶雷》是潘金蓮戲武松情節的一種現代改寫，《思舊賦》、《秋思》、《遊園

147 見 2002 年 2 月 25 日王文興先生給筆者的來信。

驚夢》從小說名到內容無不浸透對中國傳統文化的深情。[148]白先勇走的是與張愛玲相近的文學現代性之路，他們精通《紅樓夢》、《海上花》等五四以前的漢語白話文學，總是關心中國世俗社會中半新半舊的人物，擁有中西文化的廣闊視野，但在語言表述上不失其良好的漢語語感。儘管白與張也有著明顯區別：白不善於掩飾一個人道主義者的同情和悲憫，張則很少流露白那種熱情外溢的憂患意識，更不曾像人們評說的五四文學那樣「涕淚飄零」；張以西化的個人主義態度冷眼看世間悲歡離合，白卻格外感懷於文化根系的承傳和傳統人倫的溫暖。作為一個中國化比較成功的作家，或中國性的溫和現代主義者，白先勇雖然接受了大量外來思潮和文學的影響，但卻非常注意納入自己的表達系統，轉化為一種本土化的文化符號。要從中離析出某種外來思想的踪跡，並非易事。

不過，白先勇關於存在主義的衆多論述促使我不能不關注他的創作與存在主義的關聯。白先勇雖然受到佛道思想以及相關的民間宗教意識浸染甚深，但他對存在主義懷有持久興趣，年輕時期也和當時的青年一樣熱烈癡迷，也是事實。當《現代文學》第二期發表了劉大任的《大落袋》時，這位雜誌主辦者和同仁們非常振奮，因為「臺灣有了自己的『存在主義』小說了」，[149]從這種興奮的表達，可以看出：60年代初期，也正是他創作的早期階段，對於存在主義這種西方引進的文化思潮和文學精神，他幾乎可說是由衷地喜愛；同時也表明，白先勇不是消極的接受者，而是強調一種自我建構的積極態度，呼喚屬於自己的存在主義小說。

在〈人的變奏〉、〈流浪的中國人〉、〈秉燭夜遊〉、〈不

148 關於白先勇與中國傳統文化的關係，已有不少論述，可參看袁良俊、朱雙一、劉俊、王烈耀、劉紅林等人的論述。

149 白先勇：《第六隻手指》第190-191頁

信青春追不回〉等許多文章中，白先勇多次談到存在主義對他以及他同代人的影響。顯然，他對存在主義的理解側重於一種整體性的精神會意，但卻不乏明確的認同。概括地說，他對存在主義的認識包括以下幾個方面：第一，白先勇對西方存在主義興起的背景與臺灣戰後歷史情境的相似相通性有著深切的認識，正是這種理性認知使他對這種西方的學說感興趣。他說，「存在主義興起於第二次大戰後，傳統瓦解的歐洲，而顧福生這一代的中國人，所經歷的戰亂災禍，傳統社會的徹底崩潰，比起歐洲人，有過之而無不及。60 年代，臺灣一些敏感前衛的中國藝術家，對人的存在價值，及社會習俗，開始反省懷疑，也是最自然不過的現象了。」顧福生是具有現代主義傾向的五月畫會的成員，白先勇非常喜歡他的畫，並認為他的畫與存在主義有許多耦合之處，畫中人物「最近於存在主義中描述的孤絕的現代人。」[150] 第二，白先勇接受並認同存在主義不是出於理論興趣，而是從一種青年亞文化思潮的意義上接納存在主義。他尤其肯定存在主義文學中的「對既有建制道德全盤否定的叛逆精神」，和很對他的胃口的「絲絲縷縷的虛無情緒」，認為加繆的莫爾索式的荒謬英雄具有很強的顛覆性。而他與身邊的一群同道雖不談政治，但是他們也藉存在主義的「虛無」宣洩不滿。認為虛無其實也是一種抗議的姿態，就像魏晉亂世的詩酒佯狂一般。所以，存在主義在白先勇的理解下，虛無荒謬的內裡具有可貴的反抗性；[151] 值得臺灣青年與文學借鑒。第三，白先勇十分強調存在主義的積極意義。反對把存在主義僅僅看作悲觀主義的觀念，而堅持肯定存在主義是一種有積極性意義的哲學，是勇敢的人生哲學：「其實存在主義的最後資訊，是肯定人在傳統價值及宗教信仰破滅後，仍能勇敢孤

---

150 見《人的變奏》一文，白先勇：《驀然回首》第 45 頁

151 白先勇：《第六隻手指》，第 190-191 頁

獨地活下去，自然有其積極意義。」[152] 而在關於馬森小說《夜遊》的評論中，他同樣明確認為：「存在主義不是悲觀哲學，更不鼓勵頹廢，存在主義是探討現代人失去宗教信仰傳統價值後，如何勇敢面對赤裸孤獨的自我，在一個荒謬的世界中，對自己所做的抉擇，應負的責任。」[153] 第四，白先勇認為存在主義能直面人的生存現實並揭示人的存在困境，立足於人的悲劇境遇，存在主義文學中的人物是孤絕的人，有著「悲劇的尊嚴」。[154] 這顯示出他對存在主義悲劇觀的認同，他的小說在悲劇美學與人物塑造上也有類似傾向。白先勇思想中有很強的宿命觀成分，但他不認為這是悲觀，因為「我覺得人最後的掙扎是差不多的，其實人一生下來就開始漂泊，到宇宙來就開始飄蕩了，在娘胎裡大概是最安全的，我從小就滿能感受到這東西，所以我的小說裡沒有很容易樂觀的東西。」[155] 這種拒絕樂觀擁抱悲劇的精神，與存在主義於被拋中求超越、在死亡中認識生、身處絕境卻體悟絕對自由的生命哲學，可謂心有靈犀。此外，白先勇與存在主義的默契或相通還表現在歷史意識上，薩特認為存在主義者是從納粹的極端恐怖統治下發現自己的歷史性，[156] 而白先勇也深感戰後臺灣白色恐怖壓抑氣氛，而尋求精神突圍，在離散與放逐境遇裡，覺悟自己的歷史位置和使命。

因此，我以為，從生命認知與人生態度上，存在主義確實為白先勇提供了一種反抗荒謬存在反抗虛無的信念，增強了從個體命運出發揭示存在焦慮和存在境遇的勇氣。無論他筆下的世界多

152 白先勇：《人的變奏》，《驀然回首》第 46 頁
153 白先勇：《秉燭夜遊》，《第六隻手指》第 120 頁
154 同上
155 《白先勇談創作與生活》，《中外文學》第 30 卷第 2 期，第 191 頁
156 見《薩特文論選》第 10 頁

麼頹敗、悲涼、腐朽、不堪，多麼特殊、另類，但是將它們血淋淋赤裸裸地展現出來，以存在主義的觀點看，正是一種存在的勇氣。這種勇氣的具備，使得他不必拘囿於世俗道德，加強了他正視人性複雜性的動力。同時，在60-70年代，從儒釋道出發接納、理解與闡釋存在主義，是臺灣知識界比較常見的方式，顯示出臺灣知識份子會通融合中西思想文化的企圖。而在白先勇那裡，來自本土的儒佛道情懷，與外來的存在主義之間原本就不一定對立，相反卻存在某種內在關聯。存在主義促動了他那東方式直觀樸素的人生感悟，使其得到一種哲學提升和思想支援，比如在悲劇意識的表現方面，中國民間宗教文化裡的天命觀與孽緣等意識，就與存在主義在絕望中尋求救贖的意念有相通之處。從白先勇的作品看，存在主義的此在體驗美學和境遇中的自由抉擇觀都影響了他的道德眼光，他的作品從來沒有忽視過個人的存在體驗，而他的選材大膽率性前衛，展現另類情欲，叛逆傳統道德，蔑視世俗約束；不過得補充一句，他本人的這種自由觀念並沒有直接變成他筆下人物的思想。他的存在之焦慮與勇氣，在作品裡通常體現為對人物自欺性沈淪的徹底揭櫫。存在主義孤絕的悲劇人生觀與他悲憫善感的性情並無衝突，他始終以悲劇的眼光看待世人眼中的越界另類分子，賦予失敗者、落魄者以及孤絕者悲劇的尊嚴，這與存在主義悲劇觀念頗為一致。雅斯貝爾斯相信通過失敗人們才能獲得存在，[157]而且認為「悲劇能夠驚人地透視所有實際存在和發生的人情事物；在他沈默的頂點，悲劇暗示了人類的最高可能性。」[158]與之相關，存在主義的境遇倫理也與白先勇小說精神世界頗為契合，白先勇一直敏感地關注那些被時代與社會拋離正常軌道的落魄者，以及那些不被傳統道德價值和社會規

157 讓・華爾著、翁紹軍譯：《存在哲學》第115頁

158 〔德〕雅斯貝爾斯：《悲劇的超越》，工人出版社1986年版，第6頁

範所認可的邊緣人，無論是過海遷臺的貴婦軍官、僕從老兵，還是置身異鄉的知識份子，或是流浪在夜晚的青春鳥，抑或燈紅酒綠中的賣笑舞女，白先勇的小說人物其出身與階層縱有差別，但他們大都是不幸的被拋者，是迷失的放逐者，是心靈痛楚而無法表達的人。比起平常人，這些位處社會邊緣與夾縫的畸零人往往有著特殊的命運遭際，他們的生命裡有更多特殊境遇中的體驗。

基於以上的認識，我以為劉俊的下列斷言是可以信賴的，「存在主義的生存偶然性和荒謬的本體論，人的命定失敗的生存形態以及這種形態的永恆性的歸結，道德的自由選擇學說以及界定道德的標準，乃至在失敗中依然執著地尋求希望的行動觀念，都在白先勇文學主題的確立上留下了濃重的色彩。」[159]

2. 白先勇的時間哲學

薩特認為，批評家的任務是在評價小說家的技巧之前，首先找出他的哲學觀點。在評論福克納時，他就找出了福克納的哲學：「福克納的哲學是一種時間哲學。」[160] 在讀白先勇的小說時，我常會想起這句話。同時，也想起歐陽子的一些經典性論斷。她從《臺北人》裡解讀出三個相互關聯的主題命意：「今昔之比」、「靈肉之爭」和「生死之謎」，她發現，「《臺北人》一書有兩個主角，一個是『過去』，一個是『現在』。」[161] 這個發現很準確地道出了白先勇小說的哲學，和福克納相似，白先勇的哲學也可謂一種時間的哲學。時間構成了白先勇敘述的最本原

---

159 劉俊：《悲憫情懷——白先勇評傳》，臺北爾雅出版社 1995 年，第 90 頁

160 〈關於《喧嘩與騷動》．福克納小說中的時間〉，《沙特文論選》第 45 頁

161 歐陽子：〈白先勇的小說世界〉，見《王謝堂前的燕子》第 8-9 頁，

的動力，從《寂寞的十七歲》到《臺北人》乃至《孽子》，這種時間哲學的內涵越來越豐富。

顏元叔也許是最早發現白先勇小說有著很強時空意識的臺灣批評家，不過他強調的是一種嚴謹的時空敘事規範。他覺得白先勇小說總是有著「新聞報導」式的企圖，「把時間空間固定的盡可能明確，使故事的背景以及故事的本身充滿真實感。」[162] 確實，在故事的敘述和人物的安排上，白先勇確實儘量落實到具體、明確的時空情境中，使小說保持著敘事邏輯的基本清晰。然而，在我看來，白先勇主要還不是追求時間空間上的固定、明確和真實感，倒是故意讓時間與空間佈滿主觀色彩和心理流程，常常陷入恍惚迷離狀態，因而顯得不那麼真實、穩定。這表明，白先勇感興趣的並非所謂新聞報導式的真實。直至最近，他還特別強調：「小說第一要件是『假的』，絶對不是現實，真的就是true story，就不是小說，而是新聞報導、歷史……。小說一定是透過作家的眼光、作家的看法而表現出來，所謂『寫實主義』很有問題。文學不寫實，寫實就不是文學了。……文學的確能瞭解一個社會，但反映的是比較深層的部分，而不是表面的現象，它可能是整個社會心靈的反射。」[163]《臺北人》等作品裡的時間空間元素，固然可以按圖索驥找出歷史和現實的對應關聯，但從白先勇本人的創作理念看，他並非有意記錄現實主義意義上宏大敘事的歷史真實，而著意於表現個體的人，表現他們在歷史時空劇烈轉換中痛苦失落的主觀心靈世界。他的小說固然涉及近現代史上許多重要的歷史事件，卻都不是正面地直接地陳述歷史，而總是通過個人今昔比照的敘述形式，在閃爍的記憶熒屏上，呈現破碎而

162 顏元叔：〈白先勇的語言〉，《現代文學》第 37 期

163 白先勇：〈故事新說：我與台大的文學因緣及創作歷程〉，《中外文學》第 30 卷第 2 期第 186 頁

偏執的個人的精神私史。白先勇的早期小說，主觀化傾向更加明顯，時間的創傷意識，則具有存在主義的時間觀念意味。

存在主義特別重視時間之於人的存在的意義，克爾凱郭爾就強調時間對個人生成的絕對意義，他認為個人所有真正的發展「都是返回到我們的起源」，應該「倒退著前進」，也就是說，「存在者，將通過返回到他的起源而試圖去認識他自己；在同時，他將反過來展望它的未來而尋求自我認識。這樣，他將把他的過去和他的未來聯接在現在裡。」[164]因此，存在應當重新獲得他不朽的原始性，也就是宗教意義的信仰存在。在海德格爾那裡，煩的本己性基礎就是時間性，「時間性顯示為本真的煩的意義」，「時間性使得生存性、事實性和沈淪的統一成為可能並從根本上構成煩的整體結構。」[165]他區分了「過去」與「曾在」，「此在」的本真需要「曾在」，生存者在時間性過程中没有拋棄他的曾在，而是始終在他的曾在裡。而薩特的時間意識貫穿著行動，失去了行動的時間没有意義。在保羅．蒂利希[166]的描述裡，時間是存在無法擺脱的焦慮：「焦慮就是有限，它被體驗為人自己的有限。這是人之為人的自然焦慮，在某種意義上，也是所有有生命的存在物的自然焦慮。這種對於非存在的焦慮，是對作為有限的人的有限的認識。」[167]因此，存在主義的時間觀認為，時間提示著死亡的在場，意味著生命的有限與偶然；但時間同時也是人所需要的一種延續性，是行動的一種依據。白先勇的小說世界裡，返歸起源尋求歸屬的意識，以及對生命有限性的難解的焦慮，是重要的兩個相關面。

---

164 《存在哲學》第 77 頁

165 [德]比梅爾：《海德格爾》，商務印書館 1996 年，第 58-59 頁

166 Paul Tillich，美國存在主義代表人物。

167 [美]保羅．蒂裡希《存在的勇氣》，貴州人民出版社 1998 年版，第 36 頁

在白先勇早期作品中，其時間哲學已初露端倪。讓人訝異的是，當時尚非常年輕的作者，卻偏偏愛擬想中年甚至老年的心境。白先勇最近還談到這個問題，他說「一開始寫《月夢》、《青春》、《滿天裡亮晶晶的星星》這些有關同性戀的小說，滿特殊的是老年與少年、青春，描寫青少年和老年同性戀者。我想從同性戀拓展到整個人生，我對人生時間過程特別敏感，很年輕時，就感到青春和美的短暫。……youth and age 這個主題，……少年人寫老年人的心境，是我小說中滿特殊的現象。」[168]youth and age，青年和老年，以及之後將進一步拓展空間的同性戀主題，一開始就自發地指向了生命存在的時間焦慮。1988 年，他在接受《PLAYBOY》訪談時就曾說過：「《月夢》和《青春》所寫的都是老年與青少年的對比以及同性之間的愛戀關係。可是，從更高的層次看，對時間。對時間的變動而造成的毀滅的懼畏——一切都要隨著時間的洪流而消逝。」[169]在感傷、唯美並且有些原欲主義的想像裡，正是出於一種「從存在的角度對非存在的認識」帶來的巨大焦慮，年輕白先勇筆下的人物總是仇視時間，與時間為敵。他的小說裡，時間扎眼地呈現出非常直觀的腐蝕性力量：它讓一張年輕的臉佈滿皺紋，讓健壯的軀體喪失活力，最終不費吹灰之力地取消人的生命。時間的永恆輕易地傷害人的愛欲和尊嚴，肉身在它面前只是鏡花水月的虛幻瞬間。也許正因此，在這個孤單脆弱的個人生命世界裡，情感有時渴望著出軌，肉體在頹靡瘋狂中激情澎湃，而欲望有時變得劇烈、危險而無法阻擋。這樣的時間意識與存在主義的時間觀有內在的一致性，薩

168 曾秀萍訪問整理：〈白先勇談創作與生活〉，《中外文學》第 30 卷第 2 期第 190 頁

169 蔡克鍵：〈訪問白先勇〉，《PLAYBOY》中文版，1988 年 7 月，見《第六隻手指》第 339 頁

特就說過，「人畢生與時間鬥爭，時間像酸一樣腐蝕人，把他與自己割裂開，使他不能實現他作為人的屬性。一切都是荒唐，『人生如癡人說夢，充滿著喧嘩與騷動，卻沒有任何意義。』」[170]

因此，在早期白先勇的時間性悲劇裡，時間對於個人的存在具有絕對的意義。人物努力想像著返回起源（青春），同時粗暴地拒絕著未來（死亡）。《青春》裡的老畫家，拼命想挽救的，正是必然被時間腐蝕了的東西；徒勞的掙扎，將人物送向了瘋狂以及死亡：

> 「他跳起來，氣喘喘地奔到鏡前，將頭上變白了的頭髮撮住，一根根連肉帶皮拔掉，把雪花膏厚厚地糊到臉上，一層又一層，直到臉上的皺紋全部遮住為止，然後將一件學生時代紅黑花格的綢襯衫及一條白短褲，緊繃繃地箍到身上去。鏡中現出了一個面色慘白，小腹箍得分開上下兩段的怪人。可是他不管自己醜怪的模樣。他要變得年輕，至少在這一天；……他一定要在這天完成他最後的傑作，那將是他生命的延長，他的白髮及皺紋的補償。
>
> ——《寂寞的十七歲．青春》第 147 頁

白先勇的敘述是毫不容情的，文字粗暴，形容酷陋而慘烈；喪失了美感的赤裸與醜陋裡，卻又飽含無能為力的悲憫。這種病態的偏執，令人想起王爾德的《道林格雷的畫像》。在與時間的扭打中，原欲迸發出的暴力常會產生毀滅性力量，以終止個體的生命哀愁。因此，激情愛欲與死亡，成為白先勇早期小說時間焦慮症的兩種形態。

對白先勇而言，觸動他的始終不是深奧玄思的存在主義理

170 《薩特文論選》第 51 頁

論；存在主義的意義更在於，它為作家提供了體察自我境遇肯定個體自我意義的精神憑藉。在60年代初期尚處於封閉的農業倫理社會的臺灣，青年時代的白先勇對自己與衆不同的性向特徵的自我肯認，對另類情欲的自然表現，都需要極大的反叛勇氣，而他反覆提到那時西方現代派文學與存在主義對他的精神衝擊作用，顯示了存在主義和精神分析學等在他人格成長期強烈的精神支持作用。正是在一種以表現自我、探索內在奧秘為己任的精神背景下，時間與情欲力量對抗的主題，得到了最初的激烈表現。

夏志清曾經把阿宕尼斯[171]視為白先勇早期小說的一個「最重要的『原型』（archetype）」[172]確實，60年代前期的《青春》《月夢》以及《玉卿嫂》、《滿天裡去亮晶晶的星星》等作品，都表現了對美少年難以自制的迷戀，以及與自憐性情欲相伴的毀滅性力量。白先勇自己稱之為「浮士德」式的出賣靈魂的故事。《月夢》裡人到中年的吳醫生對秀美少年的癡戀，和《死於威尼斯》裡的老作家阿申巴赫是一樣的情懷，兩個作品都傳達了一種性愛、自戀與死亡共謀的高峰體驗。托馬斯．曼筆下的波蘭美少年和吳醫生記憶中的靜思一樣，是永遠的誘惑、卻又像星星一樣遠不可及。老作家清醒地知道，他與少年之間除了性別的忌諱，還隔著歲月的絕望，美得極致的大海也因此顯得格外殘酷。衰老的教授只能欲望著、嚮往著、癡迷著，在釋放出最後的激情後難逃一死，也許，正死得其所。在這個世界裡，只有絢爛、寧靜同時也蓊鬱著死亡氣息的現在／此刻，過去被徹底斷送了，時間的流逝也因此失去了意義。可是白先勇的小說焦點總在過去，「驀然回首」是他最經典的敘述姿勢。吳醫生與少年靜思之間隔著死亡，曾經有過的「湖邊的依偎」，也就成了他生命中唯一珍視的

171 Adonis，希臘神話中帶有女性氣質的美少年。

172 夏志清：《白先勇早期的短篇小說》，《寂寞的十七歲》第15頁

過去，而現在則被虛化得失去了依託。時間是這兩位主人公生命激情的共同敵人。

這個不算隱蔽的主旨得到了反覆再現，比如小說《青春》。只是，《青春》裡的欲望更加激烈，時間令人物絕望得喪失了理性，在對年輕生命的佔有欲裡釋放惡魔般病態的焦慮。《月夢》裡静夜之思的纖美月光（隱喻剔除欲望後淨化了的回憶）被大海上空白得耀眼的熾熱陽光（不可抵擋的青春熱力和強烈欲望）所取代。雖然主人公同樣迷戀少年青春，也同樣類比了《死於威尼斯》的故事模式，但其中激越的暴力美學與後者的雋永境界卻有天壤之別。如果説《死於威尼斯》裡隱藏著滄桑的美感和憂傷的詩意，那麼《青春》則呈現另一種激情的爆裂景觀，原欲如靡菲斯特，一發不可收拾地操控著人失去理性。（美麗清秀的玉卿嫂就是這種因愛欲走向極端而轉化成暴力，由愛生恨的另一種典型。）在此，愛情在陽光催發下瞬間爆發出致命的瘋狂，正像加繆説的那樣，「佔有欲是要求持續的另外一種形式，正是它造成愛情的無比狂熱。……嚴格説來，每個被瘋狂的追求欲所持續和佔有欲所折磨的人都希望他愛的人枯萎或死亡。這就是真正的反叛。」[173]

作者對情境的營造包括動詞的運用值得讚賞，但修辭中的隱喻性更值得關注。人物生命激情蘊含著被時間吞噬的極度焦慮：「日光像燒得白熱的熔漿，一塊塊甩下來，粘在海面及沙灘上。……陽光劈頭蓋臉地刷下來，四處反射著強烈的光芒，」這場景令人不禁想起《異鄉人》（局外人）裡莫爾索的陽光和海：

「到處依然是一片火爆的陽光。大海憋得急速地喘氣，…整

173　加繆著、杜小真譯《置身於苦難和陽光之間——加繆散文集》上海三聯書店 1989 年版，第 161 頁

個沙灘在陽光中顫動…大海呼出一口沈悶而熾熱的氣息。」[174]

彷彿當年梵高頭頂上明晃晃的阿爾的陽光，直射在《青春》裡的老畫家身上，令他無處躲藏。陽光把人物內心深處匍伏已久的欲望勾攝出來，老畫家「感到了一陣白色的昏旋」，

「心裡有一陣罕有的欲望在激盪著，像陽光一般，熱烘烘地往外湧著。他想畫，想抓，想去捕捉一些已經失去幾十年了的東西。」

這魔鬼般的欲望在加繆那裡同樣鋭不可擋，「我熱得受不了，又往前走了一步。我知道這是愚蠢的，我走一步並逃不過太陽。」[175]非理性的陽光／激情欲望主宰了主人公，異鄉人莫爾索終於對著阿拉伯人開了四槍，他明白，那是他「在苦難之門上短促地叩了四下。」在陽光的誘惑下，白先勇的無名老畫家也舉起雙手，向十六歲裸少年的頸端「一把掐去」，只是少年卻輕鬆靈巧地擺脱了他的捕捉。畫家企圖抓住的是一去不再的青春以及青春代表的美，卻付出了自己衰朽蒼老的生命。這個試圖反抗的荒謬的英雄，被心中荒謬的激情所燒毀，屍體手中枯死的螃蟹，正象徵這種企圖抗拒時間的極端生命激情的徒勞，也帶著一絲辛辣苦澀的反諷。這種現代主義的反諷體現在：人物死於被時間幻化了的自我的象徵——那個因逸出了理性的自戀性愛欲，而被玷污侵犯的冥思或欲望的對象——少年，正是老畫家自我的化身。

對《青春》與《局外人》的細節局部進行比較，從人物因非理性力量引發暴力甚至死亡的同構性關係，不難一窺二者異中有同的荒誕。如薩特所説，莫爾索永遠持守著他的「雄健的沈默」，是個荒誕的英雄；而《青春》裡的老畫家則是被欲望和時

---

174 加繆著、郭宏安譯：〈局外人〉《加繆中短篇小説集》，外國文學出版社 1985 年版，，第 42-43 頁

175 同上第 43 頁

間無望地擊中的獵物，但他同時不甘心被時間腐蝕，作出了極端激情化的暴力反叛，根本上，他是個荒謬的反英雄：死於時間之傷，人類最恆常的恐懼殺死了他。時間的創傷意識對於白先勇也許是根本性的，就像普魯斯特「難以返回青春」的憂鬱一樣：

「這種憂鬱在他身上十分強大，足以作為對整個存在的否定噴射出來。但是，對面貌和光線的愛好同時把它與這個世界連結起來。他不曾同意幸福的假日永遠逝去。他承擔其再現它們的責任，並且與死亡對抗，指出過去在永不枯竭的現在之中、在時間的盡頭重現。而且還比初始時更加真實，更加豐富。」[176]

這其實也正是白先勇難以擺脫的憂鬱。所以直到《孽子》，仍然可以看到這一主題的復現。《孽子》中的一位老藝術家，與《青春》中的老畫家如出一轍，他的藝術目的就是反抗時間的腐蝕力量，反抗偶然性生命的存在焦慮，用藝術創造永恆：「肉體，肉體那裡靠得住？只有藝術，只有藝術才能常存！」[177] 顯然，這種以藝術來征服時間的人類夢想，也糾纏在白先勇的內心。這是不少藝術家的通症，黑塞筆下哥爾德蒙的塑像，里爾克的詩，都言說同樣的理想。《驀然回首》一文中，白先勇講述了他創作《青春》的緣起，可作為另一個注腳。

「有一次我看見一位畫家畫的裸體少年油畫，背景是半抽象的，上面是白得熔化了的太陽，下面是亮得燃燒的沙灘，少年躍躍欲試，充滿了生命力，那幅畫簡直是『青春』的象徵，於是我想人的青春不能永保，大概只有化成藝術才能長存。」[178]

與時間的焦慮意識相伴，「為逝去的美造像」，也就成了他的小說最重要的一種構成因素。到了《遊園驚夢》，這種藝術理

---

176 加繆：《置身於苦難與陽光之間》第 170 頁

177 白先勇：《孽子》，上海文藝出版社 1999 年版，第 19 頁

178 見《白先勇自選集》第 306 頁

想的勾畫達到了頂峰。

在時間的處理方式上，白先勇與普魯斯特既有相似處也有所不同。他們都為時間所困，普魯斯特的主人公們「拚命抓住他們害怕消逝但又知道必將消逝的熱情，」[179]普魯斯特從一小塊蘸有茶水的瑪德萊娜點心帶給他的強烈感受重回過去，找到了一種通過無意的記憶（即某種特殊的感覺）來回憶過去的方法。「它創造了立體時間的幻覺，使人得以重新找到、『感覺到』時間。」[180]時間因此失而復得，過去重新進入人的體驗，人從中得到快樂。普魯斯特的人物與現在的關係因而能夠和睦相處。而早期白先勇筆下的人物常常背離現在，也被現在遺忘，他們的情感和想像完全沈溺在過去，過去成為唯一值得嚮往、但卻無法重回的故地，於是成了難以抵達的彼岸世界，成了一則痛苦的神話。這就使作者將一種人類傷春悲秋的普遍性哀愁推向了一個極端情境，過去否定現在，人與時間勢不兩立。

可以看到，早期白先勇流露出強烈的唯美頹廢趣味的時間意識，常常觸目驚心地通過老年與少年的並置來表達；在這樣的意趣主宰下，時間扮演著重要角色，有時，時間之傷成了小說構型最敏感而關鍵的指標。在此，過去／現在，少年／老年，青春／衰朽，美／醜，這些由時間組串起來的對立範疇強烈而直觀地拉開了帷幕，這些範疇將在《臺北人》中繼續出現，並進一步拓展其歷史和文化空間。與成熟期的作品相比，白先勇的早期小說因過於激烈地直抵命意的敘述而顯得有失從容，而且帶有明顯的青春期夢幻寓言的氣質，但蘊含著存在焦慮的時間創傷意識卻將延續在他後來的作品裡。

---

179 《薩特文論選》第 49 頁

180 〔法國〕莫洛亞著、袁樹仁譯：《從普魯斯特到薩特》灕江出版社，第 17 頁在白先勇最膾炙人口的《臺北人》中，作者精心經營的時空多重性建構方式，對陷入時空迷失的人物的特別興趣，也表現出一種社會學和本體論意義上的存在焦慮。《臺北人》的時間型構非常突出，最讓人感懷的是它的「今昔之比」，經過歐陽子新批評的經典閱讀和解析，一層層畫面、場景、情境、人物、心態的比照觸目驚心，滿是創痛，歷史的敘述充滿家國失落與個體生命的悲情。「過去」得以象徵化，凝定在小說塑造的歷史想像空間，這片凝定的歷史裡無法生長出新枝綠葉。現在失去了它的過渡與開放的特徵，變得閉塞、虛空、沈重。未來則是茫然的空白。歐陽子以「舊時王謝堂前燕」來隱喻《臺北人》的總命意，為後來的詮釋者帶來了豐富的啟示。那些「過了氣的人」顯然是白先勇有意選擇的對象，當讀者疑惑「為何他的作品總是選定被時代淘汰的人物為主題」，白先勇這樣解釋，

「沒有一個人能在時代、時間中間，時間是最殘酷的。……我寫的那些人裡頭，雖然時代已經過去了，可是他們在他們的時代曾經活過，有些活得轟轟烈烈，有些很悲痛，有些失敗。在他們的時代裡，他們度過很有意義的一生，這種題材對我個人來講是很感興趣的。」[181]

在特定歷史背景裡看，發生在人物身上的時間斷裂和空間錯位，正好書寫了一段被遺忘被虛化被篡改的痛史，一個個過去與現在脫節的可悲故事連成系列，不乏個體的微觀性歷史建構功能。白先勇對過去時代人物和題材的固執，與五十年代臺灣文學的懷舊風有著相似的一面，不過他有著更大的企圖。邊緣人的微觀歷史的破碎敘述，客觀上是對自欺欺人的官方正史的有意解構，僭越正史而自成一格的莊嚴，具有反諷性和正視現實的意義。其中的憐憫、自悼、悲憤之深切，從個人情懷延展到群體性

---

181 白先勇：〈為逝去的美造像〉，見上海文匯版《驀然回首》第 232 頁

歷史命運的探詢，遠遠超出一般懷舊文學的格局。

這種歷史敘事意趣，與喬伊斯的《都柏林人》有著異曲同工之處，《都柏林人》裡，「匯聚了愛爾蘭癱瘓的一切表現，」[182]而《臺北人》裡雖然並沒有描寫很多本省臺北人，但卻也匯聚了那些懷有寄居心態的外省籍「臺北人」「癱瘓的一切表現」，精神的癱瘓症瀰漫在他許多小說裡，令人窒息。《都柏林人》中有一句「完美而重要的」話：「在愛爾蘭只有死人才是完美的，活著的人都是失敗者。」[183]而在《臺北人》裡，只有詭異冷艷的尹雪艷是完美無暇的。尹雪艷這個角色，表面看來是個富有誘惑力的永恆女性的典範，然而無論說她是「天」還是「命運」，都表明她更是作者刻意雕琢出來的災變和不幸的巧妙媒體。在我看來，她是精緻而嫵媚的死神，除了她永遠不會受到時間和時間喻示的災難的侵襲，故事中的其他人幾乎都是必然被擊倒的失敗者。

對於白先勇的大多數悲劇性人物，過去不僅具有安慰自己的懷舊價值，過去是人物「活過」、人生「有意義」的證明，但是曾經「活過」、「有意義」的生命突然被終止，彷彿時間的腦袋被無情地砍斷，讓身心的「曾在」永墜深淵。現在，就只能是昏噩如行屍沈痛如失心的人物不得不寄身的「異己的時空」。這是些無法歸鄉的異鄉人，成了生活在別處的傷心幽靈。他們的悲哀，抽象地看，幾乎都可以歸為喪失過去、欲返不達的悲哀。他們中，一些人喪失了愛情，一些人喪失了地位，許多人喪失了青春、理想和家園，以及生活的位置和生命的勇氣。因此，這些小說中，總種植著根深蒂固的時間的焦慮，作者把它昇華為命運的悲劇：對於單個的個人，政治、戰爭的災難帶給他們的挫傷，遠

182 布隆達・馬多克思：《〈都柏林人〉序》，《喬伊斯文集 I：都柏林人》，四川文藝出版社，第 10 頁

183 同上，第 22 頁

遠超出了他們所能承受和理解的範疇，他們唯一的解釋只能是命運。時間的標杆上布滿命運的傷痕，這決定了白先勇小說少有普魯斯特重回過去的美妙快樂，幻覺的耽溺與自欺給他的人物帶來的，是更大的空虛；生存意義的終結使生命提前化為腐朽，盼望的終端，是無法承受絕望的毀滅。因而，白先勇的一些小說，精緻哀感的敘述裡總是彌漫著一股老靈魂鬱結幽怨的氣息，死亡觸目可及（他的筆下老人形象特別多，不是偶然）《永遠的尹雪艷》裡的遺老遺少們，《冬夜》裡空歎人生荒謬的教授，《國葬》《梁父吟》裡的老將軍老侍從，《思舊賦》裡話玄宗的「白頭宮女」（老女僕）……以至於有人不客氣地稱他為「殯儀館裡的化裝師」，（李黎語）。只有當白先勇不那麼固著於這種令人頹喪的命定感，只有當他從時間之傷和歷史之創痛裡稍稍脫身，被世俗的愛恨情仇尤其是人性中的溫暖所吸引，他的筆觸才開始變得自由而輕靈，甚至帶有喜劇的淡渺氣氛，如《金大班的最後一夜》裡的不少片段就顯出清新靈動的喜劇性。

如果抽去其具體的歷史政治隱喻性，這種時間乃至死亡的焦慮確實近似於存在主義的焦慮，即「非存在對精神上的自我所構成的絕對威脅，……是對喪失最終牽掛之物的焦慮，是對喪失那個意義之源的焦慮。」[184]這裡的「非存在」與海德格爾的「非本真」，薩特的虛無等概念頗為相似，也就是指存在意義匱乏而喪失未來向度的空虛狀態。這也是躑躅在白先勇小說裡的巨大焦慮：生命偶然性與有限性帶來的萬古哀愁。不過，從根本上說，白先勇並未有意將存在哲學的深奧理論生硬地嫁接到小說裡去，無論是書寫青春易逝的焦慮、美人遲暮的哀愁，還是敘述人世無常的痛苦，因果孽緣的悲劇，都能感受到白先勇受傳統佛道哲理浸染之深重。他小說裡的時間焦慮，更多言說的是中國化人生哲

184 保羅・蒂利希：《存在的勇氣》第 48 頁

學中的古老命題，就像他在談到《遊園驚夢》時說的，小說中的三姐妹困在時間中，她們未能超越時間，因此它的主題是「中國一向的人生哲學：人生無常。」[185]可以判斷，佛道情懷與存在主義對他小說中的時間哲學都產生了重要影響。存在主義的時間焦慮與民間佛教的人生無常感悟互相融攝，這也可以理解為白先勇所謂「自己的存在主義小說」的某種具體體現。

《臺北人》裡，時間主題得到了歷史感和文化鄉愁的蘊藉，不再囿於個體肉體生命這一維的悲劇性角鬥。可以看到，在時間這一維上，今昔之比有了新的人生內涵。與這層命意相關，空間命題也顯露出二重性。「臺北」代表著人物寄身卻離魂的空洞現在，與此相對，「桂林」、「南京」、「上海」是人物魂牽夢縈卻無法回返的過去；就連風月場也不可同日而語，在昔日上海「百樂門」的光芒照射下，臺北的「夜巴黎」顯得黯然失色。有了這重今昔之比，於是，時間空間與人物之間產生了難言的神秘交感：一張發黃的舊相片、一句勾起回憶的話、一段夢中的神遊，以及酒後眩暈的意識流……都是這種穿越時空的契機。因此，《遊園驚夢》裡的藍田玉，藉著花雕的酒力，神思恍惚之際遊回了過去；《花橋榮記》裡，盧先生與羅家姑娘那張多年前的老照片，一瞬間把敘述者帶進如夢的往昔，帶回夢裡的故鄉。所有時空轉換的方式都為了明示一個主旨：個體的生命被活活切成了兩截，生命的價值全部留在了截去的那一部分；人的生命世界需要的連續性發生了遽然斷裂，意義突然隱去，過去從眼前消失，剩下的唯有震驚、痛楚和恆久的悵惘。於是，白先勇小說裡的時間與空間有了雙重的錯置交纏，變得鬼魅且曖昧，令人物眩暈。眩暈的人，也許像藍田玉（錢夫人）那樣，悵然「驚夢」，感歎著現實的時空對於自己內心的陌生異己：「變得我都快不認

185 〈白先勇與《遊園驚夢》〉，上海文匯版《驀然回首》，第 277 頁

識了——起了好多新的高樓大廈。」現實時空的強大如同新起的高樓，而個體內在的苦痛脆弱如斯；也許像盧先生和王雄這樣的小人物，堅持著背離現實到底，墮入夢幻，一徑編織著想像中的生活，夢破了，心也就徹底死了。

他的小說裡，幾種有代表性的日期常常出現：一是民國紀元時期的重要紀念日：《梁父吟》裡，垂垂老矣的樸公仍清楚地記得，當初正是二十歲的他們發動了震驚中外的「辛亥革命」，其情其景如在目前；而樸公錄有國父遺囑「革命尚未成功同志仍需努力」的對聯上，書明了日期：「民國十五年北伐誓師前夕」；《冬夜》裡，「五四」，是兩個老教授絮絮叨叨的回憶中最有光彩的日子，充滿激情與理想的昔日豪邁，反襯出之後漫漫人生的慘澹失意；《歲除》中，炊事老兵賴鳴升「展覽」胸前巨大傷疤，回憶「台兒莊戰役」的慘烈場景，令人不勝為之唏噓；在《國葬》、《一把青》等不少作品中，「抗戰勝利還都南京」那年，都是最令人物興奮的日子。這些特殊的時間，活在人物抹不去的回憶裡；人物今非昔比的感傷，淹沒在一部硝煙彌漫的民國史中。歷史的頻頻回眸，總抒發著不盡的滄桑。白先勇小說中常出現的另一種時間，是中國民間的傳統節日：比如《歲除》裡的「除夕」，《孤戀花》裡的「七月十五中元節」，《孽子》中的「中秋節」等。還有一種時間的標記，是關於人的出生與死亡的日子，如生日、忌日等。

如果考察他小說的時間多重性，會發現其中時間形式的不同意味。《臺北人》中，沒有幾個真正土生土長的臺北人，大部分人物是隨40年代末移民浪潮而漂流至陌生孤島的大陸人，也正因此，他的作品獨具一份與舊民國歷史相糾纏錯綜的悲劇情結。白先勇通過對個人身世命運的悲憫觀照，達臻對國族歷史的緬懷，藝術的想像化為真實的寓言。他曾經把一代自大陸遷移臺灣後又輾轉海外的華人，稱做「流浪的中國人」，這放逐流浪的身世命運，讓他的小說有了一個共同的模子，主人公常是一群失去了生存依據的邊緣人，彷彿一群被試煉卻沒有任何補償的絕望的約伯，是失去了樂園的傷心老靈魂。民國時間，處處提示著歷史和個人共同的失落與失敗，記錄著慘痛的榮耀和易逝的年華。《梁父吟》裡還出現了武昌起義後「黃帝紀元四千六百零九年」的中華年號；而那些傳統的中國節日，則徒然製造出一種古中國幽渺微茫的氣息。《歲除》中，人物似乎聽不見除夕的爆竹聲，耳邊猶聞昔日的炮聲隆隆，撫慰被遺恨所淹沒；《孤戀花》裡，農曆七月十五中元節，俗稱鬼節的這一天，備受折磨的娟娟終於舉起了復仇的熨斗，死亡、血腥與瘋狂聚集在這個幽靈出沒的日子。而小說裡的生日和忌日，也總是依據傳統的農曆來計算。考察一下《臺北人》裡的多重時間，我們發現，那裡少有西元紀年時間形式，也少見遷臺後的民國時間，只有農曆時間和舊民國時間，在無言地散發著歷史的幽幽感慨，不可避免地，也生發可怕的生死之變。那是正在沈落的老去的時間。《紐約客》與《孽子》裡，出現了新的時間標記，「耶誕節」，代表著西方化和熱鬧張致的現代性潮流的到來。正經八百的西元紀年，曾經出現在他的一篇最具意識流特色的小說篇名裡：《香港——一九六〇》，小說描述了一個荒原般乾涸的世界，沒有歷史，沒有水，只有恐懼與欲望。顯然，白先勇更多地活在不肯隱退的傳統老中國和舊民國裡，那裡有他心目中的好時光。

3. 從個體存在之焦慮到民族文化之憂患

> 「人一生下來就開始漂泊，到宇宙來就開始飄蕩了……」
>
> 「I wish to render into words the unspoken pain of the human heart.」（我之所以創作，是希望把人類心靈中的痛楚變成文字）
>
> ——白先勇

存在主義凸現存在的悲劇性境遇，這給予過白先勇有益啟迪。如果說，精神分析給了他細緻進入人性欲望層面的動力；托爾斯泰、陀思妥耶夫斯基讓他深深體會到悲天憫人的人道主義的偉大可敬；夏濟安、盧伯克、詹姆斯、毛姆等人引導他擺脫浪漫化主觀表現流弊，而提高了小說的現代敘述技巧；中國傳統文化賦予了他文字的感性和歷史感；那麼，存在主義帶給他更多的是：直面慘澹人生和正視荒誕現實的勇力，而這種關懷人的具體存在真相的觀物方式，也與白先勇對人性的看法不謀而合。存在主義對所謂極端處境的體驗主要來自二戰，而白先勇關心個體命運與其悲劇歷史境遇的關聯，則集中在流浪的中國人這一主題上。

在《流浪的中國人——臺灣小說的放逐主題》中，白先勇比較了西方現代主義與臺灣現代派文學的根本差異：「對於西方的偉大作家如卡夫卡、喬伊斯、托馬斯·曼等人來說，探索自我即是要透過比喻來表現普遍的人生問題；但臺灣新一代的作者卻把個人的遭遇，比喻國家整體的命運。由此看來，他們那種『憂時傷懷』的精神，確是繼承了『五四』時代作家的傳統。」[186]從前文可以看出，對於白先勇，存在主義的時間焦慮總是與中國民間佛教的人生無常感互相融攝，他的悲劇性時間哲學也往往離不開對民族國家命運的深切關懷。於是，他的小說裡，個體的自我迷失與民族憂患感常難分彼此，個體的悲劇性時間哲學裡老是蘊含著慘痛的國族論述。

白先勇的早期小說大多帶有自傳性，比如《我們看菊花去》。他很早就顯露出對人性、對生命滿懷悲憫的關注。於是，我們看到了懵懵懂懂的童年視角裡瘋狂絕望的情欲孽緣（《玉卿嫂》），還有舊式女子可歎可悲的淒涼身世（《金大奶奶》）；當我們帶著同情，注視著少年成長過程黯淡的挫折和隱秘的寂寞

186 白先勇：《第六隻手指》第 81 頁

（《寂寞的十七歲》），面對潮濕與黑暗裡輾轉煎熬著的另類欲望，和人性深處難以遏制的悲傷，（《悶雷》、《月夢》、《青春》等）我們不禁驚異而感動，既為作者早熟的才具，也為他天性的悲憫與敏感。[187]這些早期作品顯示，他顯然更加鍾愛悲劇的敘述，他被那些發生在人性陰影裡慘烈的創傷所驚怵。那慘烈部分出自他的經驗和感悟，另一部分則來自他善感的豐富想像。可以感覺到，年輕時的白先勇，常通過那些充滿劇烈動感的語詞和句式，宣洩著心底巨大的惶惑和恐懼。另類情欲、暴力、瘋狂、死亡，這些偏執陰暗的主題咬齧著他感性而鮮活的文字。扭曲的情愛和生命的有限性，激發著作者的藝術想像，使他早期作品呈現出一種茂盛狂烈的欲望與老成固執的悲哀相交纏的景觀。身不由己地，作者被那創傷中人性喑啞的嘶喊牢牢攫住了，就像他曾經站在一幅人體畫面前不由自主的震驚。在《人的變奏》一文中，白先勇這樣描述他專注於一幅畫的情景：

> 「是一張巨幅的人體，題為《瘡疤》。背景是抽象的，灰白底布著青蒼的色塊，畫中人像也是半抽象的，是一個赤裸的男體，雙手抱頭，臉面遮掩，身體變形拉長，身體中央貼裱了一塊粗麻，粗麻裂縫，如同一道開刀過後，無法彌合的傷痕。那幅畫對我產生相當大的震撼，至今印象尤深。畫中的憂傷和絕望，是那樣赤裸、坦誠，令人凜然生畏。」

這裡提到的畫是白先勇很喜歡的畫家顧福生的作品，1960年，他在參觀「五月畫會聯展」時見到了這張畫。畫中那赤裸、受創、變形的男性軀體，牢牢抓住了白先勇的視線，也抓住了他

187 劉俊以「悲憫情懷」為題，可謂把握了白先勇文學精神的核心。

的心。非常感官化的文字敘述，讓人感到敘述者與畫中人彷彿融為了一體，畫中身體所表現的「赤裸、坦誠，令人凜然生畏」的「憂傷和絕望」，他不僅感同身受，並且產生了強烈的悲劇性震撼。這裡沒有那種優美的文人情調，只有蒼涼粗礪的創傷性美感體驗。比起曼妙婉約的優美，顯然此時的白先勇更多流露出對悲劇和力的崇尚。這種美學傾向也體現在他的小說創作中，他在表現悲劇場景時，常情不自禁地進行渲染烘托；在塑造失敗的英雄時，也總是忍不住對那些過了氣的對象投出景慕同情的目光；賴鳴升、樸公，吳柱國、余嶔磊，甚至金大班，無論是軍人或文人或是舞女，他們曾經的戎馬生涯或書生意氣，或者劍俠風範，都同樣充滿豪情，令人肅然起敬；表現出作者顯而易見的崇高化美學趣味。只是，崇高的力量在白先勇的筆下，又總是與失落感傷緊緊相連著，而他在描述某種暴力行為或粗俗的肉體時，有時不憚於使用文雅讀者難以接受的激烈言詞與修辭，則讓人感到西方現代主義審醜觀念對他的濡染。當然，白先勇在描摹這其中，存在主義給予了他什麼呢？我們很難量化這種影響。但顯然，存在主義的孤絕意識與觀物方式，對白先勇的美感趣味產生了並非短暫淺顯的影響。他這樣陳述觀畫時的感觸：

「那個時期，我正創辦《現代文學》，開始寫一些帶有浪漫憂鬱色彩的小說，可以說是我自己的『藍色時期』，而且又受到『現代主義』文學及『存在主義』哲學的感染，對顧福生那些色調沈鬱蒼涼，滿懷憂悒，而且絕對孤獨的人體畫，當然感到異常親切。顧福生畫中的那些人，最近於存在主義中描述的孤絕兀傲的現代人。」[188]

「沈鬱蒼涼、滿懷憂悒」的情懷，以及「孤絕兀傲」的存在

188 《人的變奏——談顧福生的畫》，見白先勇《驀然回首》第 45 頁，文匯出版社 1999 年版

意識，這是白先勇從顧福生的畫中感受最為深切的東西。在他「浪漫憂鬱」的「藍色時期」，孤絶的存在主義精神頗為符合他對現代人悲劇性的文學想像。他的小說對人間的快樂與幸福總是缺少信心，他專注於欲望的扭曲與毀滅，他凝視著人性深處的恐懼與憂傷，憂鬱、易感，耽於幻想、想像偏執，這是他作為現代派作家的最初的形象。在那一時期作品中，人們很容易看到他對抽象化寓言化形式的有意識追求，但是更明顯的是他對人性潛意識欲望的挖掘。存在主義雖然受到他極力推崇，似乎並未觀念化地生硬地進入他的作品裡，[189] 而是與他個人的生命感受相互滲透，演繹成糾纏著人性癥結的悲劇創傷意識。他那敏銳的悲劇性體悟,如果去除傷感的少年愁,也正顯示了存在主義的精神特徵。

而顧福生那些觸動白先勇的「絶對孤獨的人體畫」，似乎總在白先勇的小說裡得以頻頻現身，引發出相似的孤獨黯然的創傷感。白先勇早期小說的欲望焦點也經常對準身體——尤其是男性身體，三十年代新感覺派小說以來，感官化的身體書寫沒有機會得到深入，而白先勇是這一文學視域的掘進者。身體、欲望、人性，固然可以自成一番風景，可是卻也常與國族隱喻難以分離；而且，「白先勇……不是個樂觀的感官主義者。所以，他總是把

---

189 白先勇身上有兩種來自本土傳統的力量，一種來源於民間化的傳統，如廚子老央、保姆順嫂等人給予他的那種底層人的智慧、善良和天命觀；另一種則取自他早先就很著迷的《紅樓夢》一類古典文化文學傳統。這兩種力量的強韌，足以抵禦外來文化對他原初文化自我的覆蓋。這使得他避免了其他現代派作家早期因原初自我匱乏，而導致的自我傾斜和主體消隱。此外，他是個樸素善感的人道主義者。他本人少年時生病被隔離的感性經驗也使他敏感於人世盛衰和生命枯榮的對比，一邊是孤獨被囚的慘綠少年，另一面是繁花似錦的歌舞盛宴；這種孤獨體驗培養了他耐心細緻的觀察力，也促使他後來養成了從榮華富貴裡看取荒涼頹敗的空空道人意識。

他的人物放進極端負面的感官情境中，讓他們各自奮鬥後，仍然歸於黯淡。」[190] 這一身體原欲的書寫欲望，在後期的長篇《孽子》裡得到了一次集中表現，以致成為兩岸 90 年代以來情色文學的先行者，這大約是近期白先勇重新引起關注的一個原因吧。人們將越來越明晰地看到，酣暢淋漓卻又歸於頹廢令人窒息的身體書寫，以及身體隱含著的意識形態功能，形成白先勇小說魅力的重要組成部分。而在這些激情欲望悲劇的背後，永遠隱藏著時間的有限性焦慮，以及存在主義式的荒誕的體悟，和荒謬的反抗激情。

個體化原欲生命悲劇的早期創作結束後，二十五歲的白先勇來到美國，他強烈意識到：自己這一代人陷入了失去存在精神根基的巨大焦慮之中，於是「產生了所謂認同危機，對本身的價值觀與信仰都得重新估計」，開始了「自我的發現與追尋」。[191] 外來文化的衝擊激起的文化認同危機，促使他驀然回首凝眸中國傳統，他感覺患了「文化饑餓症」，「狼吞虎咽」地捧讀起中國的歷史與文學來，包括在臺灣很難看到的五四以來的現代文學，「對自己國家的文化鄉愁日深」。在主觀化的作風逐漸轉向客觀化的敘述訓練的過程中，同時「被一種『歷史感』所佔有，」[192] 在這樣濃郁的文化鄉愁裡，歷史感油然而生。從此，脆弱的個體

190　這個論題在賀淑瑋《「吶喊」與〈青春〉：論培根與白先勇的感官邏輯》一文中得到了精細的解讀，文中這樣描摹白先勇的身體書寫：「他們在欲望／痛苦的極致，扭曲他們的身體，如同培根那些從來發不出聲音的吶喊者；而白先勇也以最絢麗的色彩，畫染他們的悲歡，將他們恆常存在、卻無法言說的欲望與掙扎，做了最淒艷的書寫。」見陳義芝編《臺灣現代小說史綜論》，第 468 頁

191　白先勇《驀然回首》爾雅 1978 年版，第 77 頁

192　夏志清〈白先勇早期的短篇小說——《寂寞的十七歲》代序〉，見《寂寞的十七歲》第 9 頁

尋到了歷史的歸屬，孤獨的自我也終於有了文化的棲身之地。在白先勇的描述裡，那種頓悟的發生是令人感動的一個瞬間：

> 「有一天黃昏，我走到湖邊，天上飄著雪，上下蒼茫，湖上一片浩瀚，沿岸摩天大樓萬家燈火，四周響著耶誕福音，到處都是殘年急景。我立在堤岸上，心理突然起了一陣奇異的感動，那種感覺，似悲似喜，是一種天地悠悠之念，頃刻間，混沌的心景，竟澄明清澈起來，驀然回首，二十五歲的那個自己，變成了一團模糊逐漸消隱。我感到脫胎換骨，驟然間，心裡增添了許多歲月。黃庭堅的詞：『去國十年，老盡十年心。』不必十年，一年已足，尤其在芝加哥那種地方。回到愛我華，我又開始寫作了，第一篇就是《芝加哥之死》」——《驀然回首》[193]

這種「天地悠悠之念」和文化歸屬感的確證，對白先勇的意義是重大的，可以說是他人格成熟的尺規。從此，他的小說不僅關注人性本能與抽象命運的悲劇，又有意識融進了民族歷史與文化的憂患，《芝加哥之死》是這種轉折的一個開始。強烈的中國文化認同意識，與在美國社會感受到的物化現實之間，產生了大的距離，心中的不平衡和焦慮加深了。體現在作品中，就是那種滲透歷史文化憂患感的個體生命焦慮，成為小說的主要心靈癥結。郁達夫、魯迅那一代中國知識份子精神中的創傷體驗，也烙印在了白先勇的身上。吳漢魂、李彤之死，與《沈淪》主人公的蹈海自沈，有著同樣深的悲慟。追溯白先勇身上文化歷史悲情的產生，無意中我們看到了驚人相似的一幕：也是在《驀然回首》一文中，他敘述在美國留學時的一件事，作者那時正貪婪地閱讀

---

193 《驀然回首》爾雅版，第 77-78 頁

大量中國古典文學以及五四以降的現代文學，

> 「暑假，有一天在紐約，我在Little Carnegie Hall看到一個外國人攝輯的中國歷史片，從慈禧駕崩、辛亥革命、北伐、抗日、到戰亂，大半個世紀的中國，一一呈現眼前。南京屠殺、重慶爆炸，不再是歷史名詞，而是一具具中國人被蹂躪、被凌辱、被分割、被焚燒的肉體，橫陳在那片給苦難的血淚灌溉的發了黑的中國土地上。我坐在電影院的黑暗的一角，一陣陣毛骨悚然的激動不能自已。走出外面，時報廣場仍然車水馬龍，紅塵萬丈，霓虹燈刺得人的眼睛直發疼，我蹭蹬紐約街頭，一是不知身在何方。那是我到美國後，第一次深深感到國破家亡的彷徨。」[194]

這段自述，不禁讓人聯想起魯迅那個著名的幻燈片事件，如今它已人盡皆知，原本不應再引述在此。但將兩者並置，更能昭示中國近現代屈辱歷史在國人心中烙下的傷痕之深、之久遠，兩個畫面的相似，也顯示20世紀中國知識份子憂患意識傳統的精神薪傳。

幻燈片事件，如李歐梵所說，「既是一次具體動人的經歷，同時也是一個充滿意義的隱喻。」[195]

> 「其時正當日俄戰爭的時候，關於戰時的畫片自然也就比較的多了，……有一回，我竟在畫片上忽然會見我久違的許多中國人了，一個綁在中間，許多站在左右，一樣是強壯的體格，而顯出麻木的神情。據解說，則綁著的是

194 同上，第78頁

195 李歐梵：《鐵屋中的吶喊》，嶽麓書社1999年版，第17頁

> 替俄國做了軍事上的偵探，正要被日軍砍下頭顱示眾，而圍著的便是來賞鑒這示眾的盛舉的人們。
>
> 這一學年沒有完畢，我已經到了東京了，因為從那以後，我便覺得醫學並非一件緊要事，凡是愚弱的國民，即使體格如何健全，如何茁壯，也只能做毫無意義的示眾的材料和看客……」[196]

隔著半個世紀，可是，白先勇的彷徨與魯迅的吶喊之間何其相似。日本幻燈片事件[197]中的魯迅，與美國影院裡悲憤激動的白先勇，都身在異域，在某個偶然的時間，被一種似乎偶然的視覺影像所震撼，他們遭受的卻是必然的痛楚與傷害，內心湧動的是同樣的民族屈辱感和憂患感。從此，魯迅開始立志於文學啟蒙的吶喊；白先勇也告別了早期唯美頹廢的浪漫書寫，掀開了小說創作的新一頁。在《紐約客》與《臺北人》裡，個體生命的困境，往往被整合進民族和文化的憂患反思之中。

這場個人化的民族文化歷史的洗禮，對白先勇小說創作產生的影響是明顯的。對於父輩和他們的歷史悲劇，他有了更深切的感觸和更強烈的書寫欲望，蘊藏著同情，也含著一些文學家的野心。在構想《臺北人》系列時，那種歷史的叙事意識已是非常明朗的了。余光中曾言，「白先勇是現代中國最敏感的傷心人，他的作品最具有歷史感。」[198]而文化鄉愁的日增夜長，亦是無法抑制的。《紐約客》《臺北人》裡，無論作者寫怎樣的故事、塑造怎樣的人，有那樣蒼茫沈鬱的情感背景襯映著，總讓人產生「念

---

196 《吶喊自序》，《魯迅全集》第416-417頁，人民文學出版社1998年版

197 作為一種個人內心的震撼與創傷，如李歐梵所說，它是一個「觸發點」，一個「真實的瞬間」。

198 夏祖麗：《歸來的「臺北人」——白先勇訪問記》，自《第六隻手指》第327頁

天地之悠悠，獨愴然而涕下」的悲情，個體生命的悲劇創傷顯得更為深重。一種背向現實朝向歷史的文化招魂，一種行吟澤畔的屈原式的蒼茫悲情，一種背負著沈重歷史的放逐感，貫穿在人物精神世界以及小說現實的構築過程中。於是，產生了人們熟悉的《芝加哥之死》、《謫仙記》、《遊園驚夢》、《歲除》、《花橋榮記》和《冬夜》等一系列無根者的悲劇。早期白先勇揭示的時間創傷著重於單純生命個體觀照，並不特別關注父輩失敗了的歷史，《臺北人》時期，則傾心於通過個體乖舛命運的書寫來回溯不堪回首的歷史，歷史尋踪的意識既沈鬱痛楚又堅定不移，十四篇集於《臺北人》名下的系列小說頗有《都柏林人》的氣魄，甚至連小說人物的精神癱瘓症的揭露也有相似之處，又喚起人們對福克納的聯想，福克納為失敗的南方飄零弟子的精神塑像。但是說到底，《臺北人》的悲情是中國文人傳統憂患意識的新演繹，也是自覺承擔近現代以來中國歷史的一份精神受難報告，世紀中國知識份子的精神史裡留下了白先勇的名字。這一時期他的許多人物成了象徵性的悲劇存在，像李彤與中國之間的對應關係。作者的歷史意識和文化歸屬感強烈要求一種價值向度，但是作者生存的現實世界卻對這種心靈所屬的價值世界構成了極大的威脅，這裡的衝突就不僅僅是早期的身體敘述所能包容得了的。於是，歷史文化焦慮給了他的小說另一個支點，個體生命之中蘊含著的文化傳統與民族主義向度。這也就注定了白先勇與存在主義之間不可能完全和諧，存在主義主要在個人的層面討論宗教淪落之後人生的可能，人無本質可言，人的可能性就體現在人的行動之中，在不自由的處境裡自由選擇，然後承擔自己以及人類的責任，這是薩特為進退失據的現代人提供的心靈藥方；但對於習慣於在社會和群體中寄託自己存在價值的中國人，尤其是一般非知識份子群體，並不能如此行動。失敗總是需要命運這劑藥帖。白先勇更多地貼近的是中國民間文化觀念：認命、人生無常。而這正是存在主義所說的「自欺」。

白先勇此一時期的悲劇觀主要建立在歷史文化的憂患意識基礎上，但歷史文化對於一個作家而言不僅是抽象的知識傳統，它更是附著在活生生的社會變遷與個人命運之中。民國政權敗退小島，兩岸對恃，造成許多人間悲劇。對白先勇個人身世的影響也同樣足以改變他的一生，從此，他只能做個放逐者。另一面，他作為將門之後，也深深感受到遷臺後家世的由盛及衰，生活空間由開闊至逼仄狹小；成年之後，對父輩那代人所處的時代有了廣泛的認識，不能不觸動他的思想和寫作，父輩曾經叱吒風雲的過去轉而成為歷史陳跡，而父輩為之奮鬥的民國理想終是落空，家國興亡對於他比之常人更多一份切身之痛。《臺北人》的卷首語明白標著：「紀念先父母以及他們那個憂患重重的時代。」聯想前文提及的紐約電影院內外一個中國書生黯然銷魂的迷惘，更能加深對白先勇悲劇情懷的理解。在他的感受和想像裡，家與國原本是不能分割的一體。《臺北人》書前引述的《烏衣巷》一詩，也恰切地暗示了這本小說集的某種隱痛：「朱雀橋邊野草花，烏衣巷口夕陽斜，舊時王謝堂前燕，飛入尋常百姓家。」歐陽子的評論正是取自這裡，她把《臺北人》的主題意旨定位為「王謝堂前的燕子」，巧妙而準確。如果說早期小說裡早熟的悲感眼光讓人困惑，也令作者本人疑惑，那麼此時的悲劇文學作品則已經有意味地將家國興亡作為歷史視景了。事實上，作家本人的特殊身世深深影響了他在小說中的敘述基點。家世沒落造就一種物是人非今不如昔的世俗感傷情愫，文化淪落又勾起作者一份中國知識份子傷古悼今之悲劇情懷，而政治變遷社會動亂與個體命運的乖謬關聯更是引導他情不自禁地反顧歷史，為那些歷史中被遺忘的不幸者書寫一個個可悲可泣的故事。這就注定了他老要寫那些「過去」的人。這位出身顯赫的作家，對家國歷史的關懷和焦慮遠遠超過了他的那些現代派同伴，他常常經由精美或肉感的文字，編織出他獨特的歷史和文化想像，在春蠶吐絲般的精心編織過程中，建構起認同的文化空間，並且，很負責地為過了氣的一代人書寫沒落頹敗的心靈史。

這時，他筆下的人物命運告訴人們，作者的內心感受著強烈的荒誕意識。浮游他鄉異域的「紐約客」，被拋而遭放逐的「臺北人」，在白先勇眼中，都經受著一種人物自己無法理解的荒謬歷史中的荒謬人生，他觸目驚心地揭示這種人被荒謬所攫取後人的痛苦或麻木。這些人物都失了根，歷史之根的斷絕突然扭曲了人生的方向，人被空虛的非存在威脅著，成了一些茫然或絕望的浮游物。這些浮游物腐朽而靡艷的一面，如行屍走肉般陷入沈淪的一面，在《永遠的尹雪艷》中得到了最有意味的展現；而掙扎、嘶喊的另一面，則牢牢附著在吳漢魂、李彤、盧先生、娟娟、王雄、錢夫人、吳柱國等眾多悲劇性人物身上。福克納的南方世界與此有些相似，只是那個世界中宗教救贖意義顯然更為明顯。而《臺北人》裡這些曾經擁有過好時光的人，曾經對人生抱有幻想的人，曾經奮鬥過的人，忽然之間被命運狠狠戲弄，將他們拋出了樂園。這就好比加繆所說的那樣：「一旦世界失去幻想與光明，人就會覺得自己是陌路人。他就成為無所依託的流放者，因為他被剥奪了對失去的家鄉的記憶，而且喪失了對未來世界的希望。這種人與他的生活之間的分離，演員和舞臺之間的分離，真正構成荒謬感。」[199] 加繆意義上的荒謬感加強了白先勇的悲劇文學觀，戰後移民現象裡強烈的被拋感和異鄉人的感受成為白先勇關注的焦點，所以「臺北人」裡沒有真正的臺北人。他一向認為人生是苦痛的，這種想法與佛家思想的熏陶自然也有關，現在更由歷史反思體悟到難以理喻的命運的荒誕，在這一點上，他與存在主義有了共同語言。「存在主義者坦然說人是痛苦

199 加繆：《西西弗的神話》第 6 頁

的，」[200]顯然，他所描寫的荒謬歷史中人的乖舛命運，與納粹時代存在哲學思索的命題有著一種根本的契合：那就是，荒誕、被拋境況下的人該如何「讓人生成為可能」，如何反抗荒謬？

存在主義與他的精神碰撞走向了深處，存在主義的荒謬悲劇觀早先就曾啟迪感染過他，而在「紐約客」與「臺北人」的命運裡，存在主義的荒謬、噁心體驗，和對生命「被拋」悲劇境遇的描述，更加投合了白先勇對歷史變局中人的悲劇的認識，也與他的生命觀念十分一致。他的審美情趣與《遊園驚夢》、《紅樓夢》一類悲感的古典文學相當吻合，中國文學傳統中興衰滄桑的歷史感，更是他景仰的文學傳統（見〈為逝去的美造像〉）。他的文學觀又與中國傳統佛道文化關係密切，「我發現自己基本的宗教感情是佛教的。……佛道的精神和對人生的態度對我的影響越來越深。我之所以那麼喜歡《紅樓夢》，與書中的佛、道哲理很有關係，」[201]他的作品充滿古典文學傳統中的佛道思想：榮華正好，無常又到；生若朝露，世事無常；美人遲暮，浮生若夢；輝煌偉業轉眼間灰飛煙滅，昔日繁華瞬間成衰草枯楊。看來，傳統文人傷春悲秋的趣味，佛道思想裡的無常感，並未制約／制止他與存在主義深度接觸的可能，存在主義於虛無荒謬中建立存在可能的生命勇氣，和他對無常感的反覆照面、對生命被拋的放逐性的自覺體認，都有著深層的氣息相通。因此，雖然在生命荒謬的悲劇性主題開掘方面，白先勇賴以支持自己敘述的主要是上述傳統文化符碼，以及鬱結於心驅之不去的「王謝堂前的燕子」的心理癥結；但是存在主義在人的極端境遇下的悲劇思考，給了他一種正視失敗人生、表現背謬處境中人的絕望與掙扎的勇氣。這

---

200 薩特：《存在主義是一種人道主義》第 10 頁

201 蔡克鍵：〈訪問白先勇〉，《PLAYBOY》中文版，1988 年 7 月，見《第六隻手指》第 341 頁

種焦慮與勇氣，和一種東方式的命運觀，相互對恃相互制衡，形成他的小說特殊的精神張力。

他的小說中存在著兩種完全不太相同的力量，一種是隱含敘述者身上存在主義式的勇敢面對破碎現實的勇氣，一種則是中國民間信仰中命運的絕對性主宰下的人物形象，他常常用「天」、「孽」、「命」等概念來表示這種絕對力量。這兩種力量有時候是相互矛盾甚至尖銳對立的，有時卻又各行其是，達到一種非常本土化的綜合。通過隱含敘述者[202]與主人公之間的平行交叉關係，白先勇小說巧妙地完成了某種文化的融會。

飄零的「臺北人」成了歷史的犧牲者，但現實中的南方飄零子弟白先勇理性地尋求年輕一代的自我定位，拒絕繼續成為荒誕的犧牲。

> 「他們……內心同被一件歷史事實所塑模：他們全與鄉土脫了節，被逼離鄉背井，像他們的父母一樣，注定寄身異地的陌生環境。不過這兩代的流亡作者對於放逐生涯的態度，卻有相當大的分別：遷臺的第一代內心充滿思鄉情懷，為回憶所束縛而無法行動起來，只好生活在自我瞞騙中；而新一代的作者卻勇往直前，毫無顧忌地試圖正面探究歷史事實的真況，他們拒絕承受上一代喪失家園的罪疚感，亦不慚愧地揭露臺灣生活黑暗的一面。」[203]

不難看出，企圖超越前一代懷鄉文學「為回憶所束縛」的主

---

202 常常是作者本人，有時也讓小說裡的次要人物擔任敍述者，如《花橋榮記》裡的米粉店老闆娘。

203 《流浪的中國人——臺灣文學的放逐主題》，《明報月刊》1976 年 1 月第 121 期

導文學現狀，是白先勇彼時的自我期許。僅僅沈湎於無所作為的回憶、凝眸過去，顯然不能解決白先勇的歷史認同焦慮。所謂中西文化之矛盾、傳統與現代的衝突，固然在《紐約客》《臺北人》裡非常觸目，但是他真正想做的是經由文學來探究歷史，尋求現在與過去對話的可能性，也藉以尋找自我的根源。作者有意味的時間——空間型構，以隱喻象徵的修辭形式，試探著從一個個「被淘汰的過去」的人那裡，尋找一種個人性歷史的敘事方式。那些陰雲密布的歷史敘事，使得「現在的地位和處於現在的主體的位置」凸現出「最終的困境」；對於白先勇，「過去」這個時間向度在創作過程中「變成活躍因素，以全然相異的生活模式質疑我們自己的生活模式。過去開始評判我們，……評判我們賴以生存的社會構成。」[204] 白先勇的矛盾也在這裡，他不願意自己框限在懷舊思鄉的小格局，可最終也無力真正衝出這個格局——與南宋文人情味相近的感傷格局。他在小說中塑造了一批喪失了勇氣的自欺者，尹公館的遺老遺少在沈淪裡醉生夢死，朱青變得麻木不仁，更多的人不堪承受命運的嘲弄，走向瘋狂和自毀。作者對人物的自欺狀態雖然給予了同情，但也並不表示認同，而是把他們看成一段錯繆歷史的殉葬品。

五　王文興：困難的人——臺灣知識份子的精神私史

1. 質疑、否定與思考

王文興曾經非常理性地指出：「存在主義文學的特色，第一，是一種質疑的精神，或者是一種否定的精神；第二個特色，

204 張京媛主編：《新歷史主義與文學批評》，北京大學出版社 1993 年版，第 47 頁

是濃厚的思考精神。所以，存在主義不是一種思想，而是一種風格，任何文學作品一旦涉及剛才說的兩個特點，在風格上，我們就可以界定它是存在主義的文學。這些風格，已經被吸取到整個現代主義的風格裡了。所以，存在主義已經是現代主義文學中的主流。」[205]他的小說就頗能體現他所理解的這種存在主義風格，從早期少年視角的青春期心理小說，到《家變》，再到《背海的人》，幾乎每一階段的創作都具有這種質疑、否定和思考的精神。

50 年代後期，王文興開始在《文學雜誌》發表小說；60 年代，他與白先勇等台大才俊創辦了《現代文學》，表現出對西方現代文學的濃厚趣味，以及改變臺灣文學現狀的強烈意願。從他早期在《現代文學》上的譯介和創作看，顯然，卡夫卡、托馬斯·曼、喬依斯、亨利·詹姆斯、加繆、海明威等西方現代作家作品，對他具有文學啟蒙的作用。王文興的不少早期作品都體現了現代主義的精神旨趣：面對荒謬時的冷漠，絕望中困難的反抗，意義缺失狀態裡的掙扎和痙攣，深淵中的恐懼不安。這一階段，他小說裡的人物帶有海明威筆下尼克的影子，也有著克爾凱郭爾和卡夫卡式的神經質。作者刻意將孤立無援的個體放在純粹的自我情境，展示內在的自我交戰。作為成長小說，這些作品表達了成年世界的邪惡虛偽，揭示身體的原欲對青少年的壓抑和傷害。早期王文興似乎對不穩定的人性充滿疑惑：純真少年孤身面對成長的煩惱和死亡的陰影，陷入無助的恐懼；而邪惡的種子無處不在，恨世者無法自控地播撒仇恨與恐怖。作者專注於表現個體生命的恐懼與顫慄，這無邊的恐懼朝向兩個方向，生與死。生的意義何在？若是為了快樂，為何連世人稱為最快樂的事也不過爾爾，快樂之後卻是難堪的空虛，以致於一瞬間竟失了生趣？極

205 王文興：《存在主義文學的特色》，自《從〈藍與黑〉到〈暗夜〉》第 113 頁

短篇《最快樂的事》裡的主人公就如此質詢人生的意義，做愛後喪失了生趣竟然跳樓自殺。《寒流》裡，可憐的少年為了保持純潔，抵抗性衝動而裸身於嚴冬的寒流之中。作者不能容忍：生命中的快樂竟然可能是虛妄，成長的過程也包含驚人的污穢和邪惡。在朝向生命的無情逼視裡，我感到，年輕王文興身上偏執的精神潔僻症幾乎到了困獸之鬥的地步。作者對死亡與虛無的主題也表現出強烈的探討欲望，在《生命的軌跡》中，他讓一個孩子面對人類終極的恐懼，以天真而極端的方式進行著徒勞的反抗，用刀子劃破手掌，鮮血淋漓地延長手中的生命線，以企求生命的延長。這些早期作品裡，個體總是承擔著抽象而沈重的人類永恆命題，帶著存在主義那種殘酷的自我審視勇氣；人物的個性存在著某些共同點：孤獨或孤僻、敏感又倔強、內向得近於自閉、富於叛逆性。這些人物總是難以融入他人和群體，內心充斥著莫名的焦慮或恨意，他們有的沈湎於內在激烈的自我搏鬥，有的則視他人為可怕的地獄，與衆人為敵。《生命的軌跡》等作品表現人物對命運的抗爭，《寒流》表現人物與生理原欲的苦鬥，都籠罩了或濃或淡的希臘悲劇式的悲壯色彩；《玩具手槍》細緻刻劃個體的孤獨，再現一個狹隘脆弱的主觀世界裡的「他人即地獄」景象，《黑衣》則摹擬人性的乖張醜陋，細緻描畫人性邪惡的本能。這些主題也都是精神分析學化了的現代主義文學常常駐足的範疇。

> 「天空是一池灰墨水，一片灰色的虛無，沒有底的——在灰色的背後是什麼？我們的靈魂投了進去，便沒有止境地直往後飛，那便是自由，使人暈眩，使人戰慄的自由。」
>
> ——《草原的盛夏》[206]

---

206 王文興：《家變》，人民文學出版社 1992 年版，第 45 頁

從年輕時代起，王文興70年代的《家變》提供了一個讓人側目難忘的叛逆形象：范曄，這個文學人物所激起的討論，既關涉形式實驗的價值和限度，也深深觸及現代中國個體與傳統倫理間的緊張關係。作者通過范曄這個60年代接受西化教育的青年知識份子形象，將西方化的個人主義與中國傳統家庭倫理間的齟齬和對立推向極端。從個性特徵看，范曄延續了王文興早期小說人物的個性元素，但人物所極力反抗的，不再是幽玄詭譎的命運，也不再是深淵般的肉體原欲，亦不再是意義喪失後的廣漠空虛；范曄以西方化的現代觀念對抗肉身賴以成長的家庭，逼迫老父出走，從而改寫了現代文學史上離家出走的「逆子」模式，書寫了一齣有意味的父與子新劇。而范曄，也因此成為徹底西化派的文學典型，一個臺灣現代主義的精神產兒。

在近期才完成的長篇小說《背海的人》裡，王文興賦予文本更複雜的主題意旨和敘述形式。他先前小說的那種希臘悲劇意趣消失了，雖然仍可見嚴肅莊正的主題，和現代主義的緊張冷峻；但卻不復有他早期心理小說的劍拔弩張，亦可辨出諧謔滑稽的喜劇風格。喜劇因素，成為作者有意識的追求，這使他的小說呈現出一種悲喜雜糅、亦莊亦諧的含混風格，甚至也能窺見某種後現代主義的因數。與《家變》雙線交叉的結構方式不同，《背海的人》以一人的獨語串連整篇小說，卻顯出某種複調的意味來，它「包含著相互矛盾的褒貶；……每個字都交織著互相矛盾的色調。」[207] 體現出現代懷疑論基調上的對存在複雜性的經驗意識。

彼得．福克納論述現代主義現象時指出：「現代西方世界對自己的價值頗為懷疑，這種懷疑超過了我們所熟悉的往昔文化對自己價值懷疑；相對主義和主觀主義成為普通的日常經驗。現代

207 巴赫金著，白春仁、顧亞鈴譯：《陀斯妥耶夫斯基詩學問題》，三聯書店 1988 年 7 月，第 41 頁

懷疑論，換言之，對複雜性的認識，在深度上超過以往的文化。」[208] 在這個意義上，他對拒絕整體性和穩妥性的喬依斯作出了這樣的評價：「《尤利西斯》體現了現代主義力求將自身建立於矛盾和悖論之上的決心。」[209] 這話用來評價《背海的人》應該也是適用的，雖然王文興所寫的是臺灣的背景、人物與故事，但在這部漢語文學的奇書中，作者確實力圖向人們展示：現代社會普遍存在的道德相對性，以及存在本身的矛盾與悖論。

下面以《背海的人》的主人公「爺」為個案，來解讀這個存在主義的反英雄人物的精神私史。

2. 困難的人：反諷性生存悖論

> 「——矛盾！——矛盾！——爺這一個人就是一個大大大大而又大的矛盾！——爺就是『矛盾』。」——《背海的人》

埃德溫·繆爾說：「卡夫卡的困難是可笑的，但它們同時也是令人絕望的。」[210] 讀王文興現代主義長篇小說《背海的人》，有同樣的感覺，《背海的人》中的「爺」就是一個卡夫卡式的困難的人。「爺」的困難充滿悖謬，既滑稽可笑，又讓人窒息絕望。王文興耗時數十年苦心經營，創作出這部漢語文學史上奇異的文本。這部作品在文字及敘述上的創新實驗，在在令人驚訝，可圈可點可議可歎處甚多；而形式的標新立異對於《背海的人》來說，絕不是純粹形式主義的表演，而是一種有意為之的語言文

---

208 彼德·福克納：《現代主義》第 27 頁

209 彼德·福克納：《現代主義》第 79 頁

210 霍夫曼著、王寧等譯：《弗洛伊德主義與文學思想》，三聯書店 1987 年，第 237 頁

字的艱苦修行。從主人公「爺」這個奇特的人物身上，即可解讀出許多頗有意味的話題。

二十世紀中國文學史上，曾經有過一個著名的無名者形象：阿Q，在我看來，王文興筆下的「爺」是阿Q形象的當代傳人。他同樣無名無姓無產無業，無家可歸，身陷困境，在無法自主的命運擺佈下盲目掙扎，最終被無邊的黑暗徹底吞噬。這個臺灣版的阿Q，身分顯得更加曖昧，他不僅是個典型的流氓無產者，居無定所，滿口污言穢語\胡言亂語（其中不乏真率智慧之語），而且還曾做過詩人，風頭健時同時在幾份刊物上發表過詩作，目不識丁的阿Q就從未有過如此的榮耀了。「爺」還曾經當過兵，並且在臺北混跡過相當長的時光，比起阿Q更加見多識廣；阿Q一直處於天真無知的渾樸狀態，雖然也會鸚鵡學舌地說些不孝有三無後為大之類的腐儒之語，然更多時卻只會像對吳媽示愛一樣粗口直陳，本能地吃本能地自我保護，維持著生存最底線的可憐需求，本能地愛，本能地恨惡，本能地懼怕，本能地想革命，因為一切言行皆出乎本能，故無思無想如一隻地洞中求生的鼠類。魯迅不無悲憫地讓我們看土穀祠裡阿Q張大嘴巴沈睡之態，以示其未覺醒的昏聵；而王文興的「爺」卻不然，他雖也同樣為命運所播弄，卻具有強烈的探知欲望，他天性好奇，對未知世界充滿疑惑與渴望，對於宿命與神，懷著將信將疑時敬時諷的矛盾，不甘屈服於強權惡勢，也不願拜倒於神壇之下。與阿Q的缺乏自我意識不同，「爺」具有知識份子的反省能力和批判意識；但他又是個道地的邊緣人，在臺北身無立足之地，而後被逐至深坑澳：一個虛假的自由之地，最終也成為他的葬身之地。阿Q直至臨死才似有所悟，悟出自己居住的世界是非人的，身邊遍佈餓狼。魯迅讓知識份子的狂人在瘋狂的邊際，吶喊出理性啟蒙的話語，又讓蒙昧庸衆的代表阿Q以死亡為代價，換來臨終一瞬間的覺悟；王文興的「爺」兼狂人阿Q於一身，在蒙昧與先覺之間，做困難而滑稽的掙扎。一方面，「爺」活得盲目而没有希望，如同一葉浮萍；另一面，這個獨眼人「單星子」又常常狂妄自大，有時竟以為自己窺破了天機。偶然一次預言的「靈驗」，讓他看相的生意好不興隆了一陣，彷彿閉塞的深坑澳來了個先知，而恍惚之間，「爺」也對自己的通靈異秉也不禁驚奇復自得起來。反諷的是，這位「先知」終究未能預知自己的厄運：面對死神的偷襲，他和常人一樣措手不及。

小說以詰屈聱牙而又一瀉千里、憤世嫉俗而又粗俗不堪的破口大罵開篇，奠定了叙述者兼主人公的「爺」命運的基調：因為見棄於世而與整個世界為敵。這個頗具刺激力的開篇，將流氓無賴氣的粗話、文人氣的語彙及作者自創的詞語，彆扭而粗暴地組串在一起，形成了極不雅觀的國罵進行曲。在痛快淋漓又疙裡疙瘩、渾沌而粗放的渲瀉性節奏裡，開始了漢語文學史中晦澀又奇特的叙述歷程。王德威認為，小說的開頭「令有教養的讀者難以招架」，實際上，這種強烈的反智氣氛幾乎貫穿全書；但與此相悖的是，此書又是一名知識份子反諷式的自嘲，「整體而言，它提供了一嘲弄式百科全書（mock encyclopedia）視景。」[211]《背海的人》全書所紀錄的，不過是「爺」兩個夜晚的內心獨白，卻涵括了哲學、神學、文學、政治、數學、風水、相命、情色、性等話題。尤其在上册，「爺」尚未完全墮入絶境，他似乎精力充沛得過分，他的言行有時非常流氓無賴，但他具有小丑的表演欲望，哲學家的思考欲望，演說家的宣洩欲望，以及雄辯家的爭論欲望。對一切形上形下的話題，他都充滿辯駁的興趣，雖然他的實際處境困窘孤獨，但並不妨礙他「知識論式的耍寶」。

王文興的叙述策略規定了「爺」既非純悲劇性人物亦非純喜劇性人物，「爺」的存在映證了個體存在的尷尬：現代意義上的

211 王德威：《想像中國的方法》第 187-213.頁

反諷性生存悖論，「爺」生活的卑微不堪，身分的混亂曖昧，情緒的駁雜叛逆，以及思想的似是而非，組成了一個騷動喧嘩的個體內在世界。小說立足於「爺」的有限視角，展示了心靈的廣大寬闊而幽暗深邃，陰晦暴烈而錯亂突悌的複雜層面。「爺」的自我敘述，既是面向整個世界孤注一擲的抗辯，又是一個遭棄絕者無能無力故而格外無所顧忌破罐子破摔的撒潑耍賴；因為他所抗辯撒潑的對象絲毫不會在意他的存在，他的敘述實際上只能是寂寞的自言自語，反芻、宣洩、胡鬧、表演，全是自我意識分裂的想像中的對話、虛幻的痛快。很難想像，如果不是遭暗殺，「爺」滔滔不絕、「比狗屁不通還要不通」[212]的夾敘夾議會如何收場。王文興為這個傾注了幾十年心血的主人公畫上了一個永遠的句號：死亡，而且是那樣沒有尊嚴的可憐復可笑的死法，阿 Q 尚且有示眾的機會容他無師自通地嚷出一句：「二十年後又是……」「爺」卻落得個如此寂寞荒謬的下場，正當他沈溺於殺狗故事以及狗肉的美味的回憶中，以試圖淡忘日趨迫人的生存焦慮，幾個歹徒粗暴地闖進來，不聲不響地殺死了他，在黑暗中，他喊出了當初阿 Q 沒來得及喊出的「救命！」然而即便是寫到死亡，作者仍然保持著自始至終的嘲諷態度，描寫「爺」臨死前最後一回自以為是的自由聯想，將連續不斷的放屁比作「禮炮」，禮炮陣陣激起「爺」萬千思緒；不過，不論是詩情翩翩還是噁心兮兮，他的遐思暢想都不得不終結了，所謂的禮炮，原是對「爺」飽受命運嘲弄的一生做最後一次戲謔與嘲諷。

出身外文系的王文興接受過外國文學的系統訓練，一直教授西方現代小說，其創作受到西方現代主義文學的深遠影響，自不

212 呂正惠：〈王文興的悲劇——生錯了地方，還是受錯了教育〉，《小說與社會》第 33 頁

待言；他曾經將自己的創作歸為現代主義範疇，[213] 他本人也因極端的現代主義追求被視為徹底的西化派。在西方現代文學線路圖上尋覓「爺」身上糾纏不清的線索，不失為一個有效的批評策略，王德威就曾將《背海的人》與喬伊斯的《尤利西斯》相類比，就體例內容及語言文字等方面的實驗創新程度而言，這樣的類比是很自然的，值得進一步深究。而王德威在此強調的是：從《背海的人》可看出，王文興「更沈浸於『自我解構』（self-deconstructive）的樂趣中，他不斷謔仿及戲弄（undercut）自己小說所源出的傳統和典範，較喬伊斯有過之而不及，比如他的英雄（或反英雄），就是一個西方自浪漫到存在主義文學英雄雛形的諷刺模仿組合。」[214] 評者敏感地發現了作品的戲仿性，這是此前王文興創作所沒有的新質。在「Wang Wen-hsing on Wang Wen-hsing」一文中，王文興自稱，《背海的人》「這（本小說）根本就是嘲弄。」（「Basically，this is a burlesque.」）[215] 確實，作者不再願意書寫那種嚴謹古板的古希臘式的悲劇，也不想重複《家變》的純粹知識份子題材，他傾向於一種更為廣闊的敘述場景，和狂歡化的擬史詩風格；而且，他有意建立一種充滿諧謔嘲諷氛圍的喜劇化小說形態。

在人物形象上，小說除了充分表現敘述者「爺」尷尬怪誕的境遇，乖張荒謬的言行，和錯雜混亂的心理外；還以陰森詭異的筆法繪描了「現代中國小說中最富想像力的官僚生活群像」（王德威語）。作者以卡夫卡式的想像創造了一個醜陋懶散的官僚機

---

213 王文興在接受單德興訪談時，肯定地說：「就我創作的性質來看，可以歸到現代主義的範圍內。」

214 王德威：《想像中國的方法》三聯書店第 187-213.頁， 1998 年版

215 鄭恒雄：〈文體的語言基礎——論王文興《背海的人》的語言信仰〉一文的第 33 個注釋，見《當代臺灣文學評論大系．小說批評卷》第 516 頁，臺北正中書局 1993 年版

構：「近整處」，其全稱長得令人捧腹，「近百年方言區域民俗資料整理研究考察彙編列案分類管理局深坑澳分處」。這個怪異的機構容納著一群被排擠出臺北的老弱病殘，一群失魂落魄腐朽没落的官僚職員，然而卻在一種鬼蜮的氛圍裡，上演著一幕幕誇張放肆的鬧劇。這群奇形怪狀的異化人，幾乎都有病，個個形同鬼魅。作者這部分的想像，受到了托馬斯·曼《魔山》的影響，不同的是，《魔山》寫「上流社會；我這裡則是垃圾箱，收集種種社會上排棄的人。」[216]這「近整處」裡，既彌漫著沈淪與死亡的氣息，又散發著貧民窟自然主義的病態活力；時而令人窒息，時而激起莫名的爆笑——黑色幽默的笑，苦澀尷尬中透著放縱與機趣。「近整處」裡形形色色的病人、小丑與傻子，履行著雜語喧嘩的喜劇化功能，也襯托著「爺」私室獨白的落寞孤單。即便是這麼一個集合著邊緣人的弱勢群體，也不肯接納外來的「爺」，「爺」實在堪稱可憐。但作者顯然並不願意抒發感傷之情，甚至當有人問他對「爺」的死有何感受，他也表示只是「separation」，「如同送人出國，没有任何 sentimental sorrow 在內。」[217]作者總是運用嘲弄、誇張、戲仿等方式，消解對人物可能的同情，讓人們在滋生同情的同時必產生嘲笑的衝動，使同情變成空洞無效的濫情而自行消失，從而控制讀者與人物的距離。王文興以自我解構的叙述方式實現了悲劇的扭曲變異，對人的同情則敷以知性的冷嘲。他不贊成將《背海的人》緊緊讀成是悲劇，而主張「《背海的人》是comedy，或者頂多是tragicomedy，不會缺少喜劇的成分。」[218]

---

216 單德興：《文學對話——王文興談王文興》，見康來新編《王文興的心靈世界》第 73 頁

217 單德興：《偶開天眼覷紅塵》《中外文學》第 28 卷第 12 期，2000 年5 月

218 單德興：《偶開天眼覷紅塵》同上

「爺」作為一個兼含悲喜劇因素的形象存在，他的身分足夠曖昧，甚至過於曖昧了些。通過他充滿反思式激情的自白，我們得以瞭解他昏暗無序的個人歷史：他曾經當過軍人，曾經是個「名詩人」——當過六個詩社的創辦人，其詩作曾收入五本詩集，卻嫌惡詩人這行當太窮；曾經做過不三不四的雜貨店生意，卻因違法經營而被警察追捕；曾經冷酷地拋棄了一個老實本分且愛著他的貧寒女子，後來在深坑澳被醜陋的紅頭髮妓女嘲弄、遭到貌似觀音的妓女惡整，似乎都是報應；曾經在出版社工作過，卻鬼使神差地偷了保險櫃裡的兩千塊錢而被逐；曾經懷著僥倖心理去賭博卻輸個精光，反欠了一大筆賭債，而被黑社會勢力威脅；原因不詳地瞎了一隻眼睛，遂自號「單星子」，並以「隻眼居士」為筆名……在設計和敘述「爺」的個人歷史時，作者顯然違逆了一般自傳體作品情不自禁的自我辯護立場，人物的長篇自敘並未誘導讀者與人物觀點一致。按弗萊的劃分，「爺」應屬於反諷模式作品裡低於讀者正常水平的人物[219]；但如此解讀「爺」又未免失之輕率，在我們產生優於人物的感覺時，另一種力量又會動搖這種高高在上的自信。如果說我們有足夠的理由鄙視「爺」的話，那麼我們有更多的理由從「爺」那裡得到關於我們自身存在的啟示，對他的鄙視或漠視也可視為對人本身的鄙視和漠視；如果說我們從對他的鄙視裡獲得了快感的話，那麼從他的境遇與言行中體察到的尷尬和困窘並不比快感少。這樣看，他其實乃是弗萊所謂低模仿作品裡的人物典型，他與我們平常人處在相同的水平線上。[220]「爺」激發的感觸複雜難言，他的自私冷酷

219 反諷模式（Ironic）：文學的一種模式，其作品中之人物所顯示出的行動力量低於讀者或觀眾所假定的正常水平，其中詩人／作者的態度是超然客觀的。參見諾思羅普·弗萊《批評的剖析》附錄《重要術語表》，百花文藝出版社 1998 年 11 月版，第 471 頁

無賴品行讓人厭惡，但他所遭到的懲罰已經足夠抵消他的惡行；而且，讓他為自己的處境負全部責任並不公平；「爺」的窮途末路如果不足以引發同情，也至少能讓我們明瞭命運的嘲諷與惡意，因而對「爺」的背德無義喪失責難的勇氣。我們不會喜歡與這樣一個人為伍，既害怕跌入他那樣走投無路的慘境，更畏懼從這面污穢殘破的鏡子裡照見人性的一種真相。「爺」是一個隨波逐流的脆弱個體，只有今天，沒有明天；「爺」是怪異可笑的丑角，在地獄的邊緣發出毛骨悚然的狂吠；「爺」是一件自相矛盾自我降格的笑料，他的荒唐舉止和滑稽言行將他自貶為鬧劇主角；「爺」還是一種關於人性的試練：卑賤是否存在底線？道德的限度何在？善惡的分界有何意義？王文興借「爺」這一形象傳達出關於人的存在複雜性的曖昧認識，對人性邪惡低賤本性的揭露尤為冷峻觸目。

與白先勇佛性的慈悲完全相反，王文興的文學世界裡缺乏柔情與憐憫。早期他筆下的少年尚因純潔而孤絕的氣質讓人同情，《家變》中的范曄就已然冒天下之大不韙，以虐父逐父之舉拒絕了讀者可能的同情，到了「爺」這裡，就連范曄式的自譬自解也毫無踪影了，人物把自身降級為低於人類的存在物：狗。小說開頭便通過「爺」的自敘，宣告了此後的全部敘述都形同犬「吠」。「我叫出來的話就像汪汪的狗的嘯號之聲，是底，毫無意義的犬吠，立刻消散飄遁在浩浩黑夜之中，存不下一痕一線的踪跡。」[221] 用犬吠之喻來剥除人的尊嚴來自我貶抑，將憤世與自嘲一下子推到極限；小說的結局部分，是前文的回應。作者精心設計了一個屠狗場景，在圍追堵截的過程中，狗的兇悍勇猛與人

220 低模仿（Low Mimetic）：文學的一種模式，其中人物所顯示的行動力量大體相當於我們自己的一般水平。同上，第 472 頁

221 王文興：《背海的人》，臺北洪範書店 1981 年 7 月 2 版，第 2 頁

的膽怯委瑣構成了諷刺性對比，狗在將死的關頭像人一樣直立起來，屠狗實際上成為意味深長的殺人之隱喻。令人回味的是，最後操刀殺死狗的，恰是以狗自喻的「爺」；就彷彿一次轟轟烈烈的預演，當晚，「爺」在吃完狗肉後不久就被殺死。魯迅先生有關吃人與被人吃的寓言又有了新的版本？不同的是，狂人終於得以「善終」，痊愈並「赴某地候補」，重被納入他當初反抗的體制；而「爺」不曾踢過陳年流水簿子一腳，只不過在深坑澳表演了一齣滑稽可笑的愛情浪漫曲，在「近整處」小打小鬧了一場，卻終於未能被深坑澳唯一的官方機構接納；他原因不明地被殺，似乎與他這番英勇事跡並沒有直接關聯。

3. 知識份子異化的精神私史

> 「非存在便具有雙重面孔，就象夢魘的兩種類型。一種類型是對毀滅性的『狹窄』（narrowness）的焦慮，對無路可逃、對害怕陷入陷阱的焦慮。另一種是對毀滅性的『敞開』（openness）的焦慮，對無限的、無形式的空間（人墜入其中而無立足之地）的焦慮。」[222]

如果說白先勇對現代知識份子精神世界表現得不夠充分多少是一種遺憾的話，[223]那麼，王文興對知識份子精神現象既有深度又別具一格的表現則是值得關注的。從《家變》到《背海的人》，王文興有了從悲劇到喜劇化藝術趣味的轉變，並在視野上

---

222 P．蒂里希《存在的勇氣》，第 63 頁

223 1979 年 9 月 18 日，白先勇在《時報》副刊編輯部與青年們交談時，人們曾經詢問他為何較少寫知識份子題材，至那時止，他有關知識份子的小說僅有《冬夜》一篇，他說，「知識份子的困境很難寫，其實很值得寫。」參見《白先勇與青年朋友們談小說》，白先勇《第六隻手指》，文匯版 309 頁

力圖更廣闊，不變的是：堅持語言創新的個人風格，表現臺灣知識份子的荒誕境遇和他們的異化狀態。

范曄作為六十年代臺灣轉型期的知識份子形象，極端地凸現了傳統斷裂和價值失衡帶來的認同偏執和倫理災變，隱喻了西方現代性迫壓下中國知識人內心的極度恐慌和混亂心態。「弒父」、違逆孝道，是小說人物徹底背離本國傳統倫理的罪惡，作者讓一個青年知識份子承擔這種敗德惡行，將它喻指為一種「地震」，一種顛倒人倫的精神大地震。《家變》以象徵筆法書寫了「弒父」的「地震」，再現了范曄具體真切得令人震驚的「弒父」之夢：「他又向著他的父親的背後猛擊一刀，又再猛捶一刀——就在這時他忽然感到一陣整個的扭轉乾坤，回天掉地——范曄醒了過來，是：正在地震，極大的地震。」[224] 有意味的是，作者讓兩位老人很快進入睡夢，對這可怕的地震渾然無覺，只有范曄「他——張大了眼錇——直切切地望進漆黑，直望著凝凝著一直到天外發青。」清醒地自覺到地震的知識份子，恐懼著眼前的黑暗，這黑暗淹沒了他的人倫良知，使他變成了「黑良心」的典型。讀者也許不太習慣敘述者對惡的漠然態度，不過，你也得佩服這種不動聲色的敘述，若是作者不自我克制，若是作品安排了一種常見的正義凜然的道德審判，那麼這場《家變》的倫理和文化衝擊力或許會減少很多。而對知識份子精神世界黑暗面的客觀無情暴露，並藉此喻示一個價值毀滅的世界的恐怖混亂，正是作品的警世性所在。

有趣的是，與對矮小殘疾的親生父親的強烈厭惡形成對照的，是范曄對一位子女皆留美的儒雅老人尊敬有加愛護備至的情景。顯然，范曄對具有較高地位和身分的老者的認同，正是他欲抹去自己低賤貧寒血緣印跡的一種身分焦慮使然。作者特別強調

224 見《家變》第 218 頁

「他對自身貧窮的恥辱感多過於他對父母的孝順心。」（《家變》第 156 頁）通過一個有趣的對比，作者諷刺性地揭示出范曄對貧酸骯髒環境的自卑自憎，以及對另一種高雅文明生活方式的嚮往。在 157-158 頁上，作者先是極盡自然主義筆觸描寫范曄眼中的公共廁所之髒臭噁心，讓他「每日還不唯要經一次的苦痛，而是要經很數次的苦痛。」但是，諷刺性地，緊接著細緻入微的廁所素描場景，是范曄在午夜「依近這音響的音樂盒傾聞古典音樂」的畫面，他陶醉在門德爾松的 E 小調小提琴協奏曲優美憂悒流利如歌的樂句裡，反諷的是，他難得擁有的這種精神愉悅顯然是脆弱不堪的——「細聽著繚嫋的梵啞鈴聲」的范曄很快就被現實世界粗暴地拽回，父親無所顧忌的小解的聲音，讓他痛徹地「感到難以言喻的可恥」。通過這個小小段落可以看出，王文興細緻入微地捕捉小知識份子出身貧寒卻心比天高的酸苦心理，決不是為了重複我們所熟悉的某種嫌貧愛富的古老故事，而是尖銳而裸露地顯示了兩種文明的巨大傾斜給人心帶來的陰影。西方古典音樂和後來搬到美國的老人，都昭示了另一個高貴典雅合乎人性的文明世界。對於范曄這類接受西式教育擁有西式嚮往的年輕知識份子而言，他們的嚮往是對他們滯留的現實的極大嘲諷。他們越是沈醉於這種嚮往和想像，他們也就越是無法容忍現實。父母以及他們依附的落後愚昧傳統和慘澹齷齪平庸現實，因此理所當然地被厭惡被拋棄。沿著范曄簡單的思維路徑，中國、傳統，與他的父母，與他的家，顯然是可以相互置換的；對父母的厭棄，也就意味著一個國民的認同危機：既有民族認同的困擾，也有自我認同的焦慮。小說雙線敘述的結構，明明白白告訴讀者，人物內心的矛盾，一條線索細稱弒父的欲望之由來，另一條線索卻暴露了人物尋父中的自責與罪惡感。不難看出，這個似乎有些誇張的中國家變事件，於冷漠敘述之中卻暴露了驚人的沈痛，也震撼性地寫出了五六十年代臺灣西化知識份子個人主義的認同偏執和精神異化。

到「爺」這裡，人物的惡行不僅沒有收斂，反而更為囂張了。作為一個混跡江湖的浪子，「爺」雖還夠不上罪大惡極，也算得上是劣跡斑斑了。從某種角度看，他的死不過是罪有應得。但這部作品決不是為了僅僅寫一個罪與罰的故事。從作品的敘述特徵看，「爺」長篇大論的私室自白，是一個被排擠到世界邊緣的絕望者的憤世宣言，也是一個生活底層漂泊失根人的混世囈語。必須指出的是，「爺」的流浪漢加潑皮無賴的品格作為，並不能掩蓋他的知識份子真相。粗鄙的語言、自成體系的彆扭文體，和梅尼譜體式的鬧劇狂歡場景，皆不能遮蔽「爺」這一形象的知識者的反省批判功能，雖然在王文興刻意經營的結巴囉嗦反美感反感傷反崇高反英雄的文體語境中，「爺」的批判性被扭曲變形了；整體的反諷嘲弄性，更是把可笑的「爺」身上蘊涵的反思性淡化了；但儘管如此，有心人依然可以感受到，在這個小丑的面具背後深藏著一個沒落知識份子的精神私史。

劉易斯·科塞認為：「知識份子是理念的守護者和意識形態的源頭……他們還傾向於培養一種批判態度，對於他們的時代和環境所公認的觀念和假設，他們經常詳加審查，他們是『另有想法的人』，是精神太平生活中的搗亂份子。」[225]「爺」的自白裡明顯的反智色彩每每造成誤讀，讓人忽略他的知識份子身分，他與普通人心目中溫文儒雅的知識份子形象實在是相距甚遠，而他本人對這一身分也懷著極為矛盾的看法，時而滑稽地自傲自矜，甚至在擇偶標準上也自以為是地擺臭架子：「我們知識份子！我們知識份子，焉能夠，標準過低來也？」[226]時而恨之入骨，對之嘲諷有加，如在上冊第 95 頁至第 99 頁，「爺」對詩人身分可謂

225 劉易斯·科塞：《理念人》第 4-5 頁

226 《聯合文學》第 15 卷第 5 期上刊載的《背海的人·下》，第 27 頁

極盡冷嘲熱諷之能事。雖然書中交代「爺」的學歷並不高，諷刺他以知識份子自詡的可笑，但按科塞的觀點看，「爺」骨子裡卻是個對一切理念和假設持質疑諷刺態度的知識份子，他清醒地意識到自己的存在處境，當他被迫落腳於深坑澳住在一間昏暗逼仄「四步長度，兩步寬度」的無水的浴室，「爺」戲謔地自慰，這樣的封閉獨居正好可滿足他酷愛孤獨的怪癖，

> 「是的，孤獨，禁閉，牢房，放逐，其實一模一樣的一篙子事情，——而爺就極其喜歡被放逐！放逐是反而得使爺感到自由無牽，一身暢快不絁。放逐在過去的時候是迫害的代名詞，在現代二十世紀則殊屬可能變成自由的代名詞的了。」[227]

中外文學都存在放逐母題，《聖經》裡人類祖先第一次遭放逐，中世紀的異教徒被逐殺迫害，中國古代文人墨客遭到貶謫，放逐一直是被動無奈的肉身苦役。相對而言，自覺放逐是現代知識份子自我意識的某種表徵，尤其現代主義意義上的放逐，更是失落了上帝後人的自我拋離，人從自然中、從上帝那裡、復從他人那裡相繼拋離出來，獲得前所未有的自由，但同時也開始體驗前所未有的孤獨。這種存在主義式的自由，很容易變成生命中難以承受之輕。「爺」對自己的放逐狀態所許諾的自由明白無誤，而他對這種自由的代價卻佯裝不懂，使得敘述語境充滿反諷性，自由的表象與人生絕境的實質兩相參照，構成反諷之境。焦慮被虛假的輕鬆暫時取代，可焦慮並未真正消除，而是轉化成憤世嫉俗的天問離騷，卻是一個下里巴人戲仿的屈原，中國最早遭受放逐的偉大詩人，被「爺」敷演成荒謬無稽的現代末路英雄或反英

---

227 《背海的人》上冊第 24 頁

雄。

「爺」的知識份子身分，不僅可從他的謀生方式上窺出，他靠看相混日子，後在「近整處」因為廁所題字被人賞識而企圖謀職；更能從他「閒情逸趣的好奇心」（Veblen 語）得以辨識，「爺」既對直接的食色需求和欲望興趣濃厚，又對終極性理念充滿非工具性的認識激情。「爺」的知識範圍堪稱廣博，但他耍寶式的炫耀不是為了證明真理在握，而只是以丑角的形式戲弄真理的虛妄。科塞說：「現代知識份子類似於弄臣，不只是因為他為自己要求不受限制的批評自由，還因為他表現出一種態度，……我們姑且稱之為『戲謔』（playfulness）。」[228]「爺」對詩人的諷刺、對命運的迷惑與追究、對世風的抨擊以及對自由意志的崇尚，處處流露出對正義與真理的由衷關切；而他關於佛禪的高談闊論，向天主教神父裝腔做勢的求教，對「紅頭毛」妓女的諧仿浪漫派的求愛方式，又在在傳達著一種戲諷趣味。王文興沒有把「爺」寫成現實主義化的義正詞嚴的鬥士，在現代主義視野裡，「爺」只能盡可能扮好一個破碎世界中靈魂破碎的空心人角色，他根本不可能自信地在乾涸的荒原（小說以無魚季節的海邊、無水的浴室等意象為隱喻）找到人間天堂，強大的現實時刻嘲弄他轉眼即失的烏托邦幻想。世界對於他永遠是一個熱鬧而空洞的惡作劇，對於這不可愛的世界來說，他即便拼命也無能成為挑戰者，頂多如他自己所說，只能發出毫無意義的犬吠。

降格的自我分裂意識，讓人聯想到黑格爾論述的《拉摩的侄兒》，小拉摩典型地表現出分裂意識的喜劇特徵。在苦惱意識那裡，心靈的衝突是悲壯而莊嚴的；而在分裂意識裡，心靈的衝突變得荒唐滑稽。「小拉摩完全像一幕喜劇中的主人公，一個怪人，一個瘋子，一個自視聰明的傻瓜，一個自扮傻瓜的聰明人。

---

228 劉易斯·科塞：《理念人》，第 4-5 頁

他一會兒嚴肅地批判現實生活中的一切醜惡、偽善和騙局，一會兒又作踐自己，否定自己，恬不知恥。」[229] 這些描述幾乎可以原封不動地送給「爺」，爺身上的分裂意識和心靈衝突同樣強烈。裝瘋賣傻、自欺欺人，「這樣的精明和這樣的卑鄙在一起；這樣正確的思想和這樣的謬誤交替著；這樣邪惡的感情，這樣極端的墮落，卻又這樣罕有的坦白。」[230] 正是這種喜劇性分裂意識的人格特徵，使得「爺」這個知識份子形象別具一格，一掃中國現代文學涕淚飄零的悲劇成規，塑造出一個生命力頑強的曖昧而有趣的喜劇知識份子形象。喜劇意識的高揚，使小說中充滿嘲弄世界和自我嘲弄的快感。只是，喜劇的盡頭仍然回到了悲劇，喜劇分裂意識也是普遍本質喪失的意識，它的滑稽突梯的表相背後，底蘊仍然是悲哀的。

若想解讀「爺」的知識份子層面，翻翻他簡陋的行囊也許不是多餘的。我們發現，「爺」的百寶箱裡倒是頗為可觀，既有他稱之為「物質食糧」的相書（因為相命可以謀生），也有他戲稱為「精神食糧」的一疊春宮相片，還有一本抄錄了「爺」十幾年來創作的白話新詩集子，此外便是「爺」東「摸」西「借」來的破爛不堪仍珍藏如寶的幾本書：紀德的《地糧》、尼采的《查拉圖斯特拉如是說》、陀斯妥耶夫斯基的《地下室手記》和托翁的《復活》。這似乎不經意的交代卻不是閒筆，相書和春宮照片與小說中人物有關食色的情節，真實地反映了「爺」形而下的生活內容——生存的危機和混亂無序；而個人詩集和四本名著，則隱晦曲折地燭照了人物由於價值的衝突和意義的缺席造成的痛苦矛盾壓抑的精神世界。

「爺」的詩人身分耐人尋味，而從他棄詩從商的個人行為，

229 高全喜：《自我意識論——〈精神現象學〉的主體思想研究》第 148 頁
230 狄德羅：《狄德羅哲學選集》商務印書館 1979 年版，第 213 頁

也不難追究其後的社會轉型及價值轉換因素，他自嘲寫詩容易出名僅僅是因為不會招人眼紅，「有名，但是没有錢，有什麼鳥用它來的個的的的的的？」[231] 這粗俗而典型的「爺」的說話方式，卻直率道出詩人没落的現狀與經濟社會裡人的金錢拜物教心態。他表面上已經視詩和詩人如敝屣，他刻薄地批評臺灣的白話詩「要不是害的是不舉，就是舉後不堅。」[232] 但他內心又對自己的停筆始終難以釋懷，當他以內行自居津津樂道詩創作不可思議的痛苦時，既為自己脱離苦海而慶幸，又不自覺地流露了一絲失落的惆悵。僅從他落入山窮水盡之境還依然隨身帶著手抄本詩集，就足以看出他心靈的矛盾；詩，儼然已成為一種不可能存活的高貴，她將人撕成兩半，一半沈淪於苦難卑微的生存之淵，一半昇華至純粹高華的精神境界。意識的分裂是現代詩人注定的命運。「爺」對偽劣詩及媚俗詩人的痛擊猛嘲，或許含有納西索斯的自戀意味；而他多年來的私密珍藏無意間暴露的心靈真相，倒是令人在黯然神傷之際感到震驚，那是主人公滿卷聒噪喧嘩突然停息的瞬間靜寂帶來的錯愕驚奇，那是卑瑣墮落的生存表相與精神深處殘存的高貴陡然相逢的眩暈不適。這本詩集暗示了人物精神層面的一個不容忽視的向度。它是一個尺規：標刻著「爺」沈淪的底線，在失去了道德自律的「自由」落體中，尚存一線救贖的心念。

「爺」攜帶的幾本現代名著顯然不是作為裝飾物出現的，它們引導著我們走進人物精神世界的迷宮。這幾部著作與《背海的人》之間有著深度的互文關係，啟示我們深入理解後者的主題。尼采讓查拉圖斯特拉從隱遁的山林來到人間，這個強健而激情的傳信者，猛烈地抨擊基督教傳統的怯懦道德，呼喚人們「告別奴

231 《背海的人》上冊第 95 頁

232 同上，第 98 頁

隸的幸福」，他用兩個寓言向世人宣告上帝之死的消息：上帝死於憐憫心太重或是死於嫉妒心太強，可見尼采是從道德價值的名下行使否定上帝之職。他以超人的勇猛在宗教與道德的禁地摧枯拉朽，向一切頹廢的、弱者的文化價值挑戰，高揚起獅子的道德。與此比照，「爺」的詛咒既承襲了尼采藐視世俗與傳統的狂人氣概，矛盾的是，「爺」的底氣終有些不足；「爺」也不願做上帝的羔羊，反倒從神父那裡騙了一回錢，可他也決不是獅子，至多是條狂吠的落水狗；「爺」從尼采那兒獲得了嘲笑世俗的勇氣，但也多半只停留在行動匱乏的觀念和獨白性話語層次。尼采「解放了存在於一切道德之中的任意性：由此破壞了人們賦予道德的神聖權威。……然而，當他想把自己的意志強加於人時，一方面，卻把一切道德推向虛幻之中。[233]「爺」的以動物自擬，自然使他遠遠不能企及尼采的蠻強，但這種自我降格之後的胡言亂語與胡攪蠻纏，著實也爆發出不可小覷的解構能量：對自我，對文化，對愛欲，對道德，對人類，爺都奉獻出人言的犬吠。與其說這個人物意味著道德的虛幻，不如說他嘲弄和質詢的是整個人類的文明。不過，因此斷言這部作品的原始主義性質或許也有點魯莽。

紀德和尼采一樣，起初都是虔誠的新教徒，後來又篤信非道德主義，但不同於尼采的道德家立場，紀德從未把自己看成是超人道德的捍衛者，他的「背德」完全出於生命的需要：一種尊重感官、沈迷於藝術的內在原則，他從福音書中引出審美的真理，在美的祈禱和藝術的信仰裡憧憬著極樂至福。《地糧》是這位在五十歲之前一直默默無聞的藝術家的代表作之一，它表明了紀德精細而飽滿的感覺力量，「每種當下的感覺，他都讓它保持不變，就像優質的鏡子反射圖像那樣。……每一視覺都保持著當初

233 張若名：《紀德的態度》三聯書店 1997 年 8 月版，第 25 頁

的純真狀態，它以嶄新的面貌出現在忘掉過去與不知未來這兩種虛無之間。」[234] 然而《地糧》的感官沈醉也被非難為赤裸裸的情欲和虛無主義（盧卡契語），甚至有人指斥紀德是「魔鬼附身的人」（亨利·馬西斯）。「爺」與紀德間的關係不是單一的，後者從宗教信仰走向生命藝術的朝拜，「爺」卻從詩的殿堂逃離，彷徨於歧路，最終與信仰擦身而過；紀德感官沈醉的純美與神秘，也許是「爺」曾經夢想過的，但注定已與他無緣，「爺」的墮落裡缺乏解放的快感和放縱的狂熱，常常演出的是剥落尊嚴的滑稽戲。紀德喜歡耶穌的一句話：「要想救他自己的人，反而失掉了他自己；但是，要想棄掉了自己的人，反而得救。」他像《聖經》裡的浪子，棄絶了世俗的幸福安逸，到曠野裡遍嘗苦果找尋自己，換來心靈的自由空曠和詩意，在荒野中，他發現自己從未忘懷上帝；王文興的「爺」也是自我放逐的背德浪子，但作者並沒有讓「爺」在吃盡苦頭後獲得救贖，「爺」的放逐是徹底的沈淪，其實，「爺」自己就敏感地意識到「深坑澳」這個名字的象徵性，它是深淵的代名詞。

與「爺」的精神聯繫最為密切的大約要算陀氏的《地下室手記》了，深坑澳裡陰暗的蝸居就是爺的地下室，「爺」就是地下室人。他們同樣無名無姓，疾病纏身，自棄自虐，自我放逐。地下室人堅信，自己與他人之間的關係是隔絶的：「我就是一個人，他們就是所有的人。」[235] 爺性喜孤獨，亦自外於他人。他們的敘述立場驚人的一致，都鄙棄歷史上粉飾做作的自傳回憶錄傳統，地下室人宣稱：「我就是要試驗一下：人們哪怕只是對於自己，能夠開誠布公和不怕説出全部實情嗎？」「爺」在長篇自叙

234 同上，第 29-30 頁

235 賴因哈德·勞特：《陀斯妥耶夫斯基哲學》，東方出版社 1996 年 10 月版，第 58 頁

之初，也對回憶錄文體大加嘲弄：「回憶錄，確實是一種奇怪的寫作方式，全不靠的『以後』的努力，而倒是靠的以前的努力——很有點像是整拿一筆人壽保險額一樣的。」兩人在思想上都持懷疑論傾向，在內省和辯駁過程中體驗痛苦與狂喜，地下室人雖自知不能以頭撞牆，但卻堅持抗拒二二得四的自明真理和必然性對人類意志的壓迫，「爺」對何為真正的自由如何實現自由等問題的思考，也可謂殫精竭慮。這二人都呈現出典型的雙重人格，都展現了作為抗拒者的個體，以否定抗拒來賦予自我意義與價值，對於「爺」，「做一個『背海的人』，是個體生命的惡劣、孤獨、沈重的存在情狀，同時也是存在下去的理由。」[236]托翁的《復活》觸及社會批判、道德反思和宗教信仰等主題，《復活》裡的命題也同樣是「爺」安身立命的動力，「爺」雖無聶赫留朵夫的貴族身分，但他卻私下保持了詩人的精神貴族意識，最有意味的是，王文興又讓「爺」以世俗化的金錢渴望作踐昔日的詩歌夢想，「爺」的後悔，對於《復活》的懺悔意識毋寧構成了深刻的反諷。托翁筆下的人物在經歷了苦難罪孽的煉獄後終於獲得救贖，「爺」卻無可救藥地沈陷於地獄（深坑澳）。

《背海的人》裡提及的四本書是我們理解「爺」的四條線索，四本書都深入探討了現代人精神與行為的複雜性以及存在的困境。每個作者都企圖從各自的角度對這種充滿矛盾的複雜性進行統合，尼采以激進的方式重估一切價值，紀德以燃燒感性生命的形式抵達信仰，陀氏則讓相互衝突的不同思想處於激烈的交鋒狀態以展現精神的分裂，而托爾斯泰把難於解決的所有問題最後交託給了道德的自我完善。實際上幾位大師的意義不在於解決了人的問題，而在於將人的複雜性更加豐滿也更加深刻地揭示了出來。王文興從他們那裡吸取思想和藝術資源，但並未亦步亦趨機

236 張新穎：《棲居與遊牧之地》，第 190-193 頁

械模仿，而是立足於臺灣知識份子切身處境，通過「爺」這麼一個思想駁雜境遇尷尬的臺灣外省人形象的塑造，表達作者廣闊的人文視野和終極關懷。

「爺」的簡陋行囊裡雖然沒有卡夫卡的《審判》和《城堡》，但是他自己正在夢魘般的城堡中，把生命變成一次荒謬的夢遊；「近整處」是一個破敗衰朽然而卻結構複雜的城堡，而深坑澳本身也就是一個藏汙納垢的村子，那同樣是一個鎖閉而荒誕的夢魘般的現實。紮東斯基認為，《審判》講述一個孤獨的個人痛苦地走上魔道的故事，而《城堡》則讓孤獨個人沈湎於集體的自發勢力而招致自我毀滅，K 來到陌生的村子，意味著一條從個人到匿名的集體生存的道路，[237]而「爺」來到陌生而詭異的深坑澳也有耐人揣摩的意味，這個孤獨的浪蕩子，也正是沈湎在深坑澳這個集體的自發勢力之中，最後導致了自我毀滅。雖然他的行止不乏鬧劇色彩，卻與《審判》中約瑟夫・K 的死如出一轍，都「像條狗似的」，没有尊嚴。

> 「一個同行者的兩手已經掐住K的喉頭，另一個把刀深深插入他的心臟，並轉了兩下。K 的目光漸漸模糊了，但是還能看到面前的這兩個人；他們臉靠著臉，正在看著這最後的一幕『像一條狗似的！』他說；他的意思似乎是：他死了，但這種恥辱將留存人間。」[238]

而「爺」的死狀出現在《背海的人》的附篇裡：

---

237 德・弗・紮東斯基著，洪天富譯：《卡夫卡和現代主義》外國文學出版社 1991 年版，第 46-47 頁，

238 《卡夫卡文集Ⅱ・審判》，武漢大學出版社 1995 年版，第 227 頁

「——在這一個港，這一凹澳，範圍外，不太遠，的的　海面處，有個，——小小的，——無有生命的軀體，在海水之中上，　下——之間，漂躺的這一個人，兩隻手，——反綁——，在　背方，——這是一個刮　光頭之人，這一個人的兩隻眼睛都洞開，——有一邊眼眸屬壞底。　止見到，這一具，人身，向著巨海的外遙揚去。」239

「爺」滑稽劇的一生的落幕，似乎讓作者也難以掩飾悲憐之心，畢竟，「爺」的荒唐無賴也有著人所未見的內心苦苦掙扎的一面，「爺」在書中自剖：「矛盾！——矛盾！——爺這一個人就是一個大大大大而又大的矛盾！——爺就是『矛盾』。」[240]我想，這應是王文興這本書裡最想說的一句話，而這團矛盾終究難以解決，於是作者誠實地把「爺」交給了死神，他別無選擇！用「爺」的死為這部臺灣知識份子的精神私史畫上了一個蒼涼無奈的句號。

不難注意到，王文興塑造「爺」這個人物形象時，精心設置了人物複雜難辨的身分，雖然我們看到了他身上不容置疑的知識份子特性，但是，顯然作品的意圖不僅要表現知識份子內省的傳統現代主義主題。作者有意模糊人物的身分，不只增大了人物的活動空間，也加強了人物的表現力。畢竟，「爺」這個形象反照出的是人的境遇，或者說是境遇中困難的人。[241]這個形象的意義

239 《背海的人》下冊，洪範書店 1999 年版，第 371 頁

240 《背海的人》上冊，第 31 頁，

241 最近，在一次訪談中，王文興自己談到《背海的人》的主旨和特質時說，「……不過《背海的人》的社會寫實畢竟還是次要的，重要的還是 the human condition，也就是『人』的境遇。」這個看法也證實了我的想法。參見《中外文學》第 30 卷第 6 期第 35 頁

因此也逸出了臺灣知識份子精神私史建構的範疇。

六　荒謬境遇中的自我抉擇以及倫理拷辨

1. 憂鬱而偏執的存在主義者

七等生曾經擁有過多種命名：「隱遁的小角色」[242]「在火獄中的自焚者」（張恒豪）、「文學使徒」和「彷徨一代的靈魂」[243]，一個人間「凡夫」、「脆弱的神明」，[244]等等。如果從存在主義這個視角看他，或許可以稱他為一個「臺灣底層小知識份子中灰色的存在主義者」。與白先勇、王文興等相比，七等生的身世與個人氣質決定了他與存在主義的另一種對話形式。存在主義標舉個體主體性，存在困境裡的絕對自由，人的主動選擇並為之負責的觀念，個人與社會、他人之間隔離難以溝通的孤絕意識、強烈的荒謬體驗等等。個性中有著悲觀虛無傾向的七等生自然不難從中感到共鳴，在他的作品裡留下了存在主義鮮明突出的印跡，以至於言七等生就必稱存在主義，成為一些文學史寫作者在論述七等生時一個最為通行的做法。然而，七等生為何從早期的浪漫派思維和創作觀以及模仿海明威的熱情，轉入相對冷峻的存在寓言式寫作，並產生了被指稱為他的代表作的玄思作品《我愛黑眼珠》，他作品中生硬的觀念與晦澀的語言表述，亦真亦幻而難以理喻的怪誕想像，為何在歷經一些批評家毫不客氣的指責的同時，總是吸引著另一些批評者從道德架構到宗教理念做艱苦追

---

242 瑪瑙：《聯副三十年文學大系／評論卷3現代文學論》第153頁，聯合報社1981年版

243 鍾肇政：《文學使徒七等生》見七等生《白馬》集第1頁

244 七等生的自我命名，見《情與思‧五年集後記》，《隱遁者》

尋？受本章論題限制，下面的兩部分不可能在此全面展開對七等生整個藝術追求和精神世界的討論，而力圖描述存在主義觀念為何與他的生命能夠相通，以及他作品中的存在主義意味，同時也關注存在主義理念對於他的精神形構、自我認同的形成所起的積極作用和消極影響。

愛里克森（Irik.H.Erikson）的認同理論認為，童年的壓抑對人在成長過程中的認同造成障礙，而青年時期是人生的關鍵期，容易發生認同角色紊亂，引發認同危機；泰勒也認為現實中總有一些人會陷入認同危機的處境，「一種嚴重的無方向感的形式，人們常用不知他們是誰來表達它，但也可被看作是對他們站在何處的極端的不確定性。他們缺乏這樣的框架或視界。」而一些「自戀性人格失常者」則對人的自我和什麼對人有價值「採取了極端不確定的形式。」[245] 在我看來，七等生青年時代的自我認同危機，就不同尋常地影響了他的創作，不僅如此，七等生曾說「我的生活整個投影在這些作品中」，[246] 因此，瞭解他的文學文本與本人生活間的關聯，就有了必要。七等生七歲時，臺灣光復，而父親失去了鎮公所職位，家境陷於貧困，貧病交加之下，父親的性情特別暴躁，「他逝世時我才 12 歲時，由母親擔起生活的擔子。」[247] 七等生的少年時期因此壓抑而痛苦。貧窮造成的困窘屈辱，父親的陰影，在他多篇小說裡都極易辨認出來。父親形象永遠是失意而暴烈的，那是個被生活徹底擊垮了的人，狂暴易怒，孩子面前，他有時像個惡魔。1962 年長兄因肺病去世，不幸的哥哥是個民間藝人，一生鬱鬱不得志，他的遭遇被七等生寫進長篇小說《沙河悲歌》；在以哥哥為原型的長篇小說《沙河悲

245 查爾斯．泰勒：《自我的根源：現代認同的形成》，第 37-38 頁

246 七等生：《小全集序》，《白馬》第 17 頁

247 七等生：《困窘與屈辱》，自《銀波翅膀》第 133 頁

歌》中，盛怒之下，父親竟一棒打斷了哥哥的手臂，將哥哥致殘。自卑、敏感，缺少安全感，對外界缺乏信任，他的個性過早種下了底層憤世者沈默叛逆的因數。中學畢業後考入公費的臺北師範藝術科，在學期間，曾因抗議校方伙食太差而被勒令退學，這件事被寫進自傳體小說《瘦削的靈魂》[248]，他的作品集後列出的寫作年表裡，也鄭重其事地標示了出來。同時期失戀的打擊、遭老師刁難延遲畢業等遭遇，對他的心理成長也造成了消極影響。他沒有白先勇、王文興等人那麼幸運，能置身在有著自由開放的思想氛圍的名牌大學，碰到夏濟安等有知遇之恩的老師，也無緣認識一批志同道合的朋友。更何況，家庭的極度貧困一直是他不能擺脫的陰影。他長期生活在不穩定中，失業、當園丁，作過廣告設計師、在咖啡館打過工，在鄉村小學任教是他幹得最久的工作。1969 年無法在城市找到自己位置的作家離開了臺北，1970 年舉家回到出生地通霄定居，從此開始了真正的隱遁。因此，他青年時期的激烈行為，表現出個體意識的覺醒，同時也充滿自我認同危機，個人生活缺乏積極性引導力量，孤獨、苦悶、不如意，萌生出混亂而尖銳的反抗情緒，在個人與體制（權力機構），個人與社會、個人與他人之間，他無法保持一種和諧的關係；這種精神形態促成他步入社會後長期的不適應，而他充滿小人物悲哀和屈辱的經歷又再三強化這種緊張關係，這些現實的與個性的因素，深深影響了他在小說敘述的基本視角。坎坷的生活遭遇裡，文學創作成了七等生唯一的慰藉。

文學創作，一開始就是七等生絕望苦悶中本能的自救，那時的他情感受挫，生活缺乏方向感，「心情逐漸變得抑鬱，學業完全荒廢，投身在繪畫的狂潮裡，且在一個沒落的礦區隱沒了自己。但繪畫還是沒能成全我。……消沈到了極點，我告訴我自

248 又名《跳出學園的圍牆》

已，必須記載些什麼來打發時間，我寫出了我一生中的第一篇小說，名為《撲克、失業、炸魷魚》」[249]。在自我認同危機時期以及此後的「認同延長期」，浪漫主義的自我宣洩自我表現，使他可以通過文字紓解心靈苦悶。在《情與思》小全集〈序〉裡，他如此夫子自道：「我因此相信文學是一條解救之道，每個人在此經歷的道路上，必定能獲得個人身心的解脫，同時這資訊也能洗淨人類的心靈，可是惟有一個條件：從事文學創作是由個體的生命意念作為起點，而非服從某種極端思想作為它的工具時，才是如此。當我們的個體思想能夠完全保持自由與獨立狀態時，也才能寫出有韻律的章節，且透過這些演化的心語獲得有心人的共鳴。」[250]用文字書寫自我尋找精神慰藉，並不懈地尋求生命價值的確證，建構自我認同，就成為七等生堅持文學創作的內在動力。

文學藝術的補償作用，是精神分析學所肯定了的一個常識，用來解讀七等生這類命途多舛的作家，也許具有一定的説服力。在現實世界中，他始終是個「小角色」，邊緣人，被排擠在主流之外的黯淡角落；而在他的小説世界裡，男主人公雖仍然渺小卑微，卻常常是不同尋常的藝術家或者孤獨的英雄，孤傲、自尊、蔑視權威和世俗，富有叛逆性，也渴望愛情，而且，常被女性欣賞和關愛；而那些人物，總與作者有著幾分相似。可以理解，浪漫主義的文學自我表現，是七等生小説精神的一個不可忽略的組成部分，他確信通過文學能夠找到一種面對世界和自我的存在方式，他覺得應該「把文學視為生命求知的探討的手段，透過它瞭解人類歷史和世界環境，更真確的是使我們窺見內在的理想；在那內在的世界的血脈跳動中，使我們感悟了某種情感的資訊，溝通著精神，使我們內在的理想彙集一致，無論快樂或憂傷，使我

249 七等生：《情與思．小全集序》，見《白馬》第 11 頁

250 七等生：《情與思．小全集序》見《情與思》第 7 頁

們共用和分擔。」[251]這種近乎浪漫的文學觀支撐著作者在極其困難的狀況下也不放棄文學，誠如鍾肇政所言，他是一個虔誠的「文學使徒」。

鍾肇政還說，七等生是臺灣「彷徨一代的靈魂」，是「彷徨者之中最彷徨的一個。」[252]正因為內心的彷徨，使他對「迷惘的一代」的代表作家海明威情有獨鍾。他在每本書後開列的創作年表上，還特意標示出1959年閱讀過海明威的《戰地鐘聲》、《戰地春夢》、《旭日東昇》等作品。從他的早期作品，明顯可看出對海明威的模仿，海明威式的對話和場景處處可見，而他對此並不在意，他甚至直接借用海明威小說人物的名字，比如「狄克」這個海明威小說《醫生和醫生太太》中的人名，就被拿來當作他的小說人物名，並且還大大方方地出現在小說標題中：《狄克·平凡的女人·漁夫》。懷孕女子與她的男友之間的故事，這個模式，一次次在他小說裡重現，不能說就一定是海明威刺激了他的靈感，但可以確定的是，《山像只怪獸》這篇小說，顯然借鑒了海明威的《白象似的群山》，只是海明威故事中的男女主角，變成了七等生小說的次要角色，成為主人公「我」的故事的引子；一樣的車站，一樣的懷孕女子和她的男友，但接下去所發生的一切卻已經面目全非。這也表明，七等生並不甘心照搬別人的東西，哪怕他是自己非常喜愛的作家。年輕的七等生喜歡《老人與海》，喜歡海明威小說裡的硬朗有力，和無法掩飾的悲哀，被那裡面很男人的特質所吸引，他早期小說也常常流露海明威式的堅毅與滿不在乎，但那種影響多少有些外在，有時還使他的文體顯得有點矯揉造作。不過，他看重的海明威，有著眾所周知的冰山敘事特色，這對一個起步創作而且充滿自我發泄意識的作者，也

251 同上，第6頁

252 鍾肇政：《文學使徒七等生》，見《白馬》第2頁

許是一種有用的遏制，他會不屑於直接地簡單地一味抒情。而且，在我看來，海明威與衆不同的個性與他的存在主義迷思是最能引起七等生共鳴的。海明威的作品常常表現戰爭、性愛、暴力、死亡，他的書中流露出巨大的迷惘，對人類命運的迷惘，而這種生命的迷惘也是存在主義哲學的根本所在。一直與困窘屈辱生活抗爭的七等生，他所理解的人生本相也總是憂傷的，

> 「假使有人要問我，『喂，老七，你的想法不就是一種憂傷嗎？』我會說是的。……憂傷對一個凡夫而言是來自他生活的事實。」[253]

這種憂傷也不僅是個人生活的結果，它也是60年代具有代表性的一代人的憂鬱。（王尚義是另一個苦悶一代人的代表。）因此，七等生文字裡的憂鬱氣質才會具有特別的吸引力，多年後，三毛還這樣回憶：「你的文字境界，自小以來是某種時空魅力，對我而言，那份時空是一種巨大的寂寞，感受到的東西，没有朋友可能分享，是有一些悲傷的。在你的文字中，我被鎖入另一座城堡」[254]他擁有一群和他一樣苦悶孤獨的惺惺相惜的讀者，他們需要七等生，「七等生……永遠那麼憂悒，永遠為我們創造著午睡時的夢魇一般的世界。好在我們有了七等生，否則我們這種無由排遣的煩悶會逼得我們去自殺呢。」[255]這從一個側面讓人感受了六十年代窒悶壓抑的時代氣息，這種世紀末氣息裡的虛無病症，正是那個時代青年知識人集體性自我認同危機的表徵。如白先勇所感受的那樣，文化認同、民族國家認同，階級認同，這些

253 《五年集後記》自《情與思》第127頁

254 《兩種文體——阿平之死》第155頁

255 讀者魏仲智給七等生的信。

沈重的課題一起壓迫著無根的一代青年，匯入他們青春期的自我認同危機之中，造成六十年代臺灣社會蘊含著反叛元素的憂鬱苦悶的文學精神。也許正因此，呂正惠認為七等生現象值得研究。

對於曾經持久地受困於自我認同危機的七等生而言，六十年代風行的存在主義自然也會給他帶來一定的衝擊。認同危機的標誌是缺乏方向感，無法確定自我的價值和生活的意義，而存在主義關於人的自由選擇觀念，克爾凱郭爾的審美道德宗教三階段論，以及那種在沈淪與拯救中掙扎的個人體驗，薩特的洛根丁式體驗以及關於選擇、隔絕等存在主義理論，加繆的異鄉人意識，等等，都可以給性情憂鬱又偏好冥思的七等生帶來啟示，他的作品裡確實也能找到許多相應的思考。尤其他的名作《我愛黑眼珠》，似乎是薩特自由抉擇理論的一個具體例證，因此，從存在主義角度讀解七等生已被多數學者認可。與白先勇小說隱含著淑世情懷的時間哲學不同，與王文興在塑造荒謬反英雄時的精英化審美主義精神也不同，存在主義對於七等生，正是他自己與世隔絕生存困境的一種解釋。孤獨、悲觀、脆弱、喜好哲學冥思，性情氣質使他不難接受存在主義思想，而人生經驗的痛苦也令他不會排斥「他人即地獄」這類存在主義極端信條。

此外，卡夫卡、陀思妥耶夫斯基這樣的存在主義作家也對他具有吸引力，尤其是卡夫卡或許對他而言更加親切，憂鬱怯懦的個性與他相通，荒謬怪誕的想像也與他有幾分神似，甚至連不和諧的父子關係也有些相近。他曾經接觸並探究過卡夫卡的作品，在《八又二分之一的觸探》裡，他說，「不懂文學的人看德國人卡夫卡……懷著一層煙霧的神秘感覺。」（《情與思》第175頁）最接近的或許是兩人的神經質般的尖銳恐懼。卡夫卡小說總是呈現出一個沒有安全感的封閉的恐懼世界（《城堡》、《地洞》）；七等生也常表現被傷害被追擊被圍困的恐懼，如《巨蟹集》中，「他」一次次感覺受到窺視跟蹤或陷害，

「她繼續往前走，感覺在背後有人窺伺觀察他，他的腳步因此有些飄搖不穩。他沒有回頭去注意亭子到底在他走過後又成為怎麼樣，由於他的孤獨，他竟陷於一種非常膽怯和過分思慮的不按境遇。」[256]

有時，他的小說展現的是一個迫害狂的世界，一個譫妄症患者極其主觀的詭異莫測的世界。女作家「平」曾經在給七等生的信裡這麼說：「你的來信中有一種幻想——精神病人和天才的幻想，這不是砭或褒，這也是我的世界中常出來的東西。」[257]病態的想像或許是現代派文學家的某種共同特徵，如果把卡夫卡與七等生作個簡單比較，會發現，兩人的作品竟有許多相似之處：都敏感於個人與他人之間的隔絕；都悲觀地認定孤獨的個人敵不過體制，逃不出體制的壓迫；都習慣於以荒誕、變形的方式表現自我的想像，處理自我與他人、自我與社會之間的關係。如果要用一些語詞來描述七等生小說裡的人物群像，我會選擇「孤獨」、「荒謬」、「恐懼」和「自我隔絕」。[258]存在主義的虛無觀念和荒謬激情，也不時地盤旋在七等生陰鬱窒悶的小說中。閱讀七等生的小說和他獨異的人生，人們會發覺，七等生將藝術與人生完全一體化了。他從一己的個人體驗，發現了人生虛無頹敗的一面；從此，與這虛無進行無休止的抗戰成了他精神的必修課。我想，正是這樣孤獨與執拗的精神拷辨對部分習慣於內心生活的讀

256 七等生：《巨蟹集》見《隱遁者》第 107 頁

257 《兩種文體》第 67 頁

258 但他又相信並渴望與少數人有深入的靈魂之交流，他稱之為「神交」。他一直對家人有歉疚之心，自我辯解說，自己離開家人獨居山中的行為是出於一種特別的愛；他讚美聖·方濟以及史懷哲這樣的聖徒，因為他們懷有大愛和悲憫；不過，這些接近宗教的精神體驗大多是 70 年代中期以後才出現的。

者具有了特殊的吸引力。你儘管不一定會認同他的文字世界，他的人物和價值觀，但卻可能對那些人物的精神矛盾和困窘懷抱同情。在七等生獲「中國時報文學推薦獎」的評語裡，馬森曾經這麼描述道：七等生的魅力在於，「他從不曾欺哄過它的讀者，他是少有的一個敢於把他的光明與陰暗面同時呈現于人的作家。……這種真誠的態度，正是所有大藝術家的共同特質。」[259]

有趣的是，他在1972年卻戲仿了這篇陳映真60年代的名作，寫成新作：《期待白馬而顯現唐倩》[260]。這篇小說顯示出了憂鬱的七等生少有的幽默，它大段大段地將原作照搬至此，只在其間穿插「我」在沙河此岸耐心等待「白馬」的若干片段。雖然只是戲仿，卻暴露了七等生式的精神衝突。這篇小說保存了陳映真對時尚化哲學思潮的厭惡和嘲弄態度，以及對客廳咖啡廳中高談闊論存在主義或實證主義的平庸知識份子的蔑視；不過，改寫之作在情態趣味上有所改變，它不再有著自感真理在握的鬥士般的正義勇猛，或者說它的關注重心變了，它不急於社會批判，而是樂於試煉自我，從中不自覺流露出對臺灣知識份子「心靈中的某一種無能和去勢的懼怖感」的懼怖，這種懼怖並非與己無關。因此，彷彿為了證明擺脱這種懼怖的可能性，作者安排了「我」這個與衆不同的隱遁者，讓「我」在高蹈虛玄的「白馬」和魅力四射的唐倩之間，堅持自己堅貞崇高的選擇，經受住了考驗。但「我」同時卻又一次次受到魅惑，

> 「她看來依然如此的美麗動人，似乎永遠不變質地倚立在對岸。我期待白馬卻顯現了唐倩。」（第20頁）
>
> 「唐倩在對岸酷似一杯玫瑰花釀成的火酒。她是全身

259 遠景版《七等生作品集》封底。

260 見小說集《我愛黑眼珠》

都是熱力和智慧的女人，是男性得以完成的女性。」（第27頁）

顯然，「我」，也許就是作者，被這個「完美女性」的夢幻深深吸引住了，因此，「我」冷冷的拒絕多少顯得有些不合常情，甚至虛偽，請看結尾處：

「時間過去了，沙河把我與那邊的陸地分隔開來。唐倩在對岸呼喚。但是距離太遠了，聲音傳不到我的耳裡。我看到她解下身軀上的上下兩條布片，她完全赤裸著，像蠟燭上跳動的火焰，對我揮動旗語。但你無法辨識和瞭解這種玩意。我的心在高原。我期待白馬而顯現了唐倩，因此我像石塊一般地坐著，即使她能展翅飛翔過來，亦不能壓倒我。我看著她把布片綁回到身上，把地上曬乾的衣裳穿上，然後像來時一樣扭動著身體轉身走回去。」（第30頁）

所以對七等生而言，原作的犀利批判雖並未受到損害，可是改寫之作將整個原作當成了主人公隔岸觀火的對象，有了此岸的「我」的觀照，被看的一切就僅僅是一場發生在對岸的喜劇，與我無涉；真正與「我」構成關係的只有這個唐倩。唐倩的誘惑當然具有象徵性，她是亮麗的塞壬，是靡菲斯特，她越是被表現得光彩奪目，最終「我」的獨善其身和持守理想就顯得格外光榮。——然而這種光榮，在世俗的男子看來，也許只是個不真實的笑話。其實，七等生小說裡的唐倩已經不再是個實體，她只是遙遠的一顆星，一片雲，一個抽象的誘惑：

「在白日她是一個到處移來移去的陰影，在夜晚像是一顆星。但她不能對我構成意象。因為我只期待白馬從接連宇宙的大山上奔馳下來，通過沙河來到我這裡，使這裡的土地富饒起來。我這樣確信著：當唐倩的時代過去後，白馬會降臨。無疑，我這樣地期待著。在沙河岸邊，我搭蓋了一間小屋，我在此居住，在此等待。」（第 31 頁）

超驗之「白馬」與人間的唐倩的矛盾再次演繹了靈肉衝突的戲劇，或入世與超世的衝突。白馬隱喻高潔渺遠的靈性的世界，唐倩則指向肉體的、鮮活生動的欲望世界。「我」的克制與選擇之艱難，讓人看到七等生小說裡靈肉的二元性與對立性。這次文本互涉的結果是：現實主義的社會諷刺搖身一變，成為一次浮士德式的孤獨心靈事件，很能凸現陳映真、七等生二位六十年代崛起的臺灣知識份子迥異的思維與感知方式。一個從現代主義的虛無陣營奮力突圍並反戈一擊，痛定思痛，從一個憂鬱偏執的知識人變成一個無畏的唐吉珂德；另一個，則在經歷了某種不露痕跡的否定後，向著內心深處進一步後退——他有意識的後退據守之地正是自己的故鄉土地（沙河、世居、母親）。這個隱退，也許是作者對當時顯露端倪的本土化浪潮已有所回應，不過更多的可能還在於七等生自我認同的進一步調適與確認。[261] 隱退所依據的「沙河」和自建的小屋，給了他一個靈魂棲息的蝸居。他更沈浸於靈性的內省生活，並樂此不疲地承受／享受孤獨。

如加繆所言：「小說活動意味著對現實的一種否定。但是這種否定並不是一種簡單的逃避。人們是否應在其中看到高尚靈魂的後退運動，在黑格爾看來這種靈魂在其失望中為自己創建一個

261 七等生似乎永遠不會成為衝鋒陷陣的戰士。底層體驗帶給他的痛苦屈辱並未喚起他戰鬥的欲望，他只是怯懦地祈求著憐憫和寧靜，祈求著文字中虛玄的光輝。

在其中只有道德統治著的理想的世界。」[262]這是一種存在主義式的理解。但是，從「我」對唐倩的拒絕，我們看到七等生小說裡那種道德抉擇主題的一點痕跡：雖然被唐倩吸引，但這不能成為我背叛白馬的理由，「我」嚴肅地選擇了「白馬」，「我」用對白馬的確信拒絕了唐倩。無論「白馬」是否真的降臨，但有了這種確信，白馬終會戰勝「不對我構成意象的」唐倩。可以斷定，70年代初期的七等生已經擺脱了原教旨的或是風行的世俗化了的存在選擇理論，這裡的選擇已經不同於薩特意義上的自我抉擇，七等生用本地傳説中的「白馬」意象為依據，建構自我精神之烏托邦，顯示了不同於六十年代的另一種進取的時代精神，他要證明，一種穩定的貼近大地的自我正在形成。超驗的「白馬」可望不可及，它是一個典型的知識份子精神烏托邦，而且多少有些浪漫和犬儒；「白馬」所喻指的理想究竟有些虛幻，它完全內在於作者的心象之中，但它畢竟也代表了一種有勇氣的拒絕和否定，以靈性修煉與藝術的方式所作的一種對現實的否定。

作為一個備嘗生活艱辛和時代苦悶的臺灣底層小知識份子，七等生把他的辛酸、他與生活的苦鬥，他的心靈交戰，他的信仰世界，越來越樸素地寫進他70年代（特別是70年代中期）以來的一篇篇作品：《沙河悲歌》、《瘦削的靈魂》、《老婦人》、《散步去黑橋》、《耶穌的藝術》、《兩種文體》等等，在散文化的自由書寫中，讓我們看到了七等生幾經掙扎歷經滄桑後的豐富心靈。這個在小説中製造出無數個奇怪姓名[263]、狂人形象以及荒誕場景的作家，從起初就立意要與衆不同。僅從他的筆名也許就能瞭解，青年時期的七等生就是多麼在意個體的特殊存在，他原名叫劉武雄，是個容易與他人混同的名字，所以改成與衆不同

262 加繆：《置身於苦難和陽光之間》第156頁

263 如：亞茲別、余索、土給色、魯道夫、賴茲、安息、白醜等等。

的七等生。他的解釋是「寫作是要保全自我的記憶且一併對世界的記錄，把我與本來是混在一起的世界試圖分開來，所以筆名對於我，是我對生活中普遍的一切要加以抗辯，尤其在我生活的環境裡，他們幾乎是集體地朝向某種虛假的價值的時候。」[264]堅持自我獨特個性之存在價值的信念貫穿所有作品，但傲岸不馴的自我逐漸為卑微凡人的自我所疊映覆蓋。浮躁的日子裡文字的「狂書」過後，七等生尋尋覓覓、細細反芻，在一個紅塵之外的角落，用他從生澀燥鬱到澄澈詩化的文字和感覺踽踽獨白，一徑敘說著底層知識份子個人化的心語。終於穿行於佛禪與基督之間，求諸宗教信仰，至塵埃落定，接近自我超脫之境界。由生活之苦澀回味、由思緒之雜亂糾纏、由心境之變幻萬端、由情感之輾轉反側，也奇特地投射出歷史、時代車轍駛過的亂痕雜影，甚至也無意間照出時代轉型期民族性的歷史陣痛。個人的有限經驗經過深度的開發，從其中獲得了「真正知識」，比如「居安思危」，比如「『憂患』才是真正的一種自救之道。」（《維護》）他也許從來無意去描畫或表現一個宏大的題材，他不能信任自己感覺能力和想像世界之外的事物；將笛卡爾的「我思故我在」改寫成「我感覺故我在、我自由故我在」，我以為也許正是七等生的生命哲學。他渴望著自由、寧靜，但要達到心靈的寧靜與超脫，他似乎需要付出比旁人更艱苦的代價；而且，他深知「存在此多難的現世強不作愁是一種假勇敢的哲學，」[265]因此，為了瞭解他和六十年代臺灣知識人的偏執和偏執中的掙扎，有必要回首瞭解他那些灰色而晦澀的小說。

264 《情與思・五年集後記》第 126 頁

265 《維護》自《情與思》第 184 頁

2. 荒誕境遇中的異鄉人／局外人

「如果我們的創作衝動出自我們內心最深處，那麼在我們自己的作品中所能找到的永遠只是我們自己。」

——薩特《什麼是文學》

從作品的自傳色彩這樣比較表面的層次看，七等生執著於記憶、回顧和辨析自己的身世與履歷，特別是那種苦難屈辱的底層生活經驗，似乎構成了他揮之不去的人生夢魘。對七等生而言，把今天和未來全部抵押給糾纏不已的過去，或者通過遺忘把難堪痛苦的過去不負責任地託付給今天和明天，同樣是不可能的事。「童年的貧窮和年輕時的懦弱失意是不可分地相繼纏絆著他，那樣的東西像他的朋友。可是這一些東西在過往之後有時能回味一點摻雜其中的歡樂，因為智慧在維繫著他的生命，而真實和坦白的心使他活著而有一點點生氣。」[266] 惟有訴說，自言自語地呢喃，這種自我個體的自由敘事就成了一樁嚴肅的倫理實踐，以化解和安慰自我無法安寧的鬱結心靈，人生經驗的困境被神奇的文字置放在了一個個存在主義式的存在境遇裡。冗長的、棄置語法的、個體化的隱晦表述正好與作品純粹個人論壇性質的內容吻合，宏大的普泛性的人民敘事與七等生毫不搭界，每一種奇特的生硬的敘述方式訴說著一種奇異的人生境況，不僅僅是檢視一些難忘的經驗，癡迷於某些閃爍的片段，回味那些美妙的哀愁與喜悅，更是反覆尋繹自我形成之隱秘源泉，在個體與世界的關係中持恆不息地追索命運的真相。

七等生的自傳式寫作是心靈自傳，或精神私史，一種專注的內視寫作。而當七等生努力避免鏡像式的模仿現實的做法，也想

266 《初見曙光》，見《來到小鎮的亞茲別》第 133 頁

迴避60年代以前臺灣文學界過度抒情感傷的浪漫書寫形式時，他選擇了現代主義的一種常見敘事方式：寓言體，儘管他的心性裡永遠不乏感傷的浪漫氣息。七等生曾經如此表述自己的寫作方式：「作為一個現代文學的寫作者的我啊，早就卑視那浮表的事件的記述的不能共鳴的事實，這使得我必須把心靈演化為形式，用幻想作內容直接來感應你，當你接住我的傳播的感應時，能使你從我的幻想再恢復到現實，那麼你看到的將不是發生在我身上的單獨的特殊遭遇，而是生命的你也同樣會遇到的普遍事實。」[267]劉紹銘最早將他的這種寫作稱為寓言寫作，這種說法得到了評論家的一致認可，也與他自己所反覆表明的創作觀相吻合。七等生自認為他的這類小說是一種典型的理念小說，是一種可以表達他的生命哲學的書寫形式，也是一種自我反芻的沈思遐想性寫作。而他最具個人風格、被人評論爭議最多的應該就是這種寓言體小說。

在七等生的寓言體作品中，荒誕的人物、怪異的事件、離奇的情節，真幻莫辨的場景、陰鬱灰暗的氛圍，以及反日常性的對話，構成了他的典型敘述風格。他似乎從來不操心他的作品是否符合那種外在的真實，因為他寫的是自己的心象。擺脫了外在的一切束縛，他的創作徑直切入自我的意識與潛意識：一個夢幻與現實交織的自由世界。60年代創作的《我愛黑眼珠》成了他的成名作以及代表作。此外，像《僵局》、《跳遠選手退休了》、《白馬》、《AB夫婦》、《巨蟹集》、《林洛甫》、《灰色鳥》等也都屬於這類寓言小說。這些小說編織成了一張霧氣森森的巨網，作者總是把人物安放在這種介於現實和幻想之間的荒謬情境裡，讓他們在尷尬、困窘、焦慮中作出痛苦的選擇。怪誕的場景和荒謬的激情，形成了七等生寓言怪誕小說的基本情境。

267　七等生：《致愛書簡》

德國學者沃爾夫岡・凱澤爾（Kayser Wolfgang）的《繪畫和文學中的怪誕風格》一書提出了現代主義的怪誕風格理論，他認為，在一個怪誕世界裡，「某種敵對的陌生的非人的東西」佔據著主要的位置。什麼是怪誕？怪誕就是變得陌生的世界，現代主義的怪誕就是「『伊底』的表現形式，」怪誕中的傀儡母題、瘋癲母題都是『伊底』的異己非人力量的感覺，怪誕表現的不是對死的恐懼，而是對生的恐懼；同時，怪誕風格是為了擺脱虛假的「現世的真理」而採用的一種自由眼光，混合著痛苦的詼諧一經轉化為荒誕，就具有了嘲諷、無恥以及撒旦式獰笑的特徵。巴赫金這樣概括凱澤爾的怪誕觀，在怪誕世界中，「原來屬於我們自己的、親密的、親近的東西，忽然變為陌生的和敵對的東西。正是我們的世界忽然變為異己的世界。」[268]凱澤爾肯定了現代主義的怪誕意識，他把怪誕視為「意圖袪除和驅逐世界上一切邪惡勢力的一種嘗試」，在他眼裡，怪誕是同荒誕玩弄的一種智術，是藝術家以半是玩笑半是恐懼的態度同人生那種極度的荒誕現象作的一種嘲弄。[269]

古已有之的怪誕到存在主義那裡，上升為一種有著普遍意義的當代世界觀。在著名的荒誕小說《局外人》裡，加繆讓默索爾演出了一個局外人荒謬的一生。他心安理得天真無邪得近乎白癡，他被拋到這個世界上，不負責任也從不辯解，他引起社會公憤，是因為他根本不遵守遊戲規則，[270]然而遊戲規則卻荒謬地判處他確實應得的死刑，不是因為殺人，而是因為他在母親的葬禮上沒有哭，他真實地袒露自己殺人的原因是陽光刺痛了他的眼睛。坦然自己的獨一無二，與多數人的世俗道德不相為謀，那就

268 《巴赫金全集》第六卷，河北出版社 56 頁

269 菲利普・湯姆森：《論怪誕》，25-26 頁

270 薩特〈《局外人》的詮釋〉，《薩特文論選》58 頁

顯然犯了衆怒，因此這個被判了死刑的人也無話可說。他只覺得厭倦，那冗長的法庭辯論似乎已與他無關，他甚至打起了瞌睡——這個與死亡只有一步之遙的局外人因死亡而變得強大，連死亡都漠然視之的人還會懼怕什麼呢？「《局外人》表現了意欲依照人的存在的不確定性老老實實地生活與試圖把普遍的道德價值觀強加於這種不確定性，這兩者的分離。」[271] 如果說莫爾索的存在荒謬多少顯得有些盲目任性，直到小說結尾神甫的探望才激起他激情的反抗與自由的呼聲；那麼在《西西弗神話》中，荒謬／荒誕，得到了哲學化的闡釋與提升。它也是對一系列存在哲學家思考的某種重新聚焦和回應。從克爾凱郭爾「致死的痛苦之後一切皆空」的「不治之症」，到海德格爾意識到「世界不再能提供給焦慮的人以任何東西」而產生的「煩」；從雅斯貝斯對任何本體論喪失信心，在「虛無成為唯一實在」的意識裡企圖重獲拯救的呼籲，到舍斯托夫在信念化為僵石的荒漠中發現心靈抗辯的意義；從尼采精神的橫衝直撞到薩特所強烈感受到的「噁心」，加繆看到了現代思想家痛苦的領地，在那裡，「理性面對這心靈的吶喊一籌莫展，」[272] 他發現了一堵「荒謬的牆」。加繆在《西西弗斯神話》中這樣解釋荒誕：「一個哪怕可以用極不像樣的理由解釋的世界也是人們感到熟悉的世界。然而，一旦世界失去幻想和光明，人就會覺得自己是陌路人。他就成為無所依託的流放者，因為他被剥奪了對失去的家鄉的記憶，而且喪失了對未來世界的希望。這種人與他的生活之間的分離，演員與舞臺之間的分離，真正構成荒謬感。」[273] 在加繆這裡，荒謬並不單指客觀的世

271 阿諾德・P・欣奇利夫著，李永輝譯：《論荒誕派》昆侖出版社 1992 年 2 月版，第 58 頁

272 加繆著，杜小真譯：《西西弗神話》第 33 頁

273 同上，第 6 頁

界或主觀的人，不單指世界的非理性或是人的異化，它兼指世界與人尤其是二者之間的聯繫，它意指人的存在的全部真實，包括人對這種真相的認識本身帶來的反抗的激情：西西弗式的激情，「一種在所有激情中最令人心碎的激情。」[274]在加繆看來，荒謬的激情，就是抗拒理性的所謂「光明之路」，以知覺的現象學方法揭示一個「充滿矛盾、對立、焦慮或軟弱無能的難以言狀的世界」，是所有存在哲學家的共有特徵。[275]

七等生的寓言體小説裡的荒謬意識，正符合加繆所言的現代人的荒謬感。荒誕的情境與荒誕的激情，將個體的人與世界緊緊聯繫在一起。這是浪漫的七等生超越或背棄浪漫的一面。他的小説裡，荒誕依附在作者自由渙漫的想像裡，彷彿潮濕的山間無邊蔓延靜靜生長的蕨類植物。這種荒誕反覆出現，成為七等生小説精神世界最讓人疑惑也最有意味的部分。

《來到小鎮的亞茲別》裡的亞茲別，冷漠、憂鬱，沈默、固執，被小鎮曖昧不清的象徵牢牢吸引，莫名其妙地成為竊賊，憂傷地告別所愛的人，最後跳進河裡，河水終於把他的屍體帶到小鎮，帶向大海。實際上，亞茲別是被死亡的本能誘惑了的；同時，亞茲別之死，也正是加繆所説的以荒謬為起點的哲學性邏輯自殺，他死於一種現代人的荒誕虛無病症，他是一個消極型的為存在所苦的人，卻無力承擔西西弗式的荒誕激情。《跳遠選手退休了》裡，高大俊美的主人公被夜晚高處的一扇不凡的窗口所吸引，「亮麗的光層」裡動人的「美」攝走了他的心魂，他覺悟到自己「窺見了美」，為了越過自己與那扇窗口之間的鴻溝，他每夜勤練跳遠，無意間成了這座城市成績最優異的跳遠選手。然而，他拒絶為城市市民表演自己的絶技，他只一心一意為著自己

274 同上，第 27 頁
275 同上，第 29 頁

內心的目標而不屈不撓。但是他的緘默換來的是衆人的誤解與憤怒，不為自己鄉土爭取光榮的跳遠選手，他居然宣稱：「我個人所要的是絕對的自由意志，世上竟有這種……告訴所有的人，要他們不要干預私人的事。」[276]他於是遭到所有市民理所當然的唾棄。他被強迫成為跳遠運動員，甚至當他無奈逃亡到另一個城市時，仍然被義正辭嚴的人們所擒獲質詢。直到有一天，人們發現這個怪人「不知何時失蹤；他的行李依舊在旅店。」[277]這些小說所陳述的，正是堅持個體自由意志的孤立個人，在集體性的空間所體驗到的一種荒誕感。荒誕的要義在於：「人與周圍的關係有了深刻的隔閡，並由於理智和信仰均無法滿足對秩序和協調的渴望而產生痛苦的感覺。」[278]無論是亞兹別，還是跳遠選手，七等生的主人公與莫爾索彷彿來自同一精神家族，他們同樣都是群體性力量所要孤立並打擊的對象，而從群體的視角看，他們是一種孤立、乖僻、不合群的怪人，他們受到監督、排斥和處罰似乎也是咎由自取。可是，他們的怪誕言行卻也反照出現實的暴虐與荒誕。普遍道德倫理規範成為殊異個人不可規避的制約，集體的無名的權力機制左右著個人微茫的自由，甚至規訓著個人的肉體，「製造出馴服的、訓練有素的肉體，『馴順』的肉體。」[279]因此，這名倒楣的跳遠選手只能 再逃亡、失蹤。作者有意展現個人性與群體性之間的衝突，凸顯個體置身於無物之陣的孤獨與弱小，這並非在抽象地沈思普遍性的人類遭遇，也有著具體的指涉

---

276 《跳遠選手退休了》，見《僵局》第259頁

277 《僵局》第260頁

278 大衛．蓋洛維 David Galloway：《荒誕的藝術，荒誕的人，荒誕的主人公》，自袁可嘉編選《現代主義文學研究》下卷第64頁

279 米歇爾．福柯著、劉北成、楊遠嬰譯：《規訓與刑罰》，三聯書店1999年5月版，第156頁

與批判性，楊牧甚至說他「對人生社會的批判十分尖銳。」[280]對於戒嚴時代的臺灣社會，七等生的現實批判性不容忽視。

《局外人》在臺灣的譯本名為《異鄉人》，這個名稱打動了無數臺灣失根青年的心。在自己故鄉的土地上感覺像個異鄉人，一個荒誕境遇裡的局外人，這也正是七等生小說中多數「怪異」人物共有的面相。他的「跳遠選手」選擇了一種純粹個人化的生活方式，堅決拒絕遵守社區的規則，也拒絕被納入社會化生活，他無意得罪他人也無意做個叛逆的英雄，只想保全自我與人無干的幽閉空間，活在幻象裡。然而這種與衆不同的存在方式已經構成多數人平庸無奇生活的障礙，人們無法容忍一個藐視規範的人的格格不入，於是這個異類理所當然地被群衆「修理」，被強迫納入公共體制的軌道，於是，

> 「當他愈甫近於他的理想，他的生活與生命愈近於受難。而這樣的一天終於到達了：他被迫遷出那間五樓的房間，他的工作被解除，他的朋友不再眷顧他；他間接地被下逐離開這座城市。」而他所能做的也只是歎惜：「文明的象徵就是總體制啊！」[281]

逃亡、失蹤，就是等待著他的渺茫前程。亞兹別的命運同樣險惡乖謬，他像薩特筆下的洛根丁一樣，自外於「所有人」，承受孤獨與畏懼。洛根丁「孤零零地在這一片快樂和正常的人聲中。所有這些人把他們的時間花在互相解釋和慶幸他們的意見相同上。」[282]亞兹別無能融入這片人群，「感覺自己孤立地存在，

---

280 楊牧《七等生小說的真與幻》，《銀波翅膀》第 189 頁

281 《僵局》第 255 頁

282 柳鳴九編選：《薩特研究》第 140 頁

没有一個朋友，没有一個同情者，他的情感没有傾訴的地方，他的心靈没有居安之處。」[283]孤獨、冷漠、無動於衷的外表，內心卻充滿恐懼，被衆人排斥也自外於群體，與社會疏離甚至對立，最終走向毀滅。從亞茲別身上能看到七等生筆下荒謬形象共有的特質。作者對這樣的孤絶者抱有深深同情，使這些人物採取荒誕的非理性形式進行反抗，亞茲別成了個消極性的竊賊，他偷竊富人的珠寶財物不是為了改善自己的生活，而是為了反抗他因貧窮而遭受過的侮辱，或者什麼也不為；而在善良的葉子面前，這個個人主義的末路鬼卻有著天使般的溫柔多情，「成為一個誠樸可信的男人，像個教養良好，本性善良的孩子。」[284]人性的創傷和分裂將亞茲別一次次推向罪惡和死亡。死亡——這人生本質的虛無，在小說中是以「小鎮」這個破敗卻含著某種誘惑的地理場域暗示出來的，灰撲撲的小鎮孕育過他的童年，小鎮也可能存在著他渴望的友誼，小鎮引誘他產生「回到生命的出發」的幻覺，但是，它更確定的意義是必然的死亡：

「小鎮在冬天是荒涼和冰冷。一個人回到小鎮就等於走向冬季的冷酷，走近死亡。」（第 212 頁）

死亡是存在主義哲學的思考前提，面死而生，向死而在，是存在哲學的基本生存態度。雅斯貝爾斯認為「死亡是一種一直滲透到當前現在裡來的勢力」，他所列出的四種「邊緣處境」是：死亡、苦難、鬥爭和罪過；海德格爾說「死亡是此在的最本己的可能性」，在他看來，死亡是此在的終結，但它卻是使此在成為此在的終結；而薩特認為死亡是「雙面的雅努斯」，它既是外在

283 七等生《來到小鎮的亞茲別》第 198 頁
284 七等生《來到小鎮的亞茲別》第 204 頁

的非人性的，否定著生命；它也可以是對生命的內在化。[285]這些觀念不一定直接影響七等生，但是從他的作品所處理的死亡命題看，死亡顯然構成了他的生命哲學的一個很嚴肅的部分。亞茲別的一生無比卑微，似乎只呆在「死亡、苦難、鬥爭和罪過」的「邊緣處境」裡；但是，亞茲別死亡的景象是詩化的，甚至像孩子在遊戲，

> 「一會兒，亞茲別不想攪動那池靜水，竟站在橋欄上走起來，小心那隻受傷的腿。他在險境中還能自娛水中倒立的影像，在搖晃幾步之後突然墮落橋下……」[286]
>
> 「他仰躺在河水中像一塊浮木般僵硬呆板，睜著善良呆滯的眼睛。亞茲別不再轉動他的眼球，以淡漠懷恨的表情凝視那遙遠無際的奇異的冷天。……被流水拖曳滑行而去。這樣，亞茲別終於能夠來到小鎮，再流到河的終點，流進浩瀚的海洋中。」[287]

這個情景似曾相識，王文興《背海的人》的結尾，「爺」的屍體也被扔進了水裡，白先勇筆下的「中國」李彤死於威尼斯的水中，王雄也死於大海。自我毀滅似乎成了現代派小說人物精神失根的必然結局。不過幾者的旨趣也存在著差異，王文興堅決反浪漫到底，死亡沒有給「爺」這個荒謬反英雄帶來絲毫尊嚴，似乎只是宣佈一齣千奇百怪的滑稽戲終於落幕，如此而已；白先勇對死亡主題的傾心比七等生有過之而無不及，不過他小說裡的死

---

285 參看段德智著《死亡哲學》湖北人民出版社 1991 年 8 月版，第 257-280 頁

286 《來到小鎮的亞茲別》第 235 頁

287 同上，第 236 頁

亡場景常常是歷史悲劇中的一個環節；而七等生讓亞茲別純潔無辜地像娥菲利婭一樣漂在水面，刻意表現他的「面目清秀」，「潔白如玉」，以及「善良無為」。這時，浪漫的七等生又一次現形，亞茲別似乎成了可悲的于連。他這樣做，是為了向讀者說明：無所皈依的個人主義者亞茲別唯有一死，才能洗清自己曾有的罪過和屈辱。死亡，帶著特殊的神聖意味，像一次祭獻，表示人物真正的自我完成。

七等生的寓言體小說有著明顯的克爾凱郭爾式的恐懼和卡夫卡式的怪誕色彩。七等生的人物總是驚恐不安，恐懼無孔不入，惶惶不可終日。《余索式怪誕》裡的主人公余索，「是個讀書人，以他受點教育所知悉的準則顫顫抖抖地說話，」在「那些人」面前「孤立無援」，只有在夢遊時他才擺脫了恐懼和憂鬱。當余索落入陷阱被捕獲時，余索畏懼死亡而流淚，被部落首領嘲笑為「你像一條在地面上爬的糊塗蟲。」《木塊》中的人物像是驚弓之鳥：

> 「暫時躲在那張高背的沙發中，……他看起來膽怯而萎縮。……彷彿一隻被追捕的蟹物，收了他的腳躲藏在石塊的隙間。」[288]

這個人物與卡夫卡的地洞小獸似乎出自同一精神譜系，總為自己的無處藏身，為可能降臨的災難而痛苦不堪。他憎恨「小鎮」，因為：

> 「個人是異常大而明顯的目標，不能像蟲蟻一樣小得看不出影蹤。是的，隨時隨地都有人盯視他而把秘密洩

288 七等生《木塊》見《白馬》第 137 頁

漏。」（第 138 頁）

恐懼的頂點是精神崩潰後的死亡。七等生此時是殘酷的，作者沒有給人物一點點脫身獲救的機會，而是讓他貼著腮幫子叩響扳機。這讓人不能不想到七等生年輕時最喜愛的作家海明威，也是以相同的方式終結其迷惘的一生。儘管如此，七等生也將人物的死亡賦予了純潔甚至神聖的意味，「他唯一在最後一刻可做的便是毀滅；要是動亂起來的星星月亮不能拆散天空，人的醜惡也不能染汙死亡。」（《木塊》，《白馬》第 138 頁）和亞茲別一樣，《木塊》裡這個極度驚慌恐懼的人選擇了自殺。對自殺的迷戀，對死亡的玩味，可見七等生小說中的荒誕世界照映出內心難以承受的恐懼與憂傷。正如《木塊》的「題記」所述：「——一切都準備好了，想贏得自由，在這座城市是斷不能實現的。」

七等生在表現被迫害狂多疑、極度恐懼、敏感等特徵時，有時會讓我想起魯迅的《狂人日記》，儘管七等生未曾自覺去擔當國民性的反思者和改造者的角色，他從來只是個孤獨的個人主義者。他小說中的恐懼也是個人主義末路鬼的恐懼，那是一些無所皈依的孤魂野鬼，好比《余索式怪誕》裡的余泰這個自稱「自由魂」的山間遊魂，死後依然改不了他的恨世者的面目，以及個體的自我意識，他的遊魂依然常常在水邊釣魚，「釣的是自己」。

七等生筆下有一類人物是怯懦而無害於人的，但另一類人物雖然有著憂鬱蒼白俊美的外觀，一臉的痛苦孤獨和無辜，但是作者從不避諱他們道德上的缺陷，甚至犯罪的事實，比如偷竊，嫖妓，甚至殺人。盲目和罪惡構成了七等生荒誕世界的必要組成部分。《憧憬船》裡，兩個年輕人盲無目標地四處漂流，在一個小鎮，年輕男子突兀地開槍打死了金飾店老闆，與女友倉皇逃到海邊。他們在絕望中望見遙遠的海面上正駛來一艘大船，他們被那很大很美的船所吸引，於是，在漫長的等待中企盼、痛苦、矛盾，直到大船被夜色吞没。[289] 人物的行蹤和對話混亂瘋狂，人物所等待的大船也真幻難分。似乎只是個荒誕不稽的故事，卻正表現出困囿孤島的人們恐懼迷失和渴望自由的心象。憧憬中的大船與白馬一樣，是絕望中的盼望，但這船並不一定意味著救贖的可能，反倒是個冷酷的嘲諷。可怕的是，主人公完全被非理性所擺佈，就連殺人也没有明確的動機，人的行為在這裡是偶然和不確定的，個體生命充滿內在的狂亂與恐懼，以及與此相關的倫理與信仰的迷途。不必認真琢磨小說人物不合常理的行為動機，而給他們下道德乃至法律判決也無濟於事，因為七等生所要表現的正是禁閉與隔絕境況中的人的非理性黑色戲劇，道德的惡本能以及自相殘害的觸目驚心。

七等生對主人公的試煉是精細的，有時帶著弱者自我撫慰式的深深憐憫，有時又帶著堅韌不拔、綿裡藏針的殘忍，直接進入人的黑暗內心，《AB 夫婦》或許是其中頗有代表性的一篇。作品敘述一名男子 A 與殘疾的妻子 B 之間無法溝通的婚姻悲劇，B 至死也不明白 A 是個怎樣的人，

> 「坦白一點說，我不明瞭你，不知道你在幹什麼有意義的事，心裡想些什麼……對一個名譽上是夫婦的男人，簡直不能捉摸。」（《僵局》第 228 頁）

但表現人與人之間的隔絕還不是小說的中心，作者更有意表現這種隔絕的根本原因：即他所認定的人性本能中殘酷陰暗的一面。人性的惡本能在這篇作品中得到了淋漓盡致的挖掘。卡夫卡對一種刑罰工具的精細想像曾經讓人驚悚，七等生也傾注了同樣殘忍的想像力。作品細緻描摹 A 如何一步步肢解一隻甲殼蟲的場

289 七等生《老婦人》

景，他慢慢玩弄和賞鑒這無恥的戕害，從中得到法西斯式陰森變態的快感。這篇雙線敘述的小說的另一條線索是，已死的妻子哀怨瑣屑的嘮叨，幽靈般的絮語似真似幻。作者以這種敘述方式暗示 AB 夫妻之間病態的關係。作品雖未曾像薩特的《禁閉》那樣設計地獄中拷問人性的場面，但人對蝨子百般折磨的細節描摹，直觀地告訴人們：A 不僅是那隻倒楣的蝨子的地獄，也曾經是妻子 B 的活地獄。尤奈斯庫的《禿頭歌女》也披露了相似場景。那部荒誕派劇作以西方夫婦關係為觀照點，戲劇性地表現現代人情感的冷漠及人與人之間的隔絕，《AB 夫婦》省略了人物的外在特徵甚至姓名，從夫婦關係不僅窺出現代社會裡人與人的疏離，更無情地挖掘人性的冷酷自私和弱肉強食的遊戲規則。在這裡，寓言體的形式也曲折地召喚起一種 60 年代權威體制下政治批判的想像。慘遭迫害的蝨子隱喻殘疾弱勢的妻子，虐待狂丈夫的形象則隱喻權力與體制的恐怖，細緻的描述，格外觸目驚心，耐人思量。

呂正惠如此認定七等生在臺灣現代主義文學座標裡的意義：「他為這些『令人心酸』的下層知識份子的心境，找到了一個現代主義的表達媒介：卡夫卡式的幻想故事。在這些幻想故事裡，他以一種怪誕的方式，把這些小人物的自卑與痛苦加以變形，加以呈現。……他的作品證明了下列一項事實：現代主義文學和臺灣現代化過程裡下層知識份子的心境也是可以『契合』的。」[290] 用精神分析學來剖析七等生的創作，不失為一種途徑；不過，七等生的寓言體小說所表現的不僅僅是小人物「自卑的變形」。在這些荒誕可怖的寓言中，讀者不但可以感覺倒一種強烈的情緒宣洩，辨識出作者自身遭遇的化妝表演，也能瞭解作者掙脫認同危機的努力和建構自我的企圖。

直接表現存在主義思想主題的作品《我愛黑眼珠》，是七等

290 呂正惠《戰後臺灣文學經驗》，第 32 頁

生最享盛名的寓言小說。這個作品充分展示了作者擺脱早期認同危機、吸取存在主義精神資源以建構自我的意圖。小說中人物怪異的言行，源於其內心嚴峻的哲學選擇。主人公李龍弟出門為妻晴子送傘，遇到一場大洪水，為救助一個生病的妓女，而不理睬對岸屋頂上妻子「黑眼珠」的呼喚，聽任她因妒忌而跳進洪流之中，眼睜睜看著她捲入洪水；洪水過後，他疲憊地回家，決定休息幾天以後再去尋找晴子。這個城市裡的「閒人」怪異的舉止和思想引發了人們濃厚的爭辯興趣，爭論的焦點集中在李龍弟是否道德。但這種理解將作品預設的深意完全棄置了。

必須承認，這是一篇頗為生硬的觀念性小說，然而卻具有某種人物的對話和思維獨異，作者的筆下，一個躑躅於哈姆雷特而且，作者讓他筆下卑微卻傲然的人物成為存在主義理論的實驗場，「天空彷彿決裂的堤奔騰出萬鈞的水量落在這個城市。」

一場洗劫城市的大洪水，沖滌著城市的污濁、貧困和罪惡，人們驚慌不安地四處奔逃，這顯然是作者有意創造的極端情境——為了試煉人心，也為了表現人物存在主義式的自我抉擇。這個抉擇像一個機遇，突然降臨，改變了李龍弟的生命。於是，選擇照看一個素不相識的生病的女人——而且是最底層最卑微的妓女，感受到被依靠的男性榮耀，並承擔起由此帶來的一切後果，就成了人物此在的使命。這個選擇對晴子可能意味著一種災難，但這災難或許正是李龍弟自我選擇後的代價。在薩特式的自我抉擇觀點看來，李龍弟個體的「自由選擇」就是他乖張行為的理由：

> 「我必須選擇，在現況中選擇，我必須負起我做人的條件，我不是掛名來這個世上獲取利益的，我須負起一件使我感到存在榮耀之責任。」[291]

---

291 七等生：《我愛黑眼珠》，第 197 頁

然而，七等生運用存在主義意念塑造出來的人物不一定是成功的藝術形象，抉擇與承擔，都讓人感到一種理念的操縱，其實這也是七等生許多作品的共同弊端。作者後來用聖·方濟的故事界說《我愛黑眼珠》的意旨，這已經明顯透露出後期七等生的宗教趣味了。而且，企圖藉存在主義式的自由選擇所達到的「自由」境界，多少有些自欺欺人。洪水過後，李龍弟沒有馬上去尋找晴子，而是感覺極度疲勞。回到了現實世界，他那光榮的幻影立即顯出了虛弱不堪的本質。如果說在極端處境裡存在主義式的抉擇自有它的合理性，那麼，回到日常性生活情境，這種僵硬的自我認同建構方式，就根本力不從心了。

必須說明，七等生向來自覺把自己鎖定在孤獨的個人主義者的位置上，這一點，造就了他在臺灣乃至中國二十世紀知識份子中獨特的個性和寫作風格，也必然限制了他的創作視野。作為特定歷史時期特殊地緣政治下小知識份子的精神私史來看，他的作品有著彌足珍貴的價值，他對自我個性的潔癖症式捍衛和小人物扭曲矛盾性格的展示，為我們提供了一個充滿張力的分裂的私人精神世界。經由七等生幾十年的耕作，這個動亂混沌的私密空間呈現出紛繁的樣態。僅從人物看，他的小說中有幾種不斷復現並相互交疊的形象：沒有攻擊性的膽怯敏感的邊緣人，如余索；精神分裂的兩面人，如亞玆別，善良溫和與暴烈瘋狂同樣集於一身，靈魂無法解決二者的衝突，而導致自毀；後期浪漫派性質的沈思的知識人和悲劇性的理想主義者，如《隱遁者》中的魯道夫和《沙河悲歌》中的民間藝人；存在主義式極端境遇下的艱苦抉擇者，如《我愛黑眼珠》中的李龍弟；浪漫派式的自我追尋者，如《城之迷》中的柯克廉；極端自私的個人主義者，如《AB 夫婦》中的歹毒的丈夫B；價值混亂行為盲目的精神迷失者，如《憧憬船》中的殺人者。個人主義是這些紛繁複雜的形象共有的特徵，這些形象記錄了時代的精神亂相，也表明七等生在建構自我認同過程中的困境。我們發現，存在主義曾經有效地介入了他的小說，構成他荒誕的憂傷氣質的一種元素，人們從中品嘗到了存在主義苦澀憂鬱的激情。

他筆下的小人物怯懦脆弱，與郁達夫筆下的多餘人表面上有許多相似處，但卻有本質的分別。因為他的關注焦點是純粹個體意義上的自由與自我，因此，他作品裡末路小人物與西方現代派文學裡失去精神根基的異鄉人更為相近，他們都是些可憐的、無根的、矛盾的、無法自洽的現代人。這些面目清秀或模糊不清的形象，也曲折強烈地映現了60年代處於極權恐怖統馭下的個人內心的恐慌與悽惶；作為一個執意隱退鄉間的現代作家，他作品裡那些執著維護自我的自由意志的小人物，表明了一種鮮明的現代性批判意識；而他筆下那些孤癖殘忍精神分裂的人物則寓示著極端個人主義的暴力化傾向和毀滅傾向，也顯示出作者難以紓解的精神痛苦和激烈的心理衝突。

「在晚期現代性的背景下，個人的無意義感，即那種覺得生活沒有提供任何有價值的東西的感受，成為根本性的心理問題。」[292]而這種處境下的自我，「如同自我在其中存在的更為廣泛的制度場景一樣，必定是反思性的產生出來的。」[293]抗拒虛無和無意義的存在，才是這個現代歸隱作家堅持自我個體價值的終極原因，七等生所經歷的精神危機和反思的價值正在於此。那裡面，有隱遁者感受到的由農業文明向現代工業文明轉型時期人的心靈惶惑，也有在鄉村與城市文化夾縫間的尷尬個人體驗，有特殊地緣政治中邊緣小人物的悲苦，也有自由知識份子的敏感犬儒，還有存在主義的虛無與反抗意識的消長……荒誕不經不過是

292 安東尼・吉登斯：《現代性與自我認同——現代晚期的自我與社會》，第9頁

293 同上，第3頁

一種痛楚糾結的心靈形式。他以一種固執的姿態不停息地尋求自我認同，尋求存在的意義，抉擇的光榮、荒誕的激情，都顯示了這種擺脱精神危機建構自我的努力。從作品所顯現的精神世界看，存在主義確實成了七等生60年代一些作品裡灰色精神世界的主體，但是，他的生命哲學與西方存在主義哲學仍然存在必然的差別，比如「白馬」這個超驗烏托邦意象所反映的「小國寡民」式道家生存社會理想，完全落實到了中國古老的文化傳統中，那是存在主義精神所缺少的。這一理想化意象反覆重現，表明七等生一方面是個不可救藥的浪漫主義者，另一面，也暴露出他的中國知識份子本相。

而小說裡衆多的七等生「變身」只能表明，在如此複雜多變的晚期現代性社會裡，又處身在如此妾身未明的詭異地域，一個將自由意志看成價值中樞的小知識份子個人主義者，又如何能夠獲得真正統一的精神架構？於是，個人的精神世界只能是分裂的、不完整的。現代性意義上的生存焦慮體現在七等生的存在主義小説裡，人物置身於選擇的困境中，如李龍弟處於黑眼珠晴子與病弱的妓女之間，他和晴子之間的那條滔滔洪流就是自我分裂的象徵。亞兹別的自毀，也宣告了個人主義式的自由意志沒有出路。他小說中另一些人處在盲目的衝動和虛幻的盼望中。70年代以來，七等生對宗教的興趣越來越濃，愛情、「白馬」意象也越來越趨向於宗教啟示的性質，言説了一個臺灣小知識份子無法擺脱的自我認同危機，以及尋求建構自我的一種必然的精神走向，也代表了60年代臺灣一代迷惘躁動的存在主義者更為沈著堅實的文化選擇。

第三章　浪漫性：臺灣現代派小說的一個精神維度

「小說講述內心的冒險；小說內容是去發現自我的靈魂的故事。」——盧卡契《小說理論》

一　末世情緒籠罩下浪漫精神的反彈

國民黨官方文藝政策曾經明確排斥過浪漫主義，早在 40 年代，張道藩就在《文化先鋒》創刊號的《我們所需要的文藝政策》一文中表示：「浪漫主義的形式不宜於我們的新文藝」，而「不表現浪漫的情調」則成了「六不政策」的一條。[294] 內戰結束後的國民黨全線敗退和困守孤島，打造出白色恐怖的戒嚴體制，因政治失敗和心理的脆弱恐懼，反倒造就了體制下誇張的偽浪漫官方戰鬥文藝，這裡面多少有些歷史的諷刺意味。但是虛浮人為的浪漫激情終化為泡影，掩蓋不了戰爭、國族分離和政治恐怖給

294 引自朱雙一的論文〈當代臺灣的浪漫文學〉，《臺灣研究集刊》2001 年第 1 期

人民帶來的痛苦和災難，而依賴性政治苟安和經濟轉型也同樣傷害了民族自尊和傳統，文化上的雙重斷流使在台的普通人都陷入了精神失根的可悲境遇。因此，五六十年代臺灣的時代精神是頹靡的、恐慌的，彌漫著世紀末的氣氛。

出生於二戰前後的一代中國人似乎過早失去了年輕與浪漫，戰爭、苦難、骨肉分離、山河破碎帶給他們的只有「恐怖、絕望、瘋狂和死亡」。[295] 戰後流落或處身於大陸邊緣小島，命運變得詭異不可預測。六十年代登上文壇的現代派作家幾乎都屬於這一代人，在他們風華正茂的青春歲月，他們的周圍卻彌漫著頹廢或放縱、幻滅與虛無的氣氛，他們發現自己原是失落的一代、迷惘的一代。官方體制下的文壇佈滿刺耳的政治謊言和悽惶病態的亢奮，其中散發的偽浪漫熱情令年輕一代厭倦；掩飾不住傷感失意的懷鄉文學，則充斥著上一代流亡者的記憶與夢。一代文學青年的年輕與浪漫被深深壓抑甚至閹割，而難以舒解的苦悶也驅使他們急於尋找精神的出路，在二十世紀西方現代文學裡他們找到了心靈的安慰與共鳴。海明威對戰爭、死亡的認識更能貼近他們的感受，卡繆筆下的異鄉人與西西弗斯更能打動他們的心，卡夫卡、齊克果的恐懼與顫慄像一面冰涼的鏡子，照出了他們的處境。羅曼蒂克似乎命中注定與他們無緣。對此，臺灣文學評論家楊照認為，「五六十年代臺灣文學的重要基調是末世來臨的恐慌。……五〇年代平行發展的『反共文學』與『現代主義文學』，可以看作是『末世情緒』的兩面。」[296]

現代派作家緣何選擇向內心探索的創作道路，白先勇曾經有

---

295 王尚義：〈達達主義與失落的一代〉，自《從異鄉人到失落的一代》第3頁

296 楊照：〈末世情緒下的多重時間——再論五〇、六〇年代的臺灣文學〉，《聯合文學》第十卷八期

過一段分析，「為了避過政府的檢查，處處避免正面評議當前社會政治的問題，轉向個人的探索：他們在臺的依歸終向問題，與傳統文化的隔絕問題，精神上的不安全的感受，在那小島上禁閉所造成的恐怖感，身為上一代的人質所造成的迷惘等。因此不論在事實需要上面，或在本身意識的強烈驅使下，這些作家只好轉向內在、心靈方面的探索。」[297] 與這描述相符，早期現代派小說確實強烈地體現出時代性的末世情緒，災難、暴力和死亡，是現代派文學中常見的陰森景象。50/60 年代臺灣現代派小說的主導精神或許可說就是末世的恐懼與顫慄，在白先勇的《臺北人》、七等生、東方白、聶華苓的小說裡，最令人觸目驚心的就是極端恐懼下的自憐自棄自毀，與極度壓抑下病態的暴力和盲目的恨，浸透著失落、恐懼和絕望的衰老之感。有人如此剖析現代主義的末日書寫特徵：「把這種無望、顫慄的感覺，投射、轉化成抽象的存在危險，強調其普遍性、暫態性，藉此來忘掉真正造成無望、顫慄局面的世勢。普遍性是另一種集體原則的發揮，把自己丟進一個想像的『現代文明』潮流裡，把身上的種種苦悶騷動都解釋表達為『現代文明』的共同現象，這樣來逃躲到真正逼在眼前的戰爭問題，以及特殊、特屬於臺灣的末世末日威脅。」[298] 顯然，論述者看到了現代派小說以文學想像來紓解時代苦悶緩解歷史重壓的功能，但將這樣的文學行為解釋成「集體性」的逃避，我覺得不一定準確。[299] 雖然現代派的創作避免與政權之間的衝突，與自由主義者的思想行為方式有著根本差異；雖然早期現代派小說

---

297 白先勇《流浪的中國人》見《第六隻手指》第 81 頁

298 楊照，同上。

299 在「存在的焦慮與勇氣」那部分裡，我已經表明現代派呈示一個悲觀絕望的世界的意義，既有境遇中的焦慮痛苦，也含有值得尊重的存在勇氣。呈現苦難和失敗不是逃避，也不是遺忘，反倒可能是為了記取，反省，獲得真正的自我存在意義。

的確也傳達了一種世紀末的悲哀絶望；但這並不表明，他們的行為就是把身邊的危險轉換成一種普遍性現象，因而獲得苟且偷安的遺忘。我以為，現代派對恐懼與顫慄的真實表達，與浸泡在虛妄傳奇的浪漫想像之中的50年代文學已經有了迥然不同的品質。客觀上，這種悲劇性的創作也無法達到遺忘的目的，白先勇的《臺北人》和《紐約客》、聶華苓的《桑青與桃紅》等作品，反而更強烈地喚起了人們對苦難歷史的記憶和反思。白先勇的另一段論述更明確地把臺灣現代派與西方的現代主義區分開來了，「對於西方的偉大作家如卡夫卡、喬伊斯、托馬斯·曼等人來說，探索自我即是要透過比喻來表現普遍的人生問題；但臺灣新一代的作者卻把個人的遭遇，比喻國家整體的命運。」[300] 他還堅持認為，臺灣現代派作家繼承了夏濟安所謂的「憂時傷國」精神，也就是繼承了「五四」傳統。如果說青年學生自辦雜誌創作他們認同的文學是一種「集體性」行為的話，我想，人們在其中看到的不應該是消極的躲避，而恰恰是積極表現自我的浪漫精神和文學的使命感。這一點，從《現代文學》帶有傳奇性的辦刊史中或可感知一二。

末世情緒籠罩的時代氣氛裡，真正的浪漫主義反叛激情又無法獲得正當釋放，文學只能在言情、靈異和鄉愁文學裡抒發溫軟奇異、遠離現實苦難的浪漫情思，藉以消解沈重的時代苦悶。面對政治偽浪漫和軟性浪漫文學的流行，學院批評者極為不滿，現代派導師夏濟安就倡導務實、客觀、低調、回歸藝術本體的美學原則，但《文學雜誌》有些平實中庸的文學觀念，並未阻止反倒激發了年輕人對感性細膩新異精緻的現代主義文學的濃厚興趣，卻有效地遏制了主觀化浪漫抒情的感傷主義傾向的滋長。從《文學雜誌》到《現代文學》，人們有一種拋棄五四式「浪漫現實主

---

300 白先勇《第六隻手指》第 81 頁

義」[301]的共識，這種導向下，學院群落的現代派幾乎都有意擺脫文學起步期容易陷入的浪漫化抒情，而更尊重和嚮往一種結構精緻敘述節制的現代小說。他們中的一些人對浪漫抒情的鄙棄延續了很久，也許一直未曾改變。王文興一向不大喜歡浪漫派的感傷抒情，歐陽子小說則以外科醫生式的冷靜著稱；而白先勇可能不那麼絕對，他原本有過一個「藍色」的浪漫期，而他的部分小說也不乏感傷情愫的抒發，不過他那些比較精簡的小說，也注意避免直接流露過於強烈的感情。他多次談論對中國文學滄桑傳統的繼承，但他同樣也對現代小說敘述觀點等敘述技巧興趣濃厚。

在缺乏真正文學精神的沈悶而虛浮的文學格局裡，臺灣現代派要求回歸文學本體、重建中國新文學，保持一種藝術至上的美學理想，遏制宣洩性強技巧性弱的浪漫傾向，尤其是當時文壇感傷懷舊傳奇紛湧的大潮，從小說的藝術角度看，無疑是必要的；然而，在充滿末世情緒的壓抑氛圍裡，浪漫主義不失為失根的一代人所需要的精神反彈力量。年輕的生命原本就需要奔放、飛揚與抗爭，不是源於對浪漫精神的渴望，他們又為何對文學中浪漫精神的缺失而痛感遺憾：「二十世紀的文學作品中再也找不出隱藏在《約翰克利斯朵夫》背後的自由、平等、博愛的偉大理想，再也找不出喬治桑所一再迷戀的美麗的『烏托邦』……取而代之的是病苦的呻吟，幻覺的遨遊，分裂與絕望的瘋癲的歌頌。」[302]當時的臺灣現代文學，何嘗不是也充斥著「病苦的呻吟，幻覺的遨遊，分裂與絕望的瘋癲的歌頌」麼？在文學世界中，人們失去了浪漫主義的烏托邦。正是在這個意義上，《現代文學》才又急

---

301 這個說法見於李歐梵《臺灣文學中的現代主義和浪漫主義》一文中，他認為五四文學的主要特色是「浪漫主義」。此文收在李歐梵《現代性的追求》裡，北京：三聯書店，2000 年 12 月版

302 王尚義：〈達達主義與「失落的一代」〉同上，第 1 頁

切地呼籲浪漫主義的回歸。

實際上，即使是白先勇，也意識到臺灣現代派「衝勁與活力」的不足，他說，「就作品的衝勁與活力言，這些臺灣的新進作家，自然不及『五四』的前輩，可是論刻劃心理的深入程度、論文筆之細膩，卻明顯有青勝於藍之勢。」[303]這裡所謂的「衝勁與活力」顯然不是指藝術上的闖勁與探索性，而是暗示一種飛揚蹈礪的浪漫精神。臺灣的現代派小說在相當長的時期裡，確實顯得過於低沈、萎靡而且鬱悶不堪了，五四時期的文學固然也有憂鬱、絕望和苦悶，但是總有一種激越雄渾的浪漫性力量，而沒有限於完全的灰色中。所以，在50/60年代的臺灣末世時代氛圍裡，內在地需要一種浪漫的精神：當然不是指那種被現代派否棄的感傷性浪漫，而是一種具有超越性意義的雄強的浪漫精神。

這也並不是假想。事實上，浪漫性，在我看來是臺灣現代派小說的一個被人們忽略的精神維度，同時，浪漫精神是現代派作家堅持其理想主義文學道路的支持和動力。當初鄙棄浪漫的學院時風勁吹之時，現代派尚處於稚嫩起步狀態，年輕作者極力迴避感傷抒情傳奇等浪漫元素，也是一種時尚；但當這批作家日漸成熟，他們就不再那麼偏激，甚至對他們的導師當初的意見也作出了反思，甚至一定意義上的反動。《現代文學》大聲疾呼浪漫主義的回歸，王尚義這樣的青年知識人苦悶卻不甘心沈淪，保持著對貝多芬的強悍生命力和喬治桑式烏托邦的渴望，從他們身上，我們感受到了浪漫性思潮的潛在脈動。在官方文藝政策排斥、批評界摒棄的特定歷史氛圍裡，浪漫精神不可扼制地內在於壓抑時代的需求。在以批評、超越浪漫化為藝術起點的現代派論述和作品中，也有豐富的體現。下文將會展開這些內容。

---

303 白先勇：〈流浪的中國人〉，《第六隻手指》第81頁。

客觀上，這個論題可視為對學界關於臺灣文學史中浪漫敘事缺失的討論的某種呼應。[304] 五六十年代青年文化中的浪漫精神與現代派的關係，顯示了末世景象中的精神超越企圖；現代派小說呈現出的浪漫性，現代派破碎化個人化體驗感知裡總體性浪漫幻象的固執，顯示了臺灣現代派作家人格的多重性，浪漫精神在不再信任總體性的現代派那裡形成了一種對恃：現代派消解了總體性，揭示人的不可拯救性和無本質性；而浪漫性則強調一種自我的根源和本質，相信一種總體化的理想，這兩者之間的劇烈衝突和張力構成了臺灣現代派小說的一個特別徵象。

因此，探討戰後臺灣嚴肅文學之重要一翼的現代派小說與浪漫性的關係，對現代派小說中的浪漫性進行深入的考察是一個有意義的命題。

二　現代與浪漫

浪漫這個概念在中國現代文學史上占有相當重要的位置，這個語詞一直貫穿在五四文學到五六十年代臺灣文學的論述中。現代文學史論述中的浪漫主義其實並不是個新鮮的話題，「五四」前後浪漫之風的興盛，乃至以創造社為開端的浪漫主義精神，發展成為中國新文學史敘事的關鍵字之一。

值得注意的是，李歐梵在〈臺灣文學中的浪漫主義與現代主義〉等文中，從未有意將中國語境中的浪漫主義與現代主義作嚴格的區分界定，他似乎有意將羅曼提克與現代風作為相互涵容承

304 黎湘萍和朱雙一分別在〈沒有浪漫時代的臺灣文學〉和〈當代臺灣的浪漫文學〉二文中談到這個問題。黎文指出臺灣文學史存在著浪漫敘事缺失的盲點，而朱文則具體論證了當代臺灣通俗文學中浪漫思潮的存在事實。

續的同一家族成員，或者至少也算得上是有血緣關係的近親。當然，如此混論現代主義和浪漫主義，也並非出自李歐梵的閉門杜撰，歷史上的浪漫主義與現代主義思潮原本就有著難以區割的精神聯繫，更何況中國文學在接受西方思潮的過程中，往往頭緒萬端，呈現出相互交疊糾纏的複雜景觀。

李歐梵把現代主義和浪漫主義合論乃至混論，至少表明嚴格區分二者的困難，或者說兩者間存在某種難於分辨的曖昧關係。這種不做區分的混論，在五四時期的中國文論最初引入這兩種思潮時就已經存在，周作人的《歐洲文學史》和茅盾的《文學上的古典主義、浪漫主義和寫實主義》等都把現代主義稱之為「新傳奇主義」或「新浪漫主義」，這一命名意味著五四先哲是在浪漫主義精神脈絡裡理解與安頓 19 世紀末 20 世紀早期的現代主義新潮。對現代主義的浪漫化詮釋，是「五四」個性主義思潮的一個重要側面。「浪漫」這個來自西方的詞語，在五四文學裡代表著個人性、主觀性和叛逆性甚至是革命性，也意味著轉型時代裡一種亢奮、激越的情懷，或神秘、夢幻的傳奇性。從魯迅〈摩羅詩力說〉將早期浪漫派詩人引為同志先驅，到郭沫若師法現代浪漫詩人惠特曼創作出激情奔放狂飆突進的《鳳凰涅槃》，五四前後掀起了一股青春熱力的「浪漫主義風潮」[305]這種浪漫既包含西方意義上的前期浪漫主義精神，也涵括了十九世紀末的融唯美主義象徵主義表現主義與心理分析等為一爐的「新浪漫主義」，在創作手法上顯出開放性與混雜性，當時這種複調的浪漫主義注重心理寫真與情緒渲洩，既真率直露大膽叛逆，又散發著濃郁的憂鬱感傷氣息，浪漫小說家郁達夫筆下那個瘦削憂鬱苦悶傷懷的小知識份子「自我」形象成為「整個新文學中給人印象最深的自我形

305 鄭伯奇語，參見《中國新文學大系導論選集》第 94 頁

象。」[306]這一文學史事實成為李歐梵到晚近朱壽桐的《中國現代主義文學史》把現代主義和浪漫主義「一鍋煮」的可靠依據。

五四時期，人們把現代派納入浪漫主義脈絡的原因，不能僅僅解釋為時人對剛興盛的文學新思潮的誤讀。因為從西方文學史自身發展脈絡看，現代派與浪漫派之間原本具有精神上的血緣關係，一種觀點甚至認為現代主義是浪漫主義在20世紀的延續和變奏。劉小楓曾在《詩化哲學》一書中清晰地梳理出德國浪漫派美學的發展歷史：「德國浪漫美學精神最早由浪漫派詩哲們和浪漫哲學家們闡述。以後經過了叔本華、尼采的極端推演，轉由狄爾泰、西美爾作了新的表達。第一次世界大戰前後，新浪漫派詩哲們（里爾克、蓋奧爾格、特拉克爾、黑塞）以充滿哲理的詩文繼續追問浪漫派關心的問題。二次大戰以後，海德格爾的解釋學，馬爾庫塞、阿多諾的新馬克思主義又把它推向新的高峰。」[307]在他看來，20世紀的現代主義與浪漫派精神上一脈相承。雖然其論域局限在德國文學，但從反抗異化、張揚感性、藝術自律等方面，現代派與浪漫派在世界範圍內都有普遍的一致性。這也是五四文化先哲以及後來李歐梵等學人合現代與浪漫為一體的根本原因。

然而如果認為現代主義完全等同於浪漫主義的話，李歐梵在討論五四文學和臺灣文學時就没有必要並列使用兩個名詞。兩者的並列混論表明：學人既感到劃清界線的困難，又認識到它們之間存在不可忽視的差異。

衆所周知，現代主義是象徵主義、未來主義、意象主義、表現主義、意識流、超現實主義諸種流派的總稱。這些流派在藝術

306 參見楊義：《中國現代小説史》上卷人民文學出版社 1998 年 12 月，第541-549 頁

307 劉小楓：《詩化哲學》山東文藝出版社 1986 年版，第 10 頁，

觀念上並非完全一致，有的甚至完全相左，比如象徵主義的超驗品格和超現實主義的肉體迷狂就存在巨大的差異，以浪漫哲學為精神底蘊的德國現代派就不同於以經驗哲學為根基的英國現代主義。浪漫主義同樣是個令批評家頭疼的概念，以至於洛夫喬伊（Lovejoy）抱怨道：「『浪漫的』這個詞的含義已經多到了單獨使用就毫無意義的程度，它已經喪失了語言符號的功能。」[308]不過，經過歷史的沈澱，也經過學者們不懈地探究，如韋勒克對浪漫主義的梳理，彼得·福克納、麥克法蘭等人對現代主義的闡釋，人們早已明白現代主義與浪漫主義思潮是不同歷史時期的產物，浪漫主義在反抗古典主義陳規的過程中凸現其歷史與美學價值，現代主義則是十九世紀現實主義催生出的逆子，二者在不同的情境裡各有其不同的使命，有著本質的差別。浪漫主義是資本主義上升時期的意識形態，它的敏感、激情、唯美與詩化即便趨向於悲觀病態也仍富有青春氣息。熱情奔放、激越衝動、憂鬱感傷、陰鬱怪誕，無論它的情感基調如何，傳奇是它的典型存在形式；浪漫主義多愁善感而充滿幻想，推崇個人主體精神，崇尚有機整體的宇宙自然觀，其社會批判性的反面是烏托邦思想背景。[309]而現代主義產生於帝國主義殖民時期，是資本主義危機時期的意識形態，有機自然早已喪失，現代戰爭製造了現代人極度的恐懼，信仰與文明的根基受到了毀滅性震撼。現代主義失去了對理性主體和終極價值的信賴，焦慮與絕望的深度遠遠超過了浪漫主義。對應於資本主義病態沒落的社會現實和人心的悲觀絕望，它

308 利里安·弗斯特著、李今譯：《浪漫主義》崑崙出版社 1989 年版

309 有關浪漫主義的論述可參照R·韋勒克的《文學史上浪漫主義的概念》和《再論浪漫主義》二文，見《批評的諸種概念》第 125-213；〔英〕瑪里琳·巴特勒著，黃梅、陸建德譯：《浪漫派、叛逆者及反動派》遼寧教育/牛津大學出版社 1998 年版；〔丹麥〕勃蘭兑斯《十九世紀文學主流·德國的浪漫派》，人民文學出版社 1981 年版

呈現為冷峻的悲劇和黑色喜劇，感知方式則日趨破碎化；因而，浪漫主義的激情、想像、傳奇、天才理論，在現代主義看來就顯得淺薄、誇飾、煽情和造作。

現代主義與浪漫主義之間既有相承續的關聯，也有明顯的差異。簡略地看，西方現代派作家對待浪漫主義的態度大致有兩類，一類較多地體現了兩者的分界，堅決摒棄浪漫主義創作方法；另一類則更多地表現出與浪漫主義的一脈相承、並將之向前推進。美國學者傅孝先曾把現代派詩歌分為古典與浪漫兩種：前者是以艾略特、葉芝、龐德等代表，稱作古典現代派或現代古典主義，後者是以惠特曼、金斯伯格、勞倫斯等為代表，稱為現代浪漫派，傅孝先把前者稱為艾派，後者稱為惠派。艾派反對浪漫和抒情，強調古典主義凝煉、準確、嚴峻的美學，側重機智、反諷，反對浪漫主義鋪張熱烈的情感渲洩；而惠派則與浪漫主義有著千絲萬縷的關聯，「儘管我們發現它與十九世紀浪漫派所用的手法不同，但觀照人生和宇宙的態度卻相近似。」[310] 在小說領域，我們同樣可以看到與此類似的古典現代派和浪漫現代派兩種傾向的分野。前者的典型是亨利．詹姆斯、喬伊斯、博爾赫斯等，後者的代表有黑塞、勞倫斯、馬爾克斯、塞林格等。

雖然個性、境遇等差異都造成每個作家具體創作傾向的複雜性，我們看到，臺灣現代派小說也存在著這麼兩種走向：偏向於古典寫實精神的有白先勇、王文興和歐陽子；[311] 偏向於浪漫精神的有七等生、李永平、馬森等，其中浪漫氣質最濃的要數王尚義

---

310 〔美〕傅孝先：《西洋文學散論》中國友誼出版公司 1986 年 9 月，第 130 頁，

311 在他們那裡，現代意味著高度凝煉的內在寫實，而敘述結構上他們都非常嚴謹、均衡，歐陽子的《花瓶》、王文興的《家變》是結構精緻的典範之作。

和七等生，前者對早期浪漫派的叛逆和激進表示真誠的嚮往，並在作品中強烈地流露出這種憧憬，後者更貼近後期浪漫派的冥思和超驗風格，他們恰好代表著兩種類型的浪漫精神。相對而言，偏向寫實的現代派作家基本上自覺摒棄浪漫抒情的創作手法，而另一些未脫浪漫氣質的作家，則表現出對浪漫激情或超驗性理想的追尋欲望。當然，這種劃分並不嚴格，如白先勇就既有敘述上寫實的一面，也不乏感傷浪漫性情的流露，馬森同樣具有這種浪漫性，他們的作品裡更明顯流瀉出了中國傳統的抒情詩化文學的浪漫氣韻。同時，現代派作家也深知浪漫化的時代早已過去，對於一個去魅的現代社會，浪漫主義的終極性追尋注定是空幻。因此，他們的創作可以看到浪漫與現代的交融，也充分顯示了浪漫與現代的激烈衝突。

三　從浪漫的放逐到浪漫的回歸

五六十年代，浪漫主義在一部分現代派作家那裡是沒有地位的，如在紀弦現代派《六大信條》中就能看到這麼一條，「本派亦強調『知性』：它是現代主義主要特點之一，即『反浪漫主義的』。」[312] 在追求知性的現代派詩人眼裡，浪漫主義顯然成了「知性」的對立面。不過具體創作時卻不一定都能與理論信條統一。與之相似，現代派小說的作者與批評者們也同樣表示了對浪漫主義的反感和鄙棄，尤其是對於那種不講究形式經營的情感宣洩式的浪漫。如追求創新的王文興和理性冷靜的歐陽子，他們對浪漫抒情基本上採取了排斥態度。在〈給歐陽子的信〉裡，王文興說：「我認為經驗有兩種，一種是現實的經驗，一種是浪漫的

312 楊牧：〈關於紀弦的現代詩與現代派〉，《現代文學》，第四十六期，第 90-91 頁

經驗；如果說我是經驗的信徒，我只是現實經驗的信徒，而絕非浪漫經驗的信徒。」[313] 精煉、準確趨於極端的文字擬真，嚴謹的結構，外科醫生式的冷靜或者殉道式的語言實驗，都與浪漫主義表現形式相距千里。天性慈悲難免流露感傷情緒的白先勇，在他的一些文論中也顯然鄙視文學作品感傷濫情化。如白先勇在評論歐陽子作品時指出，「『五四』以來，中國許多小說家都受到浪漫主義不良方面的影響，喜歡運用熱情洋溢的語言，作品寫得涕淚交流，而效果適得其反。」[314] 他贊許歐陽子對形式的嚴謹控制，認為她的小說避免了中國小說的兩種通病，感傷主義和過火的戲劇性。顯然，人們把感傷、誇飾、煽情等特色看成了浪漫主義的結果。或許人們會說浪漫主義受到了不公正的待遇，不過，浪漫一詞其原始意義就比較曖昧，常含有貶義。人們追溯「浪漫」的根源時發現，在歐洲，浪漫一詞最初就「是與誇飾情感的、不可能發生的、誇張的、不真實的特點，舊傳奇和騎士傳說聯繫在一起的，總之，那是些與清醒、理性的生活觀完全相左的因素。」[315] 而這種看法正出自浪漫主義所反對的古典主義體系，直到 18 世紀初，「這個詞才開始恢復聲譽。」[316]

與浪漫主義劃清界限，這在五六十年代臺灣現代派文壇似乎成了共識。從表面看，這種局面與當局的遏制也可能不乏聯繫，現代詩壇的「反浪漫主義」自我標榜就含有應付官方的意識，畢竟現代文學中的浪漫主義曾經與左翼文學關係密切，是「危險」的革命性思潮，國民黨文藝政策明確反對浪漫主義也是出於這種

313 歐陽子編：《現代文學小說選集》第 21 頁，爾雅出版社 1977 年 6 月初版，1979 年第五版

314 〈崎嶇的心路——《秋葉》〉，白先勇《驀然回首》第 138 頁

315 利里安・弗斯特著，李今譯：《浪漫主義》，崑崙出版社 1989 年，第 16 頁

316 同上

政治因素。不過，抵制浪漫主義，更重要的原因在於學院批評界與創作界文學本體意識的自覺。其時這種堅持文學本體論追求藝術自律的現代派創作所蘊含的抵抗體制意味，在今天看來已經非常明顯。孕育現代派的搖籃《文學雜誌》，以夏濟安為代表，倡導嚴謹有序的現代的寫實精神，他們推崇敘事上的節制、均衡、反諷，欣賞福樓拜和亨利・詹姆斯這樣「樸素的、清醒的、理智的作風」，[317] 審美趣味高雅、精緻。夏濟安著名的新批評論文《評彭歌的《落月》兼論現代小說》[318]，值得我們精讀，文章對西方近現代小說思潮的走向有著明晰的認知，他指出西方的現代小說藝術上有兩大進步：一是亨利・詹姆斯的敘述觀點理論和小說技法，二是意識流派心理小說的崛起。夏濟安博學儒雅的文學賞鑒修養，他對西方現代小說的推崇，他的精緻高雅的審美趣味，對於從《文學雜誌》開始創作生涯的那些年輕後輩而言，影響之深不言而喻。[319] 值得注意的一點是，這篇長文認為「二十世紀的小說是有意模仿詩的技巧的」，特別強調並肯定了象徵主義的審美趣味，而將聽任情感流溢不事節制的浪漫敘事批評為一種弊端和「末流」：「我所謂『詩』，主要的是指象徵主義的詩。因為我們所習見的浪漫主義的詩，大多直寫詩人心胸，往往熱力有餘，而含蓄不足，小說家不能從那裡學到多少東西。浪漫主義的好詩當然很多，……但是浪漫主義的末流，把情感過度發揮，因而忽略了藝術形式。小說家假如再去模仿這種末流浪漫詩，他的小說一定叫有藝術修養的人難以卒讀。」[320] 由此不難窺出，《文學雜誌》以及它所代表的學院學者嚴謹、冷靜的文學導向，

---

317 《文學雜誌・致讀者》第四卷第五期第 88 頁，1958 年 7 月

318 《文學雜誌》第一卷第二期，第 25-44 頁，1956 年 10 月

319 白先勇、王文興等在台大時期受業於夏濟安，收穫甚大。

320 《文學雜誌》第一卷第二期，第 37 頁，

以及當時的文學精英對浪漫主義的取捨態度。數年後，在《現代文學》的《夏濟安先生紀念專輯》前言裡，編者特別指出夏先生對中國文學最關切的問題，即「近代中國小說發展及其隱憂，」他認為中國小說的前途障礙頗多，「在內容方面，他指出了逃避主義（escapism）：即時下流行之『新鴛鴦蝴蝶』派，在月光下噴泉旁吟詩彈琴的假浪漫（pseudo-romantic）假詩意（pseudo-poetic）的戀愛小說，或是滿紙呻吟，自憐自艾，失戀失意的感傷主義（Sentimentalism）的小說。」[321] 這種判斷可與夏先生本人的文章對照來看，其意非常清楚。

很明顯，浪漫一詞的貶值，與當時泛濫文壇的「假浪漫假詩意」以及煽情的「感傷主義」作品有著直接的關係，偽劣的「浪漫」作品損害了真正優秀的浪漫文學的形象。一些人將這類「浪漫」視為中國小說發展前途的障礙。其實，這種對偽浪漫的厭棄並不止於當時當地，也延伸到了對崇尚抒情載道的「五四」浪漫文學的反省，這一觀點可在白先勇的有關論述中多次見到。這種對「浪漫主義」的抨擊具有很強的針對性，又有深遠的影響；在有志於中國文藝復興運動的現代派作家眼裡，末流的浪漫主義不僅等同於過時濫情、缺乏藝術技巧的落伍書寫方式，而且還阻礙了中國文學的發展進程，自然必須拋棄。在現代派小說家中，也許王文興是堅持反浪漫到底的一個，他在最近推出的現代派長篇《背海的人》下卷中，還把「浪漫愛情」嘲諷解構得令人啼笑皆非。《文學雜誌》與之後的《現代文學》，所引介的西方作品與思潮大多屬於20世紀現代文學，由詹姆斯發軔的藝術精湛的心理小說一直備受關注，而《現代文學》上立意要震動臺灣文壇的外國作家專輯，基本上都屬於現代派文學，卡夫卡、加繆、喬伊斯、托馬斯・曼、佛吉尼亞・沃爾夫等現代派作家受到了隆重推

321 《現代文學》第二十五期

介，相對而言，浪漫主義思潮以及文學家則未曾得到重視。夏濟安等師輩的論述，以及亨利·詹姆斯的《小說的藝術》，盧伯克的《論現代小說》等，為學院文學青年的創作提供了理論規範與指導。王文興、白先勇、叢甦、歐陽子、陳若曦等年輕一代的翹楚在這種學院氛圍中起步，這使他們的創作一開始就避免了抒情感傷的路子，而與經由現代派革新的西方現代敘述更為靠近。

臺灣現代派思潮與浪漫主義有關聯嗎？不難注意到，現代派對浪漫主義的拒斥不僅形成過一時之風，也深深烙印在部分創作者的寫作實踐中。但儘管如此，也並不意味著現代派文學就不再容浪漫精神存身。「末流的」浪漫固然需要避免，但作為一種文學傳統的浪漫主義是複雜的，而臺灣現代派小說家所吸取的西方資源也是廣泛的，在實際創作中並不排除浪漫精神的攝入。《文學雜誌》和《現代文學》中，浪漫主義哥特式怪誕傳奇敘事的代表人物霍夫曼、愛倫坡、霍桑，也曾得到過介紹，而被許多人視為現代派中的浪漫作家的勞倫斯，則更得到《現代文學》專輯推介的禮遇，而現代的浪漫詩人惠特曼則是七等生最喜愛的作家之一。閱讀現代派小說，你會發現一個矛盾的現象，現代派作家雖然從理論上自覺抵禦主觀抒情誇張的浪漫傾向，但是，理論與創作實踐並不完全吻合，一些現代派小說文本裡，我們感受到難以抹去的浪漫情懷。

浪漫主義在戰後曾受到文藝政策與體制的壓抑而被邊緣化，五六十年代影響新世代創作的學院派學者引介較多的是流行英美的「新批評」方法與現代派理論，學院派自由文人所認同的美學原則與浪漫主義相距甚遠；從某種程度上看，文學批評界對浪漫主義的批判反省與拋棄，正是臺灣現代主義的成長起點。但是，如果細心一點就不難看到，現代派力圖拋棄的只是不顧敘述章法的誇飾而造作的感傷式浪漫，而浪漫主義精神中的社會批判性、個體心靈的超驗性、追求本真性、推崇想像與激情、以及主觀觀照角度等向度，卻並非現代派作家所欲拋棄的，相反，倒是現代派同樣追求的。從某種意義上看，浪漫主義正是現代派出發的起點。

實際上，學生輩創辦的《現代文學》，不僅承續了《文學雜誌》的志業，而且更多表現出年輕人的激情與活力，以及開拓進取的雄心，而並不局限於師輩們含蓄、穩重、冷静、古典的美學視野。應該説，正是這樣一種年少癡狂大膽創新，把他們迅速從老成持重的師輩那裡區割開來，他們賦予了臺灣現代文學初生牛犢的勇力和新生的希望。因此，在《現代文學》創刊一周年後，編者對於浪漫主義表現出的反省與高度熱情似乎也就不是偶然的了。署名「雜誌社」、帶有編後總結性質的《現代文學一年》，是一篇很有衝勁的文字，承續了一年前《發刊詞》的基本導向，頗有天將降大任於斯人的豪情，情緒熾熱而有些稚嫩。有意思的是，文中對浪漫主義突然燃放出熱忱與迫切的再認識：

> 「現代的世界，依我們的看法，最缺乏的是浪漫主義的精神。幾乎每一個現代人，都懂得輕視感傷主義（Sentimentalism），男人們尤其以此為恥。但是不知不覺間，浪漫主義亦因此遭及毒手。浪漫主義和感傷主義，除了皆以感情為主外，是兩種不同的態度。他們像同出於一個母親的兩個兒子，性格相反：哥哥，是感情熾烈的英雄，弟弟多愁善感，屬於賈寶玉沈漫之流。現代人以冷酷、老於世故的眼光，把兩兄弟無分軒輊地冷待，無怪這世界不再存留某些古老的價值，如勇氣、熱情、恨。浪漫主義崇尚力量，包括體力和心智兩方面。浪漫主義不重視現實的後果和效率，後果和效率是抹煞人性的機械主義所推崇的。浪漫主義，推崇的是人的本質和尊嚴。我們，就是從浪漫

的起點出發，創辦現代文學。」[322]

從這段文字看，可以確定，對整個浪漫主義的摒棄確實形成過一時之風氣，否則就不會有「遭及毒手」之說。夏濟安的文章中雖已說明了浪漫主義有優劣之分，必須捨棄的只是末流的浪漫；但看來人們把對「末流的浪漫」的膩煩擴大化了。《現代文學》的年輕編輯不乏悔意地意識到：必須趕快把浪漫主義從感傷主義那裡拯救出來。這表示，臺灣現代主義在拒絕過度的浪漫之後，回過頭來發現，浪漫正是他們的起點，浪漫主義精神成為他們所急需的行為動力。那種穩重而中庸的言說和表達方式畢竟不能完全表達他們尚年輕騷動的心靈，若要超越時代性的末世情緒，超越那種遺忘自我的模仿性文學想像的弱質性，必須呼喚富有力量的、「感情熾烈的」、崇尚「人的本質和尊嚴」的浪漫主義精神。很清楚，這裡呼喚的並非浪漫主義的創作方法和感知方式，而是洋溢著充沛生命力和健康人性觀念的浪漫主義精神。我想，正是這股浪漫主義精神，使得現代派的主要作家一直為著文學理想而創作不殆，文學的探索和創新成為他們寄託人生理想、追尋生命本質和維護尊嚴的精神棲居之地。白先勇把臺灣現代派文學的搖籃《現代文學》當作自己的孩子，王文興為了中文文學的創新而孜孜以求數十年，雖遭圍攻批評而癡心不改；李永平為了保衛漢語的純潔而戰，孤獨經營《海冬青》；王尚義以生命為尋求終極理想的試練場，展開痛苦的自我心靈的搏鬥；七等生為了文學，也為了維護自我的尊嚴，隱遁鄉間幾十年……泛義地說，他們都深具浪漫主義精神。因此，說現代派作家與浪漫主義精神有過激情澎湃的聯繫，也不為過。

對於臺灣現代派而言，浪漫主義首先被放在中國文學障礙物

322 《現代文學》第五期 1961 年

的位置加以清算，其形象黯淡無光；而後，當年輕一代感受到世紀末情緒的侵蝕，又把浪漫主義精神看成一種壓抑時代的反彈力量而熱情擁抱。從現代派的文學導師夏濟安批評末流的浪漫，到《現代文學》對浪漫主義的平反昭雪，從浪漫的放逐到浪漫的回歸，不難看出，臺灣現代派對浪漫主義的態度有些曖昧複雜，對浪漫的抵禦是為了防止小說的藝術品格受到損傷；而對浪漫的呼籲和正名，則又發自一種突破精神困囿的少年激越之情。這表現了社會歷史語境和作家創作心態的微妙互動關係，對此的辨析，也有助於理解現代派小說精神世界的矛盾與豐富。

四　臺灣文學中的浪漫性

人們在討論臺灣文學與浪漫主義這一論題時，行文中都有意無意地迴避直接使用浪漫主義概念，代之以浪漫時代、浪漫文學、浪漫精神等，這種不約而同的表述方式頗有意味。文學史意義上的浪漫主義，通常用來指稱古典主義體系解體時隨著啟蒙懷疑精神而誕生的文學思潮，在中國語境裡，現代文學史上的浪漫主義也是人們標舉如創造社這類社團流派時的用語，20 世紀臺灣文學史並未產生過上述意義上的浪漫主義思潮以及團體。這種文學史現象與臺灣特殊的文化歷史際遇有關。日據時期的殖民統治，壓制了知識份子的自我、個性和自由精神，那種張揚個性、崇尚自我表現、追求自由精神的浪漫主義就很難有生存的土壤。臺灣文學裡帶有浪漫氣質的文學作品，也大多缺乏早期浪漫派的革命性與激情，而更多地體現出後期浪漫派的壓抑與憂鬱特質。龍瑛宗在 1940 年寫的《杜甫之夜》一詩中，曾經聲稱自己是浪漫主義者，但卻是個悲哀的浪漫主義者，這種悲哀，是殖民者殘酷的奴化統治烙印在臺灣人民心靈的傷痕。龍瑛宗的小說具有頹廢、哀傷、壓抑的情感特點，充滿恐懼和挫折感，1943 年，在

《孤獨的蠹魚》一文中他如是說：「幻想和讀書，我所得的僅有這個，日後這些都是無用的，我是個無用的男人。」這種無用感在日據時期的臺灣文學中是一種頗為普遍的沮喪情緒，帶有被殖民的弱勢民族自我壓抑的集體性屈辱感。龍瑛宗這一個案表明在殖民統治文化語境中個體的自由浪漫心性所受壓抑之深，也說明作為文學思潮的浪漫主義運動是很難發生的，因為浪漫主義原本就植根於個性的解放，個體意志的弘揚。

而光復之後國民黨的文化專制政策，同樣不利於民族浪漫精神的生存與發展，從 70 年代鄉土文學論爭到 80 年代以降臺灣文學多元化的結構轉型，浪漫主義也從未成為人們關注的對象。然而，作為人類審美心性之一極的浪漫精神在臺灣文學中並未因此銷聲匿跡，臺灣文學雖然沒有產生浪漫主義思潮與運動，但在一些作家作品中卻能發現浪漫的精神氣質與藝術元素。在通俗文學中，李歐梵找到了瓊瑤，朱二找到了朱西寧、司馬中原的靈異小說；嚴肅文學中也不乏浪漫精神，人們在鄉土文學的田園作品裡也能感受到浪漫抒情意味。如果說通俗意義上的浪漫文學較偏向於民間言情傳奇，其趣味與功能近似於西方的 romance；鄉土田園詩性小說的浪漫質素，則發源於古老農耕文明孕育出的倫理和諧的文化想像，散發著東方化的鄉土浪漫風味。現代派在經歷了群體性的拒絕之後，又自覺呼喚浪漫主義精神回歸，具體到作家和作品，情況又如何呢？

部分臺灣現代派作家其實原本就帶有明顯的浪漫氣質，如王尚義、七等生、李永平、白先勇、馬森等人，他們小說中的浪漫性很值得我們仔細辨析。浪漫主義流脈複雜紛紜，臺灣現代派小說裡表現得比較突出的是後期浪漫派的精神意趣，前期浪漫主義的樂觀進取狂飆突進，則較少受到熱情關注，唯一具有這種傾向的是少為人知的王尚義。他崇尚生命自由意志的理想主義激情，也敏銳感知到現代社會的異化及自身處境的荒誕，現代主義的洗禮和存在主義的濡染，使他崇尚的浪漫自由意志顯得虛幻蒼白，對浪漫精神的嚮往又令他不滿於存在主義的虛無，內心難以和諧的王尚義，於是常常陷入痛苦自傷的境地。七等生的小說裡，你可以留意到勞倫斯、惠特曼、蒙田等人清晰的思想踪跡，也會聯想起德國浪漫派對本真詩意的追尋，七等生與浪漫主義的關係之密切，稱他是臺灣文學史中的浪漫主義者也並不過分，也許人們被早期評論的定見所規約，被現代派這個不乏刻板印象的名稱所囿，因此難以體察他的精神世界裡其他的豐富側面。他其實始終都很執著於自我表現，對個體自由意志有著特別執著的嗜好，毫不猶豫地反抗世俗性，而大自然總是他心靈據守與靈性生長之地，孤獨，迷戀超驗性的神秘想像，不時會流露出「企圖給這個世界一個總體的神話式的解釋的意圖」[323]。後期浪漫派與現代派其實也只有一步之遙了，只是現代派已經失去了浪漫派所執著的總體性烏托邦意圖。七等生作為現代派小說家，內心的破碎已不可復原，卻仍保持一種宗教般的信念，既留戀浪漫派超驗理想，又明知它的虛妄，浪漫與現代合一的精神世界因此充滿劇烈衝突；不過，他的創作雜糅存在主義、佛道思想、耶穌精神、超驗浪漫意識於一爐，自繁雜混亂的自我拷辨中求取靈性的澄明，尤值得令人敬重。白先勇大量具有傷逝懷舊特質的作品，不難感受到感傷浪漫因素的存在，蔡源煌在〈從《臺北人》到《撒哈拉的故事》〉一文中就認為，白先勇作品裡「浪漫的追述」壓倒了「嘲諷的評論」，「以致於彌漫著浪漫頹廢的氣息」。[324]必須指出，白先勇表現出的浪漫感傷，更多地屬於家國哀愁和傳統文化孕育的感時傷世，而不同於執念於總體理想和超驗性的浪漫主義

---

323 R·韋勒克：〈文學史上浪漫主義的概念〉，《批評的諸種概念》，第175頁-182頁

324 鄭明娳總編、林耀德主編：《當代臺灣文學大系·文學現象卷》第484頁

精神。此外，李永平融入中國感時傷世文學傳統的現代東方傳奇，聶華苓和馬森秉燭夜遊縱情青春與生命的悲劇性漂泊，……豐富的浪漫元素以各種方式滲透進現代派的小說文本，使五六十年代崛起的現代主義小說思潮更富張力。

臺灣現代派小說中的浪漫精神未必都與西方社會形形色色的浪漫美學契合對應，它所生成的歷史語境，決定了屬於它自己的文化氣質與藝術風貌。它的基本形態是沈鬱、感傷，以及冥想、無止息的自我衝突。

五　王尚義：苦悶的象徵

也許，文學史書寫從來就是記憶與忘卻、遮蔽與去蔽雙重機制作用下的敘述，文學史的敘述邏輯受意識形態、史家的文學趣味、學術視域及其它各種主客觀條件所制約。人們通常認為文學史的功能有如大浪淘沙，淘出金子而淘掉沙子。但相反的情形也常發生，載入史冊的未必都是「金子」，淘掉的也未必都是沙子。六十年代臺灣文學精神和文化現象中，王尚義是一位不該被遺忘的現代浪漫作家。這位學醫卻酷愛文學的河南籍年輕人去世時年僅二十六歲，「窮、忙、病、孤獨、無助」的短暫人生，卻留下了八十萬字的遺稿，這些文字結集於水牛出版社出版，有《野鴿子的黃昏》、《野百合花》、《深谷足音》、《荒野流泉》、《落霞與孤鶩》、《狂流》、《從異鄉人到失落的一代》七個集子，內容有些蕪雜，思想也不夠成熟，但足以透出作者洋溢的才華與思想的銳氣。他的作品顯示出六十年代青年共有的精神苦悶以及衝破壓抑的浪漫意志，正因此，他的著述受到臺灣「失落的一代」不同尋常的喜愛，這在「存在的焦慮與勇氣」一章中已有介紹。實際上，我們很難把王尚義身上的浪漫精神與存在主義意識完全剥離開來，它們糾結交織在一起，形成了相互質詢、顛覆又相互支援的關係。

說臺灣當代文學史不該忘記王尚義是有理由的，在我看來，它至少包括以下互相關聯的幾個方面：其一、王尚義的小說直接提供了五、六十年代臺灣青年知識份子的精神報告，這份報告對人們理解那一時代知識人的精神狀態彌足珍貴。衆所周知，生活在五、六十年代的臺灣青年精神是苦悶彷徨的，國家與民族是思想無法避開的的沈重主題，離開大陸漂泊到臺灣的第二代更是如此，家國憂患總是無可迴避地纏繞心間，個人的身世命運、青春愛情便往往滲入了歷史的創傷。正像白先勇在《流浪的中國人》一文中說的：「不管他們的背景如何歧異，不管他們本籍相隔多遠，其實內心同被一件歷史事實所塑模：他們全與鄉土脫了節，被逼離鄉别井，像他們的父母一樣，注定寄身異地的陌生環境。」[325] 於梨華、聶華玲、白先勇等外省作家的作品中，流浪、漂泊、無根的悲哀是一個宿命的主題，不過，他們的這類作品多是旅美之後所寫，也較少涉及外省青年知識份子的現實題材；在五、六十年代開始創作的一批現代派作家裡，王尚義小說的重要性就凸顯出來了，他的小說基本主題是青年知識份子自我認同的精神危機，曾經在青年群體產生過很大影響，《雨季不再來·序言》中，三毛就表示她曾深深迷戀過王尚義的小說《狂流》；其二、王尚義是較早系統介紹西方存在主義文學思潮的作家之一，可以說，他是六十年代臺灣存在主義思潮裡的一位重要人物，他的《從異鄉人到失落的一代》一書，直接影響和推動了存在主義思潮在臺灣的傳播漫延。1998 年出版的《臺灣之哲學革命》一書認為，存在主義是五、六十年代臺灣的流行風潮，是文化精神分裂症或焦慮時代焦慮心態的產物，「王尚義於 1961 年 6 月發表在《大學生活》122 期上的《從異鄉人到失落的一代》一文，就可

325 一九七六年一月《明報月刊》第 121 期

以看出卡謬的《異鄉人》一書，所造成的熱潮。後來王尚義的這篇文章，也成為他死後一本文集的書名，他的這本文集與他的另一本名叫《野鴿子的黃昏》的文集一樣，對後來臺灣的青年知識群，造成了巨大的影響。」作者甚至有些誇張地認為，70 至 90 年代的一些學生因精神苦悶而自殺的事件都與閱讀他的書有關。[326] 總之，王尚義文本體現出的精神焦慮與苦悶，具有時代性與普遍性；文學史對他的遺忘，可能失掉考察那個時代存在主義思潮流行狀況的一份珍貴材料；其三、王尚義的思想和創作，也為我們討論臺灣現代派小說與浪漫主義的關係，提供了一份獨異的佐證。在《從異鄉人到失落的一代》的編輯部出版說明中，編輯知人論世地寫道：「尚義的可愛處，在於他的率真和勇於追求。他學的是醫科，但他對於文學、戲劇、音樂、繪畫，和一切形式的藝術，都有著異乎尋常的愛好。尤其，他在文學的追求上，更表現出一種愛情般的誠心和火熱。他受舊俄作家和浪漫主義的影響較深，因而他的作品充滿著人道的和浪漫的色彩。」[327] 而且，從二十世紀中國文學史的角度看，王尚義自覺承繼了五四新文化的啟蒙主義意識，五四文學深蘊著家國悲哀和民族自強意識的浪漫主義精神，在他作品裡得到了有意的賡續。今天看來，王尚義的作品混合了三種基本元素：存在主義、人道精神和浪漫主義，現實的人性悲憫、存在的孤絕主題和浪漫派的青春激情共同書寫了王尚義的文學世界。因此，我們有理由稱其為現代的浪漫派或浪漫的現代派作家。

從文學觀念看，王尚義心儀於浪漫派的文學表現論。他在回答讀者對其作品《大悲咒》的批評時，曾明確地表明自己的文學

---

326 王英銘主編：《臺灣之哲學革命》臺北：書鄉文化事業有限公司第 125 頁，1998 年版

327 王尚義：《從異鄉人到失落的一代》第 2 頁

觀念：「第一封信是批評我的人生觀虛無而不負責任。第二封信是指責我不該把有關宗教的事寫進小說裡，我想寫作不是在探討人生問題，更不是要寫出什麼道理給別人去遵循（指導人生是道德家的事，而為人生提出結論又是哲學家的事），我只是在表現，表現了我的感覺——在那種情景下面，環境，周遭的事物、理想、信仰，在我的內心引起的感覺是什麼。」[328] 這是典型的浪漫主義文學表現觀念。衆所周知，自我表現這個概念是浪漫主義的核心範疇，華滋華斯、柯爾律治、拜倫都強調文學是情感、想像的表現。諾瓦里斯說：「詩所表現的精神，是內心世界的總體。」　蒂克說得更明白：「我想要描摹的不是這些植物，也不是這些山巒，而是我的精神，我的情緒。」[329] 王尚義的文學觀的核心，正是這種主觀色彩濃厚的自我表現論。他還十分推崇貝多芬的浪漫精神，推崇貝多芬那種深邃而原始的力，「力的表現是什麼？是自由。」認為正是其內在靈魂的力和強烈而易於感受的天性，衝破了外在壓迫，才「燃放出他畢生自由精神的光輝。」[330] 王尚義還認同浪漫派的文學自律論和創造觀，「嚴格說起來，作品的內容和價值判斷是不相干的，主要是作品的創造成分，音樂、繪畫、文學都是如此。」[331] 在王尚義的精神食譜裡，人們可以發現兩類文學藝術家，一類是由貝多芬、羅曼羅蘭、梵高、高更、勞倫斯以及海明威等組成，從力的表現和激情的宣洩到原始主義的狂野，他們作品中所表現的創造欲望、生命衝動和反抗文明的熱情深深地影響著王尚義對自我、生命和人生的體認；另一類由陀思托也夫斯基、柏格森、福克納、艾略特、沙特、加繆、

328 王尚義：〈祭司與偶像〉，同上第 208 頁

329 自《鏡與燈》北京大學出版社第 72 頁，

330 王尚義：〈貝多芬靈魂的力〉，同上第 48 頁

331 王尚義：〈祭祀與偶像〉，同上第 208 頁

亞斯培等組成，他們所表現的被拋感、虛無感、價值的失落與對信仰的懷疑主題，也深深觸動了王尚義苦悶而壓抑的心靈。

應該注意的是：在王尚義的精神食譜裡少有東方文化的位置，他的文學修養、觀念和精神趣味多來自西方近現代文化的影響。在他的短篇小說《舞會》裡，有一段描寫把這種傾向明顯地表現了出來：

> 「我浸透在音樂聲中，欣賞著臺上的角色，鼓受最可愛，他又忘我的逸致，彈低音提琴的那個人有點怪，他古板的臉從不改變，坐在鋼琴前的老人太憂鬱，他佝僂的背影，灰的髮痕，他不屬於今晚。舞池中，人和肥皂泡一個步調，同樣地輕飄。那個舞女，披著長髮，袒露手臂，嘴角吊著香煙，柔細的腰，高叉旗袍，把我吸引住了，那簡直是西方精神，只有縱情，沒有痛苦；只有宗教，沒有神；只有科學，而沒有靈魂……大的提起皮包，格格地走了。我沒有攔她，我覺得她未免太東方化了，舞廳裡跳和家庭舞會有什麼不同，而她像在堅持她的精神文明，虛偽的教養，空洞，而缺乏生命。」[332]

含蓄內斂壓抑的東方化女伴「大的」，敵不過西方化舞女的性感與縱情飛揚，兩個女人引發的象徵性聯想，女性身體姿態的審美背後是潛在的文化想像，在二者的比較中透出文化價值觀上耐人尋味的西方取向。「我」掩飾不住對「西方精神」的欣賞，「只有縱情，没有痛苦；只有宗教，没有神；只有科學，而没有靈魂」的西方精神深深地「把我吸引住了」；而與此對比的是對

332 《舞會》原載《文星》55 期，1962 年 5 月 1 日臺北出版，收入《從異鄉人到失落的一代》第 171 頁

東方精神文明的輕視，在「我」看來，東方的精神文明虛偽、空洞而缺乏生命。這個小說片段滲透著的文化價值取向，在五六十年代不是孤立的，甚至說具有某種代表性。不能說小說中的人物就等同於作者，但作者大量文論雜感以及文學創作中的總體文化價值觀確也與此相近。在他的二元統一的認識框架中，西方精神能將科學理性與藝術文化合為一體，人的感性生命在沒有「神」和「靈魂」的壓抑下縱情恣肆痛快淋漓。這幅「西方精神」的圖景只是一種「想像的西方」的產物，並不一定真實，而真實的是「我」對生存環境與文化壓抑的感受。一方面，這種感受部分是五、六十年代政治壓抑的折射；王尚義熟知文藝復興的感性解放運動，浪漫主義的自我張揚，以及現代主義的生命意志哲學，其思想歸趣在於以個人生命力的縱情來反抗時代的專制，以抗拒精神的沈淪。另一方面，王尚義比較東西方文化的思路自覺地銜接著「五四」新文化運動的傳統文化批判精神。在其長篇《狂流》的前言裡，他明確地說：

> 「『五四』這個黎明的日子，這個偉大啟蒙的開始，帶來了新、舊、東、西的鬥爭……我覺得功過不是在任何思想和學說的本身，而是在我們的選擇上。假定中國文化是優越的，我們不妨以頭顱為長城來維護它；假定西洋文明是高超的，我們就不妨嚴肅地整理一下，除其雜穢，留其精華，做一個中西文化的大結合。這選擇的標準，應當是如何適應我們的生存。」[333]

王尚義的論述提示人們，重回五四的精神脈絡，是反省臺灣現代主義文學思潮的一個有意義的側面。從胡適的「自由中國」

---

333 王尚義：《狂流·前言》，水牛出版社 1988 年版第 2 頁

運動，到王尚義文化批判的精神史定位，再到王文興、白先勇的「五四」論述，臺灣現代派作家確曾從紹續五四新文學的思想脈絡來理解、詮釋或者賦予臺灣現代主義思潮以文學史意義。這條線索在以往的研究中隱而不顯，在這個意義上，人們有必要讓王尚義回到臺灣文學史中；此外，與對五四時期人們對浪漫與現代的混論相似，王尚義的精神框架裡，浪漫主義和現代主義也是不加分別、合二為一的，你也難以將他濡染甚深的存在主義意識從浪漫主義傾向中分割出來。在生命的悲劇意識上，王尚義打通了浪漫和現代的樊籬。於是，超越與沈淪，激情與苦悶，反抗與挫折，掙扎與虛無等互相纏繞，形成王尚義現代與浪漫為一體的精神氣質。

首先，王尚義作品具有濃厚的自我表現色彩。他的大多小說表現的都是「我的精神、我的情緒」，即自我的主觀世界，具有明顯的自傳性；《狂流》中的「老王」、志豪，《超人的悲劇》中的「你」與「我」，《野鴿子的黃昏》裡的「我」，都不難看出作者個人經歷的投射和主觀情感的投入。這個在不同作品中反覆出現的「我」與現實中的王尚義相似，大多具有真率、深思、亢進、狂熱、固執、迷戀終極和理想主義等個性特徵。其次、他的作品混雜著濃郁的浪漫悲劇英雄色彩和現代派的陰鬱末世情調，人物的思想與情感總是處在激烈的衝突之中。與其自我表現主題直接相關，王尚義作品的語言還具有濃厚的抒情性和宣洩性。才氣橫溢的詩性語言佔據了主導位置，這既給小說帶來了鮮明的情彩和藝術感染力，也造成一些弱點：忽略了小說敘事結構的縝密、情感的節制和語言的含蓄。

作為一個深受浪漫主義陶冶的作家，同時也對西方現代主義和存在主義愛恨交加，王尚義的思想矛盾也許已經超出了他的精神所能承受的限度，這表現在他為了擺脫精神苦悶而廣泛涉獵東西文化的急切和雜亂，他對尼采的超人學說既愛也恨，《超人的悲劇——悼一位朋友的死》中，「你」是一個痛苦地尋找自我精神出路的六十年代臺灣知識青年，受尼采的超人思想影響很深，[334]但之後又深感尼采思想不能拯救他反而害了他。王尚義喜愛海明威、陀思妥耶夫斯基以及加繆等現代派作家，但是從他們身上更多地看到了現代人的困境；存在主義對他衝擊很大，又使他更加茫然；他還通過小說中的人物，急切地向佛學、印度教等東方智慧尋求精神超越，可終究難以獲得心靈的安寧。最終他筆下的年輕人不是墮入自我毀滅，就是仍然無奈地四處彷徨。

王尚義的浪漫主義氣質在長篇小說《狂流》中有集中的體現。客觀地說，這篇作品有些過於峻急粗礪，敘述結構過於簡單，表達方式也屬於直抒胸臆。但是它暢達、詩性、富於感染力的語言與矛盾深切的思想搏鬥，卻預示了一個優秀作家的某種潛質。像小說中不止一次出現的《苦悶的象徵》這書名顯示的，苦悶是作品最重要的主題詞。作為六十年代少見的一部直接面對臺灣戰後青年心靈創傷的小說，它彷彿一股奔騰激越的狂流，流瀉出一代人苦悶、困頓、追求、幻滅的青春悲歌。苦悶、憂鬱的黑色情緒中又貫穿著一種反叛的、超越的強力意志，那是一種尼采式的酒神精神，卻又充斥著叔本華的悲觀哲學酵素，作者也企圖用東方的佛教及瑜迦思想來平息心靈的不安。小說表達了為一代人的精神塑像的意識，這種衝動可以追溯至他個人的身世：

> 「我誕生在蘆溝橋事變的前夕，這事對我有無比深刻的意義，我自覺我的生命和苦難是不可分的。因此，當我拿起筆來，要寫自己，要寫這個時代的時候，我不能無視於這一代青年的苦難。」[335]

334 王尚義：〈超人的悲劇——悼一位朋友的死〉，同前，第 157-165 頁

335 王尚義：《狂流・前言》，第 1 頁

戰亂、流亡給這一代人帶來了身心的痛苦，「肉體上，顛沛流離，生活在炮火的煙漫裡。心靈上，掙扎幻滅，漂浮在無數思潮的衝擊中。」（《狂流・前言》）戰亂與流離導致的肉體痛苦是個體無法自主的，而戰爭給人的思想與精神帶來的苦痛是持久的，作者努力探索青年一代心靈病灶之源，企望從反思、批判與求索中走出精神的困境。「迷惘的一代」是王尚義對自己置身其間的戰後第二代的切身感受和定位，和白先勇一樣，他明確表示「錯誤的是上一代」，但「如何不做下一代人的罪人」又成了「迷惘的一代」的責任。他無所顧忌地抨擊青年一代的精神弱質：「這一代青年惡劣的病症是逃避和意志軟弱。逃避的前提是自私的打算——個人的享受，名譽和金錢；意志薄弱的結果是頹廢、消沈、麻痹。」（《前言》，《狂流》p3）他不僅在論文中對此進行理性剖析，還以感性的藝術形式生動呈現這種病症，小說因此流溢著悲劇情懷與使命意識。

「志豪」、「傳正」和「我」是小說的三個主人公，三個好友，他們有著不同的家庭背景，不同的生活道路，卻有著相似的多重人格，好學深思，敏感多愁，誠如志豪自我剖析的那樣：「我們的行為，沒有固定的規範，我們的思想，實際上是許多不同觀念的攙雜物。我們傾力於權力的追求，一種知識的優越感，卻又深信權力會給人類帶來災害，以及懷疑知識所創造的文明，是否是人類的真正福音。我們承認宗教道德對人類社會的貢獻，卻又根本貶抑它的價值，否定多數公認的原理性的標準。在我們的性格裡，愛與恨，美與醜，真實與虛偽，這些對立的觀念，共同存在著，交雜著，以致在我們的行為上，顯明地表現著衝突和矛盾。」（《狂流》p13）作者向我們展示了這群年輕人內心劇烈的「矛盾和衝突」，愛情、友誼以及人生道路的選擇構成了小說的主體，尤其是愛情的迷惘、追求與幻滅，成為人物精神依附的主要線索，作者自道：「本書所以命名《狂流》，是以此來象徵愛情，因而愛情成為本書討論的中心。但這並不意味著人生最重要的問題是愛情，而是說年輕人的生活，思想，苦悶和彷徨，看起來是和愛情那樣緊緊結合著，而不可分割。」（《前言》，《狂流》p7）然而，愛情對於這群精神困頓的年輕人，更多地意味著受創，他們尚且不能安頓自己個人的心靈，又怎能把握住一個和諧的二人世界，他們追求的理想愛情注定是無望的，是空中樓閣。於是，我們不能不同情他們的困惑與掙扎，看著這些純潔的年輕人深陷頹喪與絕望之境。作者其實是在展現青春和夢想如何破滅的過程，意蘊是沈痛悲壯的；原本是想理性剖析這精神病症，但不覺投入了太多的同情與悲鳴。我們分明感到那些年輕人是活在一種悲劇性的文學世界裡，卻遠離了腳下的土地，他們總是沈溺於西方的音樂、繪畫、文學、哲學裡，希望從那裡獲得解決自我問題的答案，他們討論莎士比亞、貝多芬、閱讀叔本華、尼采，喜愛屠格涅夫……他們可以在哲學、藝術、宗教等話題裡自由穿梭高談闊論，然而一旦涉及自己的生活道路抉擇，他們就成了猶豫彷徨的哈姆雷特，成了「多餘人」。從這些青年知識人的形象回溯，不僅可以看到身患世紀病的歐洲「世紀兒」和俄國「多餘人」，也可以看到中國現代文學史上一條「零餘者」的悲劇人物鏈，「于質夫」、「莎菲」、「蔣純祖」的身影重新在眼前閃現，郁達夫的柔弱主人公在海邊呼喚祖國強大，莎菲在人們的視線之外去「浪費生命的餘剩」，蔣純祖堅信「苦悶才能爆發革命與藝術」，企圖「在自己的內心裡找到一條雄壯的出路」，然而在民族戰爭的大時代裡他「成了一個飽受精神苦刑，而不能找到自己位置的奧涅金或畢巧林。」[336]幾乎沒有例外的，動盪不安的大時代裡的知識人，都會面臨著格外嚴峻的自我與時代撞擊的考驗，他們高雅的知識追求與布爾喬亞的生活趣味常常顯得滑

336 楊義《中國現代小說史．下卷》第 181 頁

稽可笑，他們的慷慨陳辭一旦無法落實到社會進程中，就只能淪為廉價的紙上談兵。王尚義筆下的年輕知識者離開了自己的文化母體，囹圄於大陸之外的小島，只能向西方世界或者古老的宗教尋求精神支柱，卻無法在自己的時代找到生存的位置。時代對於他們是混亂、灰暗的、異己的，容不下他們熱情浪漫的理想，這群志向高遠的大學生，只能帶著沈甸甸的空虛感席捲在愛情的狂流中，在理想化的愛情裡尋找詩與美，在藝術與宗教中追求精神的救贖，他們「與幻想作伴」，在「十字架，黃色的袈裟／春天，海，美人，詩歌／夢中的孩子」之間徘徊流連[337]，企圖讓生活與藝術合一。但他們對愛情過於熾熱癡狂，反而使愛情遠離他們；他們懷抱救贖世界的雄心，結果卻發現他們必須首先拯救的是自己；他們在痛苦中尋找宗教作為安慰，但是終於無法解脫。他們用青春的熱情書寫浪漫悲劇，用美的幻夢填卻混亂悲哀的心：

> 「我是個陌生人，背著包袱的陌生人，我的神話的包袱裡，裝著海底的月和天上的星，唉！哪一天生命才能凝定成熟，唉！哪一天才能脫掉孩子的夢。……」（115 頁）

當生命的衝撞力無法安頓，惶然的衝突燒毀了自己的夢想，他們只能慨歎：「星星在發光，我們在死亡。」（179 頁）激烈的心理爭辯、傲慢與自卑的交纏、冷漠與熱烈的對峙、靈與肉的衝突，為戒嚴時期青年知識人譜寫了一曲感傷、壓抑、熱狂而苦悶的青春悲歌。

王尚義的作品努力為自己，也為同代青年尋找解脫心靈苦悶的藥方：他的人物投身愛情、寄意宗教、遠赴他鄉求道、自我毀滅……百般掙扎卻總是無法擺脫鬼魅般的空虛苦悶，又總是不甘

337 《狂流・代序》第 2 頁

心頹廢絕望，企圖以自由意志與浪漫精神追尋著自我的出路。他的小說人物酷愛《苦悶的象徵》和《貝多芬傳》，貝多芬起伏跌宕的情感悲劇，是《狂流》主人公們最熱衷談論並引為自證的對象（第13頁）；傳正在寫給志毫的信中，鄭重提到兩本書對自己的啟悟作用（第69頁）。[338]苦悶是他們內心的真實現狀，而「靈魂的力」就是作者渴望得到的拯救之源。王尚義對貝多芬式的非理性意志與燃燒的激情非常敬仰，《貝多芬靈魂的力》一文裡，他這麼分析貝多芬：

> 「貝多芬的一生永遠起伏在極端的情緒中，歡樂時要擁抱宇宙，傷感起來又沮喪得要死；高傲時，滿存輕蔑；謙遜起來會過度自卑；熱情時，要熔融世界；冷酷起來，會使人顫慄；堅強時，能戰勝撥弄人世的命運；懦弱起來，則不能斷決內心的活躍。他這樣變幻莫測，捉摸不定，是憑藉什麼呢？他的靈魂，永遠充沛著、閃爍著，像自然接地深邃而原始的力。」[339]

在《狂流》中我們分明也感受到了這種莫測變幻的原始性的衝動，那受制於神秘而原始的蠻力，令人感到「一種與神同在的醉意」。這流露出王尚義情感化自我表現的浪漫主義精神本相，而尼采式酒神精神與叔本華式悲觀意志之間的劇烈衝撞，正構成王尚義情感敘事的內在張力。

有意思的是，對於王尚義的激情敘事與其浪漫多愁的個性，

---

338 廚川白村的《苦悶的象徵》是現代文學史上一本不可忽視的一本書，曾經得到魯迅等先賢的喜愛，幾十年後又成為王尚義這樣的臺灣青年的精神食糧，不能不說意味深長。

339 原載臺北《青杏》十二期，一九六一年七月一日

他的老同學李敖很不以為然，甚至認為他若不早夭，很可能會發展成臺灣的「男瓊瑤」。事實上，王尚義的感傷悲觀與李敖的自由放縱，正好是戰後年輕知識人的兩種極端而互補的形象，這兩種形象都在體制之外各自尋找自我的歸屬，同是那個荒謬苦悶時代的經驗者。據李敖《快意恩仇錄》記載，一九八三年六月，木令耆曾在海外發表《王尚義與李敖——一個時代的兩種表現》，文章說王尚義和李敖是「一個時代的兩種表現」，李敖是「硬性人物」，王尚義是「軟性人物」，他們同有「脱離了母系環境，少年被移植後的失落惆悵」的處境：「正當他們開始有些對人生認識的知悟，正當他們想迎風而飄，隨著祖國歷史的潮流向前邁去，他們被父母帶去到一個陌生的小島，他們與祖國正動盪著的新時代隔絕了。從此他們受到拘束，身心受到壓制，如同正向藍天方向上長的幼樹，忽然被放在木匣子內，既看不見天日，也無伸展之地」確實，離開了對那個特定時代的人們特殊命運的理解，我們很難真正貼近王尚義這樣「軟性」的悲劇心靈。也許我們有理由不接受這樣的一種情感化人生形式，但是，人們應當不難分辨他與瓊瑤的巨大分辨。瓊瑤書寫的是女性的美麗童話，而對王尚義來説，想像的力量永遠不能驅散現實的苦悶，童話的力量無法救治心靈之傷痛，他作品中的人物總是走向毀滅，那種不計後果的悲劇性的自毀[340]決不是明智的，卻表現了一代人的歷史性陣痛與可悲的浪漫激情。

六　七等生：超驗的想像與陰鬱孤寂的浪漫寫作

自從盧梭在《懺悔錄》中公開宣稱：「完全按真實面目把自

340 如《狂流》中的志豪.，在絕望之後來到異國參加了他不明真相的戰鬥，草率地了結自己的生命。

己表現出來」，他關於表現「獨一無二」的自我的自傳體，就成為浪漫主義作品的一個顯著特徵。浪漫主義文學強調詩人主觀情感和自由意志的表現，文學成為內心感覺與主觀想像的記錄儀錶，成為探詢情感與個性的指南。對於浪漫主義而言，「一件藝術品本質上是內心世界的外化，是激情支配下的創造，是詩人的感受、思想、情感的共同體現。」[341]那麼，浪漫主義執著於個人的自我表現，推崇自我的內省和富有創造性的想像，其意義何在呢？韋勒克認為：「浪漫主義者的雄心在於調和藝術與自然、語言與現實的關係。」[342]他還引述另一位學者的話來剖析浪漫主義自我表現與內省的深層意義：「從意識本身提取消除自我意識的解毒劑。」浪漫主義看似專注於個人內心的狹小世界，實則不然，通過自我意識的反覆追問通過想像的轉移，它很可能由此通向一個廣大的世界，內省的生活並不是出世的，相反，浪漫主義的「想像、象徵、神話和有機的自然」所隱含的實質，是人類「克服主觀與客觀、自我與世界、意識和無意識之間的分裂的巨大努力的一部分。」[343]

前文說過，臺灣現代派文學發起之初，文壇普遍不重視浪漫主義思潮以及創作方法，現代派小說家的許多作品也與浪漫主義相距深遠，但七等生是其中的例外。他確實是典型的現代派作家，但是他又與浪漫主義存在著密切聯繫。七等生的文學觀念屬於浪漫主義範疇，「我的生活整個投影在這些作品。我完全依照我的習性、感情和理念記錄我在生活中經驗的事。甚至以我為主題，來探求生命哲學。我天生對於美感事物的喜愛和佔有欲，誘

---

341 〔美〕M.H.艾布拉姆斯著，《鏡與燈——浪漫主義文論及批評傳統》第25-26頁

342 R·韋勒克《再論浪漫主義》，見《批評的諸種概念》第211頁

343 同上，212頁

發我形成寫作的技法和風格。」他對文學有一種浪漫化的理解，「它是從內心湧現出來的一種泉流，與個人個性的發揮合成為『風格』」[344]。他的作品除了表現存在主義的倫理困局，書寫隱喻性強的荒誕寓言，也有著強烈鮮明的浪漫主義特徵：他的大量作品的形式是自傳性文體及其變體，他深知「對內在生命世界的闡述，本來就是我寫作一直延展不變的主題，」[345]對自我心靈反覆不懈的辨析、叩尋，甚至是他創作精神的核心。

七等生的早期精神食糧裡，帶有浪漫主義氣息的文學作品占有較大比重，「史東的《茵夢湖》，海明威的《老人與海》和惠特曼的《草葉集》，這三本書在我的心靈裡匯成了一種情緒，在我最初的寫作歲月裡，我本身便是這三種人格的總合。」（《離城記》後記）他最早的作品《失業、撲克、炸魷魚》、《狄克、平凡的女人、漁夫》等，很容易看出這些作家的影子。七等生對蒙田的喜愛也許是終生的，因為在蒙田那裡，他更加明晰了自己寫作的方向，即自我表現。他曾將蒙田的幾段話作為書的題記，頗有引其為知音的意思，這些話確也說出了七等生自己文學寫作的真實理念：「我的全部關注都在我的內心，我沒有自己的事業，而僅有自我；我不斷的思考……品嘗我自己。」（《情與思．序前引文》）「人必須退隱，從自己尋求自我，我們必須為我們自己保留一個儲藏庫，揉合我們，在儲藏庫裡，我們可以儲藏並建立起真正的自由。」「世上最偉大的事是知道如何成為他自己。」[346]

年輕時期的七等生還曾經酷愛勞倫斯，他的著作年表上特意記載了閱讀《查特萊夫人的情人》這件事。在我看來，勞倫斯的

344 《七等生作品集．序》，遠景出版社 1986 年版

345 七等生《散步去黑橋》自序，第 2 頁

346 引自《白馬．情與思》第 18 頁

憤世嫉俗與我行我素，他對中產階級的批判，對神秘超驗的超凡趣味，以及強烈的原始主義傾向，都是吸引早年七等生的精神元素。追求獨特與叛逆，也是七等生所決意堅持的，他甚至強調說：「背叛世界現有的一切確是藝術思想家們唯一的一條道路。」[347]而回歸自然，那更是七等生一生所身體力行的；對政治的暴虐、文明的病徵，他從來不憚於猛烈抨擊；他的作品也常表露對超驗事物的濃厚興趣，對彼岸的期待，70年代中期以後，他對各種宗教的鑽研越來越深入。當然，他與勞倫斯也有著明顯區別，比如他小說中的性愛觀。他從未表現過充滿激情的性愛，雖然他的不少小說都談論或表現到性，但他過於重視男性角色的主體性了，他的作品裡，女性永遠不可能擁有查特萊夫人式的覺醒和飽滿熱情，她們常常面目模糊，黯淡無光，不是性格有著明顯缺陷，就是俗不可耐、毫無個性。《我愛黑眼珠》裡主人公的妻子晴子雖然美麗卻脾氣暴躁、歇斯底里；而《AB》裡的妻子更是一縷可憐的幽魂而已。七等生筆下最值得珍愛的女性人物也許是妓女形象，這些女性往往沈默、柔弱而隱忍，完全不似一般人所想像的寡廉鮮恥，相反，她們是不得不墮落的、純潔的「小天使」（《我的小天使》）。不過，有時七等生也賦予愛情奇異的理想化憧憬，那種靈肉合一的理想化情愛，那種不止一次出現的所謂「完美女性」，一種至美至善之境，美得不著邊際，美得高處不勝寒，最後化為他小說中重複出現的「白馬」意象，讓人感覺：世俗的人根本無望從人世間驗證那種絕美之愛。在他後期的作品裡，愛情乾脆退出世俗化的情欲關係，有時完全是精神、靈性甚至靈魂的象徵，是高峰所窺見的一輪皓月，雖然他必也深知「可憐身是此中人」，但那美不勝收的誘惑總令他著魔。也許，是黑暗與虛無的壓迫，是孤獨，使他更渴望那非同尋常超越庸世

347 七等生：《八又二分之一的探觸》，見《情與思》第175頁

的愛欲；也許，是固執，是精神的執著，讓他永遠不能滿足於現實中的男女之愛。他一面自道：「我總是把自己沈墮於黑暗的心裡，從那黑暗的心顯出形象和色彩來。」[348]一面在小說裡不斷顯現他對想像中的愛情的癡望，從《初見曙光》裡年輕的土給色，到《兩種文體》裡年過半百的鄉間畫家，這種熱望一直強烈地伴隨著他。土給色在電話中的愛情表白是：「歲月正呼喚你啊，回歸我的身旁；我在呼喚你，把歲月推開；現在，我們不要歲月了。」[349]而中年畫家依然癡情如初：「當我不工作時滿腦子充滿了你，好像創作也是為了你；我無法逃脫我的創作的自戀，假如那源頭來自於你，我的朋友。」[350]在我想來，這樣的情懷，是孤獨與純粹的心靈才可以煎熬出來的甜蜜的療藥。也許，理想之愛（完美女性、柏拉圖式愛情、原始大自然以及「白馬」意象、宗教），全都是他療治自我虛無病症的藥石。

七等生的《兩種文體——阿平之死》，是一部不太被學術界關注的著作，對人們讀解三毛和七等生這兩位臺灣作家的精神世界，卻有著重要的意義。書中的兩位友人，「一位是媒體焦點的傳奇人物，一位是離群索居的隱者。前者帶有悲劇性格，後者帶有隱世性格。表現出在繁華都市與純樸鄉村截然不同的生活空間裡，兩顆心靈的交疊和會合。」（《兩種文體》封底語）它不僅顯露出七等生漢語書寫的清明澄澈、語感的順暢自然、文字的乾淨簡潔以及語法的規範合度這一面，這迥異於那種曾經被人詬病的「小兒麻痹體」，它可能給人們提供重新詮釋七等生小說語言問題的契機；更重要的在於，它真實地透露了七等生文學世界的內在精神向度。從書中可以看到，七等生對自然、愛情、主觀自

348 七等生《耶穌的藝術》第 48 頁

349 七等生《來到小鎮的亞茲別》第 184 頁

350 《兩種文體：阿平之死》第 110 頁

我與超驗事物的一往情深，他對藝術化人生始終如一的固執與堅持，他對自然與生命反樸歸真的認識，每每能與那浪跡天涯的「阿平」心靈相通。

朱雙一曾經指出：「三毛作品中的異域情調，特別是所描寫的以舒展的生命、自由的個性為精神龍骨的愛情生活，使它們無疑屬於浪漫文學的範疇。」這種概括應該是有理由的。儘管有人質疑三毛筆下的風俗民情及與荷西間愛情的真實性，但這種從寫實主義甚至非文學的角度的評價並不公正。浪漫文學的真實迥異於寫實主義的真實，更與新聞報導相去甚遠，它是一種感覺、情感與想像的真實，是心靈真實的表現。如王尚義所言，「我只是在表現，表現了我的感覺──在那種情景下面，環境，周遭的事物、理想、信仰，在我的內心引起的感覺是什麼。」正是在這種與模仿的真實相抗衡的意義上，一個浪漫傳奇女子和一個清苦隱者在心靈深處產生了心的共振。七等生對「阿平」說：「《傾城》是你真正顯現了你自已（不論這形象是多麼驚慌和錯亂），它不是你的現實思想要你寫成的，是形構你軀體存在的內在驅迫你去做的，所以它的目的和內涵都是超現實的。」[351] 這種超越性是與俗世或現實現象界相對抗的心靈維度，三毛的故事為七等生界說了「夢」之自由的另一種真實，那是「與畸形的人類文明創造下的敵對和隔離的現實」相抗衡的一種內心真實，「在那嚴酷而呆板的世界裡仍然有我們感受到的最優美和動人的表現。即使它是夢，也是最真實的，它被創造出來是合乎造物者自我的意志。」[352] 對三毛和七等生而言，藝術始終是自我心靈的內在事件，是自我意志、情感和想像的表現，它傳達了一個孤獨個體的生命體驗和創造性的想像。《兩種文體》，我們才感受到七等生

351　《兩種文體：阿平之死》第 2 頁

352　同上，第 13 頁

自我的平和安寧，那是把一生一世都想得清楚明白的七等生，對美與無限仍然癡心不改的七等生。

在評論家眼中，七等生是一個「隱遁的小角色」（瑪瑙語），是「在火獄中自焚的人」（張恒豪語），或者「把自己封閉起來，然後在自己的思想意識所建造的哲學王國之中自封為王」，實際確是「自卑、自憐與自負」的「社會棄子」。[353]這些評語各有其因，或言其隱世行為，或言其社會地位卑微，或言其心靈掙扎之劇烈，或言其個性乖僻，性格多重，各有其合理性。張恒豪的說法更側重於創作主體的精神世界，也更貼近七等生文學的本質，他看到了一個外在弱小卑微的人，卻有著在精神煉獄裡自焚、面死而求取生命意義的強者的一面。呂正惠雖然對七等生的創作給予了批評，卻敏銳意識到七等生作為一個現象，其作品在臺灣社會中具有特殊的意義，他以持之以恆的自我表現的文學書寫，顯示出一個臺灣小知識份子充滿矛盾的精神世界。浪漫主義的自我表現說正是他初期的創作動力，也是他建構自我精神世界的一種支援，使他可以勇氣十足地宣稱：「我的寫作一步一步地揭開我內心黑暗的世界，將我內在積存的污穢一次又一次地加以洗滌清除。」[354]只是，他的表現形式與早期浪漫主義狂飆突進的摩羅精神並不相同，他的氣質更近於內斂冥思的後期浪漫派。

貼近自然，回歸自然，是七等生自我表現文學書寫的組成部分，也是他浪漫主義精神的重要方面；面對自然，他也就是在面對自我，這是他探觸世界、尋找生命意義的一種形式。也成為他無論在英美或歐洲或中國，浪漫文學中的自然總是令人神往。人們似乎從盧梭的那聲回歸自然的呼喚裡，突然明白文明世界裡的

---

353 參見呂正惠：〈自卑、自憐與自負——七等生現象〉，《小說與社會》第 91-111 頁

354 七等生：〈年輕的時候〉，見《散步去黑橋》

人類已經離開自然和野性有多麼遙遠，浪漫主義文學追求並渴望人與自然的和諧交感。浪漫派的自然永遠激發著詩人創造的欲望，催生出神奇的靈感。而有些時候，自然是淨化人心的神，敬仰、畏懼、憧憬、感動，也就成了浪漫派面對自然時萌生的情懷。郁達夫的小說人物手執《渥茲華斯詩集》漫步在田野吟誦的景象讓人難忘，他筆下的自然清新優美，如溫柔的神，安慰著憂鬱迷失的文人；七等生小說中的人物也常是田野山谷中的漫遊者，而小說中相間的英文浪漫派詩歌，也似乎無意間呼應著郁達夫。[355] 只是七等生與自然有著更為密切複雜的關係，有時自然也呈現出陰鬱難解的意味。他的人物甚至會「在那些雜亂的墳塚間轉來轉去」。（同上）他小說中的自然並不單純、更不一味地美不勝收。它有時疲憊滄桑如母親、有時又靜寂得讓人恐懼、有時還蘊藏著未知的狂暴。《隱遁者》中陡拔的山野具有震懾心魄的力量，又讓懦怯的人心生畏懼。常常，人們在他筆下的自然裡感受到森然的寂靜，靜得聽得見靈魂騷動不息的聲音。七等生的世界裡，自然是他身心所寄之處，而不是心靈的點綴和裝飾，它是心靈的家——無論它是美麗的還是平凡的，是威嚴的還是荒涼的。

作為一個現代社會的知識份子，七等生沒有在都市生活，而是遠離城市，長期隱居在故鄉的山林。這種生活方式固然由他個人天性使然，這樣的選擇也是一種人生藝術化的浪漫追求，具有反抗人生世俗化和反抗現代文明的價值傾向。在他的一些作品中，自然與城市構成了兩個互相衝突的價值世界，（如《城之迷》、《隱遁者》、《重回沙河》等）城市充滿喧囂肉感，卻是異化和墮落的；而自然雖冷清寂寥，卻和諧完整並且具有神奇的力量。在一篇小說的開頭，主人公以一種辯駁的口吻說：「我對工業社會的一切深植著一股憎惡感覺，我不以為隨著科學的進步

355 〈漫遊者〉，見《來到小城的亞茲別》第 39-43 頁

會帶來較多的幸福。」[356]七等生的人物們總是孤零零地晃蕩在小鎮、迷失在城市，而在真正的自然面前，方才感受到「人與自然圖像奇蹟式的交感，是人類紛濁別的生活裡難以啟開服見的自然的原始精神。」[357]但是，在七等生的視域中，自然也呈現或激發著虛無的特性，「可是阿達很難將存在於自然天地的原始精神做永久的保留，它比人世間的幸福更渺茫，因為人世的存在猶能受時間的規劃，但自然精神只能在他的虛無中閃現，因為所謂永恆是他不能瞭解的事物，」（同上）顯然，對於七等生來說，自然的意義不是單極的，它意味無窮，只有那些與它融為一體的人才能得其真味。從五彩繽紛的現代生活中抽身而出，選擇面對永恆而孤寂的自然，過難以想像的僧侶式的孤獨內省的生活，並不像常人想像得那麼容易。對於七等生，棄絶紅塵隱遁山林意味著自我的超拔，也必然地把自己交付給了單調、漫長而清冷的靈魂苦修。

在《隱遁者》裡，人物面臨這樣一次生活方式的選擇，是居住在城鎮，還是隱居山林？沙河是一道分界，區隔著喧鬧的城鎮與寂静的森林。沙河像一個深沈的思想者，更是一個忠實的傾聽者，它是主人公魯道夫選擇隱居生活的見證。人物最終選擇了定居於森林，過著唯我自存的簡單純樸的生活。當他回首那些「群魔群鬼聚居的」城鎮，「一切都顯得那麼光怪陸離，他不能瞭解現在城鎮顯露的現象的意義——行走在街道的人機械式的腳步，以及像玩具一樣到處設置的象徵標誌。…當他最初涉過淺淺的沙河離棄城鎮步入森林之時，他有兩隻羊和一條狗伴著他，他一直往森林深處走去，…往他理想的地方前進。」[358]在這裡，自然是

356 七等生：〈九月孩子們的帽子不便的世界〉，自《白馬》集第 223 頁
357 七等生：〈小林阿達〉，見《散步去黑橋》第 62 頁
358 《隱遁者》第 31 頁

受創心靈的撫慰，也是心靈的朋友。自然令七等生的筆下並不儘是黯淡與抑鬱，在那裡有他的那些空朦的理想在寂寂生長。實際上，浪漫主義在回歸自然的同時，也開始引起一種對簡樸生活的嚮往，「它引起了把處於『自然』狀態下的『簡樸』社會和『原始』人普遍理想化的傾向，」[359]這「淡淡的烏托邦」特點，在七等生那裡可能要更加東方化一些，它是自然引發的感觸，也是心靈幻象的產物，還與東方的民間烏托邦想像有關。

從七等生隱身並一再描寫的沙河，不禁讓人聯想起美國作家梭羅的瓦爾登湖，兩者確實存在精神意趣上的相通之處。在《美國文學的周期》裡，ROBERT E.SPILLER 說：「把浪漫主義想像的抽象觀念與十九世紀中葉美國生活的現實統一起來的是拉爾夫·華爾多·愛默生。」[360]在他看來，新英格蘭清教徒清心寡欲的理想主義，與盛行英國的較為放縱的德國理想主義相結合，再加上東方神秘主義的影響，形成了美國文學與思想界的浪漫主義思潮。而愛默生和梭羅都是其間關鍵人物，前者建構了超驗主義的自然觀、直覺體驗能抵達內在真實的信念，以及以夢幻、象徵、想像與表現概念為核心的文學觀念；後者則身體力行以行動踐履了愛默生的浪漫理想，那便是瓦爾登湖畔的隱居生活，以及抒寫隱居經驗的散文集《瓦爾登湖》，這是人自然的啟悟和饋贈。不過，瓦爾登湖梭羅的隱居畢竟受到愛默生的大力贊助，在閱讀《瓦爾登湖》的過程中，你會發覺，梭羅的隱居有一種明顯的實驗色彩，他愉快地向人們介紹他獨自蓋木屋的經驗，婆婆媽媽地將他所花費的每一項錢款抄錄下來，開心地宣傳自己簡單素樸的鄉居生活的好處。他的隱居自然表明了他與世俗社會不相為

---

359 利里安·弗斯特著：《浪漫主義》，第 44 頁，崑崙出版社 1989 年

360 羅伯特·斯皮勒著，王長榮譯：《美國文學的周期》，第 38 頁，上海外語教育出版社 1990 年

謀的心意，但是這種叛逆起碼看上去是悦人而愜意的。而七等生就没有這麼幸運了，七等生因此也有著梭羅所没有的悲哀與憤激。與梭羅列出開支表的細節形成對照的是七等生的自傳性小説《復職》，這是個辛酸的故事，叙述一個叫盧義正的畫家為了生存不得不到處奔走謀求復職，過程充滿説不出的屈辱，底層的卑微與困窘一目了然。小説將冗長艱難過程中各級行政機關開具的六張文件證明如實穿插在作品中，《縣政府來文簡便答覆表》、小學《證明書》、《縣政府令》、《臺灣省國民學校教師證書》以及《教職員離職證明書》，幾張公文使這個小説嚴肅鬱悶得有些讓人窒息。人生的困窘與逼仄是七等生揮之不去的陰影，他的小説並不迴避這些，他的隱居鄉野完全不同於一般文人的田園綺思。在他的心裡，庸常世俗現實社會的繁瑣規範毫無意義，但它們不時向他發出嘲諷和警告，讓他激憤、讓他越加遠離人群。

人們很容易就會發現七等生在隱遁主題和簡樸生活方式上與梭羅的一致性，也能發現其中隱含著對現實的抗拒和批判意義。但七等生與愛默生、梭羅所賡續發揚的德國浪漫派超驗主義的關聯卻隱而不彰，而這種關係卻是我們闡釋七等生的浪漫心性與其作品的浪漫質素的關鍵處。德國浪漫美學傳統一直表達著三個主題：人生與詩的合一；以人的本真情感為出發點的精神生活，以靈性、直覺和信仰為感受判斷的依據；人與自然之間的神秘契合與交感。這三個主題下面隱藏著一個根本主題，即有限的個體生命如何尋找得到自身生存的價值與意義，如何超越有限無限的對立去把握永恆之美的瞬間。[361] 從康德、席勒開始，叔本華、尼采的紹續，狄爾泰、席梅爾的發揚，直至20世紀浪漫哲人黑塞、海德格爾的嶄新表達，都始終在審美和世俗、超驗與經驗、有限與無限、靈魂與肉體間劃出了一條巨大的鴻溝。現實生活是世俗

361 劉小楓：《詩化哲學》第11頁，山東文藝1986年

的、實用理性的，近代以降，生活更變成原子式的碎片，鐘錶式的機械，變成了算計和沈淪；唯有審美、藝術和詩化，才能使人重獲心靈的自由，重建經驗與超驗、肉體與靈魂、有限與無限之間的有機整體關係。中國現代知識份子蔡元培、王國維、朱光潛，詩人馮至等也表達過這種觀念，而七等生在美學上與價值觀上，與德國浪漫派也比較靠近。他總是眷戀那些神秘、超驗、詩化的事物，他說：「我們不要被世界的無情集體化淹没了個人的本性；雖然我能這樣想，我們仍不免陷入世俗生活的泥沼，並且跟隨著越陷越深，已經感覺到壓迫到胸部，快要封住嘴巴和鼻孔的呼吸。到此地步，想離開沼澤返身回走恢復矯健的身手已經不可能了。唯一可想的，只要放棄這肉身，放出心靈去浩瀚無涯的自由之空，在那裡似乎有著更多的真實讓我們滿足和快樂。」（《兩種文體》第 13 頁）於是，藝術與審美以及人生的藝術化就具有了救贖自我、超越沈淪和反抗異化的至高意義，七等生那獨有的孤寂清苦的隱居方式，他的自然觀，他那與衆不同的語言文字，他的詩化本體論傾向，以及在其小說世界裡反覆出現的「白馬」等超驗意象，都可見出七等生獨特而具體的浪漫意義的自由心性。七等生以自己獨特的生存方式和文學表現，再次詮釋了浪漫先哲席勒的著名格言：「唯有通過美才能達到自由。」

迷戀於想像世界的浪漫詩人，一般都難免產生超驗與神秘傾向，在他們那裡，一種神奇或怪誕的魔化想像總是奇異突兀地不約而至。七等生有時也喜歡製造那一類陰鬱壓抑或者恐怖悚然的幻覺氛圍。《僵局》以鬼魅的囈語輕輕觸碰著人性細微顫動的神經，哥特式的傳奇想像散發著亦真亦幻的吸引力。在本該去郊外掃墓的清明節，主人公鍾卻受命來到一個莫名其妙的華麗居室，但又無人理睬他，雖然從文中我們可以猜測到，始終没有露面的女主人似乎向他表示過好感：「她是為了讓鍾從這些裝置上確認她是美好和快樂」。從鍾的觀察和判斷，不難看出鍾並不欣賞這位女士／小姐的趣味，在他看來，「她在色澤和樣式上顯示著她的無知和落伍」，小說引導同時又阻止讀者去進一步探討他與她之間曖昧關係的多種可能性。因為鍾神思恍惚，他的這次行旅彷彿只是一次夢遊。一個陰森恐怖的回憶細節吸引了我們，鍾想起了一個叫「貞」的女子，他發誓這一天要為她掃墓，而他卻坐在另一個怪異的場所無所事事。曾經有一個晚上，他與已患肺病的貞一起涉一條小溪，想要抵達對面的果園。「他們行抵一堵石頭築成的堤防，他先上去，然後俯在石頭上伸手給她。他緊握著她冰冷的手，拖拉著她，但貞沒有上來，她的手愈拉愈長，始終看不到她的身體浮上來。」這裡究竟發生了什麼？人們不得而知。既然達利可以讓鐘錶在畫面上柔軟變形得像發酵的麵團，洛根丁的主觀感覺中與自己相握的他人的手可以「像一條肥大的白色的蟲…」[362]似乎也就不必驚訝七等生讓一個落水女人的手臂無限伸長。在七等生這裡，我們又一次嗅到了霍夫曼、坡以及卡夫卡那詭異可疑的氣息，《鄉村醫生》讓豬圈裡突然奔馳出駿馬，雪天裡一籌莫展的醫生被神速送往病人家；《變形記》更是讓一個無法忍受職場生活壓力和平庸生活的小職員一夜之間變成了甲蟲。這麼看來，七等生只不過用文字施行了一次小小的外科手術而已。那麼這個哥特式怪誕場景究竟在言說什麼呢？它刺激著人們的神經中樞，是那種毫無喜劇性的毛骨悚然的恐怖性怪誕。在那剎那卻又無比漫長的時間裡，他的心裡曾經閃過惡念？或許只是瞬間裡窺見死亡所帶來的驚悸與幻覺？她的身體的下沈（她的死亡）難道原本就是「我」的心願：一個患肺病的女友，一個失去活力的病人，不如讓她沈淪死去吧？在這個空空洞洞的清明節裡，沒有履行誓言的男人，通過死亡這個冰冷的媒介遭遇了自己

362 薩特《厭惡》，自鄭永慧譯《厭惡及其他》第 9 頁，上海譯文出版社 1986 年

人性中可能的殘暴與晦暗。於是，那次意外死亡的陰影，以及背叛一個死者的自我折磨，使他無法接受交往新的女友這件事實；於是，他百般挑剔眼前這個活生生的女子，包括她的審美趣味。這個女子代表著活潑健康的生命，哪怕有些俗氣，但卻生命力旺盛，正是他潛意識裡渴求的，否則他就不會背誓而來。他來了，卻又無聊尷尬、無法自適，彷彿置身地獄。他焦躁昏亂地調試收音機，不停地旋轉按鈕，直到把它徹底轉壞，暗示了他與環境的格格不入，他與自己的關係同樣乖張難解，而這怪誕的處境，實際上隱喻了人性的混亂不堪和不可理喻。說到底，這是一個人對自我產生極大困惑、對死亡與沈淪無比恐懼的故事，荒涼神秘的死亡、隱隱約約的愛欲、道德的自我譴責和不安的逃避，引導出一個古老的關於人的自我認識和自我試煉的故事，它注定不會有結局。然而，七等生的想像力並沒有達到自由無羈出神入化的地步，也許是現實總像地心力那樣拉緊他不放，也許他更著迷於自己昏暗無序的思想，[363] 正如楊牧所言，七等生筆下的幻覺沒有他筆下的現實世界真實。文字編織的幻象曲曲折折影射著生存的真實境況。這種擺脱不了的狀態是制約，妨礙了他的想像自由，但這制約也許正好成全了他。怪誕在他那裡只是一種氛圍製造所必需的元素，但決不是整個故事的靈魂所在。這就造成了七等生與霍夫曼等哥特浪漫小説家們趣味上的明確分野，對於七等生而言，怪誕不是目的，製造令人毛骨悚然離奇刺激的故事並非真正的目標，他只是通過一些怪誕的場景或細節來拷問靈魂，細察自我人性深處的悸動難辨的鏡像。

在七等生有些灰暗神秘的文字世界裡，最為常見的幾類女性

363 在我的閱讀感覺中，他一直想要理清自己，但似乎從來不曾真正下決心或者有能力清理完畢。於是，思想的線頭由著一個個故事千頭萬緒地牽扯著，磕磕絆絆，没完没了。

想像方式包括：陰鬱病態的女人、健壯強悍的女性、柔弱堪憐卻身分卑賤的女子以及「完美女性」意象。在這裡，要討論的不是這些形象本身的意味，而是作者的表現方式。作者在描繪或感觸這些女子時，他的筆墨總是滲透著濃郁的幻象因素。她們與其說是真實的血肉之軀，不如說是一種觀念的象徵。她們與愛情相關，又不僅僅是愛情。以他的幾個小說意象為例，來看看作者怎樣通過微妙的形式，傳達一種伴隨著幻象的愛情，以及自我意識。《我愛黑眼珠》裡，柔弱生病的妓女令主人公產生強烈的責任，「白色的香花」作為一個與悲憫與愛意相關的子意象，在洪水消退後被李龍弟插在了妓女的鬢髮間，白花幫助主人公履行了一個自我完成的莊嚴儀式。在另一篇小說裡白花意象又一次浮現，「我」被一種神秘力量吸引，來到墓地，「我感覺原來寂静的山野突然發出激情的響動，」[364]「我」發現，曾經蠱惑過「我」的頭戴白花的妓女，原是看墳傻仔的妻，「當我伸手把她扶起來時，我嗅到一股微微的花香圍繞在她的頭部四周。然後我看到陽光在她灰黑的髮上照出一小片白色，那是一朵結在她右耳上方的白色香花。」（同上書，p97）白花在小說裡以神秘的氣息誘惑著人物同時洗濯著欲望，白花是卑微的，總是聯繫著那種從事卑賤職業的弱女子，但正是那樣的底層邊緣女性激發著七等生的主人公們「著魔」，她們身上混合著泥土氣息的母性魅力親切召喚著你，讓世俗的原始欲望轉化成憐憫與敬意。

與白花隱含著的柔順的潔淨、母性的莊嚴不同，「白馬」這個在七等生小說裡有著特殊位置的意象卻是飛升的、光芒照人的，也是神性與救贖的喻像。相同之處在於這些意象都具有神秘奇異的吸引力，它們並不訴諸理性，而僅僅與人物的直覺相呼應。「白馬」最先出現在短篇小說《白馬》中。一個城裡的學生

364 七等生：《散步去黑橋．回鄉印象》第 95 頁

去往臺灣鄉間同學的家，路途中聽到一個神奇的傳說，「白馬」是傳說裡的主角。「那時在一陣奇異的暴風之後，突然出現在虎頭山頂鳴叫的一匹白馬。無人知道它從什麼地方來，為何立在山頂上發出宏亮的叫聲。……我的祖父告訴我的父親，父親告訴了我而我也告訴了我的兒子，也叫我的兒子告訴他的兒子。」敘述這個傳說的老人絮絮叨叨這麼說。「於是鎮上傳言這是神的使者，因那白馬光耀照人，神俊活潑，眼珠發著刺一般的光芒。」

白馬的從天而降改變了一切，白馬帶著九個漢子旋風般飛跑，腳步經過的土地立即從貧瘠荒涼變得美麗而肥沃異常，九個從前一無所有而受盡屈辱的流浪漢合力在此開耕，將這片土地命名為「園中園」，這裡的老百姓從此生活得富庶而幸福美滿。在這篇較早的小說裡，白馬，作為窮苦人心中神的使者來到七等生幻夢般的小說裡。夢幻簡單天真地許諾給現實世界中貧困受辱的無產者一個甜美的安慰。那根源也許來自作者極其貧窮不堪的童年，以及伴隨他很久的底層生活的挫折感與屈辱感。因此，從一開始，白馬這個意象就具有底層人自我撫慰的功能。不難看出，白馬的特質是超驗的、烏托邦的，也是貧民化的。藝術世界容許幻想、想像、夢的存在，夢裡的白馬從此時隱時現再也不肯遁去，而「幻覺的產生成為我的存活世界的一部分。」[365]它所隱喻的內涵也逐漸豐富。

在《期待白馬卻顯現唐倩——唐倩的喜劇之變奏》這篇小說裡，七等生明顯是在借用1967年陳映真《唐倩的喜劇》這篇名作裡的情節與人物，從題目就可一覽無餘。唐倩顯然也觸動了七等生的心弦：「在白日裡她是一個到處移來移去的陰影，在夜晚像是一顆星。」（《我愛黑眼珠》31頁）這篇發表於1972年的小說在精簡化約了陳映真的故事以外加入了七等生的敘述框架和特

365 七等生：《散步去黑橋．我年輕的時候》，第251頁

殊氛圍，近似於等待戈多的情緒，以及亦真亦幻的幻覺偏執。「我」在沙河此岸，隔著沙河遙望彼岸企盼著白馬的降臨，「我只期待著白馬從接連宇宙的大山上奔馳下來，通過沙河來到我這裡，使這裡的土地富饒起來。我這樣確信：當唐倩的時代過去後，白馬會降臨。」（31 頁）「我」期待著白馬卻顯現唐倩，手姿綽約充滿女性魅力的唐倩在對岸呼喚並誘惑著「我」，然而「我的心在高原」。這清教徒式的修煉中靈與肉衝突的故事並不新鮮，正因為對白馬的期待和信心，才使得唐倩對於「我」的肉欲召喚遭到了嚴肅決絕的瓦解，在這裡，白馬這個超現實的文學喻像堅定地喻指著靈魂和精神。而作為一種隱喻，唐倩自在自然的肉感與天真的邪惡氣質令自命為她的精神導師的男性們迷惑、恐懼又深感無能。雖然七等生「隔岸觀火」，巨眼辨明唐倩的真實身分只是虛浮無主、跟隨潮流而失卻自我的靈魂空洞的稻草人，不過糟糕的是引導唐倩的男性們並未因此照出自己的真正缺失：他們缺少的是自足健全的自我。白馬則是一種至高的精神，神奇、壯美、純潔、為土地帶來富足豐饒。這裡的「土地」喻指另一層意義上的現實：貧困的思想與孱弱醜陋的精神，無能的去勢感籠罩著的頹靡社會。白馬成為無能的主體得到精神救贖的飄渺希望。

創作於 70 年代中期的《城之迷》是一部長篇，七等生的《城之迷》書寫的是工業時代以後現代人對商業文明薈萃的城市之「迷」：既可能是迷惑和迷惘，也可能是癡迷與迷戀。城市在這篇小說中成了一個人性的試練場，它以妖嬈和富麗的物欲撒下魅惑引誘的天羅地網，它像個陷阱，又是個變幻莫測甜美無比的溫柔鄉。它是個神奇的大賭場，又是個令人厭倦的垃圾堆。它給予你刺激與快感，它索要的或許正是你的靈魂。如果它是靡非斯特，那麼小說中的柯克廉就是臺灣現代社會異化了的浮士德。這位 20 世紀的東方浮士德，早已失去歌德主人公那種勇與魔鬼訂約的魄力與豪情，他擁有以應戰的精神資源來自於他多年的隱遁修行與自我反思。精神的苦修賦予他應對城市的定力，雖然在小說一開篇，這個執意離棄城市的隱遁者就被精明狡猾的城市人給耍弄得手足無措。他無法適應城市燈紅酒綠的享樂和商業主義的冷酷現實，常常像個笨拙的鄉下人；然而與城市中新潮而忙碌的朋友們相比，有時反倒顯出他的智慧與靈性。從這個人物身上我們分明又一次看到了七等生的身影，一個隱遁於世外的「小角色」，一個接近於禪修境界的「檻外人」。他孱弱的身體卻擔負著分裂的人格：他始終都保持著自覺的反思，是現代社會的旁觀者與批評者，卻不能也不願直接介入社會政治，他所持守的能夠與現實相抗衡的精神近乎超驗玄想，而那執念於超越人間的幻想，又導致人物陷於精神衰弱與分裂。小說以七等生慣用的手法營造真幻難辨的意境，[366]為我們塑造了文學史上又一個說夢的癡人形象。而乖謬且具有烏托邦色彩的是，作者在這個人物那裡寄寓了一種幻想式的救贖力量，小說中所有在都市裡混得如魚得水的時髦人物最終都迷失了自我，惟有「可憐的」柯克廉擁有鎮定、清明、的心境，他羸弱清瘦的身體、蒼白憂鬱的臉容以及非常人的分裂人格，竟然出乎眾人所料地展示了最強韌的救贖性力量，近似於耶穌的救贖。因為他曾直接面對「白馬」。他是個營養不良、在都市裡眩暈無措的病人，但是他同時又比誰都接近神。

《城之迷》的結構與主題並不新奇，它延續了文學史上常見的自我追尋與啟悟母題，從《奧德賽》、《俄狄浦斯王》、《哈

---

366 楊牧曾專門研究過他的作品中的真與幻，認為「幻想與現實同時存在於七等生的小說世界。」在七等生的藝術中，「幻想是直接的，現實反而隱瞞，不可思議。七等生借助幻想（亦即故事中不著邊際，逸出主題的因素）來確定它現實部分的主題面貌。」參見《銀波翅膀》第 187、188 頁

姆雷特》、《浮士德》到20世紀的《尤利西斯》，人類自誕生就具有的認識自我的探求欲望一直生生不息，文學世界裡因而遍佈追尋者不朽的足印。那麼柯克廉追尋的理想又是什麼呢？《城之迷》裡白馬神秘超驗的魅影似乎提供了某種暗示。白馬在柯克廉的精神世界裡詭異出沒，我們知道，白馬是七等生幻覺世界的寶塔頂的那枚鑽石，它閃閃發光，呼喚我們打開久已蒙塵的靈視之眼。但是，白馬畢竟也是脆弱的，製造它的人有時從幻覺中清醒過來被堅硬的現實撞疼了瘦弱身軀，疼痛讓白馬的光芒成為泡影。身體切切實實地需求更為堅實可靠的許諾，但作者並無法給出，於是唯有再次一頭栽進幻想的湖水裡。白馬的重要性卻因此一次次得以凸顯。作者自白：「幻覺的產生成為我的存活世界的一部分。」[367] 也就是說，對於他，逃避和追尋或許正是一回事。

愛情與白馬這個意象關係密切，有時二者可以互換。愛情在浪漫派美學那裡具有至高無上的地位，愛既是個體的感性體驗，也趨向神性，是感性自我與神性自我的相通。實際上它被設定為一種本源性的實體，諾瓦利斯說得明白：「上帝就是愛，愛是最高的實在。」[368] 七等生的白馬幾乎就是這種意義上的愛的化身。與浪漫派完全一致，白馬所隱喻的愛、烏托邦也具有終極意義，它是七等生詩的本體論、浪漫本體論的終極依據。「愛情使我感覺人生的無常，愛情是我的意志的表現，就像人類追尋烏托邦的理想，這種相交混的意識，充滿在我的作品裡。我永不能忘懷在這非理想的世界中愛情支離破碎的情形。我的作品中景象大都徘徊於悲劇的邊緣……因此我企盼『白馬』的再現，它是我心中典型的生活世界的純樸樂園。」[369]

---

367 〈我年輕的時候〉，《散步去黑橋》第251頁

368 《諾瓦利斯文選》，見劉小楓《詩化哲學》第56頁

369 七等生：《情與思．小全集序》第10頁

從這個意義上看，白馬是有些懦弱也不大信任現實的作者的白日夢。在《城之迷》裡，白馬的出現完全是幻覺化的，「突然他瞥見一個急速的掠影出現在樹木背後，…他甚至敏感地聽到一聲嘶鳴和緊密的蹄音，他那本是疲乏和精神渙散的身體赫然地躍起來，快速而粗魯地打開門衝奔出去，一面欣喜若狂地喚著：——白馬！」（《城之迷》181 頁）白馬是魔化的精神產物，隱喻一種神性之愛，它完全是從作者的主觀想像世界裡跳出來的一個靈物，它的俊逸神采和大能大美超越了現實的破碎性與有限性，正如浪漫派作家黑塞所言：現實從來不是完美的，魔化是必要的。諾瓦利斯曾提出魔化原則，魔化論就是以人的意志來利用經驗世界的藝術，在這種審美思維方式支配下，要表達和實現最高意義上的愛，就必須通過魔化對象的方式。而白馬是超越於經驗之上的抽象存在，是永恆的理念，像柯克廉說的，「一種是延遞人心，一種是宇宙的自然意志。」（217 頁）當周圍的美麗女性質詢白馬的非實在性，連帶否定了柯克廉執念追求的理想女性的存在，柯克廉仍然固執己見。於是有了這些具有隱喻性的對話與爭辯：

> ——你永遠注定要墮落於地獄。
> ——這是我向上攀爬的原因。
> ——像可憐的撒旦萬劫不復。
> ——親愛的女士們，柯克廉歎道，讓美留存在心中吧。370

七等生的多數作品裡，主觀理念和心象要遠遠高過外在的客觀形象，內在的心靈生活佔據了一個不可替代的高度。迷惘困頓

370 七等生：《城之迷》第 218 頁

中，他一直没有放棄不懈的自我追尋。無論是他主動選擇的隱遁與冥思的生活方式，還是他在作品中著意經營的幻象，都具有以幻想世界抗拒世俗社會的精神傾向。隱遁、超驗，都專注於一種文字「造境」的建構和浸潤。然而這種努力的艱難也同樣表現在他所有的文字中了。這讓我想起七等生所喜愛的現代浪漫作家勞倫斯的話：

> 「人需要某種東西來使情懷更深沈，更真摯。有那麼多說不清的煩惱阻礙我們達到自己幻景得真實而赤裸的本質部分。……摒棄一切，用我們的幻想來把握世界難道不是一件艱難的工作嗎？」[371]

七　馬森與李永平：漫遊書寫與自我追尋

1. 晝短苦夜長，何不秉燭遊？

與七等生隱遁內傾的生活和創作道路完全不同，另一位現代派作家馬森幾乎一直在「周遊列國」，相通的是他們對藝術的執著和自我追尋的頑強。六十年代以來，馬森在歐洲、美洲的許多國家留學和研究，八十年代回到臺灣，在國立藝術學院戲劇系任教。馬森以話劇創作聞名，戲劇與電影修養深厚，但他的小說同樣值得關注。這位早年留學法國學習導演的作家出版過《生活在瓶中》、《孤絶》、《海鷗》等現代主義小説集，而他的長篇名作《夜遊》是其中的一篇帶有浪漫唯美色彩的都市漫遊小說。

浪跡天涯、漂泊離散往往喚起思鄉之情或放逐之悲哀，但也

371　《勞倫斯研究》山東友誼書社 1991 年版，第 412 頁

不可否認，流散江湖或雲遊四方也常常成為開闊心胸增長見識的有益體驗，遊心觀物、遊目騁思更是一種人世間常見的情懷。封建體制下安土重遷的農耕文明並未孕育出發達的遊歷與冒險傳統，因此，古代中國以遊歷冒險為內容的敘事文學也就不是特別興盛；不過，旅行遊歷對於古代中國人而言也是有吸引力的，「在宋明甚至唐以前，中國人喜歡徒步到處旅行，從一個都市到另一個都市，從一個廟宇到另一個廟宇。」[372]遊歷作為一種人文行為也因此頻頻出現在詩歌和遊記性散文中。晚清和民國時期，也出現了不少遊記性小說如劉鶚的《老殘遊記》。與西方冒險遊歷文學中常透露的征服自然旨趣不同，我們所熟知的中國文人的遊歷似乎更多地寄情於自然的山水風物，更側重於傳達人與自然之間親密無間的對話與交融，豐富的人文歷史景觀所召喚起的更多是一種歷史責任感和傳統的延續性。不過，在安土重遷的另一面，中國古代鄉土社會也存在遊民性格，出現大量遊俠、遊仙、遊歷、遊說、遊戲文學，有學者甚至認為從某種角度看中國文學可以被視為「遊民階層的創造物」。[373]「遊的文學」其魅力在於：人物的豐富經歷彌補了平淡現實生活中拘於時地的有限性經驗，脫離了社會性羈絆的傳奇與歷險展示了人生豐富的可能性，也自然導致情節的生動曲折，更有益於想像的舒展。在現代文學中，遊的書寫也浸潤了現代人的冥思，意味更顯複雜。地理上不穩定的漂流生活也許更能體現人物迷惘不安沒有歸屬感的內心世界（比如《圍城》）；同時遊歷性作品也適合表達一種超越現實的精神追求（比如高行健的《靈山》）。在種種遊的浪漫書寫中，尤其是新浪漫詩哲筆下，遊意味著不懈的探詢和追問，如德

---

372 杜維明：《現代精神與儒家傳統》，三聯書店1997年12月版，第389頁

373 龔鵬程：《遊的精神文化史論》，河北教育出版社，2001年11月版，第232頁

國浪漫派作家黑塞就有許多篇這類自我追尋的漫遊小說。這些懷著浪漫之思的精神漫遊者，總是「勇敢地探詢走出歷史迷宮的路徑的人，成為呼喚這個世界上應該有而又没有的東西的人。」[374]

二十世紀中國人遊學域外者甚衆，臺灣留學生（旅外）文學為中國新文學提供了另一種文化視域。馬森的《夜遊》就是其中一部直接以「遊」為題的作品。遊動不居，是叙述者認同的生命形式，漂遊不定，是叙述人真實的心理狀態。在遊蕩中體驗、覺悟、成長，是這篇小說給人的最初印象。但它的主要目的還不是傳達遊歷與成長中的經驗與挫折。小說前面引用的古詩也許可以透露小說的主旨與情調：「生年不滿百，常懷千歲憂。晝短苦夜長，何不秉燭遊？」出自漢代古詩十九首中的著名詩句顯然深深觸動了馬森的心弦，此詩歎亂世人生朝不保夕不如縱酒放歌，感慨深邃，所言說的是生命短促的人類不可逃避之痛。原詩中的秉燭遊「猶言長夜之遊」，「極言行樂之當及時」，[375]馬森取其意給小說命名，千古之悲風撲面而來，小說中講述的雖是現代人的異域都市遊蕩故事，但秉燭夜遊的意境卻如出一轍。不過，作為二十世紀的漢語「遊」文學，儘管想要表達的有與古人相似的恐懼和傷懷，卻不只是重複古人的悲歎，而且其言說的方式也完全不同了。作為一部現代叙事文學作品，馬森將古詩蒼涼的意境變成了一個密密匝匝曲曲折折的心理故事：一段帶有唯美和浪漫氣息的遊歷漂泊的心靈歷程。

《夜遊》成稿於民國六十七年，在復刊後的《現代文學》上連載了一年多，七十二年出版，白先勇為之寫序。這是一篇企圖心很大的知識份子氣的作品，起碼在思想的廣度上給人這個印

374 劉小楓：《詩化哲學》第 195 頁

375 馬茂元：《古詩十九首探索》，見《朱自清　馬茂元說古詩十九首》上海古籍出版社 1999 年，第 134 頁，

象。一個女性的命運是它的情節線索，這根單薄的線條上串起的東西卻很豐富，涉及到東西文化間的對話與衝突、文明的危機和前途、人性的悲劇、性別的政治、弱勢群體的境遇等多種議題。作品表現這些思想議題的方式仍然是訴諸感性的，將比較抽象的思考融進了情節和人物中。小說塑造了一個不安於室追求浪漫愛情的臺灣旅外女性形象，其實與其說她在尋找愛情，不如說是在尋找失落了的自我。這個叫汪佩琳的年輕女子在平淡冷漠的婚姻裡感覺壓抑，而所謂的事業也無法吸引她持之以恆。她不願再忍受英國紳士派頭的白人丈夫詹的蔑視與嘲弄，更無法忍受這種缺少動力的盲目而庸俗的生活方式。於是她決然地叛逆了穩定的中產階級家庭，離家出走，加入文學史上現代流浪漢一族，成為娜拉、子君、安娜、包法利夫人以及查特萊夫人的後裔，她說「我是我自己的，不是任何人的附屬品。」這話像是子君當年那著名女性宣言的再版。[376] 小說以此為起點（似乎也是終點），書寫了一個東方女性的異國漫遊史。這個人物的自我迷失還讓人聯想起聶華苓筆下的桑青和桃紅，只是不再表現為一種由家國之痛楚直接引發的精神分裂症。馬森投入了極大的同情去理解汪佩琳這樣一個無根的現代人，一個不安分而又深感自我缺失的現代人，用她自己的話是「一個在生活中摸摸索索想弄清楚自己到底需要的是什麼的一個糊塗人」。（《夜遊》3 頁）

正如人們在評論勞倫斯時說：「他代他筆下的人物所要求的是自我完成，而這卻是一個痛苦的過程。」[377] 馬森以汪佩琳（瓊）為敘述視角，表現一個東方知識女性在異國他鄉的自我追尋，以及她所感受到的文化、性別、社會的症候。一種要認識自

376 馬森：《夜遊》第 7 頁

377 〔英〕基思．薩迦：《勞倫斯的玄學思想》，《勞倫斯評論集》上海文藝出版社 1995 年，第 412 頁

我尋找真愛的衝動驅使她開始了個人歷險與傳奇，對於一個自感糊塗的女人，要分辨什麼是衝動什麼是深思熟慮不是件容易的事；但她逐漸清楚地明白：她所要求的正是通過反叛與蛻變的痛苦過程而求得自我的完成，在此過程中，她經受著從未遭遇過的多重挑戰。首先是文化的制約與道德的藩籬。她曾經是個被動、保守、壓抑的人，異域文化的衝擊使她開始覺悟，打開眼界的她意識到自己不能再做中國傳統文化塑造出的馴服綿羊，她要做一個自由的人，「我只是要做我自己的主人！我只是要做一個自由人！」（155 頁）她模糊的憧憬終於化作一個具體的行動：離開家庭，獨立生活。於是她首先要拋棄的是一套陳舊的儒家思想觀念，與舊觀念的受害者兼代言人母親之間無法避免一場衝突。代際衝突在這裡不僅具有象徵意義，它是在異國生長並融入新土所必須付出的代價；也現實地表明，在突出個性的現代生活方式與追求體面虛榮的正統生活模式之間，隔著一條難以逾越的鴻溝。但是，無論是小說人物還是作者本人，都清晰地意識到這種價值轉換與全盤拋棄中國文化傳統是兩碼事。實際上，《夜遊》對文化的探討延續更拓展了六十年代海外華人文學的視域，我們仍能感受到鄉愁命題的變體存在，只是馬森小說裡的華人基本已經將這個命題看成一種歷史的現實，漂泊無根在他們眼中是命中注定的生存現實，像瓊的哥哥說的：「我們這一代是注定了像斷了線的風箏，拉也拉不回去了。……我們中國從鴉片戰爭叫西方人打開了門户以後，這種雙方的對流是無法避免的了。就好像兩股相對衝擊的海潮，相擊的水珠總有一部分叫對方吸引了過去。西方的潮大，我們的潮小，叫西方捲過去的水珠自然就多了。我們就是被西方的海潮捲過來的一部分水珠，這就是我們的命運，被歷史注定了的，非人力所能更改。」（28 頁）人們想像中的那種鄉愁已經不能完整地詮釋他們的處境和存在的真相。小說中的華人，無論是瓊、瑛哥，還是朱娣，他們不僅僅表現出白先勇於梨華作品裡那種劇烈的身分焦慮和精神流浪心態。也許他們仍然不能不頻頻反顧，但民族文化的屬性危機意識至少已被理性地懸擱，他們企圖不再把自己局限在某種皮膚、某種民族、某種文化或某種性別，從宏大的民族敘事圈中脱身而出，他們成了一些自由而孤絕的懸浮體。不管是《夜遊》，還是《海鷗》、《孤絶》，馬森小說一直探索著個人的自由這個超越自我的主題，他認為人類的兩大根性就是「自由與恐懼」；[378]另外，或許與作者生活閱歷以及社會學研究工作有關，他的小說人物不囿於華人圈，筆觸常跨越文化和種族的局限，深入到不同民族國籍的現代人的存在狀態裡，在他的眼中，人的孤絶感是不分國籍不分男女普遍存在的，現代文明現代社會中人的精神狀態是他最關注的對象。這形成了馬森海外創作的一個獨異特色。對自由命題的不懈追究、對人的孤絶處境的深刻挖掘，每每令馬森不由自主地靠近了存在主義。

小說中，生活在西方的華人青年的文化觀念受到西方文化的強烈影響，有了西方現代性理論資源的支援和現實的參照，他們無法再忍受中國儒家文化中壓抑人性、虛偽、不平等的劣質，無論站在性別的立場和還是人性的角度，他們做出的批判與嘲諷都顯得很堅定，尤其是三綱五常一類腐朽觀念更是受到他們毫不留情的抨擊。但這也不意味著華人青年對西方文化不加選擇的擁抱。作為華人知識份子的朱娣，她與西方的中產階級主流社會就格格不入，她是個西方現代文明的質疑者，她有著強烈的原始主義傾向和女權思想，使她看上去自主大膽而有些男人氣。受到她的影響，瓊（即汪佩琳）更傾心於西方文化中宣揚感性解放個性自由的浪漫主義一脈，事實上，瓊最終選擇的，是一種否棄了西方商業化理性化現代性的感性化的真率自由生活。對於西方主流

378 參見馬森：〈海鷗的遐想〉一文，《海鷗》第2頁

社會趨之若騖的中產階級價值觀，瓊也視如敝屣，她的丈夫詹是個為追求成功和虛榮而忽視人倫的工作狂，正是這種中產力量的代表。而她棄絕得最徹底的正是這一點。她要開始做一個全新的自己，因此要掙脫東方陳舊觀念和西方主流思想的雙重束縛。「首先她反叛的是詹所代表的西方的理性主義以及文化上的優越感，更進一步她也反抗以她的父母家庭為代表的中國儒家傳統的拘束壓抑。放棄了丈夫父母的依恃憑藉，汪佩琳成為了一個孤絕的人。」[379] 這個孤絕者如同後期浪漫派作家黑塞筆下的荒原狼，迷失在探詢的路上，永難回歸。

瓊沈淪在一個邊緣人聚集的黑暗混沌世界裡（如「熱帶花園」、「金字塔夜總會」），結識一些被人稱為社會渣滓的流浪漢（失業無產者、妓女、同性戀、雙性戀者等），她開始與這些朝不保夕的城市漂遊者建立起一種自由無羈的關係，經歷身心的全新體驗。在咖啡館舞廳酒吧裸浴沙灘以及他們亂糟糟的寓所，這些城市浪人建構了一種屬於夜晚的亞文化，社會的棄兒相互溫暖，瓊越來越深地陷進這個布滿誘惑可是卻難見天日的圈子，學會在接納與包容中開放自己，無所顧忌、自由任性，體會一種黑暗中的狂歡。這對於汪佩琳這樣一個在封建性家庭中生長的東方女性而言，也許其間包含著令人興奮的新生的性質，但這樣的選擇無疑是一場並不理性的賭博和冒險。

與文化的選擇相比，個性的解放與愛情的革命對於瓊就顯得具體得多。小說人物從令人窒息的中產家庭中逃奔出來，她的全身都呼喊著解放、自由。幽暗、迷惘、動搖不定的內心需要一種蠻強的力量，對愛情的認真追尋、對自由的不懈叩問，令她越出了主流社會認可的警戒線之外。這讓人想起了勞倫斯，在文學世界裡勞倫斯式的性與愛像虹一樣輝煌。不過馬森無意重塑東方的

379 白先勇：〈秉燭夜遊——簡介《夜遊》〉，見《夜遊》序第4頁

查特萊夫人。她身上背負著的東方文化總是隱蔽地制約著她，阻止她跌進放縱的深淵。勞倫斯燃燒的原欲激情到了馬森筆下，演化成一則抵禦與解放同行的個人生活試驗，但試驗的心態很快轉變，她明白投入一種生活不同於一次可以重新再來的實驗。而自由的滋味有時竟那麼沈重，需要她捨棄所有的依傍來獨自承當。自由的選擇意味著個體擔當責任，意味著「訂約與信諾」（法國存在主義作家馬塞爾語），也許在這個意義上《夜遊》更近於一部存在主義小說。不知不覺間，她捲入了一場痛苦的愛欲煎熬之中。魁北克流浪青年麥珂是個漂亮而任性的男孩，他無家無業無責任心，縱酒吸毒同性戀，最讓瓊感到震撼的還是他的無可救藥的頹廢。麥珂的腦子裡有一種偏執：他畏懼因而拒絕衰老和醜陋，在他眼中，過了二十歲就已經太老，他不能容忍二十歲的到來。而正是這個拒絕長大的那西索斯式的美少年令瓊著迷，她像母親一樣遷就他縱容他。為了這場她無法分辨性質的愛，她從一個令人羨慕的白領變成了人所不齒的嬉皮，被房東驅逐，甚至失去了工作；儘管小說常常以質感的文字舖陳男性美，對年輕、健康、勻稱的軀體充滿讚美欣賞之意，但身體的美在這部作品裡更多的不是作為性元素來處理，而是導向遏制不住的唯美的絕望之淵。正是身體的青春與美，喚起人對永恆的渴望和注定的悲感，在沈重的恐懼面前，欲望消解了。對她而言，性並不是最重要的，她需要的是人與人之間依偎的溫情，一種不需要附加條件的愛。事實上這種不可能的愛卻通向了絕望。因此，與作者對現代文明的批判反思傾向相契合，馬森筆下的青年亞文化群體不是自我放縱的行屍走肉，而是一群與主流社會體面階層相抗衡的「夜鶯」，他們無法佔有白天，他們永遠只能在狂歡、旋暈、黯淡的夜晚沒有明天地夢構虛幻的王國。

　　然而，推崇感性與自由、厭棄理性與規則，都有著無可避免的反社會反文明的浪漫主義的個人至上傾向，脫離了社會主體的個人主義小船又能漂向何方呢？汪佩琳以及朱娣、麥克等人的自我追尋最終會通向哪裡呢？實際上他們只是浪漫主義已經頹敗弱質的精神後裔罷了。浪漫主義那種堅定自信他們身上已經不多見了，施萊格爾底氣十足地說：「只有人的個性才是人的根本和不朽的因素。對這種個性的形成和發展的崇拜，就是一種神聖的自我主義。」[380] 雖然作者對這幫執著於浪漫自由個性解放的青年表示了足夠的同情，他們每一個人的反抗性格似乎都有著童年創傷的心理原因，而他們放浪形骸的言談舉止也總是顯得純真如孩童；但是麥克、道格的相繼失蹤，也許暗示了反社會的自我主義注定只能是沒有生命的漂浮物。作者擅長於從精神分析與社會心理的角度切入人的內心，但過重的精神分析意味與社會學討論，顯然也一定程度上削減了作品的感性表現力。

2.《海冬青》的臺北漫遊書寫與國族想像

與馬森相近的唯美與頹廢氣息，也出現在白先勇、聶華苓以及李永平的文本中，不同的是後幾位作家更注重表現民族的歷史創傷。白先勇就清醒意識自己氣質上的浪漫傾向，他甚至自稱其早期的創作為「我的浪漫主義時期」，[381] 在強調小說的敘述技巧時，他批評和排除過於情感化的浪漫與感傷，不過他本人的創作卻常常顯示出浪漫化的感傷，這些因素有時並未妨礙敘述的自足，甚至加強了小說的情感渲染力量。如果缺乏這種多愁善感激情盎然的浪漫氣質，我們難以想像李彤、吳漢魂之死的懾人心魄，我們也就可能無法感受王雄死後那滿園子「斑斑點點都是血紅血紅的」杜鵑花「開得那樣放肆，那樣憤怒」，也就不能真切感觸《花橋榮記》中敘述者對盧先生的深深同情，而《遊園驚

380 〔英〕史蒂文·盧克斯著、閻克文譯：《個人主義》，江蘇人民出版社 2001 年，第 63-64 頁

夢》傷今悼昔的感傷懷舊情愫也不會如此動人。但有時，感傷浪漫情懷的難以克制，或多或少消解了白先勇敘述的客觀性和反諷性的傳達，相關的評論最具代表性的有顏元叔《白先勇的語言》和呂正惠的〈《臺北人》的傳奇〉二文。顏元叔認為白先勇小說長於諷刺，敘述冷靜客觀，「他的冷酷分析多於熱情擁抱」。但呂正惠的觀點剛好相反，他指出《臺北人》的較大缺陷就是沒有如顏元叔所說保持了一種冷靜諷刺風格，而是想「以誇張的、粗俗的抒情筆調來爭取我們的同情」，最終使得一部《臺北人》成了一部誇張粗俗的抒情「傳奇」。[382] 馬森、李永平與白先勇等作家作品中的浪漫元素具有某種家族相似性，往往趨向一種唯美與頹廢的悲劇美感。但比較而言，白先勇、李永平更有意承續屈原杜甫以降中國文人式的感時憂國傳統，成為余光中所謂現代中國的傷心人。

李永平的《海冬青》，兼都市現代性批判與文化鄉愁敘寫於一身，融古中國書生和現代知識份子複雜心緒為一體，演繹了一齣可歌可泣的臺北都市漫遊奇觀。他筆下的遊子靳五生於南洋、留學美國，卻總被一股神秘的魔力吸引著再三回眸臺北，遊蕩在臺北市遍布著中國各地地名的街頭巷尾，更有一種曖昧難解的身分鬱結。他不斷地走，不斷地經受視覺的洗禮，「遊蕩」成為靳五的生命形式。與《夜遊》於海外的沈淪中體驗自由尋找自我的命意不盡相同，遊子靳五的逍遙遊，卻執著於回歸——不是歸返南洋，而是頻顧臺北，以及臺北市裡觸目皆是的中國。書中的傷心人，成了白先勇筆下「臺北人」奇異的精神後裔，成了於梨華筆下牟天磊的隔代知己。

小說被稱為個人冒險的敘事，這一文類向來鍾愛漫遊這種情

381 《第六隻手指・蔡克健訪問白先勇》第 337 頁

382 顏文見《現代文學》第 37 期，呂文見呂正惠《小說與社會》一書。

節模式，從流浪漢小說到後期浪漫派作家的浪遊小說，漫遊為人物提供了自由寬廣流動的活動空間，漫遊也因此被賦予特殊的小說形式功能，具有浪漫美學屬性的漫遊常常是小說結構的要素與人物獲得啟悟的重要途徑。《死於威尼斯》中感傷浪漫的奇情故事不會發生在人物扮演中規中矩體面角色的居住地，只有在遠離居住地的異國他鄉，擺脫世俗束縛的人物才可能如此淋漓盡致地展示自我的真相；也無法想像黑塞的《納爾齊斯與歌爾德蒙》，若抽取掉人物一次次人間遊歷的悲歡離合，還如何成就其最終的大徹大悟；至於那些著名的歷險記，就更是不能離開遊歷和冒險這一人生形式和作品結構形式了。現代主義小說《海東青》雖然在意趣上更加複雜，象徵、寓言性、語言仿古／創新等顯示出宏大的美學企圖，但是，客觀地看，他仍然銜接了漫遊敘事這一東西方共有的文學敘事傳統。小說以靳五漫遊歸來作為開篇，遊也成了這部小說的關鍵字。

中秋之夜，多雨的臺北細雨霏霏，留美八載的靳五博士走出機場，踏上了久別的鯤島（臺灣），把美國甩在了天空的那邊，飄萍的身心風塵僕僕，貼近了腳下這片對於他曖昧淒迷的土地。靳五似乎不由自主，開始了書中他的第一次漫無目的都市夜遊／遊蕩，從此，這種人生形式就一直神不守舍地延續了下去，成為他無法擺脫的「魔症」，也成為作者為之目眩神迷的浪漫化的小說結構方式。從第一章中秋之夜癡癡呆呆的孤獨浪遊，到最後一章與小朱鴒瘋瘋癲癲的感傷漫遊，一次次冒險或逍遙的遊蕩過程中，人物的至情至性煞是可圈可點，藉著遊蕩中人物的視角，城市街巷千姿百態的風物人情也猶如浮世繪緩緩舒卷開來。

在作者「別有用心」的安排下，靳五這個大學教授「幸運地」成了個逍遙遊蕩街頭而得以飽覽街市浮世繪的遊手好閒者。作者存心讓筆下的這位教授博士疏離枯燥的書齋講壇，他不僅「遊手好閒」，（雖然他的腋下也常夾帶著兩三本書，但卻少見他認真讀書的身影，有一回他的書還曾莫名其妙流落到「玉女池」那種煙花之地），而且還瀟灑到了「不務正業」的地步，比如有一次因為漫遊街市而忘記了上課，與一位逃學的女生在小吃攤邊狹路相逢；另一次則為保護一位小女生免受性傷害，而當了一天的義務保鏢。當然，為了顯示靳五的職業特徵，我們被作者安排去聽了一堂他講授的比較文學課，這次課上，除了領略靳五風趣生動「自由化」的講課風格，我們對靳五和作者的文學觀念也有了一點瞭解，他透露出一種現代感為基質的既不乏激情也受到規約既浪漫又古典的文學品味，這也正好是《海東青》的風格。

都市紅塵中知識份子漫無邊際卻局促逼仄的個人遊歷，是靳五這個人物的存在形態。靳五為何如此迷戀遊蕩？或者說李永平為何為靳五安排了這樣一種生命存在方式？這不禁讓人想起本雅明對波德萊爾筆下巴黎現代文人的描述，那是些波希米亞式居無定所的閒散文人，是些踽踽遊蕩於街頭或三三兩兩聚集於咖啡館曖昧空氣裡的流浪漢，往往精力充沛而又出没無常，表情和眼神警覺好奇，帶著些許革命者的神秘鬼祟，衣冠形容落拓不羈，與街頭拾垃圾者並無二致。這些對現代大都市的墮落與繁華、醜陋與詭異最為敏感的文化人，本雅明稱之謂「遊手好閒者」。[383]這個名銜靳五倒是當之無愧。可以肯定的是，靳五的每一次遊蕩也都茫無目的，同時可能不乏深意。儘管他的閒散與遊蕩看不出多少法國大革命時期激進文人的革命氣質，但他每次見到街頭的孫中山先生銅像，必虔誠鞠躬，這類決不閒散的身體政治語彙，卻也透露出人物內心悲涼的國族想像與激越的政治情懷。這種非常人為的行止，直接暴露出作者峻急而又顯得浪漫的歷史焦慮。

靳五幾乎一直在遊蕩中展開他的個人行動，而所謂的行動也基本限於「看」（自然也包括聽、聞和有限的說）：無論是急速

383 本雅明著、張旭東譯：《發達資本主義時代的抒情詩人》

掃視的一瞥，還是久久的凝眸，無論是好奇、疑惑、震驚，還是憤怒、傷心、尋索……都含在那表面上逍遙自在無所作為其實卻耐心精細深沈的「看」之中，而「看」的豐富意味正是在人物頻繁的遊蕩中得以實現的，遊蕩這種形式，妥當地體現了靳五飄搖不定的身分狀態和心理狀態。靳五的看，是保持著一定距離的旁觀，然而「沒有無思想的看」，視看是一種有條件的思想，它通過身體引起思考，既不選擇存在，也不選擇不存在，視看應該在其心中帶著這個重負，這個附庸。[384]因此靳五旁觀者卻難自清，從弱柳扶風的臺北雛妓、淫浪醜陋的日本花白腦袋，意味深遠的回溯伸展到「九一八」和「七七」盧溝橋，從「奉節路」「巴東街」，一路輾轉到迢遙的長江長城黃山黃河，……眼前刺目更刺心的感官圖景，腳下似曾相識的路徑，讓原本彷彿自由隨意的看、聽、聞，變得沈重起來，歷史的陳跡如血如墨，點點洇染在微縮式的地理座標中，觸目驚心，游離的看視者只能一次次地，「呆了呆」或者「一冷」。這個身材高大憨態可掬童心未泯的都市遊手好閒者，漸漸讓人感覺出他心內的綿密、傷感和世故，和漸行漸老蒼涼難言的複雜心結，解不開，理還亂。惟有不斷的遊歷，不斷的視覺充溢，不斷地行走如現代屈子，一路行吟至都市骯髒糜爛的臟腑深處。這個遊手好閒者，他的精神苦於無處安頓、無家可歸；只有讓外在不斷的遊蕩形式，暫且安頓一顆赤誠、痛楚、動盪、漂泊不止的中國心。

小說的題目「海東青」，是世界上最美麗最大的一種鳥名，這種生活在中國東北地區的巨鳥，彷彿化自莊子《逍遙遊》裡著名的鯤鵬。小說以志向高遠的鴻鵠之志，來批評淺俗平庸偏安一隅的燕雀，揭櫫臺灣都市社會頹靡墮落不思上進的世紀末景象，

---

384 〔法〕梅洛一龐蒂著，劉韻涵譯：《眼與心》，中國社會科學出版社 1992 年 2 月版，第 134 頁

寄意深遠。在小說展示的都市浮世繪裡，我們看到了一個處處彌漫沈淪欲望的繁華市井社會，鋪張喧嘩的繁華與浪啼悲吟的頹靡並在。作者讓他心愛的人物：留學歸來的靳五教授、小女生朱鴒和清純少女亞星，如浪跡的浮萍，漂遊在鯤京（臺北）的滾滾紅塵之中，切身體驗一個失落了精神之根的社會的恐怖和無望。而小說精美古典獨具一格的語言，更是創造了現代中文小說史的一個浪漫奇蹟：她復活了本土之外的文化浪子深藏在心中的由文字砌成的古典中國，但是她卻無力再造一個道德與世風的桃花源。精緻純美古雅細膩的語言文字，壘造起的不是美麗絕倫的樂園，而是一個徹底敗德的現世人間地獄。而地獄的盡頭，閃耀著虛幻的烏托邦落日般荒涼淒美的光芒。

小說的前言中，李永平還以聖經故事隱喻現代中國歷史上民族分裂的悲劇，作者無法容忍國家與民族悲劇的延續，唯有一任自己的文化鄉愁流瀉不止。小說是在一片後現代遊戲浪潮中「不合時宜」地登場的，它的悲涼與傷痛之深切，讓它自外於世俗的淺薄歡樂。撥開臺北都市的霓虹艷影，我們看到了一個流離的華人對一塊流離的土地的苦苦凝視，看到一個當代社會的知識份子是如何觀照人性的邪惡與墮落，同時艱難地尋找。他在尋覓什麼？他能尋找到什麼？

> 「靳！你到底在尋找什麼？」
> 「孫逸仙博士。」（《海東青》p59）

這夾雜著政治情結的對話，多少有些生硬。流浪的目的在於尋找，而所要尋找的是精神之父，（好像喬伊斯筆下的斯蒂芬與布盧姆？）。這種父性的精神，其延伸物就是作者認同並皈依的一種文化象徵，就是要尋找一個完整的中國，和自己生命的根源。尋找父親，也就是尋找自我身分的歸屬。伴隨著強烈的袪除魅影返本還原的衝動，在大陸文化尋根熱銷聲匿跡之後，海外的華人靳五卻未曾停息他在臺北的尋根步伐。遊的深層含義顯然指涉靳五的身分困惑：出身南洋而遊學臺灣，而後留學美國，繼而又漂遊回臺。與作者李永平相同，身分的迷失或混雜，因而遊走得更加急切，尋找也顯得更加艱巨，同時這墮落塵世裡的尋找也更加渺茫虛空。必須指出的是，在政治狂熱和文化沈潛之間，李永平的尋找注定有些似是而非，他把所有的朝拜與激動都奉獻給了輝煌而虛空的海市蜃樓，使他的龐大象徵顯得有些不倫不類，而那洶湧於心間的浪漫主義激情（革命、歷史）卻只能是薩特所言的「無用的激情」。

某種意義上說，人是鄉愁的動物，他為自己一次又一次的被拋而哀愁。個體從自然、子宮、家庭、故鄉以及文化母體中脫離出去，又總是在孤絕中尋找回家的道路。馬森的《夜遊》，敘述了一種在文化的飄移錯位時空裡人物精神無所歸依的故事，但它不僅是古典鄉愁母題的一次重複，而且傳達了人類普遍的精神境遇，一種本體論意義上的鄉愁，這構成了馬森《夜遊》中人物心靈衝突的意義。夜遊意味著在黑暗中追尋自我的本質，然而自我的本質卻永遠尋找不到；在禁忌與規約中尋找突圍的道路，然而自由的境界卻難以抵達。於是「夜遊」就演變為沒有目標沒有方向的精神漫遊，演變為生命的感傷情緒，甚至墜入肉體的沈淪遊戲。這也是從謝林的鄉愁哲學到黑塞的《鄉愁》和《心靈的歸宿》，德國浪漫派一直抒寫的文化母題。

盧卡契在其具有濃厚浪漫詩學色彩的《小說理論》裡宣稱：「小說是一個被上帝拋棄的世界的史詩。」[385]作為一種文類，小說的誕生是近代以降的文化事件，它意味著和諧的總體已經消

385 盧卡契著、楊恒達編譯：《小說理論》，臺北唐山出版社 1997 年版，第 61 頁

解。小說是一種「先驗的無所歸屬的表現。」盧卡契的論述實際上承續了浪漫先哲席勒當年素樸的詩與感傷的詩的劃分，古代文化是素樸的和諧的，而近代文化則是分裂的感傷的。盧卡契認為，小說人物是與外部世界疏遠的產物，小說講述內心的冒險，為了尋找自我本質，靈魂尋求冒險但注定無家可歸。所以小說的浪漫性可以通俗地界定為一種感傷的旅行。而「浪漫派美學的根本問題，是要解決人生的皈依問題，人的價值問題。」[386]馬森的《夜遊》與李永平的《海冬青》都可以視為這樣的小說，前者從六七十年代臺灣及海外知識份子特殊的歷史文化際遇出發，講述了一個靈魂冒險的故事，進行了一次感傷的心靈之旅；後者則講述了一個因迷失自我在不斷遊蕩、追尋意義的象徵性故事，剥除它過於明顯的寓言指涉，與浪漫派精神息息相通，都從一個層面見證了華人知識份子二十世紀精神漂泊之路的漫長和艱難。

八　壓抑的浪漫性

現代派小說裡的浪漫精神，更多地表現出一種被壓抑的浪漫性，一種没有浪漫時代的浪漫情懷，一種以存在主義為底蘊的感傷行旅。本章擇取王尚義、七等生和馬森的《夜遊》、李永平的《海東青》幾個典型個案闡釋這一觀點，他們分別代表了幾種類型：王尚義掙扎於生命激情與時代的壓抑和苦悶之間；馬森的《夜遊》則向外探索，靈魂在異域的冒險與旅行中尋找和驗證自我；李永平的臺北都市遊蕩，有著政治與文化的雙重烏托邦浪漫情懷，顯示出國族想像的內在中國性；七等生以隱遁的存在方式走向內心深處，企圖重建自我認同的根源，一種超驗的浪漫本體論。這幾種有深度的浪漫性，構成了臺灣現代派小說不可或缺的

386 劉小楓：《詩化哲學》第 50 頁

精神向度。但是，現代派偏執於內省式的表述和心靈的苦鬥，以一種沈潛的姿勢進行持久的精神修煉，並沒有能反饋給社會強大的反叛力量。不過，不能因此否認現代派其實有著強烈的現實關懷與社會批判性，只是其表現方式比較內在深沈。

九十年代，白先勇對六十年代文化有過冷靜的回眸描述，他說那是一個「文化思潮風起雲湧的歷史轉捩點，全世界由中國大陸到歐洲美國，戰後成長的一代青年都在向傳統文化挑戰。六十年代的臺灣知識青年，表面安分守己，實際上也早已感染了世界性的文化振盪，思想及心理也在悄悄蛻變，在掙扎反叛父權社會給予他們的指定路線。」[387] 他意識到，六十年代臺灣文化運動也構成了世界性反抗文化的一部分。六十年代以青年為主導力量的叛逆性文化潮流，席捲了全世界。比如法國「六八」學生運動，已經成為法國社會的一項遺產，人們將它看作是當代西方資本主義社會壓抑問題的一次無預警的爆發。反觀臺灣，融匯進浪漫主義精神、存在主義思想的現代主義運動，也潛在地成為壓抑時代的反叛力量，其中主導者基本上是知識份子，學院中的青年學生是最活躍的分子。然而，這場現代派文化思潮還是基本限於宣洩苦悶尋求自我的精神層面，並沒有發展成法國六八學運那樣的「爆發」。但是，六十年代文化思潮痛苦的輾轉，實際上也成為70年代以來臺灣社會風起雲湧的民主運動的一個「預警」。在分析法國學運時，專家認為，法國國家角色的曖昧不清，「無法真正使人民對他自身社會的運作方式產生任何的認同。以至於不滿的能量至一定程度爆發……」[388] 這個分析挪用來分析臺灣六十年代壓抑時代氣氛中的反叛性浪漫潛潮，或許有一定的參照性。

---

387 白先勇：《鄰舍的南瓜》，見《驀然回首》第75頁，文匯出版社1999

388 安琪樓·夸特羅齊、湯姆·奈仁著，趙剛譯：《法國1968：終結的開始》三聯書店2001年，第14頁與五四新文學運動相比，60 年代的臺灣現代派思潮同樣是一場青年文化運動，同樣具有青年人不可扼制的生命激情、叛逆心態與創造衝動，同樣具有現代和浪漫合一的精神氣質。從白先勇的多次論述以及《現代文學》的精神宗旨看，60 年代由《現代文學》開始的文學旅程，從一開始就帶有五四式文學啟蒙與文藝復興運動的色彩，然而，卻沒有了世紀初那種狂飆突進和波瀾壯闊的文化激情。

第四章　臺灣現代派小說的語言與文體

一　溫和與極端：臺灣現代派的兩種語言與文體

我認同洪特堡關於語言屬於精神創造活動的論述，浪漫派語言哲學家洪特堡認為，「語言絕不是產品，而是一種創造活動。……語言實際上是精神不斷重複的活動，它使分節音成為思想的表達。」[389] 他將語言視為一種創造活動，視為精神的產物與思維的手段，認為語言是「人類精神力量不斷更新、頻繁昇華的創造」。與一般普遍語法邏輯的研究者不同，洪特堡發現了語言的內在形式，在他看來，這種內在形式既不是邏輯概念，也不是人所發的聲音，而是人們對事物的主觀見解，是幻想和情感的產品。[390] 雖然他的研究多是針對廣義的人類語言或民族語言，但他從不忽略在個人那裡語言生長的具體性和重要性。而精神力量與語言結構之間密不可分而又複雜難辨的關係，則是他一直想要洞悉的一個秘密。

對於刻意求新的現代主義文學而言，語言不僅是創作和表達

389 威廉·馮·洪特堡：《人類語言結構的差異及其人類精神發展的影響》，商務印書館 1999 年版，56 頁

390 姚小平《譯序》，自洪特堡著作，同上，第 52-53 頁

的基本工具，語言更上升至本體的位置，成為存在的家園；文字不僅僅是薪傳文化傳統的依託，也同樣是更新與再造文化新質的基礎。現代主義文學形式上的刻意求新與語言的晦澀奇崛，固然說明現實主義成熟並達到一定高度後文學形式創新的困難，但也動盪不安地突現了現代人的精神矛盾和創造欲望。對現代主義頗有研究心得的彼得．福克納就認為：「語言以及人類話語的本質，將不可避免地成為現代主義小說家（和劇作家）的一個主要主題。其原因在於，如果我們想理解現代的心靈，我們就必須理解這顆心靈所藉以存在的媒介——語言。」[391]

而對於臺灣現代派小說家而言，他們深陷語言和存在的雙重困境，一定意義上說，語言文字的困窘也就是他們存在困境的外在顯現。如何言說、如何表述？如何在文字的虛構中創造自我的精神能量？也就成了他們必須面臨的既是美學形式的也是存在本質的難題。在漢語文學寫作圈中，臺灣現代派小說家在語言上的嚴肅認真孜孜以求顯得分外突出。白先勇等作家承續古典文學傳統，又吸取了西方現代敘述技巧，他們所營造的精美語言得到了批評界的高度評價，顏元叔、歐陽子等臺灣批評家較早肯定這種文字的魅力，大陸學人袁良駿在〈六十年代崛起的「文體家」——論白先勇小說的語言風格美〉一文裡，就稱譽白先勇是一個語言上的「精雕細刻派」，並認為白的語言成就來自對語言「一絲不苟」、「嘔心瀝血」的磨煉工夫。[392]王禎和、王文興、李永平以及七等生，都曾公開強調他們對語言極度執著認真的態度，在文體的實踐上他們也確實都付出了令人驚訝的努力。對此，海外長期從事臺灣現代派小說研究的學者張誦聖認為，這「未嘗不

---

391 彼得．福克納：《現代主義》第 64 頁

392 袁良駿：《白先勇小說藝術論》第 215 頁，吉林大學出版社，1991 年 8 月版

是表露出現代主義自福樓拜以降，將文學視為純粹藝術，毫不妥協地與『形式』長期奮戰的一種專業藝術家的精神。」[393]在經典現代主義的美學規範裡，藝術形式的陌生化與衝擊力是必備的，語言的奇崛等也屢見不鮮，由於現代派作家對語言和文體的嚴肅態度和偏執熱情，他們的語言追求曾引起島內外讀者和批評者的特別關注。在我看來，臺灣現代派小說多向度的語言追求，並不是都一樣易於被接受，也不一定都稱得上成功；但是，可以肯定地說，這些努力與嘗試，探索並拓展了現代漢語感性形式發展的多重可能性。

近年來，人們越來越深刻地意識到：現代漢語是同近代以來中國社會的現代化無法分開的語言現實。「中國現代文學運動的持久影響之一，是為現代書面語的形成創造條件、規範和習慣，進而形成一種『普遍語言』。這種普遍語言在功能上為統一國家提供了語言上的依據，同時在取向上，又與西方語言逐步接近，即所謂科學化、邏輯化、拼音化。換言之，這種新的普遍語言具有世界主義和民族主義上的雙重取向和雙重功能，即用『科學化』的方式形成普遍的現代民族共通語言，這就是普通話。」[394]而這種以普通話為規範的現代漢語的成長離不開文學家的努力。文體家冰心曾這樣論述：「我主張『白話文言化』、『中文西文化』，這『化』字大有奧妙，不能道出的，只看作者如何運用罷了。我想如現在的作家能無形中融合古文與西文，拿來應用於新文學，必能為今日中國的文學界，放一異彩。」[395]而另一位「文體探險家」周作人也設想好的白話文應當是：以口語為基礎，加

393 張誦聖：〈現代主義與臺灣現代派小說〉，《文藝研究》1988年第4期

394 汪暉〈地方形式、方言土語與抗日戰爭時期「民族形式」的論爭〉，自《汪暉自選集》，廣西師大出版社1997年版，第361頁

395 冰心《遺書》，《超人》，商務印書館1923年版

上歐化語、古文、方言等分子，雜糅調和，適宜地安排起來，有知識與趣味的兩重的統制，才可以造出雅緻的俗語文來。魯迅、葉聖陶、老舍、沈從文、錢鍾書、張愛玲、汪曾祺等文體家的文學創作，不僅提供了一批高質量的精神食糧，也為現代漢語的成長與成熟創造了書面的範本。

這些漢語文體家提出的方向，也是白先勇等作家所追尋的目標，「揉和文言白話或化文言為白話，可能是白先勇在語言創新方面的大貢獻」。[396] 白先勇的語言實踐，已經匯入五四以來中國新文學優秀的語言傳統之中。提起臺灣現代派小說的語言，人們普遍認同白先勇的語言成就，相對而言中文讀者對他也瞭解更多。這首先應歸功於白先勇文字上「非常的中國」，在近期的一個訪談中，白先勇自道：「開始我受的訓練是中國古典唐詩宋詞，但接觸了西方現代主義之後，就像開了一扇門，念了一些現代文學的經典，受他的影響很大。但我在寫作時，有意無意間會做融合。到今天為止我還是很不喜歡西方式的中文句子。我一向不喜歡西化句子，像巴金、魯迅也有一些西化句子。所以我在文字上會非常的中國。但現代主義對個人的存在、內心的世界、對文字小說形式上的創新，對我的啟發很大，所以說是融進去了。」[397] 他將古典小說式的簡潔白話和生動豐富的民間生活語言、方言熔鑄於一爐，而精緻的敘述、感時傷世的主題，也與那種延續了《紅樓夢》語言風格的典雅文字兩相契合，造就了現代派中較為成功的語言模式。60年代起步的臺灣現代派小說家，聶華苓、於梨華、歐陽子、叢甦、馬森、水晶等作家，他們也是既得益於西文的表達方式（都精通英文，閱讀過大量外文的外國文

---

396 顏元叔〈白先勇的語言〉，《現代文學》第37期，1969年3月

397 曾秀平訪問整理〈白先勇談創作與生活〉，自《中外文學》第30卷第2期，第198頁

學作品），也繼承了明清小說如《紅樓夢》、現代小說如張愛玲一脈的中國白話文學簡潔典雅含蓄的語言傳統，運用純熟、優美、準確而符合漢語表達習慣的中文。這類文學語言蘊含著中國古老文明的文化底蘊，也顯示出現代派文學與中國文化不可分割的關係。

如果說上述現代派作家在語言策略上比較溫和，較多體現了傳統的現代轉換過程的連續性和改良性，使自己的語言文體避免與相對穩定的文學傳統直接對抗衝突，也避免粗暴地拒絕讀者，從而圓融地譜寫一種漸成正典的現代傳統；那麼實驗性爭議性的語言追求則構成了現代派敘事語言的另一向度：更突出傳統的現代變異和斷裂性，更重視文體的創新和突出的個人風格。「溫和的現代派」和「極端化的現代派」，兩種語言文體風貌的對照讓人們興致盎然地看到：循規蹈矩溫和改良和「調皮搗蛋」大膽僭越，構成了臺灣現代派小說語言的雙重真實本色。

對於那些致力於語言試驗的現代派小說家而言，和語言的殊死搏鬥似乎生生不息，[398]個人化的語言實驗在部分作家那裡堪稱艱苦卓絕，比較突出的有王文興的《家變》、《背海的人》，七等生的小說，李永平的《海東青》，王禎和的《美人圖》和《玫瑰玫瑰我愛你》等，他們分別在各自苦心孤詣和別出機杼的試驗裡與語言搏鬥，構築出各有特色的語言迷宮。但與這種努力和付出相比，他們所獲得的理解卻顯得有些不夠。他們的文字令一般漢語讀者感到隔膜，讀來頗為吃力，爭議較大。究竟如何把握現代派小說這些爭議性較大、實驗性較強的語言實踐的特質，評價其得失，成為認識現代派藝術形式的一個重要方面。在一些臺灣與海外學院批評家筆下，臺灣現代派小說的爭議性文學語言提供了富有獨創性的言說形式，如鄭恒雄從語言學的角度探索了王文

398 王文興自白，見康來新編：《王文興的心靈世界》

與《背海的人》的語言世界，認為作家有權力及自由創造適合於內容的文體；[399]張漢良認為王文興小說語言追尋類比的語言，這種語言行為恰似天啟，富有神學含義；[400]張誦聖指出在王文興、王禎和、李永平的成熟作品中，都可看出他們循不同途徑，以「小說敘述語言和指涉世界之間不穩定關係」為核心所做的實驗，雖然他們所採用的文類習規不同，所進行的實驗方向各異，「但所承襲的對小說語言類比觀、敘述成規的挑戰精神，卻是現代主義一個極重要的傳統。」[401]廖淑芳經過論證，認為七等生的語言和文體是一種「獨樹一幟、卓爾不群、不媚俗、不矯情的真誠創作態度，所經營而出的特異準確、令人深思的文體風格」。而在種種善意或敵視的批評聲音裡，不難感受到這樣的感慨和疑惑：這種極端化的實驗性語言風格常常令普通讀者難以接近，是否有點得不償失？這類語言書寫的作品所付出的最大代價就是失去讀者，不僅一般的大衆，就連不少訓練有素的專業人員也敬而遠之。可以想見，在商業化後現代的大衆文化空間，他們注定是一群孤獨高蹈的存在。不過，對偏執的現代派作者來說，正是那種背離閱讀成規的語言表述，使極端個人化風格和抵抗被消費命運的初衷成功地得以實現。從此視角看，堅持現代主義語言實驗的「執迷不悟者」無異於當今的堂吉珂德。

簡要地看，批評的意見集中如下，一種看法指責現代派操之過急，創新欲太強，實則火候未到，糟蹋了漢語；一種意見則批評現代派脫離本土現實，極端西化，模仿照搬西方現代派，是「亞流的亞流」。在一些持否定性意見的批評者那裡，現代派作

399 鄭恒雄：〈文體的語言的基礎〉，《當代臺灣文學評論大系 3》
400 張漢良：〈王文興《背海的人》的語言信仰〉，同上
401 張誦聖：〈現代主義與臺灣現代派小說〉，王曉明主編《二十世紀中國文學文學史論．第一卷》第 152 頁

家的語言實驗存在著艱澀、拗口、冗長、違背語法、生造字詞、語言雜交、翻譯體等等問題，實為「誤入歧途」：「這些作家們似乎把中國文字看得太容易了，太快就以為他們能夠開拓一個新的世界了，其實他們應該再耐心下來，好好進入中文之語法的傳統之內，而不是太急著去隨意『發明』」[402]。即便是某些在堅持美學現代主義立場的評者眼中，與中國內地如汪增祺、阿城等的「不費力氣」的文字比較，（這裡舉出的例證不是大陸現代派作家，）臺灣尋求個性化語言的現代主義者們「從王文興、七等生、王禎和到李永平，創造出來的是拗、澀、怪、苦甚至造作」，「成果遠遜中國大陸。」[403] 在一篇題為《好作品與破中文》的文章裡，黃錦樹乾脆用了一個通俗易懂的詞來形容「拜現代主義所賜，七等生、王禎和、王文興這樣重要的代表」所創造的語言：「破」。他如此推測道：既然用好中文寫出糟小說這種現象比比皆是，那麼以「破」的中文（意為「不像中文的中文」）寫出差的小說似乎可以是正常的（邊遠地區華文文學的常態）；那麼在理論上，以「破中文」也應該有可能寫出好的小說。將語言之破與作品之好相並比，很有些觸目。這種看法意味著批評者對現代派這類文字既無意於粗暴地否定，卻也無法真正認同。這些異類的文字為讀者和批評者出了個難題：如果關於文學的論述一定是建立在語言優美流暢一類的規範之上，似乎可以將這批現代派作家苦心經營的文字編織物驅逐出文學的邊境，然而，粗暴的排斥無濟於事。面對這個有意為之的所謂「破」的語言現象，批評者大多顯得有些無能為力，無法作出更有效更有深

402 龔鵬程：〈他們的文字為什麼差勁？〉，《我們都是稻草人》，臺北，久大文化，1987，157 頁

403 黃錦樹：〈馬華文學的醞釀期〉，《馬華文學：內在中國、語言、文學史》，華社資料研究中心，1996 年

度的闡釋。

筆者以為，在臺灣戰後社會特殊的政治文化背景下，漢語文學所處的生存環境與大陸有明顯的差異。忽略這個差異，就無法理解和詮釋臺灣當代文學裡的許多現象，包括語言現象。「從40年代中後期到70年代中後期，約30年，是大陸文學和臺港澳文學從政治的分野到文學的分流最為突出和尖銳的時期。對立和疏隔使本來互有往來與影響的文學，呈各自獨立發展的態勢。臺灣和香港尋找自己文化身分的文學自覺，也緣自這一時期。」[404]從語言這個角度看，戰後臺灣漢語文學面臨幾重困境。首先，隨著五十年殖民歷史的結束與光復的開始，臺灣部分熟稔並習慣以日語寫作的本土作家必然面臨語言轉換問題，已荒疏乃至陌生漢語的本土作家在一個階段裡難以用母語漢語創作。語言的難局不僅乎此，對於所有在臺的文學人而言，他們還共同面臨著一個充滿未定因素的政權和未來。一個因敗退而脆弱病態而格外專制的政權，恐懼地斬斷了五四新文學的根系，禁錮並割斷了文學發展的必要連續性，使年輕的文學創作者不得不處於一種典範真空、新文學傳統遭到醜化異化的惡劣境遇，語言、敘述與思想等都無法得益於新文學傳統，而面對文學傳統人為的價值失範，臺灣文學只能重尋起點另找出路，這是臺灣文學的另一重語言困境。再者，白色恐怖的戒嚴體制下，言論受控於政治，文學失去了批判反省的向度，難以自由表達動盪轉型的臺灣社會人的心靈真相，文學語言也陷入虛假造作平面模式化等背離藝術的泥淖之中。此外，方言也被有心人看作影響臺灣文學語言體質的一個因素，如呂正惠先生就曾斷言臺灣的方言受到壓抑，而方言的「失聲」對此地文學語言是一個不利因素：「臺灣『没有』方言，不只是兩

---

404 劉登翰：〈臺港澳文學與文學史寫作——再談20世紀中國文學的整體視野〉，《復旦學報》社科版2001年第6期，第17頁

種主要『在地』方言受到嚴重的壓制；而且還是因為，其他外省方言幾乎没有生存與發展的條件。……在語言方面，我們没有那麼大的『活水庫』。」[405]這種看法表明，大陸豐富的方言口語為漢語文學帶來了繁榮的語言景觀，而在地方言的失語與其他方言發展不足在某種程度上影響了臺灣文學的語言質地，使戰後臺灣文學先天處於語言的貧乏狀態，究其因，仍歸結於政治與歷史為文學所設下的語言難局。

語言的困境局限了臺灣戰後文學的作為，或許可以部分地解釋一些作品的語言問題。部分現代派小說的語言問題也同樣可以做如此追溯。比如七等生的早期作品，儘管已經表現出獨特的藝術個性和語言表現力，但是客觀地說，他的一些語言表述和敘述存在著明顯的問題，冗長生澀的句子，生硬怪異的語詞，翻譯體的句式，隨意鬆散的語言結構等等，是與處於學習模仿階段卻缺乏本土性文化傳統與文學典範影響的不良語言環境有一定關係的，這和那些曾經接受過良好中國文化教育，接受過古典文學以及五四新文學熏陶的作家們（如聶華苓、白先勇、馬森等）對比時就會一目了然。而當七等生接觸了大量包括古典文學在內的中國傳統文化之後，他的語言也發生了極大的轉變。將他早期的語言與近期的語言並置，這種差別可能是驚人的。在《兩種文體——阿平之死》這類近作裡，那些似是而非繁複彆扭的表述少見了，寧靜的語言有時像潔淨深徹的湖水，自然抵達人的內心。而像王文興這樣的所謂極端現代主義者，他早期的少作在行文上也流露出模仿西方文學的痕跡，如長句、複句偏多，（這種模仿當然不限於語言）到了七十年代，他大膽而謹慎的語言實驗似乎走上了一條險路，這種走法似乎也有迫於無奈的緣由，據呂正惠所

---

405 呂正惠：〈臺灣文學的語言問題〉，見《戰後臺灣文學經驗》第 112-113 頁

說，「余光中、王文興等人，有時會感慨『白話文』不夠用，在創作上非常困難，他們企圖以文言來增加表達力。」[406]這裡所謂的白話文不夠用，說明臺灣現代派作家深深意識到在臺灣進行漢語文學創作的語言困境。困境裡的創新也就更具挑戰。這裡提到的兩位現代派作家，都從文言文那裡吸取了各自需要的養分，但在語言策略上兩人走上了南轅北轍的路子。作為詩人和散文家的余光中在漢語文學中的成就和影響都有目共睹，而作為小說家的王文興雖然其作品《家變》已經被經典化，但是他的作品所得到的認同和反應基本局限於學院。而他的小說語言一直是阻止更多的讀者接受他的重要因素。

事實上，政治、歷史的壓抑乃至地域的局限、方言口語的不夠發達等等，都不能構成在地文學語言必然貧乏的充分條件，而只能是一種可能的因素。戰後臺灣的語言政策下，閩方言曾經遭受壓抑是客觀事實，[407]相對於大陸，移民帶來的各地方言在臺灣的「不成氣候」也是必然的。但是，這一切不利的因素並不必然地能推導出臺灣文學語言必然劣於大陸的結論。大陸雖有方言的「活水庫」，但是文革時期的文學卻也瀕於荒蕪。事實上優秀的文學作品並不一定只產生在母國的中心地域，二十世紀大量優秀的流亡文學就是明證。更何況臺灣的文學並未失去自己的母語生長空間，官方一直倡導民國以來的國語，伴隨著國語的推廣，必然會帶來與國語相聯繫的民國時期的文化傳統。就孕育於中國社會現代性之中的漢語白話新文學本身而言，其歷史迄今不過百年，文學語言的探索還遠未成熟，需要長期的、多元的書寫實踐來促成其生長、豐富，臺港澳以及海外華文文學也參予了這種同

406 同上，第 115 頁

407 這裡主要指戒嚴時期的現實，而今天的境況則陷入了另一個極端。所謂「台語文學」的過度喧嘩則滲透了扭曲的歷史與變態政治的濃重陰影。

根同質基礎上的語言實踐，並提供了不同於大陸的漢語文學的語言經驗。在臺灣戰後獨異的歷史語境裡，漢語文學既遭遇過語言以及政治的困境，也在困境裡獲得了與大陸脈絡不同的發展空間，現代派文學語言披荊斬棘的探索與建設，就為漢語文學開闢了讓人耳目一新的語言新空間。儘管部分現代派作家的極端性語言實踐至今毀譽參半，但是他們的努力將被證明是有價值的，即便是一些違逆了傳統美感的不成熟的個人化語言偏執，也可能會為後來的文學語言提供借鑒與參照。在部分臺灣現代派小說已經成為正典的今天，似乎這樣的設想已經是現實的了。但這樣說，並不意味著有理由不去理解和辨析現代派語言行為的真正價值與失誤。現代派小說家在語言的困境裡書寫個體生命的困境、紓解時代性的苦悶，在存在的困境裡寄身於語言的突圍與創造，他們的語言行為可以看成是一種雙重困境中的語言革命。王文興在談及《背海的人》裡自由無羈的語言實驗時就曾經這麼說：「在語言上或內容上來看，《背海的人》就是一種解放。……我的目標是 liberation.……天翻地覆我也不考慮了，大概算我個人的文化大革命吧。所以，語言在這本書裡，可能出現這種特點，就是，大概百無禁忌了。」[408] 無論是七等生、王文興，或是王禎和、李永平，這些作家對語言的大膽實驗、銳意探索或精雕細琢，不僅顯示了文學家可貴的敬業品格，也是他們在困境裡尋求自我實現與精神超越的文化需求。

此外，我以為，在談論臺灣現代派小說這個對象時，不可忽略的一個權衡尺度應該是文類習規。自福樓拜以來，現代主義將文學視為純粹的藝術，表現出「毫不妥協地與『形式』長期奮戰的一種專業藝術家的精神。擴大這個態度的哲學背景來看，西方

408 《座談主題：與王文興教授談文學創作》，自《中外文學》第 30 卷第 6 期，第 383 頁

現代主義在某種意義上多少是在『上帝死了』之後，以『藝術』取代『宗教』作為一種人類認知追求方式的運動。」[409] 從現代主義的理論視野和敘述成規出發，現代主義小說語言的基本特徵就表現在，「首先，它的形式是實驗性的或創新的，明顯的背離現存的文學和非文學敘述模式。其次，它主要描寫意識，涉及人類心靈的潛意識和無意識運動。」[410] 內省化與創新性也同樣貫穿在臺灣現代派小說的語言追求裡。為了更有力地捕捉現代主義小說特有的語言特色，筆者主要以大陸學界討論較少的、具有爭議性的實驗創新性語言現象和個體化內省化語言風格為論說對象。我以為，臺灣現代派小說實驗性語言文體存在著兩種有趣的極端取向，一種是語言純化現象，如李永平保衛中文的純潔和尊嚴的「純粹」中文，是比白先勇更加古雅精純同時也更具私人性的深度漢語，是一種亦真亦幻的「語言烏托邦」；另一種為語言雜化現象，如王禎和筆下的雜語喧嘩。至於王文興的《背海的人》，其中既有個體性私語的自創符碼，也表現出一種衆聲喧嘩的雜化意趣，語言的意味尤其豐富。

現代派小說的敘述基本上屬於知識份子話語形式，與臺灣知識份子特殊的生存困境以及精神困境有關，部分現代派小說呈現出精神私史式的內省性敘事特徵，表現在語言和文體上就是一種極其個人化的困難的形式。比如七等生頗受非議的「小兒麻痹」文體和王文興曲高和寡「生錯了地方」的文字試驗。因此以下進行的語言分析基本不屬於語言學範疇，而更多地與現代派小說的精神私史式的敘事特徵緊密相關。現代派拋捨圓潤光鮮習以為常

---

409 張誦聖〈現代主義與臺灣現代派小說〉，自王曉明主編《二十世紀中國文學文學史論・第一卷》，第 153 頁

410 戴維・洛奇：〈現代主義小說的語言：隱喻和轉喻〉，自《現代主義》第 450 頁

的語言規則，而追求支離破碎殘損獨特的表達形式，構成了對閱讀習慣和小說規範的衝擊反叛，新銳的個人語碼和符號組合創造了全新的感性，個人化感知方式在他們那裡變成了一項大膽的自由創造。更重要的是，如果形式叛逆僅僅是青春期唱反調式的革命衝動，那麼有必要懷疑這種忤逆行為的深刻性；但在審視臺灣現代派出格的語言實驗行為時會發現，實際上幾位堅持其自創性文風的現代派作者一直不曾停止他們的語言探索，試驗熱情似乎並未因現代主義風潮的風流雲散而減弱，反倒因時光的磨洗而更加堅定，外人眼中奇而「破」的語言，在他們看來，只是更能準確有力地傳達出作者個人化生命體驗的無以替代的叙事方式，對邊緣化個人性叙說方式的堅持，由早先感覺化的先鋒叛離，逐漸走向成熟凝定的淡然和超脫。他們為自己鑄造出一種合乎個體思想與感覺模式的文體，以不可抗拒的個性力量打開感性之門，讓人們感覺他們不可忽視的存在。

必須說明的是，王禎和一般被視為鄉土小說家，或者現實主義作家，本文將他暫且納入現代主義作家行列，理由如下：在臺灣文學場域內，現代派文學與鄉土文學作為兩種思潮確實存在過較大的衝突。兩者之間的根本差異在於文學理念與趣味的不同，現代派主張文化的開放和世界主義，強調文學形式的創新和文學本體的自律，不贊成直接介入政治、社會，對文學工具論極為反感；而崛起於特定的國際政治語境裡的鄉土派，則熱切地關懷現實政治和底層人生，認為文學應該承擔社會使命，表現出強烈的鄉土意識和左翼思想，民族意識的覺醒和本土關懷是他們的主要訴求，因此必然不滿已成文學主流的現代派的西化與脫離現實，欲起而顛覆之。但談論具體作家的身分屬性時，過於明確的界定也許會遮蔽作家本身創作的豐富層面，因此，對於具體作家而言，現代與鄉土這對概念並不必然導向對立，完全可以相容。有些作家早期屬於現代派，而後轉向成了鄉土派，如陳若曦、陳映真；有些作家如王禎和既有很鄉土的一面，也有極現代的一面，他的語言實驗就逸出了現實主義的區界。王禎和小說起步於60年代，他寫於大學時期的《鬼．北風．人》現代風十足，受到他十分推崇的張愛玲的高度好評，當時他還是個初出茅廬的大一學生，屬於台大外文系《現代文學》群體中的師弟輩。外文系的教育、圈內的風氣對年輕的他不可能沒有觸動，包括現代派文學在內的西方現代文學對他的影響也在所難免。他的早期代表作《嫁妝一牛車》開頭就引用了亨利．詹姆斯《仕女畫像》裡的兩句話：「——生命裡總也有甚至舒伯特／都會無聲以對的時候——」（There are moments in our /Life when even Schubert has/ Nothing to say to us…），多少說明王禎和與西方作品耳濡目染的關係。他早期作品在藝術形式上十分先鋒，如《鬼．北風．人》詭異莫測的意識流和《嫁妝一牛車》裡的多音敘述；他雖然向來關注底層社會人生，且其創作題材紮根本土社會現實，從這個意義上說他是鄉土作家也不錯，[411] 然而鄉土關懷並不影響他在藝術形式和語言文體上濃厚的現代主義趣味。這種趣味就使他總是帶著一種知識份子的隱性視角，早期作品著力點在於人的心理現實，後期小說他著意經營一種反諷喜劇，誇張搞笑式地羅列展覽方言俗語和日語英文變體，其大膽嘲謔的喜劇文風、滑稽劇式的反諷作派，雖仍不失其獨有的悲憫，卻決不混同於一般鄉土派作家人道主義訴求的嚴肅莊重，人們常常將他與另一優秀鄉土小說作家黃春明相提並論，但在文體風格與語言意趣上，兩者相距甚遠。他後期作品中的語言雜化策略，具有較強烈的現代乃至後現代雜耍戲謔色彩，其間涵納的後殖民反抗意識和身分焦慮卻深具警世性，謔虐俗卑的滑稽語言狂歡本身正是「有意味的形式」，

411　與這個一般性判斷完全不同，呂正惠認為王禎和的小說不能算是鄉土小說，因為「鄉土」不是他關注的重點。見《小說與社會》第77頁

與前述幾位現代派作家的言說方式並置，更能凸現出臺灣小說語言實驗的多元方向。在當代臺灣文學研究學者中，據我所知，張誦聖、呂正惠也把王禎和視為一個具有現代主義傾向的小說家。呂正惠在《戰後臺灣文學經驗》中一方面認為王禎和本質上是個現實主義者，但也指出，「王禎和所受到的現代主義的影響可能要比白先勇稍微多一些，……他的作品最後所呈現出來的是，現代主義與自然主義的奇異結合，」[412]或許，對他的這種理解也說明，人們已經意識到，臺灣的現代派與鄉土派只是論爭凸現出來的對立場域，而實際上就作家與創作而言，現代與鄉土之間不一定界限分明，水乳交融的情況也許更加普遍。西方文學亦然，像福克納，一生寫的都是美國南方「約克納帕塔法郡」那塊地圖上郵票大的地方，可謂典型的鄉土派作家，但同時，沒有人會否認他是二十世紀最偉大的現代派小說家。所以，對於作家而言，多視點多角度多層面的解讀也許更接近他們的真實。

二　純化與雜化：文化身分焦慮症的語言發作

現代派小說語言的一個基本特徵是講求試驗創新，臺灣現代主義小說並不例外。創新求變精神在現代派那裡與一種文字自覺意識緊密結合為一體，強烈地體現為兩種極端的語言實踐：一方面是中文的極端純化（純潔化、純粹化）創造，如李永平的中文烏托邦追求，王文興自造文體的語言信仰；另一面是語言的雜化實踐，如王禎和在《玫瑰玫瑰我愛你》（以下簡稱《玫瑰》）和《美人圖》這些後期作品裡表現出的語言雜交現象，而王文興《背海的人》中的語言狂歡亦可看出雜化意識，一純一雜，都走得極端，以至令人側目，難以消受。兩種語言實踐的背後，卻都

412 呂正惠：《戰後臺灣文學經驗》第 25 頁

蘊藏著豐富的內涵。

1. 語言之純化：想像中國的一種方法

> 「天，霽了。萬家燈火零落，滿京凜洌，巒巒紅晶燈一盞瀅亮一盞，閃爍著，俯瞰環山下那一空朦的水霓虹。河堤下水泥公寓人家一窗佛燈紅一窗，霧中的京觀裡百來間門子，矮簷下蕩漾出滿屋嬌喘聲，邦邦聲聲木魚，窈窕人影迷離。」(《海東青》p37)

就是在這樣的文字裡，精靈般的小女孩朱鴒似乎是從哪一首宋詞小令裡飄然而出，流落在鯤京市（臺北）的大街小巷。而來自馬來西亞的華人後裔靳五[413]，遊魂一樣遊蕩在臺北的大街小巷（以及煙花柳巷？）尋尋覓覓冷冷清清淒淒慘慘戚戚。滿臉的混沌茫然，雙眼滿是異鄉人惘然若失的漂泊神情。與人物的精神底蘊相一致，小說的語言風格恍恍忽忽又精靈剔透，透著股文字戀物癖的偏執與沈迷。在現代化的鯤京都市，人物迷失在滿布著中國各地地名標記的街巷迷宮之中，敘述者放任古典、感性的漢語言，那或許是作者擬想中的漢語——正宗、純潔、詩化而如夢如幻，為著臺灣人或本土之外華人想像中的中國而獨自行吟。

> 「海東大學敲起了古銅鐘，一聲一蒼涼，搖盪起天際那輪水紅月，……靳五眺望了半天，心中一動，城東，天北，一顆星星獨自個閃爍著，軟紅十里茫茫黑天中皎潔皎潔一星失落的幽光，深澄迢遙。奉節路金光燦爛，波波小轎車輾過熱熔熔的柏油，飆向城心紅霓深處。燥風中冷氣

413 他出生於南洋，身分是留學歸來的博士和教授，任職於海東大學。

> 車窗裡儷影朦朧，……」[414]

走進《海東青》裡的語言世界，不經意間一不留神，彷彿走進了某部晚清白話小說的庭院樓臺，以及宋詞的曉風殘月裡。那種業已消失了的百年前的語言氛圍，通過李永平的耐心釀造似乎又重新活靈活現地嫁接在現代都市臺北街頭，成為一種語言的奇觀。

然而，畢竟這是一部20世紀末誕生的中文現代小說，小說故事（如果稱得上是故事的話）的地理人文背景也是地地道道的現代市井景象。就像小說的開頭，主人公靳五乘的是飛機（而不是騎著毛驢）來到臺北：

> 「海東起大霧。海峽漁火一片空朦，午夜時分，飛機飄蕩在紛紛霏霏漫城兜眨的水霓虹中盤旋了二十分鐘，終於降落機場，一囂，淒厲地，滑進那一水稻田悄沒聲溟茫的煙雨裡。」(p1)

整個一部厚厚的《海東青》（上），就是一貫的這樣古雅溫文、飄逸纏綿又清峻凜冽，還夾帶著股奇奇怪怪的古色古香，生僻的字詞不時閃入眼簾，以至於被比喻成對中文讀者的「生字測驗」[415]而作家自己苦心搭配組合的新詞也屢屢可見，無怪乎作家的妻子景小佩感慨道：諾大的漢語世界，竟由一個海外華人在作這樣艱辛的語言跋涉！

那麼，李永平為什麼會致力於創造這樣的文體呢？他本人的

---

414 李永平：《海冬青》第57頁

415 黃錦樹：〈在遺忘的國度〉，《馬華文學：內在中國、語言與文學史》，第178頁，馬來西亞華社資料研究中心，1996年2月版

陳述是：「我不能忍受『惡性西化』的中文」，他把這種傾向斥責為文化及語言上的「買辦」，與此相對應，國文課感受到的「中國語文的簡潔、剛健」給予他「極大的驚喜和震撼」，以至於此後的寫作「斷斷續續，苦心經營，為的是要冶煉出一種清純的中國文體」[416] 對臺灣文學語言文字「惡性西化」傾向的拒斥，以及保衛中文的純淨和尊嚴的民族意識，驅使李永平開始了他的文化尋根行程。準確地說，文化尋根或許正是他語言追求的目的。對於這樣一個宏大莊嚴的理想，作者曾經做過近乎浪漫的表露：「希望我能在五十歲以前到大陸，在山西附近找個頂點，然後在黃河流域流浪個十年，親眼看，親耳聽，把中國豐富語言吸收個夠，然後寫一本《創世紀》，就是中國的創、世、紀三個字。」[417]《海東青》這部巨著似乎還只是李永平文學朝聖行程中的一個驛站，他說：「寫《海東青》是在找中國，可是我真正要寫的是『創世紀』，那就是要找根了，找中國人的根。」[418]

現代主義長篇小說《海東青》裡，文字是音樂是舞蹈是美的元素，但文字不僅以建構一個語言的桃花源而自足，文字的苦修也是為了建構一個企圖心極大的烏托邦。與其說作者是通過語言的煉金術來逃避現實，不如說他在借助神奇的語言魔鏡洞穿詭異的歷史和錯謬的政治，為中國東南部這塊苦難土地上的人民鳴冤叫屈，也為自己的生命選擇尋找根源。主人公靳五與作者一樣，作為漂流海外不改中國認同的華人華裔，選擇了回歸母土，然而回歸並未因此消除身分焦慮，個體身分焦慮與所在地域的身分焦慮錯綜交織成為個體無法承擔的歷史沈重。

---

416 〈李永平答編者五問〉，《文訊》29 期，1987 期，第 125 頁

417 《李永平：我得把自己五花大綁之後才來寫政治》，邱妙津記錄，《新新聞》，1992，4 月 12-18 日，第 66 頁

418 同上《新新聞》第 66 頁

作者尋找自我認同的同時，也是在藉「再造語言」來再造中國文化的幻象。文字的大觀園裡移步換景美不勝收卻又處處隱含玄機，在紅樓大夢式的演繹舖陳裡，臺北都會（小說中的「鯤京」）繁華靡麗的現實與古中國幽暗久遠的歷史文化得到了一種真亦假來假亦真的浪漫淒艷解讀。小說的前言以激越而顯得誇張的浪漫語調講述了摩西出埃及的聖經故事，也是一則反諷性的中國現代政治寓言。難以言喻的悲涼情懷奠定了全篇的基調，小說進入了一種放逐與回歸共在的出神狀態：痛苦的快感浸透一出世便蒼老的方塊文字。正是小說不同凡響的語言文字，為作者打造了一座藏身並朝聖的通天塔。然而，無論是對中國文化的景仰感懷，還是對基督精神的心有戚戚，作者必也明白，想像中的烏托邦終歸不能解決臺灣的現實問題，這座語言之塔在築造的同時又在悄然坍塌。但敗德淫靡的臺灣社會現實，土地的流離、文化的流落與個人的離散緊緊糾纏，身分焦慮是不可觸又無法抑制的隱痛，在在驅使作者陷入對中文的極度迷戀之中，遠離中原遠離歷史並不妨礙他聚精會神如癡如醉釀造中文語言，令作者為自己的創造物而沈醉。作者以語言的自我創造來消解文化頹廢意識，但又因文字拜物教式的戀字癖而墮入更本質的頹廢。這一頹廢唯美的巨著無意間成為臺灣90年代世紀末意蘊深長的頹廢主義潮流的先聲。

《海東青》的語言是一種不可能復活的私體漢語，然而細細品味，它卻有聲有色地上演著一齣注定寂寞開無主的多幕劇。藉由不可能的語言以及笨拙的政治隱喻，它的烏托邦色彩一往情深地抵達文化鄉愁的深淵。難言的頹廢心情與渺茫的文化烏托邦，似乎只能運用一種喪失生命力的古雅語言來訴說，更顯出落魄漢語的純粹在假定情境裡自由生長出清潔的枝杈莖葉，鏡花水月的映照下，情癡般的遊蕩者，任魂魄附著在這出淤泥而不染的漢語的羽翼，自鄉愁的深淵飛升；然而，注定飛不出今生今世宿命的悲傷。好比張愛玲筆下那隻繡在屏風上的鳥：飛不出那一扇屏風。作品的結尾，一直扮演著旁觀者的主人公靳五與七歲的朱鴒告別，這個高大的男人突然間陷入了無能的傷感，

「靳五心一酸撂下行囊，落了跪，把朱鴒摟進懷裡：『丫頭，不要那麼快長大！』朱鴒放聲大哭。」（p419）

這是小說的最後一句話。滿紙的荒唐言頓時化作了一把傷心淚。淚水繽紛，從此，小女孩將失去一位保護神，而獨自面對險惡的世道人心。客觀鏡頭式的旁觀者敘述語調徹底破產，人物與他所旁觀的對象已經無法分離，就像作者和他心愛的語言。語言不再是盲目的絮絮叨叨的獨語，語言就是一個自我完成自我祭奠的王國。哪怕這個王國只是荒原上生長出的美的幻象。不僅如此，朱鴒作為靳五心目中的純真天使，和作者竭力營造的純化語言似乎一樣幼嫩脆弱需要悉心培植呵護，而小說裡的七歲小女孩卻失去了最基本的保護：她年輕的本省籍母親為了換取出國機會和物質利益可以出賣女兒的身體，她蒼老的外省父親終日沈湎於酒精和少棒比賽錄影中混沌度日；小說以兩雙日本老兵邪惡淫褻的手爪越伸越近隱喻純真喪失的巨人威脅，而日本老兵教朱鴒唱日本國歌就不是隱喻而是明示了。作者唯一抵抗外來經濟和文化殖民勢力的武器是語言，一個作家用語言孤獨地向那沒落荒淫的世界發出獅子吼，儘管這吼聲也仍是溫文爾雅的。

在閱讀過程中，不止一次想起《廢都》，不僅世紀末的頹廢情調與文化懷舊感如出一轍，舊小說式市井氣息的傳達亦有些相類，就連文字的韻味也遙相致意，這兩部同出於90年代初期的長篇漢語小說看上去有著衆多的相似處，然而兩者的消費命運判然有別，《廢都》迅速被市場親睞，《海東青》則被市場所拒絕，前者的流行天下與後者的門可羅雀構成有趣的對比。若是細心分

辨，就會發現兩者的精神指向完全相反，廢都的頹廢既彌漫著 90 年代初知識份子失敗主義的集體氛圍，也充分暴露出作者士大夫舊文人情結徹底破產的幻滅感，精細古樸的文字中透著悽惶的肉感浮艷，如一抔冷灰中自我哀悼的艷麗絹花，深淵般的無奈與絕望一覽無遺，其間穿插著做秀式天窗，則讓一種自瀆自虐的文字縱欲傾向欲蓋彌彰；反觀彼岸的《海東青》，極端仿古又越古的文字承載著儒生式救世與自我救贖的理想，頹廢與耽美的感官情調鏈結的是現代知識份子的旁觀與批判意識，精緻古雅得有些淒冷的文字裡跳動著一顆熱烈不羈的浪漫靈魂。正如作品中靳五的一段關於文學的言說：「藝術遏制人生，人生衝擊藝術，形式內涵劍拔弩張共同建構一個古典浪漫的文學世界。」[419] 古典浪漫的語言形式暗含著劍拔弩張的內在張力，淒冷與熱烈、沈陷與超脫看似對立卻渾然一體，頹廢沈到深處，原是和中國新文學史中的憂患意識脈息相通。李永平的魂魄與白先勇原是相通的。

值得一提的是，靳五講授文學的場面在作品中僅出現過一次，不妨將它看成人物自我表白的儀式。整部小說中處於看視、傾聽和漫遊狀態的靳五，唯有這次的講課藉演說文學來表白他清醒理性又激情熱忱的自我，敘述者沈迷和失落的感傷情懷並沒有消蝕人物生存和尋求的內在勇力。敘述者的言說風格在此突然中止，人物告別緘默失語的「呆了呆」的被動狀態，滔滔話語之流呈現出一個健全的人格世界，一掃遊閱中的迷離恍惚混混沌沌。言說形式的突兀轉變，暴露了人物與敘述者之間的微妙分界，或者說讓有心人一窺作者內心的身分齟齬與喧嘩：一個目睹祖根文化衰敗的現代知識份子與「正宗」中國儒生間的對話必然是一場自我糾纏自我顛覆的靈魂暴動，一個身處南洋、臺灣和古老中國之間的懷鄉者內心必然承擔著難以言說的矛盾衝突。

419 李永平：《海東青》，聯合文學出版社 1992 年 1 月版，第 428 頁

《海東青》最為困難詭異也是最為特殊之處在於主人公身分的困境，這同樣是作者切身且難以治癒的痛。人物複雜的身分與存在主義觀物方式一再申述著邊緣化在場，南洋唯一的親人——母親的離世宣告了故鄉的誕生[420]，但靳五奔喪完畢仍然回到臺灣，對於南洋故土而言，他只能算是個客人；而對於臺灣乃至大陸——對於地理意義和文化意義上的中國，人物既始終籠罩在山河破碎的陰影下，又無法改變自己的文化孺慕，「比中國人更中國人」。地理的分割，政治的分野，令人物的中國身分陷入亂真而疑真的尷尬。此情境下，語言成了一面模糊不清的困難的鏡子。它映照出的可能是一介文人曖昧不清朦朧一片的文化夢魘：徑直走向心底的堅持與虛無。再者，語言的唯美意味和純化傾向與儒生式的使命意識連在了一處，欲說還休的民族主義情結強烈要求一種文化同質的純潔，然而「只要明白所有的文化陳述和系統都在這種矛盾對立的發佈空間裡得到構建，就能明白堅持文化的固有原創性或『純潔性』的等級觀念為什麼站不住腳」，[421]從這個角度看，李永平的文字烏托邦無異於一場文化身分焦慮症的語言大發作。這種焦慮，指向個體、民族和國家，也指向了語言審美世界的終極。

2. 語言之雜化：嘲弄、戲謔與狂歡

與李永平純化中文的語言實踐相反，王禎和走的是語言雜化的道路，然而二人殊途同歸地都患上了文化身分的沈重焦慮症，

420 小說中對故鄉的定義是「清明節有墓可掃」的地方，或者有親人故去的地方才是故鄉。

421 霍米．巴巴〈獻身理論〉，羅鋼、劉象愚主編《後殖民主義文化理論》中國社會科學出版社，1999 年 4 月版，第 200 頁

他們的作品同樣帶有濃厚的後殖民文學色彩。[422]應該指出：王禎和的雜化語言（尤其是後期作品）直接通向的是非雜化和反雜化的意識形態立場，戲謔、嘲弄與狂歡的語言形式積澱著作者強烈的後殖民批判傾向。如果說《海東青》的後殖民主義抗拒是一場可歌可歎的自我純潔化語言建設，那麼《玫瑰玫瑰我愛你》和《美人圖》的文化抵抗則是通過語言的漫畫化、喜劇化來戲謔嘲弄後殖民情境中失落民族尊嚴的雜化群體；一群拜倒在西方腳下搖尾諂媚的滑稽角色，一群為洗卻自身民族身分而醜態百出、自我奴化的他者，在雜語喧嘩的醜劇情景裡不斷自我消解自我矮化。

這裡所說的雜化與霍米·巴巴宣稱的雜化主體有所不同，巴巴認為處於後殖民社會中的純化主體是不可能的，他倡導一種將異質文化雜糅一體的雜化主體，藉以消解和反抗文化與政治中的不平等權力關係；王禎和不是將雜化語言視為具有積極性的語言主體，而是把它看作消極性的噪音雜聲，語言的雜化成為一種雜語紛紜的醜劇表演。《玫瑰玫瑰我愛你》、《美人圖》將民國國語陳腔濫調、臺灣地方性俗言俚語、陰陽怪氣的洋涇浜英語和雜碎日語混合一體，而語言之大俗特俗或可讓正襟危坐的文人雅士坐立不安，如以「踢屁股」命名 T.P.顧，「倒過來拉屎」稱謂道格拉斯，經營出一種姓名變譯的奇景。這類語言策略製造了一種極不和諧的大雜燴醜劇場景，洋文與土語隨唾沫星子齊飛，醜態和洋相伴奴顏媚態百出，然而衆聲喧嘩的狂歡場面凸現的是作者內心的清明和憤激。後殖民文化格局中臺灣社會的各色洋奴成為小說諷刺批判的靶子。雜語，在此語境裡無疑成為文化殖民下雜

422 參照[英]艾勒克·博埃默著，盛甯、韓敏中譯：《殖民與後殖民文學》中的說法：後殖民文學「指對於殖民關係作批判性的考察的文學。它是以這樣或那樣的方式抵制殖民主義視角的文字。」遼寧教育/牛津大學出版社，1998 年 11 月，第 3 頁

種畸形的醜陋語言形態：它非驢非馬、非東非西，它什麼也不是，它只是一些自我貶損的降格的語音語義。但另一面，作為小說敘述的一種手段，這種四不像的雜種言語形態正好體現了作者的民族身分焦慮，一個帶有殖民歷史、具有經濟文化後殖民情結和身分錯亂症的後發現代化地區的本土知識人的焦慮。與出自媚外的中產階層的那種喧鬧混亂的雜種語言相比，作者留了一點不大的空間給他一直關注的本土下層人民，他們（小林、老張等）從事相對低等粗重的工作，他們大多貧窮、卑微、文化低、受人歧視，在雜語喧天的情境裡，他們的聲音顯得微弱，但是他們的聲音卻真實、自然、清新，緊貼著腳下的土地，充滿自我感與尊嚴。語言的暗中爭辯和較量寓示著階級、文化和生命形態的對峙。從這個視角看，王禎和的雜化語體實為哈哈鏡折射下的語言與文化的戰場。不難看到，一種深切的文化受挫感與維護自我尊嚴的強烈要求正是在戲仿與雜化的語言狂歡裡憂鬱地流瀉出來。

王禎和雜化語言途徑由何而來？他的雜化語言得益於他敏銳的聽覺，他的聽覺一方面有意識伸向雜語喧嘩的民間語聲，另一方面伸向前賢作品裡的書面語。為了偷聽鄰人講閩南話，不惜「像隻貓那樣豎起耳朵」，日常方言裏夾著文化習俗的民間趣味和滿溢著人性原生態的豐富語調給他帶來靈感，尤其是雙關語的生動諧趣那是書齋裡難以想像的也是他格外鍾情的。不過他不滿足於只作民間謔語的記錄者，他還喜歡在文字語言上做更大幅度的實驗。他所說的實驗，包括把方言、文言、國語羼雜一起來寫，把成語顛倒運用，把主詞擺在後面，大量運用方言，不是為了標新立異，而是為了更加真實、富於嘲弄諷刺。早期王禎和就非常在意敘事形式的創新如何把握好一篇小說的語調，有時會為了一篇小說的語調而尋思數月。「我這樣變來變去，目的是在找一種真實的聲音，來呈現故事。我非常不喜歡約定俗成的文字，總認為它像目前過於電影的配音。」[423]以我的理解，真實在他這裡的意涵是雙重的：既可以指涉寫實意義上的模仿現實，也可以會意為現象寓含的存在真實。在後一種意義上看，真實可以變形、誇張地得到揭示，事實上王的語言和敘述更靠近後者。在名作《嫁妝一牛車》的創作過程中，為了表達一種自己預想中「怪誕、荒謬、悲涼又好笑」的意思，不惜細心琢磨，「試著把動詞、虛詞調換位置，把句子扭過來倒過去，七歪八扭的」[424]這篇小說已經顯示出比較穩定成熟的敘述技巧，而運用的「多重聲音敘述」加強了對人性嘲弄的戲劇效果。

與此相關，他的語言實驗的靈感源泉雖然很大一部分來自民間，真切的民間趣味使他的現代主義姿態與其他現代派作家劃開了一條明顯的界限，也成為他後來被史家認定為鄉土小說家的重要原因，臺灣民間語言的粗、俗、辣、鮮活和俏皮形成了他的語言實驗的一種醒目的色調；但他始終又保持了一個現代知識份子的觀照角度，早年的他親近現代主義，體貼人的內心，因而也就從某種程度上疏離了民間的淺表和粗糙，他的濃郁的民間意識令人想起魯迅而非趙樹理的觀照方式，Cyril Birch先生在1979年的一次「臺灣小說座談會」上談到，《嫁妝一牛車》中的萬發活在周圍衆多旁觀者敵意的眼光中，從對這些旁觀者敵意的捕捉和敘述能感覺到「周樹人的味道」，萬發身上的阿Q性之強也每每令未莊的阿Q自歎弗如，而他那種滑稽諷刺的鬧劇化敘述趣味「甚至超出了周著」。[425]在王禎和尊敬的文學前輩的作品裡，曹禺的劇本尤其令他著迷，曹禺的劇作深受美國劇作家尤金·奧尼爾的

---

423 王禎和《永恆的尋求》，刊於1983年8月18日《中國時報》人間副刊

424 同上

425 Cyril Birch撰文，楊澤、童若雯摘譯〈朱西寧、黃春明、王禎和三人小說中的苦難意象〉，《聯副三十年文學大系/評論卷3現代文學論》）

影響，追求表現主義的戲劇效果和對欲望命運等主題的表現力度，這種鮮明的現代主義藝術風格無礙反有助於對民間真實聲音的表現，從中「能聽到北平居民的嗓音，北平居民表達意念感情的真實聲音……」這也是王禎和特別心儀的。（參見《永恆的尋求》）從無聲的文字裡傾聽和想像出聲音的質感和劇場化場景，磨礪出一種現場感很強的聽覺效果，這是王禎和有意的追求。

王禎和後期小說語言濃厚的諷刺性和嘲謔性不無吸引讀者的搞笑功能，尤其《玫瑰玫瑰我愛你》一篇，不過這是與作者一貫的荒謬無稽敘述風格相統一的。喜劇力量的發掘使他在臺灣鄉土文壇上始終顯得有些另類（相對於「啼淚飄零」的現代文學）。後期的他把民間語言揉和搓弄成為有機性的整體，消泯了民間言辭的片斷性和盲目性，民間性文化認同傾向裡隱含著強烈的民族意識，民族身分的文化焦慮感貫穿了他的誇張搞笑修辭，這使得他和他的不少優秀同道一樣（如黃春明、陳映真），以敘事擔當起底層貧民代言人和民族身分護衛者的雙重角色；他的特殊之處在於，他同時致力於將語言本身創化為抗拒外來文化侵襲的有意味的形式，使語言形式自覺承擔起維護民族文化尊嚴的歷史使命。對此，鄭恒雄也有相近的看法，「《美人圖》的文體呈現出一個很複雜的社會語言學現象：來自不同地域，不同階層的人，混雜在一起，各自用自己本位的語言和文化來詮釋共同經歷的事件。由於語言文化背景不同，自然有許多衝突，因而製造不少笑料，如洋名之中譯。但是也有和諧之處，王禎和把國語、閩南話和廣東話結合得很成功，形成本土語言文化的共同立場，對抗外來語言文化的立場，如國語的『錢博士』，變成閩南語的『博士博』，廣東話的『淺薄兮』，……糅合了五種語言，創造一種新的文體，頗符合巴赫汀（M. M. Bakhtin）的『眾聲並陳』（heterglossia）的理論。眾聲並陳當然也造成不同文化混雜對抗的現象，而在《美人圖》中，外來語言和文化明顯的處於優勢地位。」[426]

所謂語言文化的優勢不過是民族和階層強弱主次關係的一種很直觀的表露。所以，這本書看上去笑料百出，但是，實際上卻讓人感到深深的文化焦慮情結，這種焦慮早在他的《小林來臺北》、《美人圖》裡就已經明確化了，所以，語言的這種雜化表面看確實近於巴赫汀意義上的雜語喧嘩，但細細琢磨卻又能在這滑稽醜劇紛陳的喧嘩與騷動背後觸摸到最純正的民族文化憂患。

王禎和文體風格的雜化變奏讓一些評者為之喝彩，如王德威就肯定了這種混亂修辭策略，稱道其百音嘈雜（cacophony）的陳述不僅嘲弄了臺灣文化雜亂無章的本質，「也加強了小說本身反抗『正統小說』所依持之『單音』（monophonic）系統的力量。」[427]這個肯定著重於強調該小說反正統單音敘述的文類突破行為，也看到了小說語言修辭策略的嘲弄功能。同時這種雜化也招來了一些人的不安與批評，龍應台就批評《玫瑰玫瑰我愛你》是走錯了路，雖然她也肯定了「將台語、國語、雜種化的英語、日語炒在一起；下流的髒話和正經的口語互不避嫌」的做法是一種開放語言的嘗試，但她無法容忍小說在語言上的「走火入魔」，[428]呂正惠則認為《玫瑰》一書是「粗俗的自然主義」[429]，語言自然也不足觀。客觀地看，王禎和後期語言和文體的試驗所暴露的弱點也是明顯的：過於憤激的情緒化作了過於誇張的嘲諷，戲劇性的雜語展覽使小說聽上去雖然喧鬧無休頗具反諷性，

426 鄭恒雄《外來語言／文化「逼死」（VS.〈對抗〉）本土語言／文化》，自張京媛編：《後殖民理論與文化認同》，第306-307頁，臺北麥田出版有限公司

427 王德威：《想像中國的方法》，第199頁

428 龍應台：〈王禎和走錯了路〉，原載1984年10月25日〈中央日報·晨鍾〉，後收入《龍應台評小說》一書，上海文藝出版社，1996年4月

429 呂正惠：《小說與社會》第89頁

但文意卻有些一覽無餘，失去了讓人回味的空間。《嫁妝一牛車》時期對人性的悉心體會、以及對悲劇性中的喜劇性鬧劇性元素的把持有度倒格外令人懷念了。

三　個人化私語的奇觀

1. 破碎的敘述與存在的困難

王文興的語言實驗，一直是相關論者難以迴避又困惑難解的現象，儘管我們明白現代主義文學的一個重要特徵就是語言創新，可面對王文興小說《家變》和《背海的人》裡的語言，一般讀者還是有點手足無措，因為他走得實在有些出格。如果說這兩部小說稱得上漢語新文學中的另類，那麼主要應歸咎於它們奇譎的實驗性語言。在小說這種虛構性文類裡，王文興找到了真正屬於他的獨特而自由的說話方式，因此也為漢語白話文學出示了一種私語奇觀，其極端的語言實驗不僅具有語言學的意義，還充分體現了他所要展示的精神世界：一個傳統價值崩潰、奇里斯瑪權威解體後的斷裂、空虛和怪異矛盾的精神世界。他的文體形象地暴露了這種難堪的景象。這種個人化的困窘語言隱喻著作者生存現實以及精神世界的全部困境，在王文興的苦心經營中，語言的困境和挑戰是存在的，而存在本身的困境，才是根本性的。

也許該指出的是，王文興也並非不能運用常態的規範的漢語語言，他的散文語言準確凝煉，是有著文言的簡潔優雅的純正白話文。他的古典詩詞演講令人僅僅閱讀紙上記錄也足以「如沐春風」，感受的細膩、品味的優雅、表述的貼切、語詞的準確，讓人悉心感知中國精粹藝術的語言之美。比如收在《中外文學》第三十卷第六期中的《四首詞的討論：東華大學創作與英語文學研究所「華文作家系列」座談記錄》，其中王文興對蔣捷《一剪梅：舟過吳江》和朱彝尊《憶王孫：夜泛鑒湖》二首詞的細論，可窺見一斑。當這位現代派作家沈浸於音樂、繪畫、書法、詩詞、電影、建築等藝術形式，他像個最純粹高明的鑒賞家那樣，言談中透著溫雅、謙和與敏銳，行文若澗溪的流水，愛美者從容淡泊的心性溢於言表。他的違規逾矩的文字，其實只限於小說，特別是他的代表作《家變》和《背海的人》這兩部小說。作為一個小說家，他在小說這種虛構性最強的文類裡，找到了語言敘述的個人化方式。

王文興對文字錙銖必較，數十年艱辛孤獨的「語言搏鬥」，創造出《家變》、《背海的人》的獨有文體，自《家變》始，「獨特、新穎、古怪的文字與句法」成為「最觸目、最容易引起爭辯的特徵」，[430] 到《背海的人》，這種文體越發自由無羈。《家變》中詰屈扭曲綴滿附加成分的長句，《背海的人（上）》中不斷重複的虛字（例如「的個的的的個的的」一類的句式），《背海的人（下）》裡的碎裂抑挫寫法，文字之間停頓造成的大量空白等，形成王文興獨有的文體。

這是新文學史上最「緩慢」的文體：王文興的創作速度慢，他處心積慮設置文本障礙，阻擾讀者以通常的速度進行閱讀。「慢與閱讀障礙，已經成為王文興小說風格最突出的印記了，成為他與其他小說家最大的不同。」[431] 人們用「正常」速度閱讀各種文字訊息，只注意表層意義，文學欲提供更深刻豐富的成果與思考，就得強迫讀者放慢速度，在慢中品嘗出文學的「真味」。用簡單的話說明王文興語言實驗的美學動機和功能，那就是作者

430 歐陽子〈論《家變》的結構形式與文字句法〉，《歐陽子選集》，黎明文化出版公司，1982 年 7 月，第 309 頁；原載《中外文學》第 12 期，1973 年

431 楊照《「緩慢有理」的美學偏執》，聯副 2000 年 11 月 1 日

寫作過程的「慢」，製造出艱澀難讀的創作文本，正是為了讀者閱讀得慢和細心。與這表面的慢相關，這還是一種反自然的文體。在王文興的作品裡，人們見到的是刻意打造精心磨礪出來的「破」的漢語，它遠離優美暢達，時而疙里疙瘩、結結巴巴，時而又自由任性漫無邊際。顯然，這是一種非常人為的文體，它遵循作者主觀的標準卻違背了讀者的閱讀習規。不過，這種所謂破的語言，正與小說隱喻的知識份子精神困境的內容相吻合。

歐陽子對這位現代派同仁的《家變》文體觀察細膩，進行了新批評式的解讀，她這樣描述王文興文體的特色：1. 大量結尾助詞和感歎虛字；2. 文言單字摻雜進白話句子；3. 慣用詞語的倒置（如希望說成望希）；4. 採用擬聲用的非常規用詞（如「是不是」說成「是伯是」之類）；5. 各類詞語的重複（使句子顯得囉哩囉嗦，類比言語的真實語氣）；6. 冗長、不通順的句子，（有時藉此仿效人情急或語塞等境況下的言語方式）。不過在精細解析之後歐陽子表示了她矛盾的真實想法：雖然她理解並肯定這一文體的意義，卻希望這種「連小學生也會得丙」的文體不僅空前而且絶後。[432] 這種打破常規的「怪異」文體引起紛紜爭執是很自然的事，批評者甚至將之視為無意義的「作怪」[433]，認為他「生錯了地方，受錯了教育」[434]

但王文興不打算就此停步，在歷時二十餘年的長篇小說《背海的人》中他的文體「解放」走得更遠。《家變》那種明確的異化知識份子視角獲得了更加深厚的拓展，孤獨、邊緣、與世界溝通困難、缺少柔情，仍是主人公的主要個性特徵，但是「爺」身上匯聚了更複雜的身分角色，他的困獸之鬥也遠離了家庭的小格

432 歐陽子：〈論《家變》之結構形式與文字句法〉，同上。

433 彭瑞金：《臺灣文學運動四十年》

434 呂正惠：〈王文興的悲劇〉《小說與社會》聯經，1988 年 5 月

局而伸展向廣大的空間（現實與超現實的），而語言的「出軌」更加激烈，私語跡象也更為顯明。張漢良認為，《背海的人》表現出一種追尋類比的語言特徵，其中的自創文體是一種私語式的語碼與次語碼輸入方式，與常規語言系統構成的文體規範間存在著明顯衝突，造成語義的模棱兩可；而從美學角度看，這種做法「恰似天啟」，具有神學含義。這種闡釋從語言學的意義上給予了王文興自創文體極大的理論支持，肯定了這種反常規的私人語碼行為的語言學價值和美學價值。但我想進一步追問：這種文體是如何與作者自己的精神世界水乳交融的。因為文學離不開人的精神，語言是將人的內在精神顯現出來的載體。如何理解王文興違反常規的文字追求，對我而言，重要的可能不是語言學的討論，我更關心作者為何會孜孜不倦地創造和經營這麼一種困難的文體，把它當成自己一生的志業，以及作為生命狀態和精神世界的曲折呈現，這種困難的語言其美學與精神意味何在？

讓我們的觀察從小說的敘述與人物的塑造開始。王文興的小說人物從一開始就顯示出一種傾向，他們很少是心理健全、與社會與他人能和諧相處的人，也幾乎都不是那種通常意義上合乎傳統倫理道德的人。人物身上非理性的一面總是過於強大蠻橫，以致於當他們求助於理性世界時，發現回答他們的是居心叵測的緘默與冷嘲。早期作品裡，王文興的小說人物往往是些患有自閉症的男孩，是自卑又格外自尊的弱者，是自棄於人群的孤獨個體；個體視閾下的心理分析固然尖銳而富有殺傷力，但人物彷彿是流沙中的一粒不願磨圓棱角的石塊，沒有根也沒有附著。他們活在早期王文興的小說中，苦苦地自我折磨，或者折磨他人，心理的衝突力量幾乎都源於潛意識支配下的精神分析。那一時期，王文興處於創作的起步期，在語言上也處於模仿學習和探索階段，他對已有的白話文學語言不滿，希望找尋到適合自己的一條白話文學語言的新路子。他自認為這種轉折的起點是《十五篇小說》中的《草原的盛夏》。實際上，根本的轉變還是在《家變》，《十五篇小說》那種精細而流暢的書面化語言消失了，我們看到了一種精心經營的新異語言表達形式。其外在形式，歐陽子、顏元叔等人已有細緻分析描摹。

存在的尷尬困窘，在《家變》的范曄身上，表現為60年代臺灣小知識份子價值觀念與現實生活之間的巨大反差造成的異化狀態。50 年代中期開始，臺灣在經濟政治文化多方面不設防接受「美援」，對這種社會語境裡成長起來的年輕知識份子個體而言，接受和認同美國化的西方現代價值觀似乎是一種必然，成年范曄心目中的親情與倫理已然同那衰頹落後的古老文明一起褪色變質。人們稱道小說對童年范曄與父母之間親情關係的描寫，兒童視角裡，范曄與父母間的細膩關係得到了片斷化卻真實自然的描述，顏元叔經新批評式精細的閱讀，肯定了《家變》語言的「臨即感」（sense of immediacy）。小說的冷峻在於毫無顧忌地展示了這種自然人倫情感無法挽回的毀滅和變異。在接受了西化知識觀念洗禮的成年范曄眼裡，父親越來越矮小懦弱愚昧醜陋。對父親的矮化視覺照映出范曄內心的自我認同焦慮，萎縮窘困的父親理所當然地遭到了他的厭棄和鄙視。作者不想把范曄處理成一個必須接受道德審判的反面人物，當然也無意表明他是個該受讚賞的反叛人物。作品呈現的只是文化價值混亂時代裡的一個幼稚、內向、自卑、有些狂躁不安的小知識份子形象，與其把他的逐父行為理解成一種向舊倫理的宣戰，不如說他身上折射出特定歷史背景下臺灣部分知識份子分裂的精神處境：現實的卑俗與理想中的西方化生活相距遙遠，自我認同發生嚴重混亂，作品有意讓范曄多次攙扶一位他尊敬的洋派教授，與在家虐父行為相比照，看出人物西化的自我認同對傳統人倫與親情的毀滅。

小說中以阿拉伯數字標示的 157 節內容為范曄成長以及虐父過程，以英文字母標示的 15 節內容為父親失蹤後范曄的尋父經歷，兩部分形式上的相互交錯暗示出人物內心的煎熬和衝突，本能的親情和後天習得的理性判斷之間的較量可謂驚心動魄，而其間最為可觀的是：西化的思想落實在不成熟的偏執狂式的年輕主人公口中，表現為一種極其生硬的「隔」的言語形態，如范曄對父母侵犯他個人空間的那段著名控訴，聽上去令人發笑；但這正是臺灣社會的某種不協調的真實，年輕人的思想觀念已經超出父輩所能理解，他們急於擁抱的是西方（主要是美國化）生活方式，因而與現實生活脫了節。生硬高蹈的西化觀念與瑣碎而平庸困窘的家庭生活之間構成了極大的落差和反諷，人物孱弱自卑自閉的靈魂無法承受這樣激烈的撕扯，因而訴諸暴力化修辭：虐父、逐父。父親的出走不僅僅暗喻舊倫理的頹敗，也暴露出臺灣年輕一代知識份子精神之根的空無。對父親徹底失去敬意和愛、且施加暴虐逐之後快，這樣的叛逆是敗德（違反人倫）還是自我實現？個人主義的價值觀繁衍出一場似乎順理成章卻又令人難以忍受的虐父逐父醜劇，小說的敘述是：驅逐與尋找間隔進行，逐是為了尋，尋由逐而生，而人物的尋父看上去不像是敷衍，其間穿插著人物由衷的痛悔，甚至以彆彆扭扭的敘述表示了范曄式的同情心。尋父路途中，范曄雖然「眼睛上安著一副橢圓的大顆太陽眼鏡」，卻看到不少窮苦的中年男性為了兒女而賣血的場景，並未視而不見：

> 「於臺北的某一公立醫院的大門口的前面有一群出售鮮血的黃牛為了什麼事發生了拳毆意外，在這些賣血的黃牛之中可加相信的必然有許多是皆已是個父親的人了。這些人是這個樣的一群靠出賣自己的血液以便供養他們的子女的一些飽經滄患的中年人。」[435]

435 《家變》第 220 頁

但不喜抒情更厭惡煽情的王文興，並未由此加強范曄懺悔的力度，從而為人物辯解，倒是平平靜靜讓范曄在尋父未果後，與母親過起了平安無事其樂融融的日子。是個人至上的西化觀念與中國傳統倫理之間達成了某種程度的和解——通過臉色逐漸紅潤的母親作為仲介？代價是犧牲了父親，父親的缺失成為一種卑微而富於震撼力的獻祭。沒有任何理由相信弗洛伊德理論的通俗化解說能詮釋這麼和諧的東方化圖景，但是由此卻看到了人世間可能的真實，人身上發生什麼是絕對不可能的呢？尤其在一個經濟開始主宰人的精神的時代，沒有了構成累贅的父親，沒有了父親象徵和負載著的傳統，自由和幸福也許離自己更近。王文興不動聲色地構築了一個真實得可怕的私欲世界，人與人之間自私冷酷的關係即便在家庭中也獲得了充分的表演。范曄作為小說獨特文體的主要承受者，從未有意喚起人們任何形式的同情，他似乎只是真實地裸露一切，自幼年向少年向青年，一步步走向他所不情願承當的逐漸壯大的真實：一對自私、平庸、淺薄、下作、寒酸、醜陋的父母，一個無法給他帶來驕傲和財富的家庭。這種青年時期極易形成的認知上的傾斜與片面，由於整個社會混亂與喪失自我的價值觀的滲透，覆水難收地鬆動進而淹沒了人與自己傳統之間本應該是穩固的親和關係，導致倫理上的反動和精神的失衡。

隨著一年年長大成人，曾經高大溫暖可依靠的父母喪失了權威和力量，如今已成為他急欲拋棄和洗卻的恥辱，天倫之愛不知不覺間蛻變成了莫名的憎厭。仇恨的種子甚至在少年時就已悄悄萌生了。第一次挨父親的打後，全身受傷的范曄第一次萌生出強烈的仇恨：「他是這樣恨他父親，他想殺了他‥他也恨他的母親，但尤恨他的父親！他想著以後要怎麼報復去，將驅他出家舍，不照養撫育他。」（《家變》p62）小說絲毫不掩飾人性的冷酷和脆弱，以至於人們這樣評說：「王文興面對人心真相之勇氣，為二十年來臺灣文學之所僅見。」[436]家庭這一中國人最安全的停泊地異變為壹枚隨時會引爆的炸彈。成年的范曄陷入了尷尬殘酷的自我折磨之中：一面是極端的自我權力欲望的膨脹，一面是日復一日的自慚形穢，為自己來自萎縮父母的容顏表情、為自己貧窮下層的出身而自我憎恨自我厭棄。他的恨父厭己原是一體兩面。父親的消失使他終於不必面對這面照出自我真面目的鏡子。小說中數次出現范曄面鏡自慚自憎的畫面，因此當他確證父親這面映照自我的鏡子已然破碎消失（再也不會歸來），他很快與得過且過的母親一起過起了幸福的日子。

但是父親的缺席和失蹤意味著家庭的幸福只是個假相。范曄為此付出了代價。而逐父與尋父相間的平行結構形態，殘破彆扭的語言，正隱喻著范曄無法調和的自我矛盾和精神困頓。《家變》那種反暢達的破碎敘述，如此自相矛盾，呈現為一種文化撞擊下緘默的抵禦；那些堅硬精銳的文言字詞、那些奇怪生僻的漢字以及父子吟誦古詩等圖景，合成了一個清堅決絕的文化姿勢，而那些擬古的艱澀文句與人物理直氣壯的西化觀念，又糾纏成一個痛苦憤怒的表情。仿真性的精微的人物對話表明，作者並不意在超越現實生存，他想做的無非是：以自己精心建設的夾雜著古文、方言的精準語言，來書寫特定時代個體文化選擇的困難，書寫年輕知識份子棄絕傳統喪失自我的緣由和悲哀。日常口語、文言用語和中國各地方言，都成為《家變》語體的構成要素，[437]但經過王文興的組合編排，這些並不奇怪的語言因數卻變成了有些「怪異」的語言形態。比如，在寫范曄對鏡自照的部分，有這樣

436 劉紹銘：〈十年來的臺灣小說：一九六五—七五——兼論王文興的《家變》〉，《中外文學》第 4 卷第 12 期，1976 年 5 月

437 作為長期細讀精講英語文學經典的教授，王文興的語言實驗也吸納了英文的表達方式。

的句子：「他對他自己的這張臉漸生憎厭起來。每回他的丑角戲皆變成真實底悲劇。他覺察他的耳蓋太招。他以手壓貼它們。他複又覺得他的唇咀太小。他，把手拉長了嘴。」（《家變》第3頁）可以看出，這些語句的語義並不難理解，比較特別的是，作者採用了現代漢語（國語）通常較少使用的字、辭彙：「憎厭」、「皆」、「複」、「底」、「壓貼」；「壓貼」一詞在舊中國民間原是一種婚俗用語，男女雙方訂婚，男方先送「上半禮」給女家，女家以物附於庚帖中回禮，謂之「壓帖／貼」。但在此只是由兩個單字組合而成的動詞，表動作及其效果，強調范曄對自己長相（耳蓋）的厭惡和改變之的強烈願望。「憎厭」、「唇咀」與國語常態表達正好顛倒字序，而閩南語等方言與國語辭彙語義相同但語序相反的現象並不少見，如以下辭彙：客人—人客，颱風—風台，習慣—慣習，熱鬧—鬧熱，命運—運命，公鷄—鷄公，母牛—牛母，乩童—童乩，尺寸—寸尺，內心—心內，外出—出外，力氣—氣力……因此在臺灣文藝作品中我們不時可以見到這類用語方式。最後一句，顯示出標點符號的精心運用；「把手拉長了嘴」，這個「把」字句並不常見於標準普通話，但在中國南方方言口語中卻很常見。王文興這種敘述文體的陌生化效應是明顯的，卻也並非不可理喻，其間的文言辭彙習見於閩南語等方言中。只是與通常的現代漢語文學閱讀經驗相距甚遠，會令讀者感覺不適應。但《家變》的文體，以非常觸目的方式介入了生存的現實和文化的塑造，語言形式參與了思想與意識形態的表達。文言與古老的中國文化傳統根深蒂固地聯繫在一起，閩方言則正是臺灣地區常見的口語，也是作者故鄉福建的方言，這些形式因數不僅不與傳統和本土脫節，反倒顯示出作者力圖從傳統與本土的語言庫裡挖掘漢語創新形式的可貴。同時，小說中擬古、擬方言的苦澀語言形式，與人物盲目拜倒在西方現代性面前的行為，與臺灣社會失去價值整合力的現實，正可形成富有批判性和反諷性的對照。

語言的個性正是一個作家精神的自我塑形，語言與創作主體的精神世界同步成長，語言有形無形地將精神世界舒展凸現。或許，這樣的設想和詮釋距離抵達一種私人化語體的全部真相還相當遙遠，而僅僅表達了一種將語言看成是精神和文化的表徵的讀解方式，這種努力有意避開技術化的語言學分析，試圖從精神以及文化的層面找尋作家獨特語言行為的緣由和本質。我尊重那種精通語言文字學從而對文學作品的語言藝術進行分析的行為，在對王文興語言研究成果中，從最早期的顏元叔、歐陽子的苦讀細品到鄭恒雄、張漢良的語言符號學精心解讀，再到近期易鵬從文字學視角尋找讀解王文興的理論基礎的不懈努力，他們的探討已經敞開了一扇有效地通向王文興語言藝術的視窗。可是，在我看來，王文興的語言不僅具有語言學的意義，還充分體現了他所要展示的精神世界；一個傳統價值崩潰、奇里斯瑪權威解體後的斷裂和極度空虛的精神世界。他的文體說明了這種斷裂。

在他的費時20餘載的長篇《背海的人》裡，作者將語言的自由度發揮得更加淋漓盡致。語言返回到言語生長的最初語境，並提示語言場：環境、他人、曲折多變的內心活動。這種人為、反常、扭曲、咯里疙瘩的言說方式，好比「爺」這個人：骯髒、畸形、殘疾，卻又狡黠、機警、詭異。與人物「爺」的混雜身分、逃亡處境與憤世心態有關，優美凝定的辭彙幾乎徹底從文本中銷聲匿跡，而粗俗不堪的下流語彙倒是一開篇就劈頭蓋臉奔湧而來。破碎的敘述、自我爭辯的言語片段、結結巴巴顛三倒四的表達，將嚴謹精準的《家變》文體推向一種更為狂放自由的境界。

關於《背海的人》的語言策略，或許應該瞭解王文興創作這篇小說的目的。王文興在談及《背海的人》裡自由無羈的語言實驗時就曾經這麼說：「在語言上或內容上來看，《背海的人》就是一種解放。……我的目標是liberation.……天翻地覆我也不考慮了，大概算我個人的文化大革命吧。所以，語言在這本書裡，可能出現這種特點，就是，大概百無禁忌了。」[438]當然，這種自由必須與小說主人公兼敘述者的身分狀態統一和諧，據他本人所言，《背海的人》完全不同於《家變》，《家變》是內向的，而《背海的人》卻是外向的，它包羅萬象。「我想寫一本自由的小說，一本自由自在的小說。……總之，我要享有自由，這是第一要件。……第一就是要解放他的語言。所以他是個有知識的人，但是他處在另一種狀態，也就是身在酒精的影響之下。因此，他的語言就跟平常人的語言不一樣，這就是他的自由，沒有尺度的自由。」[439]這種所謂「沒有尺度」無法無天的自由言說不同於未經思考的隨意，相反，仍然是他幾十年不變的緩慢推敲美學的結果。

小說運用了長篇意識流的敘述手段，貼近「爺」混亂虛弱恐懼激憤的內心。沒有姓名、沒有親人、隱匿歷史的「爺」，沒落詩人、亡命徒、騙子無賴、流浪漢的「爺」，可憐、邪惡、滑稽的「爺」，小說主人公和敘述人困難的存在決定了小說語言的困難的宿命，優雅、高貴和流利的敘說注定不可能，豐富的辭彙和繁複的句式也顯得虛妄輕佻，輕鬆自在的口語不適合人物緊張如困獸的心境。那麼，《背海的人》的語言和文體該如何描述它呢？我只能說這是一種與「爺」這個人物配合得完美無缺的複雜文體，對於「爺」來說，惟有如此粗俗、如此無拘無束、如此囉嗦、如此結巴、如此滑稽、如此犯難、如此艱辛的語言形態才有可能抵達作者心中真正的真實。「的個的個的個的的的的的」大

438　《座談主題：與王文興教授談文學創作》，《中外文學》第 30 卷第 6 期，第 383 頁

439　〈林秀玲專訪王文興：談《背海的人》與南方澳〉，《中外文學》第三十卷第六期 37-38 頁

約是小說中最常見的一個經典句式，它也許是小說文體的一個縮影。它的尷尬、結巴、意義真空的形態經過無數次重複，與作品中的人物（包括「爺」、「近整處」裡的官僚，以及深坑澳裡的漁民和妓女）空洞萎縮混亂螻蟻般缺乏意義的生活形態有著奇異的同構關係。小說的語言形態配合了「爺」和所有的鬼魅式的人物以及卡夫卡式的夢魘場景，脫離了正常理性邏輯的規範，因為這是一群荒原、地獄中的遭遺棄的人，似乎欲從語言的規範中逃逸出去，掙脫語言和權力的鎖鏈，用缺乏實指意義的空洞虛字填塞人物同樣空洞的心靈。

在談到海明威和卡夫卡的文體時，昆德拉為他們辭彙的有限和不夠優美辯護道：「任何有某種價值的作者都違背『優美風格』，而他的藝術的獨到之處（因而也是他的存在理由）正是在他的這一違背中。」[440] 這話未免有些極端，不過假如這裡的「優美風格」指涉一種俗濫軟甜缺乏新意的陳詞濫調，那麼昆德拉的斷語還是精闢的。王文興一直心儀海明威的行文之美，認為在辭彙的限度裡才能凸現高遠的境界，而王文興的文體企圖通過簡陋粗鄙、混雜不和諧的語言道路抵達一種不同凡響的美，捕捉冰山的水下部分。這是一種挑戰，從某種程度上說近乎於一種極限挑戰。人們往往驚訝於將王文興與海明威相聯繫，因為從表面看這兩位作者的文體簡直南轅北轍毫無共同之處，但是若仔細辨析，就能發現兩人內在的一致性。《背海的人》徹底違反了語言優美、辭彙豐富之類的文學成規，過激的形式意味的突出帶來一些並不必要的語言畸變，如用拼音符號取代文字或是在文字下面劃線等在我看來就走得太遠。不過由於作者的潛心鑽研，在語言的拆、拼、扭曲和句式的分解、組合等語言手術刀下，他的語言呈

440 米蘭．昆德拉著、孟湄譯《被背叛的遺囑》，牛津大學出版社／上海人民出版社 1995 年 12 月，第 101 頁

現出堅硬奇崛的質地、鋒利分明的節奏，人們由此驚奇地看到了漢語潛存的某種可能性。而且，作者多年來無論教學還是創作都極為強調作品的聽覺效果，他的小說在擬造真實人聲效果方面付出了極大的努力。他這種極端仿真的做法，在《家變》中也就是當初顏元叔所謂的「臨即感」，或者是一種在場感。比如，他精心打造各式各樣的擬聲詞：在它呈現出的夢魘式的語言情境和滑稽可笑的效果都是驚人的，它讓語言衣不蔽體、裸裎自己的累累傷痕。面對它，你會忽而暴笑、忽而緘默、忽而惱恨、忽而如陷入智力練習迷宮，它將憤怒與恐懼揉進喜劇性的巫術氛圍，讓遠離高貴的粗、醜、澀、硬的語詞們紛紛破敗不堪地出場，藉以演繹人物貧賤卑微邊緣的生命境遇。在《背海的人》那裡，與人物激烈的疏離反叛社會的極端孤獨相應，個人語言符碼與公共語言符碼之間的巨大分野幾乎到了徹底決裂的地步。卡夫卡式枯燥而富有表現力的語言、字句之間的空洞縫隙，都細緻入微鞭辟入裡地指向「爺」混亂不堪的心靈和荒謬滑稽絕望掙扎的處境，口吃、結巴、詞不達意等語言現象正是邊緣人溝通交往心理障礙的表徵，粗口謾罵、鄙俗滑稽言談、鬼魅敘說的頻頻現身不無諷刺性和黑色幽默意味。

在優美感傷悲壯嚴肅的悲劇正劇浪漫劇已然成為現代文學的正宗模式，王文興的滑稽文體在人們意想不到的語言的懸崖開闢了一條險徑。它當然不可能代表臺灣文學語言的方向，不過它提示人們；在一個粗糙錯亂的消費主義時空，辭彙的豐富、語詞的優美流暢並不能代表任何價值。卡夫卡辭彙的限制性常被解釋為一種苦行主義，一種對美的漠然，王文興的語言實踐也完全可被視為一種漢語言的面壁苦修，而他對美的「漠然」掩藏著一個真正的美學現代主義者的美的渴望。只是他的良苦用心不易為人們所理解，從接受者的角度看，王文興的語言實驗確實走得有些太遠，嚇走了眾多可能的讀者。偏離甚至打破常規語言習規其實是許多優秀作家的所為，不同的是，王文興的自創文體走得格外遙遠，它已經超出了一般讀者與學者能夠接受的極限。但是，得承認它確實隱含著一種強烈的創造衝動。正是在這個意義上，王德威發出感慨：「在他的小說裡，他是自己的神，而且如其所言，是個對文字『橫徵暴斂』的神。[441]但是另一面，作者之所以走上一條艱苦的創造之路，也是不得不然的選擇。呂正惠曾經舉出王文興為例證討論臺灣作家的「失語」焦慮，分析他們患上失語症的歷史原因。戰後成長起來的一代臺灣作家，由於與五四新文化傳統之間完全隔絕，知識份子的書齋生活方式，令他們不易吸收日常生活中鮮活豐富的口語，而臺灣的方言又較難轉化為白話書面語，實際的困難不能不影響到語言生態的資源匱乏。「白話文不夠用，」「最極端的如王文興，在煉字造句上花上許多功夫，」[442]企圖以文言文來增加表達能力，這與作者感受到的臺灣白話文困境不無關聯。在此情境下，求助於文言以及向外語借鑒都是自然的反應。對於一個不甘平庸的作家而言，失語隱喻著語言的流離失所家園破碎，失語意味著一個作家失去其安身立命的依據，失語的命運惟有沈默來承擔，但以文字書寫是一個作家的天職。因此可以說，文體創造的動力也許正來自於失語的焦慮，失語症狀又直接與人的生存狀態和經驗感受相關，它往往源自一種心理和文化的痼疾。

無法斷言在這場曠日持久的語言搏鬥中王文興是否是個勝者，可以斷言的是，這種個人化的困窘語言隱喻著作者的存在狀態和精神世界的全部困境，它別無選擇，無可替代，因此才吸引作者投入數十年興味不減。在王文興的苦心經營中，語言的困境和挑戰是存在的，而存在本身的困境，才是根本性的。它是個難

441 見王德威《一個人的聖經》，聯副 2000 年 10，23.

442 呂正惠〈臺灣文學的語言問題〉《戰後臺灣文學經驗》第 115 頁

以破解的奧秘，但卻值得追究探索。

2. 宣洩、凝思與禱告：自我與世界的論戰

七等生：「自言自語像一直徘徊森林上空的鳥……」[443]

七等生的文體並非一成不變，在現代主義風潮銷聲匿跡之後，他的文字逐漸走向成熟，明朗清澈優美的表述與歷經滄桑後的寧和淡定心境吻合。但是，七等生早期成名作品那種獨異語言表述卻成為評論者難以解釋的問題。在一些人的描述裡，那種文體：冗長累贅的詞句、晦澀難懂的思想、怪誕的形式、奇特的文體。[444] 聰明如王德威也無法對之作出合理的解釋，他在《世界中文小說選》中列進了七等生的作品，以示不可忽略，但在談論時卻流露出觀望和不置可否的態度：「七等生這些年來一直是臺灣文壇的一景，包括筆者在內。我們多不瞭解他，但是卻必須常提到他，以示『想』瞭解他。」[445]

七等生代表性的文學語言常常逸出日常交際語言和傳統寫實語言的疆界之外，其語言特色被專門研究他的文體特色的研究者歸納為這麼幾個方面：自創新詞，舊詞新用，倒裝，慣用語，方言，誇張，轉化，其中前五個方面為違背日常口語的歧異，後二者則是違逆一般寫實性語言陳規的歧異，自創新詞（濃縮造詞最為常見）與誇張是七等生最常運用的語言策略。他的小說在句法

---

443 《致愛書簡》，見《我愛黑眼珠》

444 參見葉石濤的〈論七等生的文體〉一文，《臺灣鄉土作家論集》遠景 1981 年版，第 218 頁，

445 〈里程碑下的沈思——當代臺灣小說的神話感和歷史感〉，王德威《眾聲喧嘩》，遠景出版社 1988 年 9 月版，第 269-288 頁

上同樣表現了許多歧義現象，具體體現為：長句，倒裝，省脱，模棱，語義衝突，突出身體，超常的幻覺，通感等。[446]七等生小說中遍布的長句成為他特有的標誌，也因不符合中文常規語法，顯得頭重腳輕，最遭人詬病。

那麼七等生本人是如何看待自己的語言文體呢？1977 年在一次由《臺灣文藝》雜誌社舉辦的會談中，當訪談者問及七等生為何在創作中使用歐化的長句時，七等生回答：我們所用的中文，用平常的話來講，實在太不確切，所以我們的語言一定要有所改變，就是說陳述的方式該有所改變。當詢問者疑惑於這種長句不易瞭解時會產生誤會，七等生的回答是：這是習慣的問題。我認為這是一種習慣。因為大家已習慣那一種，當然會排斥這種句法。但這種排斥，只是在第一次感到很驚訝。假如說能夠長期讓大家有所接觸的話，也許大家就會改變，因為這是一個習慣的問題。[447]這裡，七等生將個人的孤獨轉化成一種頑強的不同他人的語言行為，將個體的孱弱渺小和奇特豐富寄身於別具一格的言說形式使之形塑，並且在固執的堅持中期待讀者習慣適應。

對自己獨特的語言特徵，對於創作起步時期就已顯露出的語言個性，七等生的自述是很有意思的，他的表述似乎含著一種頓悟式的驚訝、慶幸和救贖式的自覺。年輕時期的七等生內心充斥著浪費生命虛度光陰的沮喪沈悶的感覺，「但是突然我意外地發覺我能思想，那是三月，我能知道我長期的禁錮和憂鬱，我像有另一隻眼睛看到我過去的形體，它在時間的流動裡行走，我清楚地窺見到那行走的陰沈姿態；然後我又驚奇地發覺我能夠說出與別人不同意思的語言，也許我一直就如此，在這之前，我没有知

446 參見廖淑芳碩士論文《七等生的文體》

447 〈七等生、梁景峰對談——沙河的夢境與真實〉，《臺灣文藝》第 55 期，1977 年 6 月。

覺我能語言，但現在我十分驚喜地聽到我自己的聲音。」[448] 在他的回憶裡，這個自我發現如同天目頓開醍醐灌頂，在一種奇異的驚喜裡他卻又如墮夢境，他說：「我像個做夢者，除了意識一個睡眠的自我形體外，還有一個在那夢中活動的相同人物存在，我看見他行動，他說話。當我醒來時，我不知道我是那夢中的人或是原來的我，但我的清新意識猶如一個包裹在絲繭裡睡眠的蛹，它成為一隻蛾突破了那層包繞的殼，然後撲翅顛簸地走出來下蛋。」[449] 顯然，對他而言，這種用文字來書寫的能力解救了他，創作的意義首先是讓他「擺脱一種令人窒息的束縛」，排解青春期苦悶。而日後寫作更是成為他與世界保持複雜聯繫的手段。第一篇小說《失業、撲克、炸魷魚》的第一句話就奠定了從此以後他的語言追求的大致方向：

> 「已經退役半年的透西晚上八點鐘來我的屋宇時我和音樂家正靠在燈盞下的小木方桌玩撲克」

這句話，「長而沒有停頓的標點，一口氣説出來。在這句話裡，已經完全顯示我的各自思想的條理，清楚地描述我的世界的現象，以及呈現出語言結構的秩序。我的語言也許並不依循一般約定俗成的規則；它是我的運思所產生的世界的形象，由形象的需要所排列成的順序，它並不含糊混沌……這並非故意造奇，……它隨著我的思想的方向紛紛跳躍出來，不是我刻意學習的結果，而是我的性情的自然流露。」[450] 如何看待這些自白？該怎樣面對七等生的語言？

---

448 七等生《我年輕的時候》，自《七等生作品集 9：散步去黑橋》第 246 頁
449 七等生《我年輕的時候》，《散步去黑橋》，第 247 頁
450 七等生《我年輕的時候》，自《散步去黑橋》第 247-248 頁

有人曾經這麼談論克爾凱郭爾的文字表述，「他的文筆有時優美至極，有時甚至連丹麥人也頭痛不已。正是他的怪誕和有時候能寫出令人震驚的連丹麥語法學家和語文學家也揣摩不透而懊惱不堪的蹩腳句子，才使他成為丹麥第一流的散文作家。」[451] 我們可以同樣這麼來談論臺灣的七等生麼？閱讀經驗告訴我，七等生的語言有一個發展的過程，越往後，他的語言就越呈現出優美從容的大家氣度。在《兩種文體——阿平之死》一書中，人們會發現，那種被譏評為「小兒麻痹症」的語言不見了，眼前的文字彷彿濾盡了思想與情緒的飛塵和渣滓，純淨、柔和、寧靜致遠，但仍然保留著七等生早期就流露過的那種少年似的純情浪漫心性，增添了歲月與沈思為他帶來的靜穆與淡定。語言像一面不染纖塵的鏡子，映現著一顆與世界遙相對恃卻永遠一往情深的孤獨心靈。在那本書中，其實我們感受的是兩個臺灣作家悲傷而澄澈的浪漫心史。

常常忍不住對臺灣知識份子進行冷嘲熱諷的邊緣人七等生，事實上也是個典型的書寫小知識份子困境與悲哀的作家。對他而言，創作是惡劣的生存處境下的精神掙扎，是自我救贖。他的有些語言確實是經不起語法分析的，其中的不少表述捨棄了漢語簡潔、直觀、詩性等優點，直接來源於英文句法或者不成熟的翻譯體，讀來感覺十分夾生彆扭。比如「老唐關注地問他，投著與他語句相似的切合的眼光望他。」（《來到小鎮的亞兹別》第 195 頁）這類拗口的句子在他小說裡並不少見。

不過，即使在早期有些稚嫩的寫作練習裡，也能看出七等生青年時代駕馭文字的特殊才能。他似乎擅長於通過曲折拐彎冗長突兀的奇特句式，來傾訴自己的苦悶，塑造自己的理念。他的敘

451 封宗信《非此即彼·中譯本導言》，索倫·克爾凱郭爾著《非此即彼》，中國工人出版社 1997 年

述中我們很少見到對現代漢語文學的談論，他似乎沒有接觸過大量中國新文學作品，也不曾進入知名的大學深造，唯一擁有的是窮困屈辱的人生經驗和敏感纖細叛逆的心。因此，他的文學創作之路顯然也是一件充滿艱辛的事業。文學是苦悶的象徵，這一創作心理學的規律似乎十分適用於他。「我的內心已在抗辯和苦悶。路是沈寂的，没有人為我照明，一切均憑我的直覺的本能。」[452] 直覺性的結果是產生了我們所看到的七等生文體；或許可稱作一種問題文體？他那顯得晦澀抽象的語言表述，每每讓人想起歐洲新浪潮電影的人物語言，[453] 抽象、玄奧，似乎總帶著弦外之音。這種常人難以理解的抽象語言，既反映了現代主義「使現實抽象化」的美學特徵，[454] 也是七等生將矛盾重重的內心世界普遍化、抽象化的結果，也隱喻某些臺灣小知識份子孤獨而虛無的心理幻象。亞茲別與一個偶遇的陌生美麗女子的對話：「生命對你是美是醜？」「像一場夢景吧⋯⋯（《來到小鎮的亞茲別》p202）這是孤獨與孤獨的對話。「你在痛苦中，那傷口是為什麼？」「玻璃無情地插入肉裡⋯⋯命定的⋯⋯」（p227）這樣的對話聽上去有些虛假，像戲劇臺詞，但充斥在七等生的不少小說裡，刻意地強調人物的感覺和對那種感覺的描述，暴露出文藝腔的誇張。所謂「小兒麻痹」式的文體，也是七等生的人物與世俗世界交往時遭遇障礙的必然結果，像亞茲別就「不交際已經很久了，似乎他從來就没有交際過。」當人物深陷在現實和哲學的雙重困境中時，就會自然顯露出彆扭、拗口、抽象、晦澀的語言來。他的人

452 七等生《我年輕的時候》第 248-249 頁

453 七等生曾經是個影迷，酷愛新浪潮電影。鍾肇政認為，七等生看電影不是為了消遣娛樂，而是帶著學習借鑒的目的。七等生小說中人物對話之抽象、玄奧，情境之奇幻、朦朧讓人聯想到西方電影尤其是現代風的新浪潮電影的敘事方式。

454 馬・布雷德伯里，詹・麥克法蘭編《現代主義》第 10 頁

物往往都是患了孤癖症或被迫害狂的問題青年，精神狀態總是機警而恍惚、敏銳又極端脆弱。亞茲別這個人物就有一定的代表性，「他那隱含著輕蔑和恨以及懷念和痛苦的雙眼，在靜默中一直望著他剛才走過的那條道路，像怕會有誰追趕來似的。他的蒼白臉孔顫震了一下，像受了什麼嚴重的打擊；他的手神經質地去輕觸褲內包紮的疼痛的傷口。」人物的身體姿態與表情與衆不同，眼睛包含那麼多矛盾著的情感內容，作者將它們並置在一個句子裡，為的是塑造充滿矛盾衝突的個性。亞茲別既與社會對立與衆人為敵，又是個受了創傷的令人同情的小人物，最後一個長句即為了強調人物肉體與心靈雙重的痛楚。從七等生作品濃厚的自傳色彩這個表面的層次看，他執著於記憶、回顧和辨析自己的身世與履歷，特別是那種苦難屈辱的的底層生活經驗似乎構成了他揮之不去的人生夢魘。亞茲別的回鄉記成為人物回溯人生苦難之源的苦旅：「他來城市脫離了親人，就把那種貧苦疾病景象以及痛苦的分離所壓負的沈悶和溫良拋棄。成長中的亞茲別心中渴望著溫情和安逸的家庭生活，於是那不遂的欲望便尋求狂誑為代替物，變得乖戾和不合群。……變得連自己也不可思議了」對七等生而言，把今天和未來全部抵押給糾纏不已的過去、或者通過遺忘把難堪痛苦的過去不負責任地託付給今天和明天同樣是不可能的事。惟有訴說，自言自語地呢喃，這種自我個體的自由敘事就成了一樁嚴肅的倫理實踐，以化解和安慰自我無法安寧的鬱結心靈，人生經驗的困境被神奇的文字置放在了一個個存在主義式的存在境遇裡。冗長的、棄置語法的、個體化的隱晦表述，正好與作品純粹個人論壇性質的自相矛盾自相糾纏的內容吻合，宏大敘事與七等生不搭界，每一種奇特生硬的敘述方式訴說著一種奇異渺茫的人生境況，不僅僅是檢視一些難忘的痛苦經驗，癡迷於某些閃爍的片段，回味那些美妙的哀愁與喜悅，更是反覆尋繹自我形成之隱秘源泉，在個體與世界的關係中持恆不息地追索命運的真相。

代表作《我愛黑眼珠》寫於存在主義流行的60年代，年輕的作者將自我的形影帶入了作品，生活本身的困頓轉移到了哲學的抽象選擇裡，彷彿是一種勇敢的面對，其實又何嘗不是一種文人式的逃避；是拯救了一個弱者（生病的妓女），還是在滿足男性尊嚴和個人價值的同時獲得了自我救贖？李龍弟高蹈沈重的哲學思考讓人從一個側面感受到那個時代的氛圍；西方思想不成體系地紛至遝來，臺灣知識青年在自我的迷失狀態裡尋求思想的力量。李龍弟是其中渺小卑微的一員，他活在存在主義孤獨悲壯的自我表演裡，真誠投入，矛盾痛苦。七等生無法為人物梳理清晰思維的理路，表現在語言和文體上，形成了欲休還說綿綿無盡自相抵礫的語言特色，他越是信誓旦旦地捍衛這種個體表述方式的正當性，就越是發覺自己孤獨得與衆不同，而極端的孤獨反過來強化了他那種自言自語的言說方式，也許，正是這種自我封閉性體驗造就了他背離整個文學與社會成規的個人表達。他人眼中的西化、不自然，卻對應了七等生人物存在狀態的真實——他的人物自動地退居邊緣，拒絕世俗也被社會排斥，在幻想裡尋找安慰和寄託，突兀地衝撞、驚慌地逃跑、莫名其妙地說話，都是他的人物極易辨認的面目。不能說七等生那種極端個人化的文體風格是優秀的，實際上他的某些笨拙、生硬、書面化的語言和抽象、背離自然的人物對話等等，絕不能稱之為好文字。我相信，如果多經過修改和磨合，如果不加入太多的個人怨憤情緒，他本可以做到更加簡潔清晰，也同樣富有表現力。巨大的創作量也是他早期語言存在著粗糙繁複、結構不夠精致的一個客觀原因。

七十年代中期後他開始創作文風明朗的作品，被呂正惠稱為七等生風格轉向後的第一部小說《跳出學園的圍牆》（又名《瘦削的靈魂》）就是印證。這篇帶有自傳色彩的作品結構單純文字生動，符合一般讀者的閱讀成規。人們既可以把這種轉變理解成七等生自我調整和反思的一種成果，這位常因他那「小兒麻痹」的文體[455]以及玄思癖好而遭人詬病的現代派作家似乎已虛心接受大家的好意勸誡，變得循規蹈矩起來；不過從另外的角度看，又似乎是給所有挑剔和嫌惡其古怪文體的人的答覆：七等生並非不會書寫規範流利的文體，不僅可以寫，而且寫得還不賴。這種晴朗清明抒情文體的回歸也從一個側面表明，隨著存在主義與現代主義逐漸退出臺灣文化舞臺，隨著年歲的增長、思想的深邃與個性的凝定，作者也從早期特有的私語化文體經由調整走向了平實、樸素，而這個階段寫出的《沙河悲歌》、《老婦人》等作品裡的土地意識和悲憫感都遠遠超出了早期執著於個人自我的關懷面。而《兩種文體》裡，他與三毛的心靈對話顯示了經過磨礪後的詩性語言形態，與他一貫的超驗幻想傾向。總的說來，他那些以個人自我精神為探討對象的小說始終沒有擺脱「麻痹」和顫慄的語言形態，並以此構成他獨一無二的文體。

四　形式實驗中的精神積澱

形式作為內容的積澱，對現代主義有著重要的作用。阿多諾高度肯定現代派藝術在藝術形式上的探索試驗，他認為「表達方式的解放——此乃現代藝術的溫床。」[456]在現代主義文學那裡，作品的存在歸功於形式，形式不僅是一種構形行為，也構成了藝術反抗野蠻行徑反抗異化力量的維度，形式確保藝術對文明的過程貢獻力量，也以其純然的存在對其進行批判。在阿多諾看來，

455 這一說法出自劉紹銘的〈七等生：「小兒麻痹」的文體〉一文，自張恒豪編《火獄的自焚》第 39-41 頁

456 〔德〕阿多諾著、王柯平譯《美學理論》，四川人民出版社 1998 年，第 253 頁

「形式是改變經驗存在（empirical being）的法則：因此形式代表自由，而經驗生活則代表壓抑。」[457] 形式意味著對庸常經驗生活的超越。在現代派詰屈聱牙得驚人或古雅文化得過度的文字後面，呼之欲出的是臺灣知識份子的文化身分焦慮和個體存在的認同迷思。思想的困難與表達的危機以及形式的推陳出新是現代主義文學的共同特徵，不再依附於總體性的個人思想的滲透，使現代派小說主題總有些沈重而且朦朧難解，思想遠離了清晰可辨的大道，艱難爬行在荊棘叢生的盲腸小徑上，哲學形態的美學表徵令現代派文本深陷於灰色哲學思辨的晦澀性之中，語言表達的晦澀恰恰與知識份子的話語形式同構。作為知識份子話語的臺灣現代派小說，以一種困難的語言形式呈現了一種存在的困難：這種困局具體體現為個人生命中的自我認同建構的艱難。

臺灣現代派敘事側重從個體主觀角度紓解自我，語言遂成為個體精神的家園。王曉明認為：「在二十世紀的絕大多數時候，文學都堪稱是中國人精神生活的最主要的形式。」[458] 對臺灣現代派小說語言的認識不能脱離對這個作家群體精神生活的考察。在這群現代派作家那裡，精神世界的破碎與敘述的主觀化破碎化是同構的。對於他們來說，一種完整自信地總體把握世界的敘事模式（比如現實主義）基本失去了效用；同時，一種破碎的、遊移的、矛盾的甚至自我拆解的表述方式更貼近他們所感知的存在真實。此外，誠如南帆所說：「語言不是精神的外部裝潢，而是精神的內在結構，或者說說精神的家園。因此，一部字典猶如一部精神法典。所有的語言釋義限定了語言的可能。但先鋒作家不願意到此為止。他們抗議語言的暴政。種種固定的表述如同流水線上的預製零件，先鋒作家不能忍受將精神視為這些零件的固定裝

457 同上，第 251 頁

458 王曉明主編《批評空間的開創——二十世紀中國文學研究》〈序〉

配。他們破壞性地瓦解陳舊的語言結構，在一片寓言的瓦礫中構思新的精神詩篇。這就是他們寫作之中的『解構』與『建構』。」[459] 臺灣現代派小說家是典型的先鋒派，他們不簡單地認同公共化的語言傳達，而是迴避專制化官方化的強勢語言，也厭倦毫無新意的世俗化語言。相對於其他類型的文學，現代主義文學對語言和形式持有更高度的自覺和敏感，個性化的文體追求成為現代主義創作最為內在的美學動力。它必須讓人耳目一新，又拒絕被納入消費性流行文化系統，於是，語言作為現代派存在的形式變得艱難起來，它與個體生存破碎矛盾的本相越近，就可能愈加困難。從上文的論析也可以看出，臺灣現代派小說的語言世界是豐富而奇特的，它的魅力和缺陷同在。語言在那裡絕不是遊戲，它打開了一個思維和感知的新空間；它是精神的試練場，也是文化朝聖的祭壇；有時，語言甚至具有了宗教的意涵。

弗萊說：對於現代藝術朦朧晦澀看不懂、現代派藝術家對公衆不聞不問的抱怨已數不勝數，然而我們現在已能看清，現代藝術正好為人們展示了這個時代所特有的戰鬥場面。它不僅僅是人類創造力的一種表現：她是在戰場上誕生的，這場戰鬥的敵人就是反藝術的消極接受主義。因此現代主義藝術家與他們的讀者之間是一種直接的、個人的關係。[460] 如果我們追問臺灣的現代派作家為何對語言實驗表現出如此經久不息的熱情，那麼也許可以追溯至現代主義堅定、不妥協的反抗本質，「現代主義是一個複雜的現象。在文學創作上，它讓寫作的焦點重新投注到語言上。在發達資本主義的都會裡，任何事物（包括人的心靈肉體）都可以被消費，也必然地被消費。對於現代主義作家而言，語言文字是

459 南帆〈先鋒作家的命運〉，《敞開與囚禁》第 54 頁

460 〔加〕諾思羅普．弗萊著，盛寧譯《現代百年》，遼寧教育／牛津大學 1998 年，第 45 頁

最後的家土，也是他們的自我意識的最後堡壘。」[461] 從這個意義上看，王文興一直強調的與語言的恆久搏鬥不僅僅是個人化藝術行為，實際上他的語言和文體修煉無疑代表了臺灣漢語文學的一個不肯稍稍屈服的前衛存在，參與了一場以陌生化的形式拒絕消費化、拒絕商品化的艱苦戰鬥，而且，他的抵抗是堅定而持久的。李永平、七等生以及王禎和的語言追求各不相同，然而在這一點上卻殊途同歸。形式與文體的堅持是他們的言說包含批判力量和反省意識的一種鮮明印證。

而臺灣新生代作家評論家楊照對五六十年代文學語言的一種觀察，或許可以讓人們看到另一種風景；二十餘年裡，臺灣現代文學「被指為是『敗壞純正中文』的禍首之一。這樣的指控到了八十年代大致就平息了，……才發現這種不純正的語言反而能承載更多的訊息、擁有更高的彈性。我們的確是付出過因語言實驗扭曲而引起的溝通不良代價，然而在此同時卻也逼迫一般人的語言意識作出許多妥協、調整，讓出了容忍新符號、新訊息插入的空間，」在後期資本化空間裡，這種純文學的語言實驗結下的一個果實就是，它在符號再生產再推廣方面起到了意想不到的促動作用。[462] 他的說法也許需要更多的具體論證，如果這一說法真的符合現實的話，那麼，起碼部分地說明了現代派文學脫離語法自由無羈的語言實驗，已經開始產生了陣痛後的良性社會反應。這或許是現代派作家自己也始料未及的。

偏執性語言實驗確實探索了漢語的多重可能性，而且，不是純粹的語言推敲和個性化追求，而是將語言的技術處理和小說內

461 黃錦樹《華文／中文：「失語的南方」與語言再造》，自《馬華文學與中國性》，臺北遠流出版公司 1998 年版，第 64 頁

462 楊照《末世情調下的多重時間——再論五〇、六〇年代的臺灣文學》，《聯合文學》第 10 卷第 8 期

容人物塑造完美地配合成一體，這需要極大的耐心和智慧。因此，我以為，人們對王文興這樣特立獨行的現代派作家應該多一份尊敬。然而，本文無意於將臺灣現代派小說偏執極端的語言創造抬到一個它本身尚不能達臻的位置，我無法肯定地說他們的藝術創造都是成功的，這需要歷史來驗證。但究竟什麼才是成功的標誌呢？在文字被圖象所侵襲甚至替代的今天，像現代派小說家那樣苦心孤詣地推敲文字的文學實踐越來越少見了。可以肯定的是，這一群致力於個性化漢語語言塑造的臺灣小說家，他們所付出的全部努力都已經成為現代漢語文學史中不容忘卻的一部分。正是他們在語言道路上的艱辛與執著，使我們看到了另一層面裡漢語表現的頑強生命。

結束語

1999 年-2002 年，我有幸師從著名的臺灣文學專家劉登翰教授，攻讀臺灣文學方向的博士學位。我選了「臺灣現代派小說」這個論題，一是因為在臺灣文學裡，現代派小說具有較高的藝術水準，在華文文學界也有較大的影響，雖然這個領域研究成果已經不少，但我覺得仍值得有心人進一步發掘和拓展。很久以前我曾經著迷過中外現代派詩歌、小說與戲劇，眩惑過現代派文學斑斕的形式和憂鬱深沈的思想；那份舊時情懷，或許也成了今天探索辨析的某種原動力。

在現代漢語文學界，現代派文學始終是個有些尷尬的存在。先鋒的耀眼光環與文學怪胎的陰影似乎同時屬於它。比起其他的文學派別，它對西方現代文學無疑有著更為濃厚的興趣，這與它西化的文化想像有關，也與它對本土的民族的既有文學範式懷有強烈的改進欲望息息相關。這樣的姿態令它與本土之間產生疏離，也令它常常陷入高蹈而孤獨的狀態。但是，現代派的嘗試又是勇敢的、前衛的。從李金髮、施蟄存、穆旦、鄭敏到宗璞、莫言、殘雪、劉索拉，從洛夫、商禽、白先勇、王文興、聶華苓、劉以鬯、西西、郭松棻、李渝到李永平、舞鶴、張大春、朱天文、駱以軍，大批具有現代主義意識的中國作家，為中國現代文學形式的豐富和創新，為現代漢語感性形式的多種可能性，進行了卓有成效的探索。現代派文學的偏執與深刻同在，價值與局限並存，它已經融會進二十世紀中國文學之中，成為中國本土文學中一個不可忽視的部分。

必須承認，讀現代派小說，尤其是其中某些語義晦澀的作品，可能缺少通常的閱讀快感。但我還是感到了那個文學世界裡引人入勝的一面。現代派小說的主觀內省氣質與懷疑主義傾向，它的悲劇意識與喜劇嘲弄風格的詭異交匯，它的結構與語言文體的精微多變，刻意雕鑿的形式與豐富矛盾的精神世界之間的奇妙關係，每每可以引發出多種維度的想像和思考空間。在閱讀臺灣現代派小說的過程中，那些臺灣版書籍的書頁上，豎排的繁體字在眼前螞蟻隊伍般蜿蜒，我追蹤著那些古雅美麗漢字的踪跡，在那些或精緻或稚嫩或偏執的語言形式裡面，我想觸摸的是另一些中國人的情感與精神。

在我有限的觀察和不成熟的探究中，自我認同的焦慮與建構自我的欲望是臺灣現代派小說精神世界的內核。我關注了幾個互相嵌合的問題層面，來解讀現代派小說的精神世界，以及現代派作家群有些晦暗複雜的精神現象。個體成長過程中的認同危機，臺灣戰後政治文化生態中的文化認同危機與價值認同危機，是現代派小說深陷的泥潭和必須面對的問題；同時，對這些現代派小說家來說，無論是極端化的文體修行，或者是回歸古典的鄉愁敘事，抑或是孤獨隱遁的自言自語，以及浪跡天涯的精神漫遊……都是透過藝術的艱苦追尋來實現精神突圍和自我建構的途徑。從存在主義時間意識的角度讀解白先勇、從自我認同建構的視角讀解七等生、從精神史的喜劇意識與悲劇意識層面讀解王文興的《背海的人》，從精神漫遊中的迷失與自我追尋的側面理解馬森，從浪漫與現代的矛盾人格角度分析王尚義，從後殖民批評視角看取現代派語言的雜化與純化現象……我希望自己的闡釋與分析能生發一些新意，如能為未來的臺灣現代派小說研究留下一點啟示或借鑒，則是我莫大的愉悅。我也留意到現代派小說精神世界生成的歷史文化語境，對與現代派小說相關的，流行於六十年代臺灣青年知識群體中的文化思潮和現象，如存在主義思潮和浪漫性潮流，我進行了一些力所能及的梳理辨析。

我以前所寫的文章多是對作家作品的直觀感性解讀，理論運用及整合研究向來是我的薄弱之處。在寫作這篇論文的日子裡，我有意加強這方面的訓練，書中借鑒了黑格爾精神現象學的自我意識理論和查爾斯·泰勒的現代認同概念，參考了現代主義、存在主義、浪漫主義、後殖民主義等相關論述，目的是希望可以有效地整合與深入論題。卻因此耗費了較多的時間精力，影響了文本解讀的細緻、準確與從容，也未及在論證邏輯與文字表達上細加推敲琢磨。另外，在大陸做臺灣文學研究，遇到的一個很大問題是原始資料難於收集，自己也只能盡力而為，這必定也會造成視野的遮蔽和論述的局限。原想出書前一定要深入修改和仔細斟酌，並盡可能補充新的材料，但這半年，因教學、家務以及不可原諒的怠惰等因素，未能如願；欲添補的兩章：「臺灣現代派小說的身體敘事」以及「臺灣現代派作家與宗教意識」，也沒能及時完稿。這些都是令我抱憾並感覺遺憾的。我期待著兩岸前輩、同行與讀者朋友們的批評指正；也希望今後能將書中論題繼續做下去，做得比現在這本像樣一些。

在本書付梓之際，我深深感謝我的導師劉登翰先生，他治學嚴謹踏實，富有學術熱情，為人寬厚和藹，樂於提攜後進，是他引領我進入臺灣文學這個雖然冷僻邊緣卻別具魅力的研究領域。從資料的搜集，論文的選題、開題到答辯，先生付出了諸多心血。他雖工作繁忙，卻為本書認真撰寫了精彩序言，他懇切指出：「臺灣文學研究是門看似熱鬧實卻冷僻，且又障礙著諸多非文學因素的學問，沒有清醒的熱情和冷靜的恆心，是很難進行到底的。但臺灣文學對於豐富和完整中國文學的歷史經驗和全景描述，又是必不可少的。為它付出熱情與恆心，是值得的。這也是我對朱立立及許多進入這一領域的年青朋友的期待與祝願。」先生的教導，吾當銘記在心。南京大學的許志英教授始終沒有忘記我這個昔日裡貪玩的學生，總是親切鼓勵我一定要努力上進；葉子銘先生也一直關心著我的工作和生活，湯淑敏老師細膩的關照令我感懷。師長們的關愛與教誨，永遠是我生命裡美好的珍藏。

值得一提的是，臺灣大學教授王文興先生收到我的論文片段後，馬上來信並惠贈新版的《家變》和《背海的人》。此後，每次我去信問詢他的生平情況與創作觀念，他總是不厭其煩耐心作答。我雖未曾見過他的面，但從字裡行間也能想像出他的藹然風度。他還讓我看到了一個在形式上非常偏執極端的現代派作家對傳統文化的深愛，以及一位真正的藝術家對藝術與美的令人尊敬的癡迷與執著。

在論文開題和預答辯中，福建師大文學院的姚春樹教授、孫紹振教授、莊浩然教授、顏純鈞教授、汪文頂教授和福建省社科院的南帆教授分別提出了寶貴的指導意見，給我許多值得思考的指點與幫助；論文答辯委員會主席饒芃子教授，委員洪子誠、吳中傑、孫紹振、姚春樹、丁帆、張富貴等教授，以及陳思和教授、黎湘萍博士，他們的評審意見中肯而富有建設性，他們的鼓勵、肯定與指正都令我受益。尤其是有著知識女性儒雅風範的饒先生，她熱情開朗、和藹友善，給予我親切細意的指教；我不善言辭，唯心中對她充滿敬意與感激。論著的寫作與出版得到了福建師大文學院的支持和鼓勵；兩岸不少學術刊物給了我有力支持，如《新華文摘》、《中外文學》、《福建論壇》、《東南學術》、《臺灣研究集刊》、《華文文學》、《福建師範大學學報》、《世界華文文學論壇》、《華僑大學學報》、《江蘇大學學報》、《煙臺師範學院學報》以及中國人大複印資料《中國現當代文學研究》等，提供了發表和轉載我近年研究成果的平臺；兩岸及海外不少學人有關臺灣文學研究的成果，為本書的寫作提供了啟發和借鑒；謹在此一併致謝。

讀博幾年，正逢調動、搬遷、兒子轉學，愛人劉小新分擔了瑣碎的家務，還必須承受並幫我排解因論文寫作壓力而產生的焦慮。勤於讀書思考的他給了我不少有益的建議和幫助，本書無疑也凝聚了他的愛與智慧。

朱立立

2002年5月於榕城

參考文獻

作家作品

1. 白先勇：《驀然回首》臺北爾雅出版社，1978 年 9 月
2. 白先勇：《驀然回首》、《第六隻手指》，上海文匯出版社 1999 年 10 月
3. 白先勇：《白先勇自選集》，廣州花城出版社 1996 年 6 月
4. 白先勇：《寂寞的十七歲》、《臺北人》、《孽子》，上海文藝出版社 1999 年 8 月
5. 陳映真：《陳映真文集：文論卷》，中國友誼出版公司 1998 年 11 月
6. 陳映真：《陳映真文集：小說卷》，中國友誼出版公司 1998 年 11 月
7. 王文興：《家變》，臺北洪範書店 2000 年 9 月新版
8. 王文興：《背海的人》上卷，臺北洪範書店 1981 年 4 月
9. 王文興：《背海的人》下卷，臺北洪範書店 1999 年 9 月
10. 七等生：《七等生作品集》，包括以下 12 本：《白馬》、《僵局》、《我愛黑眼珠》、《來到小鎮的亞茲別》、《城之迷》、《跳出學園的圍牆》、《隱遁者》、《沙河悲歌》、《散步去黑橋》、《銀波翅膀》、《精神病患》、《情與思》，臺北遠景 1986 年版

11. 七等生：《耶穌的藝術》，臺北洪範 1979 年版
12. 七等生：《兩種文體——阿平之死》，臺北圓神 1991 年
13. 七等生：《思慕微微》，臺灣商務印書館，1997 年版
14. 王尚義：《狂流》，水牛出版社，1988 年版
15. 王尚義：《從異鄉人到失落的一代》，大林書店 1969 年版，水牛出版社 1989 年再版
16. 聶華苓：《桑青與桃紅》，春風出版社 1990 年版
17. 李永平：《海冬青》上卷，臺北聯合文學出版社 1992 年 1 月
18. 王禎和：《玫瑰玫瑰我愛你》，臺北遠景 1985 年 4 月版
19. 王禎和：《人生歌王》，臺北聯合文學雜誌社 1987 年 4 月
20. 叢甦：《秋霧》，臺北晨鐘
21. 叢甦：《中國人》，臺北時報 1978 年 12 月
22. 馬森：《孤絶》，臺北聯經 1979 年 9 月版
23. 馬森：《夜遊》，臺北爾雅出版社 1984 年版
24. 歐陽子：《那長頭髮的女孩》，臺灣大林文庫 1984 年
25. 歐陽子編：《現代文學小說選集》，1979 年 4 月第 5 版
26. 沙特著，陳鼓應譯：《沙特小說選》臺北志文出版社 1984 年 4 月再版
27. 魯迅：《魯迅全集》第一、二卷，人民文學出版社 1981 年版 1998 年第 5 次印刷

雜誌

1. 臺灣大學外文系：《文學雜誌》1956 年-1960 年
2. 白先勇、王文興等編：《現代文學》1960 年-1973 年
3. 臺灣大學外文系：《中外文學》（部分）

論著

1. 劉登翰、莊明萱、黃重添、林承璜主編：《臺灣文學史》海

峽文藝出版社 1991、1993 年
2. 劉登翰：《文學薪火的傳承與變異》，海峽文藝出版社 1994 年 11 月
3. 孫紹振：《審美形象的創造：文學創作論》，海峽文藝出版社 2000 年 10 月
4. 南帆：《文學的維度》，上海三聯書店 1998 年 8 月
5. 南帆：《敞開與囚禁》，山東教育出版社 1999 年 7 月
6. 南帆：《隱蔽的成規》，福建教育出版社 1999 年 9 月
7. 吳中傑、吳立昌主編：《1900-1949 中國現代主義尋蹤》，學林出版社 1995 年 12 月
8. 陳思和：《中國新文學整體觀》，上海文藝出版社 2001 年 1 月
9. 朱壽桐主編：《中國現代主義文學史》上下卷，江蘇教育出版社 1998 年 5 月
10. 丁帆：《中國大陸與臺灣鄉土小説比較史論》，南京大學出版社 2001 年 5 月
11. 王曉明主編：《二十世紀中國文學史論》，東方出版中心 1997 年 10 月
12. 王曉明主編：《批評空間的開創》，東方出版中心 1998 年 7 月
13. 王曉明：《潛流與旋渦》，中國社會科學出版社 1991 年 10 月
14. 錢理群：《心靈的探尋》，北京大學出版社 1999 年 11 月
15. 袁可嘉編：《現代主義研究》，中國社會科學出版社 1989 年 5 月
16. 袁可嘉：《歐美現代派文學導論》，上海文藝出版社 1993 年 6 月
17. 高全喜：《自我意識論》，學林出版社 1990 年 9 月
18. 袁良駿：《白先勇小説藝術論》，長春吉林出版社 1991 年 8

月
19. 朱雙一：《近二十年臺灣文學流脈》，廈門文學出版社 1999 年 8 月
20. 黎湘萍：《臺灣的憂鬱》，北京三聯書店 1994 年 10 月
21. 劉俊：《悲憫情懷——白先勇評傳》，臺北爾雅出版社 1996 年
22. 劉小楓：《現代性社會理論》，上海三聯書店 1998 年 1 月
23. 解志熙：《生的執著——存在主義與中國現代文學》，人民文學出版社 1999 年 7 月
24. 張新穎：《棲居與遊牧之地》，學林出版社 1994 年 12 月
25. 楊義：《中國現代小說史》上中下卷，人民出版社 1998 年 11 月版
26. 段德智：《死亡哲學》，湖北人民出版社 1991 年 8 月
27. 許紀霖編：《二十世紀中國思想史論》，東方出版中心 2000 年 7 月版
28. 葉秀山：《思・史・詩——現象學和存在哲學研究》，人民出版社 1988 年 12 月版
29. 柳鳴九編選：《薩特研究》，中國社會科學出版社 1981 年 10 月
30. 黃裕生著：《時間與永恆——論海德格爾哲學中的時間問題，》北京社會科學文獻 1997 年 12 月
31. 汪暉：《汪暉自選集》，桂林廣西師大出版社 1997 年 9 月
32. 陳鼓應：《悲劇哲學家尼采》，三聯 1987 年 12 月
33. 陳曉林著：《學術巨人與理性困境——韋伯、巴伯、哈伯瑪斯》，臺北時報出版公司 1987 年 6 月
34. 張誦聖：《文學場域的變遷——當代臺灣小說論》，臺北聯合文學 2001 年 6 月
35. 康來新編：《王文興的心靈世界》，臺北雅歌出版社 1990 年

5 月版
36. 李歐梵：《現代性的追求》，三聯書店 2000 年 12 月
37. 李歐梵著，尹慧珉譯：《鐵屋中的吶喊》，長沙嶽麓書社 1999 年 9 月
38. 鄭明娳總編，簡政珍主編：《當代臺灣文學評論大系》文學理論卷，臺北正中書局 1993 年 5 月
39. 鄭明娳總編，林耀德主編：《當代臺灣文學評論大系》文學現象卷，同上
40. 鄭明娳總編，鄭明娳主編：《當代臺灣文學評論大系》小說批評卷，同上
41. 《中華現代文學大系．評論卷》，臺北九歌出版社 1989 年
42. 《聯副三十年文學大系／評論卷③現代文學論》，聯合報社 1981 年 12 月
43. 杭之：《一葦集》，北京三聯書店 1991 年 2 月
44. 呂正惠：《戰後臺灣文學經驗》，臺北新地文學出版社 1992 年 12 月
45. 呂正惠：《小説與社會》，臺北聯經出版 1988 年 5 月
46. 陳義芝編：《臺灣現代小説史綜論》，臺北聯經出版 1998 年，
47. 林瑞明：《臺灣文學的歷史考察》，臺北允晨文化實業股份有限公司 1996 年 7 月
48. 葉維廉：《解讀現代．後現代》，臺北東大圖書 1992 年 3 月
49. 葉維廉：主編《中國現代作家論》，臺北聯經 1976 年 10 月
50. 林幸謙：《生命情結的反思——白先勇小説主題思想之研究》，臺北麥田，1994 年 7 月
51. 王德威：《想像中國的方法》，北京三聯 1998 年 9 月
52. 傅偉勳：《從西方哲學到禪佛教》，北京三聯 1989 年 4 月
53. 莊淑芝：《臺灣新文學觀念的萌芽與實踐》，臺北麥田，

1994 年 7 月
54. 葉啟政：《臺灣社會的人文迷思》臺北東大圖書股份公司，1991 年 11 月
55. 何欣：《當代臺灣作家論》臺北東大圖書股份公司，1983 年 12 月
56. 歐陽子：《王謝堂前的燕子——〈臺北人〉的研析與索隱，》臺北爾雅，1976 年
57. 時代話題編輯委員會編：《從〈藍與黑〉到〈暗夜〉》，臺北久大文化，1987 年
58. 臺灣師範大學國文學系主編：《解嚴以來臺灣文學國際學術研討會論文集》，臺北萬卷樓圖書公司 2000 年 9 月
59. 胡秋原：《西方文化危機與二十世紀思潮》，臺北學術出版社，1981 年 7 月
60. 高全之：《當代中國小說評論》，臺北幼獅文化公司，1978 年再版
61. 王浩威：《臺灣文化的邊緣戰鬥》，臺北聯合文學出版社 1995 年 10 月
62. 蔡詩萍：《騷動島嶼的論述反抗》，臺北聯合文學出版社 1995 年 10 月
63. 連横：《臺灣通史》上下册，北京商務印書館 1983 年第 2 版
64. 夏志清：《新文學的傳統》，臺北時報文化出版 1982 年 10 月
65. 王英銘主編：《臺灣之哲學革命》，臺北書鄉文化實業有限公司 1998 年 10 月
66. 葉石濤：《臺灣文學史綱》，臺北文學界雜誌 1987 年 2 月
67. 彭瑞金：《臺灣新文學運動四十年》，臺北自立晚報 1994 年
68. 鄭明娳主編：《當代臺灣政治文學論》，臺北時代文化出版 1994 年 7 月
69. 王德威：《閱讀當代小說》，臺北遠流出版 1991 年 9 月

70. 張素貞《細讀現代小說》，臺北東大圖書 1986 年 10 月
71. 葉如新《臺灣作家選論》，臺北遠流出版 1981 年 8 月
72. 葉石濤《作家的條件》，臺北遠景出版事業公司 1981 年 6 月
73. 張大春《文學不安》，臺北聯合文學出版 1995 年 10 月
74. 龔鵬程編《臺灣的社會與文學》，臺北東大圖書公司 1995 年 11 月
75. 龔鵬程：《遊的精神文化史論》，河北教育出版社 2001 年 11 月版
76. 洪銘水《臺灣文學散論——傳統到現代》，臺北文津出版社 1999 年 12 月
77. 黃俊傑《儒學與現代臺灣》，北京中國社科出版社 2001 年 7 月版
78. 陳昭英《臺灣儒學的當代課題：本土性與現代性》，北京中國社科出版社 2001 年 7 月
79. 鄔昆如《存在主義真象》，臺北幼獅文化 1975 年 12 月版
80. 劉憲之等主編：《勞倫斯研究》，山東友誼書社 1991 年版

翻譯著作

1. 〔丹麥〕克爾凱郭爾著，劉繼譯《恐懼與顫慄》，貴州人民出版社 1994 年 4 月
2. 〔匈牙利〕喬治・盧卡契著，楊恒達譯《小說理論》，臺北唐山出版社 1997 年 7 月
3. 〔加〕諾思羅普・弗萊著，陳慧等譯《批評的剖析》，天津百花文藝出版社 1998 年
4. 〔加〕查爾斯・泰勒著，韓震等譯《自我的根源：現代認同的形成》，南京譯林出版社 2000 年 9 月
5. 〔美〕R・韋勒克著，丁泓、余徵等譯《批評的諸種概念》，四川文藝出版社 1988 年 1 月

6. 〔美〕W.考夫曼編著，陳鼓應、孟祥森、劉崎譯《存在主義》，北京商務印書館 1987 年
7. 〔美〕威廉・巴雷特著，楊照明、艾平譯《非理性的人——存在主義哲學研究》，商務印書館 1999 年 7 月
8. 〔美〕黑澤爾・E・巴恩斯著，萬俊人等譯《冷卻的太陽——一種存在主義的倫理學》，中央編譯出版社 1999 年 1 月
9. 〔美〕P・蒂里希：《存在的勇氣》，貴州人民出版社 1998 年版，
10. 〔日〕下村作次郎：《從文學讀臺灣》臺北前衛出版社 1997 年 2 月版
11. 〔日〕岡崎鬱子著，葉笛、鄭清文、涂翠花譯：《臺灣文學：異端的譜系》，臺北前衛 1996 年 9 月
12. 〔日〕廚川白村著，林文瑞譯：《苦悶的象徵》，臺北志文出版社 1983 年再版
13. 〔俄〕巴赫金：《巴赫金全集》，石家莊河北教育出版社 1998 年
14. 〔德〕黑格爾著，賀麟、王玖興譯：《精神現象學》上下卷，商務印書館 1979 年 4 月
15. 〔德〕阿多諾著，王柯平譯：《美學理論》，四川文藝出版社 1998 年 10 月
16. 〔德〕本雅明著，張旭東、魏文生譯：《發達資本主義時代的抒情詩人》，北京三聯書店 1989 年 3 月
17. 〔德〕海德格爾著：《存在與時間》，三聯書店 1987 年
18. 〔美〕劉易斯・科塞著，郭方等譯：《理念人》，中央編譯出版社 2001 年 1 月
19. 〔美〕安敏成著，姜濤譯：《現實主義的限制》，南京江蘇人民出版社 2001 年 8 月
20. 〔美〕丹尼爾・貝爾著，趙一凡等譯：《資本主義文化矛

盾》，北京三聯書店 1989 年 5 月
21. 〔英〕史蒂文．盧克斯著，閻克文譯：《個人主義》，江蘇人民出版社 2001 年 8 月
22. 〔英〕馬里琳．巴特勒著，黃梅、陸建德譯：《浪漫派、叛逆者及反動派》，遼寧教育出版社／牛津大學出版社 1998 年 3 月
23. 〔英〕彼得．福克納著，《現代主義》，北京崑崙出版社 1989
24. 〔英〕馬．布雷德伯里，詹．麥克法蘭主編：《現代主義》，上海外語教育出版社 1992 年 6 月
25. 〔英〕安東尼．吉登斯著，趙旭東、方文譯：《現代性與自我認同——現代晚期的自我與社會》，北京三聯書店 1998 年 5 月版
26. 〔法〕讓．華爾著，翁紹軍譯：《存在哲學》，北京三聯書店 1987 年 2 月
27. 〔法〕加繆著，杜小真譯：《西西弗神話》，北京三聯書店 1987 年 3 月
28. 〔法〕薩特著，陳宣良等譯：《存在與虛無》，北京三聯書店 1987 年 3 月
29. 〔法〕薩特著，施康強譯：《薩特文論選》，人民文學出版社 1991 年 4 月
30. 〔法〕沙特著，劉大悲譯：《沙特文學論》，臺北志文出版社 1980 年 7 月
31. 〔法〕米歇爾．福柯著，劉北成、楊遠嬰譯：《規訓與刑罰》，三聯書店 1999 年 5 月
32. 〔德〕賴因哈德．勞特著，沈真等譯：《陀斯妥耶夫斯基哲學》，東方出版社 1996 年 10 月
33. 〔蘇〕巴赫金著，白春仁、顧亞鈴譯：《巴赫金全集》第六

卷，河北教育出版社 1998 年

34. 〔英〕菲利普・湯姆森著，孫乃修譯：《論怪誕》，昆侖出版社 1992 年
35. 〔英〕阿諾德・P・欣奇利夫著，李永輝譯：《論荒誕派》，昆侖出版社 1992 年
36. 〔美〕利瑞安・弗斯特著，李今譯：《浪漫主義》，昆侖出版社 1989 年
37. 〔美〕M.H.艾布拉姆斯著，《鏡與燈——浪漫主義文論及批評傳統》，北京大學出版社
38. 〔美〕羅伯特・斯皮勒著，王長榮譯：《美國文學的周期》，上海外語教育出版社 1990 年
39. 〔英〕史蒂文・盧克斯著，閻克文譯：《個人主義》，江蘇人民出版社 2001 年
40. 〔法〕梅洛・龐蒂著，劉韻涵譯：《眼與心》，中國社會科學出版社 1992 年
41. 〔德〕威廉・馮・洪特堡著，姚小平譯：《人類語言結構的差異及其人類精神發展的影響》，商務印書館 1999 年

論文、評論、訪談等

1. 柯慶明：〈60 年代現代主義文學？〉，載於張寶琴等編《四十年來中國文學》，聯合文學 1995
2. 陳映真：〈現代主義文學的開發〉，《文學季刊》1967 年 3 月
3. 陳映真：〈回顧鄉土文學論戰〉，《文藝理論與批評》1994 年，第 2 期
4. 陳映真：〈資本主義與西洋文學〉，《聯合文學》第 16 卷，第 4 期
5. 陳芳明：〈臺灣新文學史的建構與分期〉，《聯合文學》第

15 卷，第 10 期
6. 馬森：〈「臺灣文學」的中國結和臺灣結〉，自《當代臺灣文學評論大系：文學現象卷》
7. 李歐梵：〈中國現代文學的現代主義〉，《現代文學》復刊第 14 期，1981 年 1 月
8. 顏元叔：〈白先勇的語言〉，《現代文學》37 期，1969 年
9. 呂正惠：〈戰後臺灣小說批評的起點〉，見陳義芝主編：《臺灣文學史綜論》第 110 頁
10. 張漢良：〈王文興〈背海的人〉的語言信仰〉、鄭恒雄《文體的語言基礎》二文，參見《當代臺灣文學評論大系・小說批評卷》
11. 梅家玲：〈白先勇小說的少年論述與臺北想象——從《臺北人》到《孽子》〉，《中外文學》第 30 卷 2 期
12. 梅家玲：〈性別論述與戰後臺灣小說發展〉，《中外文學》第 29 卷第 3 期
13. 劉紀惠：〈超現實的視覺翻譯：重探臺灣現代詩「橫的移植」〉，《中外文學》第 24 卷第 8 期
14. 張錦忠：〈翻譯、〈現代文學〉與臺灣文學複系統〉，見《中外文學》第 29 卷第 8 期
15. 廖淑芳：《七等生文體研究》（碩士學位論文，成功大學 1990）
16. 黃俊傑〈戰後臺灣的社會文化變遷：現象與解釋〉，自《戰後臺灣的轉型及其發展》，臺北正中書局 1995 年
17. 李歐梵：〈在臺灣發現卡夫卡：一段個人回憶〉，《中外文學》第 30 卷第 6 期
18. 龔鵬程：〈唐倩的故事〉，《聯合報副刊》1998 年 7 月 15 日
19. 何欣：〈六十年代的文學理論簡介〉，《文訊月刊》1984 年 8 月第 13 期

20. 蔡源煌：〈《異鄉人》的人我觀〉，參見時代話題編輯委員會編：《從〈藍與黑〉到〈暗夜〉》，臺北：久大文化，1987 年
21. 辛旗：〈臺灣社會的三階段變遷論〉，詹火生編：《社會變遷與社會福利》，臺北：民主文教基金會 1991 年
22. 傅偉勳：〈沙特的存在主義思想論評〉，原刊載於臺灣《中國論壇》第 198-199 期
23. 蔣年豐：〈戰後臺灣的存在主義思潮——以薩特為中心〉，載宋光宇編《臺灣經驗二——社會文化篇》，臺北東大圖書公司 1994 年
24. 郭松棻：〈沙特存在主義的自我毀滅〉，《現代文學》第 9 期
25. 曾秀萍訪問整理：〈白先勇談創作與生活〉，《中外文學》第 30 卷第 2 期
26. 蔡克鍵：〈訪問白先勇〉，參見白先勇：《第六隻手指》
27. 夏志清〈白先勇早期的短篇小說——《寂寞的十七歲》代序〉，見白先勇：《寂寞的十七歲》
28. 夏祖麗：〈歸來的「臺北人」——白先勇訪問記〉，自白先勇：《第六隻手指》
29. 王文興：〈存在主義文學的特色〉，自《從〈藍與黑〉到〈暗夜〉》，臺北：久大文化，1987 年
30. 單德興：〈文學對話——王文興談王文興〉，見康來新編《王文興的心靈世界》
31. 單德興：〈偶開天眼覷紅塵〉，《中外文學》第 28 卷第 12 期
32. 鄭恒雄：〈文體的語言基礎——論王文興《背海的人》的語言信仰〉，見《當代臺灣文學評論大系・小說批評卷》，臺北正中書局 1993 年
33. 鍾肇政：〈文學使徒七等生〉，見七等生《白馬》集

34. 楊牧：〈七等生小說的真與幻〉，參見七等生：《銀波翅膀》
35. 楊照：〈末世情緒下的多重時間——再論五○、六○年代的臺灣文學〉，《聯合文學》第10卷8期
36. 楊牧：〈關於紀弦的現代詩與現代派〉，《現代文學》，第四十六期
37. 張誦聖：〈現代主義與臺灣現代派小說〉，王曉明主編《二十世紀中國文學文學史論・第一卷》
38. 呂正惠：〈臺灣文學的語言問題〉，見《戰後臺灣文學經驗》
39. 龔鵬程：〈他們的文字為什麼差勁？〉，《我們都是稻草人》，臺北，久大文化 1987
40. 黃錦樹：〈馬華文學的醞釀期〉、〈在遺忘的國度〉二文，參見黃氏：《馬華文學：內在中國、語言、文學史》，華社資料研究中心 1996 年
41. 王禎和：〈永恒的尋求〉，刊於 1983 年 8 月 18 日《中國時報》人間副刊
42. 鄭恒雄：〈外來語言／文化「逼死」（VS.〈對抗〉）本土語言／文化〉，自張京媛編：《後殖民理論與文化認同》，臺北麥田出版有限公司 1995 年
43. 龍應台：〈王禎和走錯了路〉，原載 1984 年 10 月 25 日〈中央日報・晨鍾〉，後收入《龍應台評小說》一書，上海文藝出版社 1996 年
44. 歐陽子：〈論《家變》的結構形式與文字句法〉，《歐陽子選集》，黎明文化出版公司，1982 年 7 月
45. 楊照：〈「緩慢有理」的美學偏執〉，聯副 2000 年 11 月 1 日
46. 劉紹銘：〈十年來的臺灣小說：一九六五-七五——兼論王文興的《家變》〉，《中外文學》第 4 卷第 12 期，

47. 林秀玲：〈林秀玲專訪王文興：談《背海的人》與南方澳〉，《中外文學》第三十卷第六期
48. 葉石濤：〈論七等生的文體〉，《臺灣鄉土作家論集》遠景1981年
49. 劉紹銘：〈七等生：「小兒麻痹」的文體〉，張恒豪編：《火獄的自焚》，臺北遠行出版社1977年
50. 楊照：〈末世情調下的多重時間——再論五○、六○年代的臺灣文學〉，《聯合文學》第10卷第8期
51. 劉登翰：〈台港澳文學與文學史寫作——再談20世紀中國文學的整體視野〉，《復旦學報》社科版2001年第6期
52. 朱雙一：〈當代臺灣的浪漫文學〉，《臺灣研究集刊》2001年第1期
53. 黎湘萍：〈沒有浪漫時代的臺灣文學〉，《台港與海外華文文學評論和研究》1995年第3期
54. 汪暉：〈地方形式、方言土語與抗日戰爭時期「民族形式」的論爭〉，自《汪暉自選集》，廣西師大出版社1997年

國家圖書館出版品預行編目資料

台灣現代派小說研究 / 朱立立著. -- 初版. -- 臺北市：人間, 2011. 03

面； 公分

ISBN 978-986-6777-30-1（平裝）

1. 臺灣小說 2. 現代小說 3. 文學評論

863.27 100004333

台灣現代派小說研究

著◎朱立立

出版者 人間出版社

發行人 呂正惠

社長 林怡君

地址 台北市長泰街59巷7號

電話 02-2337-0566

郵撥帳號 11746473 人間出版社

排版印刷 龍虎電腦排版股份有限公司

電話 02-8221-8866

登記證 局版台業字第三六八五號

初版 2011年3月

定價 新台幣350元